Leah Hasjak

Geschäftliche Beziehungen 2

Leah Hasjak
c/o Werneburg Internet Marketing und Publikations-Service
Philipp-Kühner-Straße 2
99817 Eisenach

Leahhasjak@gmail.com

1. Auflage
Umschlaggestaltung, Illustration: Emile Vernon, La Printemps; Leah Hasjak; Canva

ASIN: B07LCNKJ9Z
ISBN: 9781795871785

KAPITEL I

London, 12. Mai 1826

Wäre Mr. Davis hier, er würde sicher mit dem Kopf schütteln. Leise murmelnd würde ihr alter Schulmeister nicht ohne Genugtuung kundtun, dass er all das hatte kommen sehen.

Habe ich es dir nicht gesagt?, würde er Rose flüsternd fragen, wenn er ihr nah genug kam. *Habe ich es dir nicht gesagt?*

Ja, das hatte er. Das hatte er tatsächlich, dachte Rose und senkte den Kopf. Die eisernen Ketten an ihren Handgelenken – es waren die gleichen wie auch an ihren Knöcheln – scheuerten und rochen nach Erbrochenem, Urin und anderen Körpersekreten.

Mr. Davis war seit Jahren tot und ganz sicher in der Hölle, weil er kein guter Mensch gewesen war. Er hatte die Kinder gehasst, die er unterrichtete, sie mit unverständlicher englischer Literatur gequält und war in der Schule oft laut, bei der sonntäglichen Kollekte für die Armen dafür umso stiller und knausriger geworden. Wahrscheinlich schmorte er in einem der vielen Kessel, von denen er den Kindern berichtet hatte, wenn sie sich nicht betrugen, wie er es gerade wollte. Rose malte sich aus, wie er sich über den Kesselrand zu einem Sünder beugte – das kochende Wasser ließ ihn kalt – und ihm zurief:

»Ich habe es immer gesagt, immer, mit Rose Mason wird es übel enden. Ich habe es ihr gesagt. Habe ich. Hundert Mal. Sie wollte nicht hören. Böse enden wird es mit der.«

Ein kleiner Tumult brach vor der Richterbank aus, als ein weiteres Urteil gesprochen wurde. Der arme alte Mann, der wegen Diebstahls von zwei

Hühnern und einem Laib Brot zur Deportation verurteilt wurde, entging zwar dem Strang, doch jeder im Saal wusste, dass sein Tod nur aufgeschoben war.

Der Mann war ein Gerippe, kaum noch als Mensch zu erkennen, von der Härte des Lebens und Jahren des Hungers gebeutelt. Er würde die Überfahrt nach Australien nicht überstehen, sein Schicksal war besiegelt. Die schweren Ketten knirschten, als er vor dem Richter auf die Knie sank und flehte:

»Lieber Herr, habt doch Mitleid. Habt Erbarmen mit mir. Was sollte ich tun? Ich habe Kinder zuhause, ich muss ihnen Brot geben. Eines war mir schon verstorben, weil es über Wochen nichts zu essen bekam. Ich konnte die anderen doch nicht auch noch sterben lassen. Habt doch Erbarmen, lieber Herr. Wer soll sich nun um sie kümmern? Die Mutter ist lange tot und den Vater nehmt Ihr ihnen nun auch! Habt doch –«

Er wurde von den Wachen rüde unterbrochen. Sie packten ihn links und rechts unter den Armen und schleiften ihn mit Leichtigkeit aus dem Saal, als wöge er nicht mehr als eine Feder. Er flehte, so laut er konnte, bis seine Stimme brach und er nur noch weinte. Doch niemanden rührten seine Worte. Am allerwenigsten den Richter, der sich ein Taschentuch vor die Nase hielt, weil der Gestank des armen Mannes noch im Saal hing.

»Der Nächste!«, sagte er barsch, tupfte sich den Schweiß von der Stirn unter der Perücke und sah gelangweilt in Roses Richtung.

Die Wachen, die den Mann aus dem Raum gezogen hatten, kehrten zurück und schubsten sie vor das Pult. Ein Mann, der wie der Richter eine schwarze Kutte und eine dicke, weiße Perücke trug, erhob sich und verlas die Anklage:

»Rose Mason, Vater und Mutter unbekannt, Geburtsort und Geburtstag unbekannt, letzter gemeldeter Wohnort Mason Kinderhospital und Waisenhaus, wird beschuldigt, sich am zweiten April, vierten April und achten April dieses Jahres des Betruges schuldig gemacht zu haben, indem sie vortäuschte, Emilia Young, die junge Tochter des Kaufmanns Daniel Young, zu sein, und sich so Waren und Güter im Wert von zwölf Pfund erschlich.«

Der Richter beugte sich über sein Pult und musterte Rose sorgfältig. Was er sah, schien ihm nicht zu gefallen. Er verzog angewidert den Mund und lehnte sich zurück.

»Wie genau wurde die Täuschung verübt?«, fragte er.

»Die Beschuldigte gab sich gegenüber den geprellten Händlern als reiche Kaufmannstochter aus und kaufte auf Rechnung *ihres* Vaters ausgiebig ein.«

»Und man glaubte, dass das hier«, der Richter zeigte verächtlich auf Rose, »eine Dame sei und überließ ihr die Ware? Waren die Geschädigten etwa blind? Verkauften sie gar im Dunklen? Hatten sie keinen Geruchssinn?«

Die Zuschauer hinter Rose, die Wachen und die Justizangestellten lachten hämisch über den Witz. Zufrieden darüber, die Menge belustigt zu haben, ließ der Richter sein Taschentuch fallen und fragte mit gespielter Langeweile:

»Nicht, dass es mich interessiert, ob unter den gestohlenen Gütern wenigstens Seife oder irgendetwas dergleichen war, das dieses Elend ansehnlicher zu machen verspräche und somit die Tat rechtfertigt. Dennoch muss ich von Rechts wegen fragen, ob Ihr etwas zu eurer Verteidigung vorbringen wollt.«

Er sah auf Rose hinab.

Sie antwortete nicht.

Mit einem genervten Augenrollen griff er nach seinem Hammer und verkündete:

»In Namen seiner Majestät, Georg IV., und des englischen Volkes verurteile ich euch wegen Betruges zur Deportation nach Australien und 20 Jahren Zwangsarbeit.«

Er ließ den Hammer niederfahren und Rose zuckte unter dem Donnern zusammen. Das Urteil hallte in ihren Ohren nach. Sie schüttelte den Kopf, weil der Ton sich zog und nicht weichen wollte. Einer der Wächter stieß sie nach vorne. Sie wäre beinahe gefallen, weil ihre Knie zu weich waren, um sie zu halten. Doch die Männer fingen sie noch rechtzeitig auf und schleiften sie aus dem Saal wie den alten Mann zuvor.

Rose blickte über die Schulter zurück. Der Richter, der sie bereits zu vergessen schien, wischte sich erneut den Schweiß von der Stirn und rief laut: »Der Nächste!«

Dann war er außer Sicht und Rose drehte den Kopf benommen wieder nach vorne. Die Gesichter der hämisch lachenden Menge, durch die man sie schleifte, verschwammen.

Träumte sie oder war es tatsächlich Mr. Davis, der dort drüben stand und sie geradewegs ansah? Sein altes, eingefallenes Gesicht trug noch immer die tiefen Falten zur Schau, die sie als Kind stets fasziniert hatten. Seine kleinen Augen waren blutunterlaufen und die wenigen weißen Haare auf seiner

Stirn standen in alle Richtungen ab. Sie musste halluzinieren, doch seine Worte traten klar und deutlich aus dem lauten Meer hervor, das sie umgab:

»Habe ich es dir nicht gesagt, Rose Mason? Habe ich dir nicht gesagt, dass es böse mit dir enden wird? Ja, ich habe es dir gesagt …«

Die Tür des Gerichtssaals fiel hinter ihr zu und Mr. Davis verstummte. Seltsamerweise bedauerte sie das. Er mochte seit Jahren tot sein, doch solange sie ihn im Saal wusste, hatte sie sich für einen Augenblick nicht mehr so schrecklich allein gefühlt. Nicht einmal Betty war zu ihrer Verurteilung erschienen.

Sie hatte niemanden auf der Welt und der einzige Mensch, der sie wenigstens als Geist heimsuchte, war ihr alter Lehrer. Rose lachte bitter auf, als ihr klar wurde, wie erbärmlich ihre Existenz war.

Die Ketten schrammten an der Wand entlang, als die Männer sie die Treppe zu den Zellen hinunterstießen. Unten wurde sie von anderen Wachen in Empfang genommen, die sie mit versteinerten Gesichtern roh in das Loch zurückwarfen, aus dem man sie drei Stunden zuvor hervorgezerrt hatte.

Noch lange, nachdem der Schlüssel im Schloss umgedreht worden und die Schritte verhallt waren, blieb Rose reglos auf dem Boden liegen. Sie mochte nicht aufstehen. Sie mochte nicht das trockene alte Brot in der verdreckten Schüssel essen. Sie mochte nicht mehr sein.

***

Wer einmal über Tage in einen so kleinen, dunklen und feuchten Raum gepfercht war, umgeben von den Stimmen Verzweifelter, die in den Nachbarzellen Tag und Nacht wimmerten und flehten – es war so lange, es musste sich Tag und Nacht hingezogen haben, wenngleich Rose ob der Dunkelheit zunehmend ihr Gefühl für die Zeit verloren hatte –, reagierte nicht mehr. Nicht auf die Rufe derer, die noch nicht mitbekommen hatten, dass es einfach keinen Zweck hatte, nicht auf die Schreie jener, die der Wahnsinn unwiderruflich geholt hatte, und schon gar nicht auf Stiefelschritte in der Ferne.

Stumpf, leer und hoffnungslos war Rose darin verfallen, auf dem Boden zu kauern und sanft mit dem Oberkörper zu wippen. So fand man sie vor, als man ihre Zelle aufschloss und sie herausrief. Selbst als eine Lampe in die Zelle gehalten wurde, zeigte sie nicht die geringste Reaktion. Man mochte glauben, ihre Seele hätte den Körper bereits verlassen.

Der Wächter fluchte. Wenn sie sich benahmen, wie dieses magere junge Ding, war es umständlich. Konnten sie nicht wenigstens ein bisschen helfen? Sein Rücken würde nur noch schlimmer werden. Wie eine Puppe zog er Rose in ihren Ketten durch die Zellentür und die Treppe hinauf.

In der kleinen Kammer, in der sonst die Aufseher mit Karten, Würfeln und Gin die Zeit totschlugen, warteten zwei ältere Gentlemen. In dem teuren Zwirn ihrer maßgeschneiderten Anzüge, mit den modischen Zylindern und den verzierten Gehstöcken sahen sie aus, als hätten sie sich verirrt. Sie gehörten auf ein Gartenfest oder in eine Oper, nicht in ein Verlies wie dieses.

Als der Wächter mit Rose ankam, schwitzte er. Warum musste immer er an die geraten, die nicht mehr laufen wollten, und sich abmühen, während der Rest hier saß und soff? Diese hier war nicht einmal schwer und trotzdem war er völlig außer Puste.

»Was ist mit der?«, fragte der jüngere der Männer und trat vorsichtig einen Schritt näher, als Rose auf einem Hocker abgeladen worden war. Sie begann erneut vor und zurück zu wippen. »Ist die verrückt?«

»Aye«, erwiderte der Wächter und wischte sich angewidert die Hände an der Uniform ab, bevor er sich gelangweilt an die Wand lehnte. »So werden die nach ein paar Tagen, das legt sich gleich.«

Es legte sich nicht.

Nachdem man Rose einige Minuten lang zugesehen hatte, griff der Wächter genervt nach einem leeren Eimer, verschwand, kehrte sogleich wieder und übergoss sie umstandslos mit einem Schwall kalten Wassers.

Augenblicklich schreckte sie auf und sah sich erschrocken um. Erst jetzt realisierte sie, dass sie sich nicht mehr in ihrer Zelle befand. Verwundert und ängstlich sah sie die Männer einen nach dem anderen an.

»Wo –« bin ich, wollte sie fragen, doch man ließ sie nicht zu Wort kommen.

Der ältere der Gentlemen, er musste um die 50 sein, trat näher, zog ein Taschentuch aus dem Ärmel und packte Rose derb am Kinn. Er drehte ihren Kopf nach links und rechts, runzelte die Stirn und wischte ihr mit dem Taschentuch unsanft über das Gesicht.

Auch wenn er für sein Alter durchaus attraktiv und ansehnlich war, gut roch und einen kultivierten Eindruck auf sie machte, bekam Rose Panik, weil er so grob mit ihr umging. Sie packte seine behandschuhte Hand und versuchte, ihn von sich zu stoßen.

Die entbehrungsreichen letzten Wochen forderten ihren Tribut. Sie hatte kaum Kraft und konnte nichts ausrichten. Doch das musste sie auch nicht, denn der Mann ließ sie nach wenigen Sekunden angewidert von selbst los und rümpfte die Nase.

»Bei Gott, sie stinkt ja unerträglich!«

Er ging zur Seite, so dass der andere Gentleman einen Blick auf Rose werfen konnte. Ein kleiner, dicklicher Mann mit verkniffenem Gesicht. Er hielt vorsichtshalber Abstand und bedeckte seine Nase mit dem Ärmel.

»Was sagst du? Siehst du eine Ähnlichkeit, oder wollten sich die Verkäufer am Ende doch nur herausreden?«, fragte der Dicke.

Der erste Gentleman, der inzwischen so weit entfernt stand, wie die Enge der Kammer es nur zuließ, wiegte nachdenklich den Kopf.

»Schwer zu sagen. Die Wangen sind eingefallen. Da ist ja kaum Fleisch auf den Knochen. Doch die Augenfarbe stimmt, der Mund ist ähnlich, die Haare – puh, dieser Gestank!« Er wandte sich ab und wedelte mit der Hand vor seiner Nase herum. »Ähnlichkeit ist da, trotz des Drecks und des zerzausten Gestrüpps auf dem Kopf, das man als Haar nicht mehr bezeichnen kann.«

Nach einigen Sekunden stiller Betrachtung aus der Distanz sahen sich die Männer bedeutungsschwer an, bis der Besseraussehende der beiden energisch nickte, als hätte er einen endgültigen Entschluss gefasst.

Mit einer schlichten Kopfbewegung bedeutete er dem Wärter, zu gehen. Dieser stieß sich von der Wand ab, trat aus der Kammer und zog die Tür hinter sich zu. Roses Besorgnis stieg, als sie realisierte, dass sie nun allein mit zwei unbekannten Männern war. Rasch sah sie sich nach einer Waffe um. Vergeblich. Nichts in ihrer Umgebung versprach, ihr Schutz zu gewähren.

»Ich werde schreien!«, drohte sie mit rauer Stimme, die sie seit Tagen zum ersten Mal wieder nutzte, und nahm Haltung an, um das wenn nötig unter Beweis zu stellen. »Ich werde mich wehren!«

»Unabhängig davon, dass wir nicht vorhaben, dir etwas anzutun, würde das nichts bringen. Tom dort draußen hat Anweisung, niemanden hereinzulassen und uns unter keinen Umständen zu stören. Egal, was er hört oder nicht hört«, sagte der Gentleman, der sie am Kinn gepackt hatte, während er seine Handschuhe auszog und sich auf die Kante des Tisches setzte.

»Was wollt Ihr von mir? Wer seid Ihr überhaupt?«

»Zwei ausgezeichnete Fragen«, kommentierte der andere, weniger ansehnliche Kerl, gesellte sich zu seinem Begleiter und stellte erleichtert fest: »Kein Dialekt. Wir haben mehr Glück als Verstand. Ich kann zwar nicht viel unter dem Dreck erkennen, Daniel, aber was ich sehe, genügt, um Hoffnung zu schöpfen. Fast wie eine echte Young.«

Young. In Rose stieg ein fürchterlicher Verdacht auf, wen sie vor sich hatte. Sie stürzte zur Tür und zog an der Klinke. Nichts tat sich. Rose klopfte heftig gegen das Holz der Tür und rief:

»Hilfe! Hilfe! Bitte macht auf!«

Sie hörte die Männer hinter sich genervt aufstöhnen, fuhr herum, als sie Schritte vernahm und kassierte eine Ohrfeige, die sie gegen die Tür warf.

»Du hörst nicht zu. Mr. Young sagte doch, es ist sinnlos zu schreien. Setz dich«, befahl der Dicke und wies auf den Hocker. Rose reagierte nicht, legte die Hand auf ihre brennende Wange und sah ihn erschrocken an.

»Setzen! Sofort!«

Erst als er sie anschrie, tat sie, was man von ihr verlangte. Der Fremde trat zurück zu Mr. Young und schüttelte den Kopf.

»Wenn wir Pech haben, ist sie eine Idiotin.«

»Unwahrscheinlich. Immerhin hat sie es einige Tage geschafft, sich für meine Tochter auszugeben. So bescheuert kann sie ja nicht sein.«

Rose überlegte fieberhaft.

In den letzten Tagen hatte sie sich mit ihrem Schicksal abgefunden und mit dem Leben abgeschlossen. Eine gute Gelegenheit, dem Leid ein sanftes Ende zu setzen und aus dem Albtraum aufzuwachen, den ihr Leben von Geburt an darstellte, war alles, was sie noch wollte. Dann könnte sie in einem Höllenkessel neben Mr. Davis Platz nehmen und er würde ihr zurufen, dass alles gekommen war, wie er es prophezeit hatte. Stattdessen war sie hier und wusste nicht, was diese Männer von ihr wollten. Vielleicht Rache? Waren sie hier, um sie zu foltern?

»He«, schrie der namenlose Gentleman sie an. »Hörst du überhaupt zu? Mr. Young hat dir eine Frage gestellt!«

Rose schreckte auf.

»Entschuldigung«, murmelte sie und sah zu Mr. Young, der noch immer ruhig auf der Tischkante saß und sie nachdenklich musterte.

»Wie alt bist du?«, wiederholte er.

»Äh … 20 oder 21«, antwortete Rose.

»Was denn nun? 20? 21?«

»Ich weiß es nicht. Ich … man hat mich als Baby ausgesetzt. Ich kenne meinen Geburtstag nicht.«

»Das ist auch unwichtig, du siehst jünger aus. Das genügt für unsere Zwecke.«

»Welche Zwecke?«, fragte Rose alarmiert.

Wurde sie doch nicht deportiert? Hatte man sie diesen Männern überlassen? Was planten sie mit ihr? Sie machte Anstalten, sich zu erheben, wurde jedoch wieder zurück auf den Hocker gedrückt.

»Das ist hier die Frage, nicht wahr?« Mr. Young deutete auf seinen Begleiter und dann auf sich. »Mr. Hardy und meine Wenigkeit sind hier, um dir ein Angebot zu machen, das dir womöglich … Wie viele Jahre waren es noch gleich?«

Er sah zu dem Mann, der jetzt Mr. Hardy hieß.

»20«, half dieser aus. »20 Jahre Zwangsarbeit.«

»Ah ja, stimmt. 20 Jahre, was für eine lange Zeit. Beinahe ein ganzes Leben. Jedenfalls sind wir hier, um dir dieses verdiente aber dennoch traurige Schicksal zu ersparen.«

Rose runzelte die Stirn, hütete sich aber zu fragen, wie er das meinte. Diese Männer führten etwas im Schilde und es musste mit ihrem Äußeren zu tun haben. Hoffentlich ging es nicht um unzüchtige Dinge. Wollten sie sie am Ende prostituieren? Rose war in ihrem Leben zwar schon tief gefallen, aber nicht so tief, dass sie sich hatte von einem Mann erniedrigen lassen müssen.

»Wie du dir sicher schon denken kannst, bin ich der Vater der jungen Dame, für die du dich ausgabst.« Rose nickte. Natürlich hatte sie sich das gedacht. »Ich bin nicht hier, um dich zu bestrafen. Dafür ist unsere Justiz zuständig, die ihre Sache bekanntlich vorzüglich und gewissenhaft macht. Nein, ich bin hier, um dir einen Vorschlag zu unterbreiten, wie du doch noch einmal straffrei davonkommst.«

Rose hob den Kopf und sah ihn verwundert an. Träumte sie? War das eine dieser Situationen wie mit Mr. Davis, in denen Traum und Realität so ineinander schwammen, dass es ihr kaum mehr möglich war, sie auseinanderzuhalten?

»Unter einer Bedingung, natürlich.«

Natürlich, dachte sie bitter. Es gab immer eine Bedingung. Wieso auch sonst sollten rettende, nach teurem Parfum riechende Engel hier zu ihr nach unten in diese menschengemachte Hölle steigen, wenn es keine Bedingung gab?

»Die wäre?«

»Du erklärst dich bereit, erneut in die Rolle meiner Tochter zu schlüpfen und den Mann zu ehelichen, mit dem sie verlobt ist. Eine unglückliche Verbindung, die sich ärgerlicherweise nicht ohne Weiteres lösen lässt.«

»Ich verstehe nicht …«

»Was gibt es da groß zu verstehen?«, mischte sich der weniger nette, ja, unsympathische Mr. Hardy ein. »Du gibst dich als Emilia Young aus, heiratest ihren Verlobten, verschwindest von der Bildfläche und das war's. Dafür bekommst du eine stattliche Summe.« Er wies auf die Tür, hinter der die Treppe hinab zu den Verliesen führte. »Und wir regeln das hier.«

»Ein paar Wochen und du bist wieder eine freie Frau, diesmal mit Geld und einer rosigeren Zukunft«, versicherte Mr. Young.

»Und mit einem Fremden verheiratet, den ich über meine wahre Identität getäuscht habe? Ehe ich mich versehe, finde ich mich doch wieder hier«, sagte Rose mit brüchiger Stimme und schüttelte den Kopf. Waren die beiden noch bei Sinnen? Glaubten sie wirklich, sie würde sich darauf einlassen, einen Fremden durch Täuschung zur Heirat zu bewegen und sich damit nur noch mehr Schwierigkeiten aufzuhalsen?

»Nicht, wenn du dich klug anstellst. Erzähl mir nicht, dass du auf einmal Skrupel hast, deine Identität zu verschleiern. Vor ein paar Wochen jedenfalls hattest du die ganz sicher nicht, als du es dir auf meine Kosten gutgehen ließest.«

Der Einwand saß. Es war schlicht nicht von der Hand zu weisen, dass Rose ihre Ähnlichkeit mit einer reichen Tochter genutzt hatte, um ein, zwei, drei schöne kleine Dinge zu erwerben und hie und da einen Kuchen oder zwei und eine Praline zu verspeisen. Alles auf Kosten des Gentlemans, der ihr jetzt gegenüberstand.

»Nein, habe ich nicht«, gab sie widerwillig zu. »Aber ich fürchte mich vor dem Strang. Man sagte mir, ich bin dem Galgen nur entkommen, weil das mein erstes Vergehen war. Man ließ keine Zweifel daran, was mir droht, wenn ich noch einmal gegen das Gesetz verstoße. Ich weiß zwar nicht, wie man mit Eheschwindlerinnen umgeht, doch ich kann mir schon denken, dass man ihnen mit noch weniger Nachsicht begegnet.«

Mr. Young lachte und blickte amüsiert zu Mr. Hardy.

»Sie ist recht flink mit der Zunge. Der Ausdruck ist geschliffen, ein Dialekt kaum zu vernehmen. Ich komme nicht umhin, das staatliche Schulsystem zu loben, das sich unserer Waisen annimmt. Sie scheint davon profitiert zu haben. Zu schade, dass so viel kriminelle Energie in ihr steckt.

Das schließt sie von ehrbaren Berufen wie Gouvernante und Dienstmädchen aus.«

Rose lachte laut über die naive Annahme, ihre Bildung und Erziehung sei das Produkt staatlicher Fürsorge. Absurder ging es kaum.

»Was gibt es da zu lachen, Mädchen? Glaubst du etwa, wir beide kommen in dieses Drecksloch, um dir ein paar vergnügliche Stunden zu bescheren?« Mr. Hardy baute sich drohend vor Rose auf und holte aus, um ihr noch eine zu verpassen.

»Na, na, na, Frankie. Wir wollen mal nicht so empfindlich sein. Lass uns ihr den Vorschlag mit all seinen Vorzügen erläutern und ich bin sicher, das Angebot spricht für sich.«

Rose war zu müde und zu schwach, um zu widersprechen oder diesen seltsamen Menschen, die aus einer völlig anderen Welt in die ihre herabgestiegen waren, klarzumachen, dass sie seit kurzem am Leben eigentlich kein Interesse mehr hatte. Selbst, wenn sie ihr vorschlügen, sie zur Königin zu krönen, würde sie dafür kaum mehr als ein müdes Lächeln aufbringen.

Mr. Davis' Ermahnungen kamen ihr wieder in den Sinn.

»*Rose*«, hatte er gesagt, »*deine Fantasie bringt dich noch ins Grab. Du darfst nicht so viel von einem Leben erwarten, in dem dir nichts zusteht.*«

»Meine kleine, 17-jährige Emilia brachte sich – und damit auch mich – in eine sehr unglückliche Lage«, erläuterte Mr. Young und achtete gar nicht darauf, ob Rose bei der Sache war oder nicht. »Durch ein törichtes Versprechen band sie sich an einen Mann, der auf nichts als ihre Mitgift aus ist. Ein abscheulicher Mensch, ein Baron zwar, aber nichtsdestoweniger scheußlich. Verarmt, nicht in der Lage, mit Geld umzugehen. Ein Säufer. Einfach schrecklich.«

Rose runzelte die Stirn. Wenn dem so war, warum löste man nicht einfach die Verlobung und ließ es damit gut sein? Niemand sollte gezwungen werden, einen solchen Mann zu heiraten.

Und Moment mal, hieß das, sie sollte anstelle von Emilia einen verarmten, scheußlichen Säufer zum Mann nehmen? Entrüstet sah sie Mr. Young an. Er ahnte, was sie dachte, und nickte heftig mit dem Kopf.

»So ist es! Mime meine kleine, unschuldige Tochter, eheliche so schnell wie möglich diesen Baron und nimm ihm so die Möglichkeit, weiter auf der Verlobung – und damit auf der Hochzeit – mit Emilia zu bestehen.«

»Ist ein Mann einmal verheiratet, kann er nicht noch eine Frau nehmen«, warf Mr. Hardy ein und rüttelte an dem winzigen Fenster der Kammer, bis es sich wenigstens einen Spalt öffnete.

»Aber dann bin ich mit einem Widerling verheiratet, der mich am Ende erschlägt, sobald er herausfindet, wer ich bin! Oder vielmehr, wer ich nicht bin.«

Mr. Young schüttelte energisch den Kopf.

»Nicht, wenn du dich diesmal klüger anstellst. Sobald er dich erst einmal vor den Altar geführt hat, packst du nachts schnell deine Sachen, legst meiner Bank hier in London die Heiratsurkunde vor, bekommst eine stattliche Summe und schiffst dich umgehend nach Amerika ein. Wenn er dein Fehlen bemerkt, bist du längst über alle Berge. Reich, frei und unbehelligt.«

»Schön und gut, aber kommt es euch nicht billiger, wenn Ihr die Verlobung einfach löst?«

Die Männer sahen sich an, bevor Mr. Hardy sich streng zu Rose wandte.

»Die Verlobung einfach löst?«, äffte er sie nach. »Denkst du etwa, du hast es hier mit Idioten zu tun? Wir haben unsere Gründe, weshalb wir die Verlobung nicht lösen und die gehen dich einen Scheißdreck an.« Je länger er redete, desto mehr kam er in Rage. »Ich weiß auch gar nicht, warum wir dir Rede und Antwort stehen müssen. Wir bieten dir die Freiheit, ersparen dir ein grausames Schicksal und du zeigst nicht einmal Dankba–«

Beruhigend legte Mr. Young ihm eine Hand auf die Schulter und bedeutete ihm, sich zu mäßigen. Liebevoll und väterlich lächelte er auf Rose hinunter.

»Pass auf, Rose. So heißt du, nicht wahr?« Sie nickte. »Für die Errettung meiner Tochter aus dieser misslichen Lage wäre ich bereit, mit dem Richter zu sprechen, der übrigens ein guter Freund von mir ist. Ich kann ihm erklären, dass es sich bei deiner kleinen Schwindelei um ein Missverständnis gehandelt hat, für das niemand zu büßen braucht. Er wird die Strafe aufheben. Alles, was ich im Gegenzug verlange, ist, dass du meine kleine, unschuldige Tochter vor einem schrecklichen Schicksal bewahrst. Mehr will ich nicht.«

Aus gutherzigen Augen sah er sie flehend an. Fast dachte Rose, eine kleine Träne gesehen zu haben, die er hastig mit seinem Taschentuch fortwischte.

Sie seufzte resigniert und nickte.

Hatte sie denn eine Wahl? In der Tat war die Vorstellung, einen widerlichen Baron zu prellen und sich in Amerika ein neues Leben ohne Geldsorgen aufzubauen, bei weitem attraktiver als die Aussicht auf 20 Jahre Zwangsarbeit in Australien.

»Ich tu‘s«, sagte sie bestimmt.

»Großartig«, antworteten die Gentlemen einstimmig.

Ihre Erleichterung war mit Händen zu greifen. Mr. Young klatschte begeistert. Mr. Hardy klopfte mit seinem Gehstock an die Tür und rief, man solle öffnen. Sekunden darauf wurde der Schlüssel im Schloss herumgedreht, die Tür ging auf und der Wärter kam herein. Unsanft riss er Rose mit sich, schubste sie die Treppe hinunter und zurück in ihre Zelle. Als er die Tür hinter ihr zuwarf und die Dunkelheit sie wieder umfing, konnte Rose nicht anders, als ihren Verstand in Zweifel zu ziehen.

War es am Ende doch ein Traum gewesen? Hatte sie sich all das eingebildet? Wie Mr. Davis, der in der Ecke ihres Verlieses saß, trotz der Dunkelheit deutlich zu sehen war und sie kopfschüttelnd anstarrte.

Wäre nicht der Duft dieses schweren, blumigen Parfums gewesen, der noch an ihr haftete, hätte sie tatsächlich glauben müssen, gerade aufgewacht zu sein.

»*Auf was hast du dich schon wieder eingelassen, Rose?*«

Mr. Davis‘ kleine Augen blitzten in der Dunkelheit, die alte Haut um sie herum blass und faltig wie dünnes, kränkliches Papier. »*Diese Männer führen nichts Gutes im Schilde und du wirst dich noch tiefer in der Hölle wiederfinden. Nicht bei uns hier in den warmen Kesseln. Nein, im Schlund des Cerberus, des dreiköpfigen Höllenhunds.*«

Wie schon früher als kleines Waisenmädchen erwiderte Rose nichts auf seine Vorhalte. Sie drehte ihm lediglich den Rücken zu, schlang die Arme um die Beine und begann, sanft vor und zurück zu wippen.

***

Wenige Stunden später wurde die Zellentür wiederum aufgesperrt und Rose erneut herausgeschleift. Man nahm ihr die Ketten ab und warf ihr einen weiten schwarzen Umhang über, der sie komplett verhüllte. Durch ein endloses Labyrinth von Gängen führte man sie hinaus auf den Innenhof des Gefängnisses, wo bereits eine Kutsche wartete.

In der Kutsche saßen Mr. Young und Mr. Hardy. Sie nickten Rose zur Begrüßung zu, zückten auf der Stelle ihre parfümierten Taschentücher, um sie sich vor die Nase zu halten, und hielten die Köpfe aus dem Fenster, soweit es ging.

Jemand klopfte von außen an die Kutsche und sie fuhr an. Rose war vollauf damit beschäftigt, die Londoner Luft zu atmen, die ihr frisch erschien wie nie zuvor. Träumte sie schon wieder? War sie wirklich nicht mehr im Gefängnis? Nicht auf dem Weg nach Australien, in eine ungewisse Zukunft voll Härte und Qual?

Mr. Hardy machte Würggeräusche, doch das störte Rose nicht. Fühlten sich die armen Gentlemen etwa von ihrem Geruch belästigt? Gut so! So roch Elend. Sollten sie es ruhig ertragen und erahnen, wie das Leben auch sein konnte. Die Welt war keine duftende Blumenwiese.

Die Kutschfahrt verlief ereignislos. Man ließ Rose nicht nach draußen sehen, damit die Welt nicht erfuhr, wer im Wagen saß, und wechselte mit ihr auch sonst kein nettes Wort. Die Herren hielten ihre Köpfe permanent in die Luft und überließen sie sich selbst und ihren wirbelnden Gedanken.

Sie war hin- und hergerissen zwischen Euphorie und Verzweiflung. Was, wenn die beiden am Ende niederträchtige Mörder waren, die sie nur aus dem Gefängnis holten, um sie zum Vergnügen zu ermorden? Oft genug hatte Rose in Londons Straßen Gerüchte über Adlige gehört, die nicht nur der Fuchs-, sondern auch der Menschenjagd nachgingen. Im Waisenhaus erzählte man sich zahllose Schauergeschichten. Kinder, die von reichen Menschen adoptiert worden und von keiner Menschenseele mehr gesehen worden waren. Hinter vorgehaltener Hand tuschelte man, sie wären im Wald ausgesetzt und zum Zeitvertreib gejagt worden, abgeknallt wie Tiere.

Plötzlich saß Mr. Davis ihr gegenüber zwischen den beiden Männern. Mahnend sah er Rose an und formte Worte mit dem Mund, ohne dass eines davon laut über seine Lippen kam. Es war eine stumme Warnung. Wenn sie nicht auf der Hut war, würde es böse mit ihr enden. Sie fragte sich, ob er irgendwann einmal auch etwas neues zu sagen hatte.

Die Kutsche kam zum Stehen.

Ohne zu warten, bis es ein Diener tat, rissen die beiden Herren die Türen der Kutsche auf und sprangen hinaus. Rose erhob sich mühsam. Sie hatte seit Tagen nichts gegessen, war hungrig und entkräftet. Mit zittrigen Beinen stieg sie aus der Kutsche. Niemand eilte herbei, um ihr zu helfen. Stattdessen erwartete man sie ungeduldig an der Tür eines bescheidenen, schmucklosen Hauses.

Hätte sie noch die Kraft gehabt, wäre sie weggelaufen. Doch sie wusste, dass es vergeblich war. Mühelos würden sie sie einholen und ohne Aufwand doch ins Haus schleppen. Ihrem Schicksal ergeben trat sie in das Gebäude und wappnete sich innerlich. Was auch immer ihre letzten Tage auf Gottes Erde brachten, sie würde es erhobenen Hauptes und mit Würde tragen.

Am Ende des kleinen, dunklen Korridors lag eine Tür, hinter der Licht brannte. Rose atmete tief ein, ließ sich von Mr. Young und Mr. Hardy überholen und trat durch die Tür, die man ihr aufhielt.

Erleichtert atmete sie aus, als sich der Raum dahinter als eine Art Waschküche entpuppte, in der sich eine einzige Person befand. Eine Frau mit hochgekrempelten Ärmeln, um die 40 vielleicht, füllte einen großen Zuber mit heißem Wasser. Als sie sich aufrichtete, entwich Rose ein überraschtes Keuchen. Die Frau war eine Riesin. Sie musste fast zwei Meter groß und ebenso breit sein. Mit offenem Mund starrte sie sie an.

»Rose, das ist Daisy. Sie wird deine Vertraute und Kammerzofe sein und dich zu dem Baron begleiten, um ein Auge darauf zu haben, dass du dich an unsere Vereinbarung hältst«, stellte Mr. Young sie vor, während er sich seines Mantels entledigte.

Daisy sprach kein Wort. Wie groß ihre Hände waren und wie breit ihr Rücken! Diese Frau war mehr Mann als Frau und jagte Rose eine Heidenangst ein. Kein Zweifel, man hatte sie von dem einen Gefängniswärter nur befreit, um sie hier dem nächsten auszuhändigen. »Daisy wird dir zur Hand gehen und dir helfen, dich etwas … frisch zu machen.«

Mr. Hardy musste lachen.

»Frisch machen. Ein guter Witz. Viel Glück!«, wünschte er Daisy, wedelte sich demonstrativ mit der Hand vor der Nase herum und nahm zusammen mit Mr. Young eine Treppe, die ins Obergeschoss führen musste.

Rose blieb allein mit der Riesin, die sie regungslos anstarrte.

Daisy? Wie konnte sie nur so heißen? Die Erscheinung stand in völligem Widerspruch zu diesem Namen. Man mochte sich vorstellen, wie wohl der Charakter eines Menschen mit solch einer wuchtigen Präsenz war. Nicht gerade eine sanfte Blume. Nein, diese Frau war keine Daisy. Man sollte ihr Schwert und Rüstung geben und sie gegen Barbaren ins Feld schicken.

»Ausziehen!«, dröhnte die Riesin und verschränkte die Arme.

Rose rührte sich nicht.

»Ausziehen«, wiederholte sie, diesmal lauter.

Rose zog den Umhang, den man ihr übergeworfen hatte, enger um sich. Unter keinen Umständen war sie bereit, sich vor dieser Fremden zu entblößen. Außerdem war das Wasser im Zuber kochend heiß. Sie würde sich verbrühen, sobald sie einen Zeh hineintauchte.

Daisy seufzte genervt, schob ihre umgekrempelten Ärmel noch etwas höher und setzte sich energisch in Bewegung. Rose versuchte, dem Arm auszuweichen, den die Magd nach ihr ausstreckte. Für ihre enorme Größe war Daisy überraschend wendig. Wie ein Schraubstock schloss sich ihre Hand um Roses Arm. Doch sobald sie ihr näherkam, begann die Magd zu würgen.

»Puh«, machte sie und wandte das Gesicht ab, hielt sie aber weiterhin eisern fest. Der Umhang flog beiseite und Daisy machte sich an dem Stofffetzen zu schaffen, der einmal ein Kleid gewesen sein musste.

Rose schrie, bettelte und drohte, doch gegen diese Urgewalt von einer Frau hatte sie keine Chance. Nicht einmal, wenn sie bei Kräften gewesen wäre. Mit Leichtigkeit hielt die Riesin sie fest, während sie ihr die Kleider vom Leib pflückte und ins Feuer warf.

Mit großen Augen sah Rose, wie die Fetzen verbrannten und die Waschküche mit einem seltsamen Geruch erfüllten. Plötzlich verlor sie den Boden unter den Füßen. Sie wurde hochgehoben, um in den Zuber geworfen zu werden.

Entsetzt klammerte sie sich an Daisy fest und schrie:

»Zu heiß! Nein, zu heiß! Bitte!«

Doch es nutzte alles nichts. Mit einem Grunzen bugsierte die Magd Rose in das kochend heiße Wasser, das ihr sofort die Haut verbrühte. Als sie wieder herausklettern wollte, packte Daisy sie am Schopf und tauchte sie tief in den Bottich. Panik stieg in Rose hoch. Sie fürchtete, zu ertrinken, und schlug noch heftiger um sich.

Wasser spritzte über den Rand des Zubers, Seife flog durch die Luft, Daisy keuchte und fluchte. Es war ein ungleicher Kampf, doch für kurze Zeit hielt Rose sich tapfer. Viel zu schnell verließen sie die Kräfte, doch mit Genugtuung stellte sie fest, dass Daisy nicht nur Kratzer, sondern auch eine Menge brühwarmes Wasser abbekommen hatte.

Geschah ihr recht, dieser Tyrannin.

Unter lauten Flüchen und Beschimpfungen schrubbte Daisy Roses Arme. Irgendwann gewöhnte sie sich an die Hitze und all die kleinen Blitze auf ihrer roten Haut verschmolzen zu einem einzigen großen, alles überdeckenden Schmerz.

Daisy schrubbte und schrubbte, bis das Wasser sich verfärbte. Sie würgte, sie fluchte, sie tobte, sie schrie. Rose reagierte nicht mehr. Sie blieb einfach stoisch sitzen, ließ alles geschehen und beobachtete das Gebräu dabei, wie es von einer milchigen Flüssigkeit zu einer schwarzen Pfütze wurde.

Mit einem Ruck zog Daisy ihren Kopf an den Haaren in den Nacken und machte sich daran, die Strähnen einzuseifen. Das Ziehen an der Kopfhaut trieb Rose Tränen in die Augen. Halbherzig packte sie Daisys Hände, doch die Riesin schüttelte sie achtlos ab und schrubbte ihr noch mehr Seife in die Haare. Irgendwann, lange nachdem die Kopfschmerzen gekommen waren und als Rose vor Tränen längst nichts mehr sehen konnte, übergoss Daisy sie plötzlich mit kaltem Wasser. Erschrocken fuhr sie aus dem Zuber hoch und schüttelte sich wie ein nasser Hund.

Welch schreckliche Behandlung widerfuhr ihr hier? Es wollte kein Ende nehmen.

Die Magd hob sie aus dem Zuber, holte eine Bürste mit drahtigen Borsten und begann ihre Ellenbogen, Knie und Sohlen damit zu bearbeiten. Rose schrie aus voller Kehle, doch wie stets kam niemand ihr zur Hilfe. Sie wurde von einem grässlichen, erbarmungslos kalten Riesenweib gefoltert, dem sie hilflos ausgeliefert war. Erlösung war nicht in Sicht.

Nur mit einem kratzigen Handtuch umhüllt stand sie schließlich in der Mitte der Waschküche. Ihr Kopf wurde hin- und hergerissen, während Daisy sich abmühte, ihr zerzaustes Haar zu kämmen.

Mr. Davis drehte unterdessen Kreise durch den Raum. Bucklig und mit hinter dem Rücken verschränkten Händen schlurfte er vor sich hin, sah sich um, nahm hie und da etwas in die Hand, nickte und stellte es wieder ab.

»*Ich habe es ja gesagt*«, murmelte er vor sich hin. »*Du kommst in die Hölle. Was soll das hier sein, wenn nicht die Hölle?*«

»Aaaaah«, entwich es Rose und zum wiederholten Mal hob sie die Hände zu ihren Haaren. Daisy bürstete mit solch roher Gewalt, dass sie vor Schmerz beinahe in Ohnmacht fiel. Panisch sah sie, wie die Magd eine ganze Strähne achtlos zu Boden fallen ließ, die sie herausgerissen hatte.

Als sie fertig war, konnte Rose sich kaum mehr auf den Beinen halten. Daisy trocknete ihr Haar mit einem Handtuch. Dann ließ sie endlich von ihr ab, ging hinüber zum Kamin und holte Strümpfe, ein langes Unterhemd und ein schlichtes Korsett.

Geübt rollte sie die Strümpfe an Roses roten Beinen nach oben, bis sie alle Striemen überdeckten. Dann stülpte sie ihr das Hemd über, bevor sie mit wenigen Handgriffen das Korsett zuschnürte. Zum ersten Mal seit Wochen verspürte Rose so etwas wie ein Wohlgefühl. Die Sachen waren warm vom Herd, lagen sauber auf ihrer Haut und rochen nach Stärke und Seife. Als Daisy mit einem schlichten, blauen Kleid ankam, es ihr über den Kopf zog und mit ihren riesigen, sperrigen Fingern wundersam gekonnt die kleinen Knöpfe schloss, begriff Rose, dass sie gerade wieder zu einem Menschen gemacht worden war.

Ehrfürchtig strich sie über den leichten Stoff des Kleides, betastete die kleinen Stickereien auf den Ärmeln und berührte sanft die schlichte Spitze des Unterhemdes, die elegant ihr Dekolleté säumte.

Daisy, mittlerweile ruhiger, nicht mehr ganz so energisch und fast schon sanft, kämmte ihr noch ein letztes Mal das Haar, flocht es zu einem schlichten Zopf und band eine kleine blaue Schleife darum. Mit einem Ruck drehte sie Rose zu sich, machte drei Schritte zurück und nickte zufrieden.

Bevor Rose ihr danken oder sie verfluchen konnte – sie war sich nicht sicher, was davon angebrachter war –, packte sie sie am Ellenbogen und zog sie mit sich die Treppe hinauf, die die beiden Herren Stunden zuvor genommen hatten.

Sie passierten einen holzverkleideten Gang und mehrere Türen, bis sie vor der einzigen zum Stehen kamen, hinter der Licht brannte. Daisy klopfte kurz, zog die Tür auf, ohne das »Herein« abzuwarten, und stieß Rose in einen kleinen, schlichten Salon.

Die beiden Gentlemen erhoben sich und sahen sie mit offenem Mund an. Nur das Knistern des Kamins durchdrang die Stille, die Rose ganz ungewöhnlich vorkam. Niemand sagte auch nur einen Ton, bis Mr. Young sich schließlich aus seiner Schockstarre befreien konnte.

»Bei Gott! Allmächtiger! Sie sieht aus wie Emilia! Wie eine Kopie!«

Mr. Hardy nickte nur. Er war noch immer zu verblüfft, um ein Wort über die Lippen zu bringen.

Mr. Young umrundete Rose und schüttelte den Kopf, während er immer wieder »Bei Gott!« sagte. Daisy interpretierte seine Verblüffung als zufriedene Reaktion auf ihre Arbeit, machte einen unbeholfenen Knicks, trat wieder auf den Flur hinaus und zog die Tür hinter sich zu.

»Es könnte funktionieren!«, frohlockte Emilias Vater und sah zu seinem Freund. »Es könnte wirklich funktionieren! Sie gleicht gar meiner Mutter.«

Mr. Hardy nickte zur Erwiderung, atmete erleichtert aus und begann triumphierend, die Gemeinsamkeiten aufzuzählen.

»Derselbe braune Ton des Haars, die gleichen Züge des Gesichts, blaue Augen, sie ähnelt ihr in allem. Wie eine Kopie, Daniel, du hattest recht. Wie eine Kopie.«

Daniel Young trat an einen Tisch, goss zwei Gläser Whisky ein und reichte Mr. Hardy feierlich eines davon. Beide leerten ihre Gläser auf der Stelle. Als Mr. Young sich daran machte, nachzuschenken, bemerkte Rose, die die ganze Zeit über damit gekämpft hatte, sich auf den Beinen zu halten, dass der Raum sich erst langsam, dann immer schneller zu drehen begann.

Aus weiter Ferne hörte sie rufen, jemand sei der Ohnmacht nah. War damit etwa sie gemeint? Bevor sie weiter darüber nachdenken konnte, senkte sich ein schwarzer Schleier über alles und die Stimmen verstummten.

KAPITEL II

London, 21. Mai 1826

Die Korrespondenz zwischen Emilia und Lord Hartshield, Baron of Eddleston, war unfassbar langweilig und inhaltsleer.

Mit einem Stöhnen ließ Rose ihren Kopf gegen das Fenster fallen, auf dessen Sims sie saß und sich zum wiederholten Mal durch einen schier endlosen Brief seiner Lordschaft quälte, in dem er über die Bewirtschaftung seiner Güter und über seine Gänsezucht schwadronierte. Beigelegt hatte er seinen Ergüssen das Protokoll einer der Sonntagspredigten, die er in Ermangelung eines Geistlichen auf seinen Ländereien regelmäßig selbst verfassen und halten musste.

Der Seelsorger seiner Gemeinde war letzten Winter von der Influenza dahingerafft worden und bis sich ein neuer, rechtschaffener Hirte für Eddleston fand, sah sich Lord Hartshield höchstpersönlich für das Seelenheil seiner Untergebenen verantwortlich.

Es warteten noch dutzende weitere Briefe dieser Art auf Rose. Gänse, Predigten, Schafshaltung, Kuhherden und Viehdiebe, Pflanzenzucht und Landleben. Nur Mr. Youngs und Mr. Hardys ständige Betonungen, der Baron bestehe auf der Verlobung, ließen Rose noch daran zweifeln, dass hier jemand alles dafür tat, dass ein junges Mädchen nicht seine Frau werden wollte.

Fürstliche Entlohnung hin oder her – unmöglich konnte sie jemanden zum Mann nehmen, der derart ausdauernd solch langweilige Ergüsse produzierte. Lord Hartshield klang wie Ende 60 und wäre besser beraten, eine gleichaltrige Gefährtin statt einer 17-jährigen Dame aus London an sich zu binden.

Erleichtert stellte Rose fest, dass dieser Brief um mehrere Seiten kürzer war als der letzte. Sie faltete ihn zusammen, legte ihn auf den Stapel gelesener Machwerke und griff nach einem Umschlag von einem anderen Berg. Ihre Pflichtlektüre umfasste auch Emilias Antworten. Mr. Young ließ den Schriftverkehr seiner jungen Tochter überwachen und sich von allem eine Kopie anfertigen. Ihre Tugend und ihre Mitgift waren ihre höchsten Güter in der Welt und entsprechend sorgsam war das Auge, in dem er beides stets behielt.

So langweilig Lord Hartshields Briefe auch waren, die Belanglosigkeit von Emilias Erwiderungen übertraf sie noch um Längen.

Kein Ereignis im Leben des Mädchens war zu irrelevant, um festgehalten zu werden. Das Ergebnis in Roses Händen las sich wie ein Tagebuch. Sorgsam listete Emilia auf, wen sie wo getroffen, was wer zu ihr gesagt und was sie darauf entgegnet hatte. Meist handelte es sich um Komplimente, auf die sie ihrerseits mit Komplimenten reagierte.

Wie immer ohne auf irgendetwas einzugehen, das Lord Hartshield schrieb, teilte Emilia ihm in diesem Fall gleich in den ersten Zeilen mit, dass sie vor einiger Zeit – vier Wochen war es wohl schon her – Lady Addington im Park über den Weg gelaufen war, die sie für ihren ausgezeichneten Regenschirmgeschmack lobte. Denn stilsicher, wie sie war, hatte Emilia sich entschlossen, anstatt eines zu ihrem roten Rock passenden roten einen blauen Schirm zu wählen, woraus sich eine ganz vorzügliche Farbkombination ergab. Selbstverständlich hatte Emilia ihr ergeben gedankt und ihrerseits hervorgehoben, wie geschmackvoll Lady Addingtons Handschuhe mit dem Obergewand abgestimmt waren.

Die sinnbefreite Konversation über bemalte Tischchen, Kleider, Musik, aufwendige Spitze und Komplimente bei Tisch, im Park oder auf einem Ball füllte dutzende von Seiten.

In diesem Fall ging es weiter mit einer Lady Beaumon, der man in Gottes Namen nichts Persönliches anvertrauen durfte, wenn man nicht wollte, dass ganz London davon erfuhr. Zwar lag es Emilia gänzlich fern, schlecht über jemanden zu denken oder gar zu reden, doch Lady Beaumon konnte schlicht kein Geheimnis für sich behalten. Also riet Emilia Lord Hartshield eindringlich zu äußerster Vorsicht, sollte er jemals das zweifelhafte Vergnügen haben, die Bekanntschaft besagter Dame zu machen.

Nach der Lektüre von zwei, drei Briefen dieser Art war Rose täglich sicher, am Nachmittag Kopfschmerzen zu bekommen. Nicht in ihren kühnsten Träumen hätte sie sich vorstellen können, dass sich tatsächlich zwei Menschen finden würden, die derartige Mengen an Belanglosigkeiten austauschen wollten.

Ein Blick genügte ihr, um festzustellen, dass die letzten zehn Schreiben, die sie noch nicht gelesen hatte, den anderen im Umfang in nichts nachstanden.

Entnervt legte sie den Brief beiseite, raffte ihre Röcke und ging hinüber zu der kleinen Anrichte, auf der sich Obst und Pralinen türmten. Mr. Young und sein Geschäftspartner und Freund Mr. Hardy – ein grundunsympathischer Mensch – versorgten Rose bei jeder Gelegenheit mit Leckereien und animierten sie zum Essen. Dabei betonten sie immer wieder, wie sehr sie Emilia glich – bis auf die Größe, Emilia war höhergewachsen. Doch sei sie viel magerer als das wohlgenährte Mädchen.

Man hoffte, sie mit all den Naschereien dazu zu bringen, zuzunehmen. Rose war nicht unglücklich darüber. Im Gegenteil. Nichts erfreute ihr Herz mehr als Pralinen, Gebäck und Kuchen.

Mit einem kleinen Lächeln nahm sie eine der mit Rum gefüllten Pralinen vom Teller, biss hinein und schloss die Augen, während die Schokolade langsam in ihrem Mund zerging. Welch ein Genuss, welch ein feines kleines Glück! Nie in ihrem Leben hatte sie so viele Köstlichkeiten auf einmal essen dürfen, ohne sie vorher auf unehrlichem Weg erschleichen zu müssen. Mr. Davis hatte sich getäuscht. Das hier war nicht die Hölle. Nein, Rose war im Himmel, hungerte nicht, fror nicht und roch nicht.

Ein lautes Türknallen riss sie aus ihrer Glückseligkeit. Hektische Stimmen waren zu vernehmen, jemand gab Daisy Anweisungen und schnelle Schritte näherten sich dem Salon. Hastig eilte Rose zurück zum Fenster, schnappte sich Emilias Brief und setzte sich in einen Sessel, um zu tun, als würde sie lesen, als auch schon die Tür aufflog und die Gentlemen hereinstürmten. Sie hatten nicht einmal ihre Mäntel abgelegt.

»Wie weit bist du?«, fragte Mr. Young, ohne sich wie sonst die Mühe zu machen, Rose wie eine Dame zu grüßen, nur um sie zu korrigieren, wenn sie den Gruß nicht korrekt erwiderte.

Sie wies auf die Stapel, die seit gestern nicht kleiner geworden waren. Lord Hartshield und Emilia schrieben einander keine Briefe, sondern Bücher dick wie die Bibel.

»Verflucht«, schimpfte er, zog seinen Mantel aus und warf ihn achtlos auf das Sofa. »Wir müssen es riskieren. Wir können nicht länger warten.«

Mr. Hardy nickte, verließ den Salon und kehrte wenig später mit Papier und Tinte wieder. Erstaunt erhob sich Rose aus dem Sessel und sah von einem zum anderen.

»Was müssen wir riskieren?«, fragte sie zögerlich und ahnte bereits Schreckliches.

»Du reist noch heute Nacht nach Schottland. Wir haben dir bereits eine Überfahrt nach Leith gebucht. Von dort nimmst du eine Kutsche, die dich nach Fort William bringt. Ein paar Meilen südlich davon liegt Lord Hartshields Anwesen.«

Das wusste Rose. Schließlich hatte sie seine Briefe gelesen, in denen er sich detailliert darüber ausgelassen und die Landschaft als kahl und freudlos, aber ehrlich angepriesen hatte.

»Noch heute?«, wiederholte sie und Panik breitete sich in ihr aus. »Sagtet Ihr nicht, ich hätte noch wenigstens eine Woche, um mich auf die Scharade vorzubereiten?«

»Davon sind wir ausgegangen, doch nun kam … etwas dazwischen, das uns zwingt, sofort zu handeln.«

Rose wollte fragen, was das sein konnte, biss sich jedoch rechtzeitig auf die Zunge. Die Männer mochten es nicht, wenn sie sie über ihre Beweggründe dafür ausfragte, den Baron of Eddleston auf derart unkonventionelle Art von einer Heirat mit Emilia abzuhalten. Immer wieder behaupteten sie, der Baron sei falsch, habgierig, durchtrieben und böswillig – Eigenschaften, die Rose in seinen Briefen vergebens gesucht hatte. Im Gegenteil: Manchmal verstrickten sich die Gentlemen in ganz erhebliche Widersprüche, die ihr nicht entgehen konnten. Von Tag zu Tag erhärtete sich ihr Verdacht, dass man sie nur die halbe Wahrheit wissen ließ.

Mr. Hardy platzierte Papier und Tinte auf dem Sekretär und wies Rose an, davor Platz zu nehmen.

»Ich hoffe, wenigstens in der Kalligraphie hast du Fortschritte gemacht«, schnauzte er, verschränkte die Hände hinter dem Rücken und schickte sich an, ihr zu diktieren.

Abgesehen von all den Briefen, die sie zu lesen, und von dem Stammbaum der Familie Young, den sie zu lernen hatte – zum Glück war letzterer recht einfach und überschaubar, handelte es sich doch noch immer um eine neureiche Kaufmannsfamilie mit nur einem Sir im näheren Verwandtenkreis –, musste Rose auch lernen, Emilias Schrift zu imitieren. Und all das in fürchterlich kurzer Zeit.

»*Lieber Liam*«, diktierte Mr. Hardy in schulmeisterlicher Manier. Rose tunkte die Feder in die Tinte und setzte an, wobei sie sich bemühte, die kleine, zierliche Schrift von Emilia nach Kräften nachzuahmen.

»Meine Sehnsucht nach dir steigt von Tag zu Tag und reicht ins Unermessliche. Die endlose Zeit der Verlobung, die uns Vater aufgezwungen hat, kann ich nicht länger ertragen. Noch heute werde ich, sollte sich eine Gelegenheit bieten, ihm und dem grauen London entfliehen, um mich auf den Weg zu dir zu machen. Nichts in der Welt wünsche ich sehnlicher, denn als Ehefrau in deinen starken Armen zu liegen. Der Gedanke, dich bald wiederzusehen, lässt mein Herz hüpfen wie ein kleines Vögelchen.

Deine dich von ganzem Herzen liebende Emilia.«

Rose schrieb und runzelte die Stirn. In den letzten Briefen, zu denen sie noch nicht vorgedrungen war, musste sich etwas zwischen den beiden ereignet haben. So intim war nichts von dem gewesen, was sie bis jetzt gelesen hatte.

Mr. Hardy wartete ungeduldig, während sie unterschrieb, nahm das Papier und schüttelte es, damit die Tinte rascher trocknete. Dann zeigte er es Mr. Young, der sein Monokel aus der Jacketttasche zog und die Zeilen kritisch musterte.

»Es kommt noch immer nicht an die klare Schrift meiner Tochter heran«, stellte er missbilligend fest. »Aber mit etwas Wohlwollen mag man die liederliche Linienführung als Hast interpretieren. Als hätte sie es in Eile geschrieben.«

Mr. Hardy nickte, faltete das Blatt zusammen und steckte es in einen bereits adressierten Umschlag. Er deutete gegenüber Mr. Young eine Verbeugung an. Rose nickte er zu und wünschte ihr Erfolg, bevor er mit dem Brief forteilte.

Verwundert sah sie ihm nach und dann zu Mr. Young. Dieser rief Daisy und überreichte ihr eine Liste, nach der sie auf der Stelle packen sollte.

Langsam sank Rose zurück in den Sessel, als sie begriff, dass man ihr die eine Woche Vorbereitungszeit tatsächlich wieder genommen hatte. In ein oder zwei Tagen sollte sie einen wildfremden, todlangweiligen Mann nicht nur davon überzeugen, dass sie die noch langweiligere Kaufmannstochter war, an der er scheinbar einen Narren gefressen hatte, sondern auch davon, sie zur Frau zu nehmen, so schnell es irgend ging.

»Es wird alles gutgehen«, versicherte ihr Mr. Young. Ihr ängstliches Gesicht verriet ihm ihre Gefühle. »Du wirst sehen, der Baron wird keinen Verdacht schöpfen. Vorausgesetzt natürlich, du hältst dich an ein paar Regeln.«

Rose nickte, wenngleich sie sich längst wieder im Gefängnis sah. Es würde nicht das erste Mal in ihrem Leben sein, dass sie schummelte und sich verstellte. Doch so delikat und schwierig wie Heiratsschwindelei war nichts davon gewesen.

»Welche Regeln?«, fragte sie mit schwacher Stimme. Die Zuversicht des Kaufmanns war ihr unbegreiflich. Wer war sie schon? Ein Waisenmädchen, das weder all die Sprachen sprach, die Emilia konnte und immer wieder in ihre Briefe einfließen ließ, noch die Umgangsformen beherrschte, die man ihr von klein auf beigebracht hatte. Kein Zweifel, man würde ihr auf der Stelle auf die Schliche kommen.

»Fürchte dich nicht.« Mr. Young kam näher und nahm ihre Hände, die in ihrem Schoß lagen, in die seinen. »Du hast mit schlichten Kleidern und einfachen Manieren drei Händler getäuscht, die meine Tochter seit Jahren kennen, und bei ihnen Kuchen und allerlei Dinge erworben. Lord Hartshield hat Emilia bis heute nur ein einziges Mal zu Gesicht bekommen. Wenn es jemanden gibt, den du sicher täuschen kannst, dann ist es er.«

Rose nickte. Sie war nicht überzeugt, aber dennoch bereit, jeden Zuspruch anzunehmen, um ihre Ängste zu beruhigen.

»Welche Regeln?«, wiederholte sie ihre Frage.

»Nun, rede wenig. Sei schüchtern und bescheiden, senke stets züchtig den Blick und widersprich niemals. Männer mögen es nicht, wenn man ihnen widerspricht. Sei in allem ängstlich und suche Schutz und Sicherheit. Erwecke einen keuschen, reinen Eindruck. Reagiere schockiert und fassungslos auf alles, was verrucht und unanständig ist. Sei ein kleines, zartes Pflänzchen, das Liebe, Schutz und Zuneigung benötigt. Vergiss die Welt, aus der du kommst, und du wirst sehen: Der Baron schleppt dich am zweiten Tag vor den Altar.«

Rose sah ihn zweifelnd an. Welcher Mann bei Verstand sollte bereit sein, eine solche Frau zu ehelichen? Alles, was Mr. Young gesagt hatte, klang nach Arbeit und endlos viel Aufmerksamkeit, die man permanent einer Person schuldete, die nicht nur nichts Interessantes dafür zu bieten hatte, sondern noch dazu kaum ohne einen überleben konnte.

»Wie könnt Ihr euch so sicher sein? Warum sollte der Baron so jemanden an seiner Seite wollen?«, fragte sie.

Mr. Young lachte, stand auf und trat an die Anrichte. Wahllos griff er nach einer Praline und schob sie sich in den Mund, bevor er kauend antwortete:

»Weil er ein Gentleman ist. Aber selbst, wenn du nichts davon befolgst, wird er dich heiraten. Zum einen, weil er Emilia sein Wort gegeben hat.

Zum anderen, weil Emilias – also dein – plötzliches Auftauchen ihn zwingen wird, zu ihrem Schutz zu handeln. Nähme er dich nicht zur Frau, wäre ihr Ruf ruiniert und die gute Gesellschaft ihr fortan verschlossen.« Er lachte noch einmal, nun lauter und hämischer. »Sein Titel und sein Ruf als Edelmann zwingen ihn förmlich dazu, das Richtige zu tun.«

»Dann ist er ja doch nicht so ein widerlicher –«, wollte Rose einwenden, wurde aber rüde unterbrochen.

»Oh doch, das ist er! Nur wegen ihrer Mitgift hat er sich ihr versprochen. In einem unbedachten Moment küsste er meine kleine Tochter und brachte sie in Verlegenheit. Als er erfuhr, dass sie reich und ungebunden ist, trug er ihr die Ehe an, um sie vor einer Schmach zu bewahren. Er sieht nicht das zarte, einfühlsame Geschöpf, das sie ist. Alles, was ihn interessiert, sind die Pfund Sterling, die sie mit sich bringt. Ich möchte nicht, dass meine Tochter durch ihn ins Unglück gestürzt wird! Ich werde alles tun, um das zu verhindern. Und du, meine liebe Rose, kannst mir dabei helfen.«

Rose sah ihn an und spürte die Liebe eines Vaters, der sein Kind vor allen Übeln schützen wollte, komme was wolle und um jeden Preis der Welt. In diesem Augenblick wünschte sie sich, er wäre auch ihr Vater und würde all das zu ihrem Wohl unternehmen.

»Als meine erste Frau und mein Sohn wenige Tage nach der Geburt starben, war ich in Italien und konnte nicht bei ihnen sein. Mein Gewissen quälte mich und ich schwor, sollte Gott mir noch eine treue Frau und ein liebes Kind schenken, alles zu geben, damit es ihnen an nichts mangelt. Vor zwei Jahren starb Emilias Mutter. Alles, was mir bleibt, ist meine kleine Tochter. All mein Handeln, mein ganzes Leben dient nurmehr ihrem Glück.«

Treuherzig wie der liebende Vater, der er war, rückte er noch näher an Rose heran, drückte ihre Hände stärker als zuvor und sah ihr tief in die Augen. Ihr Herz schmolz dahin. Sie hatte es sich auf seine und Emilias Kosten gut gehen lassen, aber anstatt ihr zu grollen, hatte er sie aus dem Gefängnis geholt, ihr Kleidung, Essen und ein warmes Bett gegeben. Emilia im Gegenzug vor einem schlimmen Fehler zu bewahren, war das Geringste, was sie tun konnte. Zumal sie dafür Geld und eine zweite Chance bekam. Wenn sie bei Lichte darüber nachdachte, war es gar ihre erste Chance. Wer also war sie, um diesen großzügigen Mann abzuweisen und ihm ihre Hilfe zu versagen? Wie klein war das Opfer, das er von ihr verlangte? Ja, sie würde ihm helfen und Emilia ein unwürdiges Schicksal mit einem niederträchtigen Gatten ersparen.

Entschlossen stand sie auf, erwiderte den Druck der sanften, für Mr. Youngs Alter überraschend glatten Hände und nickte.

»Ich werde es schaffen. Ich bringe Lord Hartshield dazu, mich zu ehelichen, und ich werde dafür sorgen, dass er als verheirateter Mann keinen Anspruch mehr auf die Hand eurer Tochter erhebt!«

»Bravo! Bravo!«, rief Mr. Young begeistert, nahm Roses Kopf zwischen die Hände und drückte ihr einen väterlichen Kuss auf die Stirn. »Du wirst sehen, deine Entlohnung soll fürstlich sein.«

Sie besprachen weitere Details des Plans, während Daisy unermüdlich um sie herumfuhrwerkte und packte. Unter dem Vorwand, sie für verarmte Damen spenden zu wollen, hatte man Emilia ein paar Kleider abschwatzen können, die in den letzten Tagen an Roses Maße angepasst worden waren. In der unerwarteten Kürze der Zeit waren nicht alle, sondern nur eine Handvoll davon fertig geworden. Rose würde sich damit zufrieden geben müssen.

In weniger als drei Stunden sollte sie mit Daisy zusammen aufbrechen, um sich nach Schottland einzuschiffen. Die Riesin würde nicht nur ihre Kammerzofe und Dienerin geben, sondern in erster Linie darüber wachen, dass die kleine Betrügerin sich an den Plan hielt und nicht das Weite suchte, mit ihr in einem Zimmer schlafen und sie keine Sekunde aus den Augen lassen.

Sobald die Ehe vollzogen war, würde Daisy Rose zurück nach London bringen und sie zu der Bank begleiten, wo im Austausch für die Heiratsurkunde eine stattliche Summe Geld und ein Ticket nach Amerika für sie bereitlagen. Rose dürfte das Vereinigte Königreich nie wieder betreten, so die Vereinbarung, und mit niemandem, wirklich keiner Menschenseele, über die Angelegenheit sprechen.

Emilias Ruf genoss oberste Priorität und auf keinen Fall durfte jemand erfahren, dass sie mit dem Baron of Eddleston verlobt gewesen und nur mithilfe einer falschen Braut wieder freigekommen war. Als Mr. Young die Summe nannte, die Rose für diesen Schwindel erhalten sollte, wurde sie ganz aufgeregt. Noch nie in ihrem Leben hatte sie auch nur ansatzweise so viel Geld besessen. Sie war sich nicht einmal bewusst gewesen, dass es solche Summen gab. In ihrer Welt waren Beträge, die über ein Pfund hinausgingen, als Vermögen gehandelt worden.

Wie unermesslich reich wäre sie mit 5.000 Pfund in der Tasche? Sie würde Kuchen und Pralinen kaufen, so viel sie wollte, und ein Leben in Saus und Braus führen. Sie würde ein Haus erwerben und, ja, sogar ein eigenes Bett besitzen.

Mr. Davis trat hinter Mr. Young, der inzwischen über schottische Gepflogenheiten sprach und gar nicht bemerkte, dass Rose mit den Gedanken längst schon in Amerika und ihrem – ja, ihrem – Haus angekommen war. Der alte Schulmeister schüttelte den Kopf und formte in vertraut lautloser Manier seine ewigen Worte der Warnung.

Rose bedachte ihn mit einem bitterbösen Blick. Sollte er doch endlich einmal schweigen. Gönnte er ihr nicht das kleinste bisschen Glück? Warum musste er von all den Schülern, die er unterrichtet hatte, ausgerechnet sie heimsuchen?

»Es ist spät und ich muss aufbrechen. Heute steht noch ein wichtiger Abend für Emilia an und ich muss sichergehen, dass nichts dem Zufall überlassen bleibt. Ich wünsche dir viel Erfolg, Rose. Sei stark. Sei es für meine Tochter.«

Er drückte ihr ein letztes Mal die Hände, klingelte nach Daisy, die auf der Stelle mit Mantel, Hut, Stock und Handschuhen in der Tür stand, gab der Magd ein paar letzte Anweisungen und war verschwunden.

Rose sah ihm mit gemischten Gefühlen nach.

Anders als Mr. Hardy mochte sie ihn wirklich gut leiden. In den wenigen Tagen, die sie einander gekannt hatten, war er zwar streng, aber stets höflich zu ihr gewesen. Die Sorge um die Zukunft seiner einzigen Tochter ehrte ihn. Sie wollte ihn nicht enttäuschen. Rose richtete sich auf, straffte ihren Rücken und beschloss, die Sache durchzuziehen. Sollte kommen, was wollte – Schottland und Lord Hartshield konnten sich auf etwas gefasst machen.

KAPITEL III

Kingston Hall, Schottland, 24. Mai 1826

Das Fluchen seines älteren Bruders schallte durch das gesamte Obergeschoss. Charles hob den Kopf und lauschte gebannt, vermochte sich auf die durcheinanderwirbelnden Schimpfwörter jedoch keinen Reim zu machen.

Liam, der achte Baron of Eddleston, stürmte aus seinem Arbeitszimmer und fegte an Charles vorbei die Treppe hinunter, ohne dessen fragenden Blick zu beachten.

Irritiert, dass die Schimpftirade einfach kein Ende nehmen wollte, legte Charles den Papierbogen auf einem Schränkchen ab, stellte das Tintenfass daneben und lief Liam hinterher.

»Was ist los?«, fragte er, während er sich bemühte, mit ihm Schritt zu halten. »Sag bloß, man hat die Herde schon wieder weiter dezimiert? Wie viele Kühe haben die Dreckskerle diesmal mitgehen lassen?«

Liam lachte bitter auf.

»Schön wär's. Das würde mir den Tag retten! Was sage ich da, den Tag? Mein Leben!« Charles' Bruder legte noch einen Schritt zu und begann im Laufen, seine Weste aufzuknöpfen und sich das Hemd aus der Hose zu ziehen.

»Miss Campbell«, rief er laut, während er durch den Gesindegang lief. »Miss Campbell, Herrgott nochmal! Wo seid Ihr?«

»Was ist los? Warum benimmst du dich so eigenartig?« Langsam verstand

Charles gar nichts mehr. Bevor Liam antworten konnte, steckte eine kleine, alte Frau ihren Kopf durch eine Tür und rief:

»Hier, eure Lordschaft.«

Liam blieb stehen, entledigte sich seiner Weste, warf sie Charles zu und knöpfte sein Hemd auf, ohne auf Schicklichkeit und Anstand zu achten. Es musste wirklich etwas Schlimmes sein. Das war so gar nicht seine Art.

»Sobald Mr. Marshall aus dem Dorf zurück ist, soll er all meine Termine für morgen absagen. Alle.«

»Jawohl, eure Lordschaft, ich richte es ihm aus«, antwortete Miss Campbell und verschwand.

Liam nickte, wandte sich seinerseits um und eilte zurück nach oben. Charles war nun wirklich alarmiert. Er packte seinen Bruder am Arm und zwang ihn, anzuhalten und ihn anzusehen.

»Verflucht nochmal, was ist denn los? Weshalb die ganze Aufregung?«

Sichtlich aufgelöst und der Panik nah – Zustände, die ihm normalerweise fremd waren – rang Liam um Fassung. Fahrig kämmte er die blonden Strähnen, die sich aus seinem Zopf gelöst hatten, mit der Hand zurück und holte tief Luft.

»Emilia Young ist auf dem Weg hierher!«

Charles lachte erleichtert auf. Er hatte sonst etwas befürchtet. Krieg, einen unerwarteten Todesfall, Barbaren vor den Toren Eddlestons. Aber Emilia Young? Ja, sie war langweilig, ganz zweifellos, bisweilen schlichtweg einschläfernd. Aber eine Katastrophe? Nein.

»Hach«, sagte er beruhigt. »Da habe ich mit Schlimmerem gerechnet.«

Liam packte ihn an den Schultern, sah ihm durchdringend in die Augen und wiederholte:

»Emilia Young ist unterwegs hierher. Allein.«

»Allein?« Charles kam sich vor wie ein Echo.

»Allein!«, bestätigte sein Bruder, zog sich das Hemd über den Kopf, ließ Charles im Gang stehen und trat ins Ankleidezimmer.

»Das bedeutet –«, sagte Charles, der ihm folgte.

»Ja, ganz genau das bedeutet es!«

»Wie ist das möglich?«, fragte Charles mehr sich selbst als seinen Bruder, während er sich in einen alten Sessel sinken ließ und Liam dabei zusah, wie er hastig seine Garderobe wechselte und Kleidungsstücke durch das Zimmer warf. »Ich habe diesem Mädchen die langweiligsten Briefe meines Lebens geschrieben. Alles, wirklich alles habe ich hineingeschrieben, das niemanden interessieren kann. Ich habe meine Predigten beigelegt, Liam.

Meine Predigten! Welches junge Mädchen liest schon Predigten?«

»Ich weiß es nicht. Ich weiß es einfach nicht.« Liam hielt inne, schüttelte den Kopf und zog ein frisches Hemd über, während er leise weiterfluchte. »Ich dachte, sie würde beizeiten die Verlobung lösen. Gehofft und gefleht habe ich, dass sie diesen unseligen Abend vergisst, ein Auge auf irgendeinen Anderen wirft. Wenn ich sie nur los wäre! Aber nein. Heute schreibt sie, sie liebt mich unermesslich und kann es kaum erwarten, bald in meinen starken Armen zu liegen.«

Er verzog den Mund.

»Das kann nicht sein.« Ungläubig schüttelte Charles den Kopf. »Keine Frau bei Verstand käme darauf, dich zu heiraten. Nicht nach den Briefen, die ich dieser albernen Person in deinem Namen geschrieben habe. Sie muss ganz und gar von Sinnen sein, wenn sie bereit ist, mit dir den heiligen Bund einzugehen.«

»Lies selbst, Charles. Ihre Nachricht liegt noch auf meinem Schreibtisch. Geh, überzeuge dich mit eigenen Augen. Unser Plan ist nicht aufgegangen. Kommt sie mit dem Schiff, so ist sie noch heute Abend, spätestens morgen in aller Frühe hier.«

Charles eilte in Liams Arbeitszimmer, schnappte sich den Brief, der offen auf dem Schreibtisch lag, und überflog ihn fassungslos. Er traute seinen Augen nicht. Wie war das möglich? Wie konnte so ein junges Ding sich ausgerechnet in Liam verlieben? Aus London! Was hatte er sich Mühe gegeben, sie zu verprellen. So langweilig, altbacken und dröge hatte er geschrieben, dass er selbst fast darüber eingeschlafen war. Doch je länger er auf die Zeilen starrte, desto seltsamer wirkten sie auf ihn. Es war nicht nur der Inhalt, der so gänzlich anders war als sonst. Auch die Handschrift sah anders aus, weniger sorgfältig, fast schon ungeübt. Das war doch nicht Emilias …

Sein Bruder lief an der Tür vorbei und knöpfte seine frisch angezogene Weste zu.

»Halt!«, rief Charles und eilte hinterher. »Es ist nicht ihre Handschrift, Liam. Ich kenne die As und Os auswendig. Nie und nimmer hat sie das geschrieben.«

Liam warf einen flüchtigen Blick auf das Papier und stürmte die Treppe unbeirrt weiter hinunter.

»Sieht aus wie in Eile geschrieben.«

»Nein. Glaub mir, nein, es sähe trotzdem anders aus. Was hast du eigentlich vor? Wo willst du hin? Über den Atlantik, nach Amerika und nie wiederkehren?«

»Wenn ich diesem Kind so entkommen kann? Ja, das wäre eine Möglichkeit. Vorerst aber lass uns hoffen, ich muss nicht zu solch drastischen Maßnahmen greifen, sondern kann sie noch auf dem Weg hierher abfangen und postwendend zu ihrem Vater zurückschicken, ehe man ihr Verschwinden bemerkt. Solange der Skandal vermieden werden kann, ist noch nichts verlo–«

Gemeinsam durchquerten die Brüder die Empfangshalle und blieben wie angewurzelt stehen, als sie eine Kutsche vor dem Portal vorfahren sahen.

Sie blickten einander an.

»Nein, nein. Das darf nicht sein!«, flüsterte Liam und wurde ganz bleich. Charles hatte einige Mühe, sich das irre Lachen zu verkneifen, das die absurde Tragikomik der Situation ihm aufnötigen wollte. Liams kleiner Moment der Schwäche, in dem er betrunken und unbedacht eine junge Dame geküsst hatte, deren Vater gegenwärtig war, und zur Ehrenrettung aller Beteiligten ein Eheversprechen hatte geben müssen, holte ihn nun ein. Das womöglich naivste Geschöpf auf Erden war fest entschlossen, seine Gemahlin zu werden.

Das Gefährt kam zum Stehen, der Kutscher sprang vom Bock und öffnete die Tür. Heraus stieg ein Mann in einem Kleid. Sprachlos starrten Charles und Liam auf die hochgewachsene, breite Gestalt, die sich in einen schlichten grauen Mantel hüllte.

»Ist sie das?«, flüsterte Charles. »So groß kam sie mir in den Briefen gar nicht vor.«

Sein Bruder hatte nicht die Spur eines Lächelns übrig. Der letzte Rest von Farbe wich aus seinem Gesicht, als er die Person erblickte, die sich von dem Riesen aus der Kutsche helfen ließ.

Liam stöhnte auf wie ein angeschossenes Tier.

Das musste sie sein. Langsam faltete Charles den Brief zusammen. Mit der Reaktion seines Bruders war alle Hoffnung weggeblasen, ein Dritter hätte ihn geschrieben.

Drei Koffer wurden vom Dach der Kutsche geholt und auf den Boden geworfen. Dann, ehe man sich versah, zischte die Peitsche über die Rücken der Pferde und sie trabten wieder los. Zurück blieben der Riese, der bei näherem Hinsehen immer mehr wie eine Frau aussah, und ein kleines, dürres Mädchen mit braunem, lockigem Haar, einem blassen Gesicht und viel zu großen Augen.

»Sagtest du nicht, sie wäre wohlgenährt und an den richtigen Stellen griffig?«, flüsterte Charles verwundert und nahm Haltung an, während er sich anschickte, das Portal zu öffnen.

»Und vor einem halben Jahr war sie das auch noch. Das einzig Vorteilhafte an ihr, verflucht nochmal. Mir bleibt auch wirklich nichts erspart«, zischte Liam. Er strich seine Weste glatt, trat erhobenen Hauptes an Charles vorbei hinaus und eilte mit großen Schritten auf die Angekommenen zu.

»Emilia!«, rief er und zeigte sein charmantestes Lächeln. »Ich vermag meine Überraschung über deinen Besuch kaum in Worte zu fassen.«

So fassungslos, wie die Angesprochene die hochgewachsene Gestalt seines Bruders ansah, hätte Charles schwören können, sie sah ihn zum ersten Mal. Sie wurde unvermittelt rot, was auf ihrer sonst so blassen Haut sofort ins Auge stach, schlug die Augen nieder und erwiderte kein Wort.

Ihr Verhalten irritierte nicht nur Liam, sondern auch Charles. Die beiden tauschten einen verlegenen Blick. War das Mädchen schüchtern oder hatte Gott an Geist gespart?

»Äh«, sprach Liam hastig weiter. »Mein jüngerer Bruder, Charles Hartshield. Ich nehme an, Ihr wurdet einander noch nicht vorgestellt? Charles, das ist Emilia Young. Meine, ähm, meine Verlobte.« Er packte Charles und schubste ihn nach vorn. Mit einer Verbeugung begrüßte dieser Emilia auf Kingston Hall.

»Mein Bruder spricht Tag und Nacht nur über euch und nur in den höchsten Tönen. Besonders eure Tugendhaftigkeit hebt er hervor, wann immer er nur kann«, fügte er hinzu.

Emilia sah kurz zu ihm hoch und senkte sofort wieder den Blick. Sie machte einen artigen Knicks und für einen Moment war Charles, als würde sie ein Lachen unterdrücken. Doch da ihr Gesicht im Schatten lag, vermochte er es nicht sicher zu sagen.

»Und allein der Tugendhaftigkeit und der lieblichen Natur zuliebe, deren Kunde deiner Person weit vorauseilt, wäre es das Beste für uns alle, wenn du uns die Ehre erweist, unsere Kutsche zu nehmen, um auf schnellstem Wege nach London zurückzukehren. Lass uns unsere Verlobung nicht durch überstürzte Entscheidungen gefährden«, beschwor Liam das Mädchen und sah sich nach einem Diener um, dem er die Vorbereitung des Gefährts auftragen konnte.

Erschrocken sah Emilia ihn an und schüttelte den Kopf.

»Unmöglich!«, sagte sie mit einer überraschend festen, tiefen Stimme, die so gar nicht zu ihrer zierlichen Gestalt passen wollte. »Ich kann nicht mehr zurück nach London. Von Edinburgh aus habe ich Vater geschrieben, um ihn von meinen Absichten zu unterrichten. Der Brief muss ihn jeden Moment erreichen. Auch einige Vertraute wissen bald Bescheid. Er kann uns nicht mehr trennen, wenn er meinen Ruf nicht ruinieren will!« Rasch senkte sie den Kopf wieder und atmete tief aus. Die Situation nahm sie sichtlich mit.

Und nicht nur sie.

Charles sah besorgt zu seinem Bruder, der dastand wie vom Blitz getroffen und womöglich erst jetzt voll gewahr wurde, von welchem Ausmaß die Konsequenzen des törichten Schritts waren, den dieses Geschöpf getan hatte. Weigerte er sich, das Mädchen zur Frau zu nehmen, würde es kein gesellschaftliches Parkett im ganzen Vereinigten Königreich mehr betreten. Und, noch schlimmer: Ihm würde der Ruf bleiben, sich mit jungen Damen zu verloben, sie zu sich zu locken, zu entehren und fortzujagen. Einen Gentleman würde man ihn kaum mehr nennen. Kein Herr von Stand würde ihn mehr in die Nähe seiner Töchter lassen oder auch nur in sein Haus einladen. Auch seine Chance auf eine vorteilhafte Verbindung wäre dann dahin.

Die seltsame Stille, die sich eingestellt hatte, dauerte an.

Charles begann sich zu fragen, ob er vielleicht träumte. Ein äußerst realistischer und doch absurder Traum. Niemand schien mehr bereit, etwas zu sagen.

»Die Reise war sehr lang. Meine Herrin würde sich gern ausruhen.«

Die riesige Gestalt war wirklich eine Frau. Bis zu diesem Moment hatte die Walküre von Kopf bis Fuß bewegungslos wie eine Säule neben Emilia gestanden.

Das Mädchen nickte sofort heftig und Liam fand endlich seine Sprache wieder.

»Natürlich, natürlich! Ich lasse auf der Stelle ein Zimmer herrichten«, antwortete er geistesabwesend, verschwand nach drinnen und ließ sie alle einfach stehen. Verwundert und mitleidig sah Charles ihm nach. Der Schock saß sichtlich tief, sein Bruder hatte nicht nur all seine Manieren vergessen, sondern wäre auch beinahe mit Mr. Marshall zusammengeprallt. Der Butler war von seinen Besorgungen zurück und kam durch die Empfangshalle herbeigeeilt.

Da Liam keine Anstalten machte, sich wieder blicken zu lassen, war es an Charles, Mr. Marshall über den spontanen Besuch ins Bild zu setzen, Emilia hinein zu begleiten und ihr höfliche Fragen über die Reise zu stellen. Die

Antworten blieben einsilbig, was wohl an ihrer Erschöpfung lag. Endlich vor dem Gästezimmer angekommen, kam er erleichtert zum Stehen, verabschiedete sich mit einer Verbeugung und sagte:

»Ruht euch aus, Miss Young. Sollte es euch an etwas mangeln, so scheut euch nicht, zu läuten. Mr. Marshall und Miss Campbell werden alles in ihrer Macht Stehende tun, um euren Wünschen zu entsprechen.«

Die junge Frau murmelte einen schüchternen Dank und verschwand im Gästezimmer. Ihre imposante Begleitung folgte ihr.

Charles schüttelte den Kopf und machte sich auf die Suche nach seinem Bruder. Hoffentlich fand er ihn, bevor er sich vom Dach stürzen konnte.

***

Liam lief aufgebracht hin und her. Er war sich gar nicht bewusst, dass der Whisky, den er sich eingeschenkt hatte, um seine Nerven zu ertränken, bereits leer war, als er das Glas zum wiederholten Male zum Mund führte.

»Jesus, Maria und Joseph. Verdammte Scheiße aber auch!«, fluchte er und kam zum Stehen. Mehrfach wischte er sich mit der Hand über das Gesicht, noch immer gänzlich unfähig, die letzten Ereignisse zu verarbeiten.

Nicht, dass er genug Sorgen im Leben hatte. Schulden, Diebe, die seinen Herden mehr und mehr zusetzten, schwache Ernten und verarmte Pächter. Nein, jetzt suchte ihn auch noch sein größter Fehler seit der Rückkehr aus dem Militärdienst heim.

Hätte er seinen Stolz heruntergeschluckt, den Dünkel seines Standes ignoriert und die Verlobung gleich am nächsten Morgen gelöst, wäre er jetzt nicht in der Verlegenheit, ein naives Huhn wie Emilia Young zu ehelichen.

»Herrgott nochmal!«, fluchte er erneut.

»Na, na, na. Du und ich haben den Namen des Herrn heute schon zu oft missbraucht. Hast du mir noch etwas übrig gelassen?«, fragte Charles und trat an die kleine Anrichte, wo diverse Whiskykaraffen aufgereiht standen.

»Gott hat mich verlassen!«, sagte Liam missmutig, warf sich auf das Sofa, vergrub das Gesicht in den Händen und stöhnte erneut. Charles lachte und schenkte seinem Bruder nach, bevor er auch sich ein Glas eingoss. Er setzte sich Liam gegenüber.

»Hat er nicht, hat er nicht. Seine Wege sind unergründlich. Womöglich ist das hier eine Bewährungsprobe. Meistere sie würdevoll und ein Platz im Himmel ist dir garantiert.«

Liam schnaubte verächtlich, warf den Kopf in den Nacken und fasste sich an die Stirn. Bekam er von all dem Stress nun auch noch Migräne?

»Du hast sie doch gesehen! Sie ist noch ein Kind. Und die Briefe. Nach den Briefen zu urteilen –«

»Erzähl mir nichts von Briefen«, unterbrach ihn Charles streng. »Du hast höchstens drei davon gelesen, kaum vollständig, und mich dann gezwungen, all die restlichen zu überfliegen und zu beantworten. Mein Lieber, komm mir besser nicht mit Briefen.«

Liam zog es vor, nichts mehr zu sagen. Er beschränkte sich darauf, missmutig an die Decke zu starren. Charles sah seinem Bruder dabei zu, wie er mit sich kämpfte.

»Weißt du«, fing Liam an, ohne den Blick von der Decke abzuwenden. »Ich habe mich in Liebesdingen immer sehr zurückgehalten. Nie Versprechungen gemacht, nicht einmal Andeutungen. Nie Affären –«

Charles hustete.

»Mit ledigen Frauen eingegangen. Ich habe meine Absichten stets offengelegt. Bin jeder Dame, deren Gefühle für mich die meinen für sie übertrafen, besonnen, ehrlich und herzensgut begegnet.«

»Du warst ein Heiliger!«, bestätigte Charles und nickte ernst. »Die Engel stehen Schlange, um von dir zu lernen. Paulus und Petrus haben ein Gemälde von dir an ihre Himmelswand gehängt.«

»Lach du nur. Mach dich ruhig über mich lustig. Auf deinen Schultern lastet kein Titel. Kein Gut, kein Name und keine Pflichten außer der Nächstenliebe, die es einzuhalten gilt. Wie würdest du an meiner statt handeln?«

»Sie heiraten? Du hast ihr dein Wort gegeben. Du hast ihr einen Antrag gemacht und dich aus Gründen von Stolz und Ehre geziert, ihn wieder zurückzunehmen, solange dafür Zeit war. Nun musst du die Suppe auslöffeln, die du gekocht hast.«

»Na danke. Ich habe gehofft, dass deine Briefe mir das ersparen und sie die Verlobung von sich aus wieder löst. Aber scheinbar hatten sie den gegenteiligen Effekt. Was hast du nur hineingeschrieben, dass das Mädchen vor Liebe völlig den Verstand verliert und Kopf, Kragen und Zukunft riskiert, um mir in die Arme zu eilen?«

Charles beugte sich vor und sah ihn ratlos an.

»Nichts, was ich selbst gerne läse, wenn ich ein 17-jähriges Mädchen wäre und in London lebte. Einmal, als ich nicht weiterwusste, ließ ich mir von Miss Campbell die komplette Haushaltsliste für den Monat geben, habe sie abgeschrieben und jeder Anschaffung einen langen Kommentar gewidmet.

Ein eigenes Kapitel für ein Kilo Salz! Und die Predigten, natürlich. Ich muss sagen, ich predige gut. Aber dass ausgerechnet diese Lektüre den Schoß einer jungen Dame zum Glühen bringt, kann doch beim besten Willen niemand ahnen.«

Liam stöhnte und fragte mit ängstlicher Stimme:

»Ich muss sie heiraten, wenn ich nicht uns beide in den gesellschaftlichen Abgrund treiben will, nicht wahr?«

Charles nickte traurig.

»Du musst das Richtige tun. Du hast ihr die Ehe angetragen, sie hat deinen Antrag angenommen und wenngleich sie ohne Zustimmung ihres Vaters hierherreiste, tat sie es doch in dem festen Glauben, dass du sie noch immer zur Frau nehmen willst. Du kannst sie nicht zurückschicken, ohne ihren Ruf zu ruinieren und sie für immer zu brandmarken. Niemand würde sie mehr nehmen, sobald das die Runde macht. Und bedenke die Mitgift! Ich weiß, ich weiß. Das sollte nicht der ausschlaggebende Punkt sein und ich als Pfarrer darf darüber auch nicht so offen reden, doch in unserer Lage …«

Ein letzter, langer Seufzer entwich Liam, bevor er sich sammelte, sein Glas beiseitestellte und entschlossen aufstand.

»Du hast recht. Leider, bei Gott, doch du hast recht. Ich muss das Richtige tun. Wo hält sich meine Verlobte inzwischen auf?«

»Im Gästetrakt. Sie erholt sich von der Reise.«

»Gut.« Liam bewegte sich zur Tür. »Du wirst mein Trauzeuge sein und kannst somit nicht die Trauung vornehmen. Wir werden uns in Fort William um einen Pfarrer bemühen müssen, der bereit ist, uns am kommenden Sonntag zu vermählen. Ich gebe Anweisung, die Pferde zu satteln. Kleide dich um, wir treffen uns unten.«

Schwungvoll öffnete er die Tür und trat hinaus. Nachdenklich sah Charles ihm nach, prostete der zufallenden Tür zu und trank aus. Lieber Gott, betete er, lass das nicht den größten Fehler in Liams Leben sein.

***

Unruhig lief Rose zwischen Bett und Kommode auf und ab. Fast wäre sie mit Daisy zusammengestoßen, die in aller Ruhe ihre drei Koffer auspackte und die Kleider in dem großen, massiven und kunstvoll geschnitzten Schrank verstaute.

»Er sieht nicht aus, wie ich ihn mir vorgestellt habe.«

Daisy antwortete nicht.

»Er sieht nicht aus, wie ich ihn mir vorgestellt habe!«, wiederholte Rose lauter und panischer.

»Pst«, machte Daisy und sah sie mahnend an. »Nicht so laut!«

»Antworte mir, wenn du nicht willst, dass ich schreie.«

»Es ist mir egal, wie du ihn dir vorgestellt hast«, sagte Daisy und bückte sich unter Stöhnen nach den langen Unterhemden.

»Ich dachte, er wäre unansehnlich, alt und klein. Wie seine Briefe eben.«

»Ich sagte doch, es ist mir egal.«

»Mir aber nicht, verflucht! Ich dachte, ich muss einen lüsternen Greis verführen. Nun entpuppt er sich –« Rose blieb am Fenster stehen und sah hinunter. Der lüsterne Greis, der in Wahrheit ein hübscher blonder Kerl mit blauen Augen im besten Mannesalter war, eilte über den Hof zu den Ställen und rief einem Burschen Anweisungen zu.

»Entpuppt er sich als was?«, fragte Daisy, trat hinter Rose und zusammen beobachteten sie den Baron dabei, wie er einen Zylinder aufsetzte, aufsaß und sich vom Butler seine Reitgerte reichen ließ.

»Ich dachte, das ist dir egal«, erinnerte Rose und sah zu Daisy hoch. Jedes Mal aufs Neue stellte sie mit Erstaunen fest, wie groß diese Frau war.

»Ist es auch!« Ihre Wärterin, Kammerzofe und angesichts der gemeinsamen Aufgabe nunmehr auch Mitverschwörerin und Komplizin wandte sich wieder zu den Koffern.

»Wie soll ich so einen hübschen Mann, einen Lord – nicht nur einen Lord, einen Baron –, wie in Gottes Namen soll ich so jemanden dazu bringen, mich zu heiraten?«

Daisy schnaubte.

»Wie jede andere Frau jeden anderen Mann auch.«

»Und wie macht es jede andere Frau?«

»Füll ihn ab und verführe ihn. Bevor er wieder nüchtern und bei klarem Verstand ist, schleppst du ihn vor den Altar.«

Rose trat vom Fenster zurück, setzte sich auf das Bett und sah Daisy verstimmt an.

»Herzlichen Dank für den nutzlosen Rat. Bei wie vielen deiner Ehemänner hat das so funktioniert?«

»Bei keinem. Ich war noch nie verheiratet.«

»Na wunderbar. Was ich brauche, ist eine Kupplerin. Was ich habe, ist eine schlechtgelaunte Kammerzofe, groß wie ein dreistöckiges Haus.« Rose ließ sich rücklings in die Kissen fallen. »Selbst wenn ich mich an die

Vereinbarung halten wollte – ich wüsste wirklich nicht, wie ich einen Lord täuschen soll. Der merkt doch in weniger als zehn Minuten, dass ich keine Lady bin.«

Als der letzte Koffer ausgepackt und alle Kleidung verstaut war, schob Daisy ihn zu den anderen unter das Himmelbett, auf dem Rose lag, und richtete sich stöhnend auf. Sie klopfte sich den Staub von den Händen, tat ihre Verstimmung über die liederliche Haushaltsführung kund und wischte sich mit dem Handrücken über die Stirn.

»Fall in Ohnmacht.«

»Wie bitte?«

»Fall in Ohnmacht«, wiederholte Daisy. Als sie Roses verständnisloses Gesicht sah, erläuterte sie: »Als ich noch ein junges Mädchen war, höchstens 14, noch keine 15 Jahre, diente ich in einem vornehmen Haus. Die Damen hatten eine besondere Taktik, wenn es darum ging, junge Herren abzulenken, auf sich aufmerksam zu machen oder unangenehmen Situationen zu entgehen: Sie fielen in Ohnmacht. Bei jeder Gelegenheit. Das wirkte immer. Ständig waren sie weggetreten, unpässlich oder aufgeregt. Was für ein Theater.«

»Heißt das, wenn ich befürchte aufzufliegen, soll ich in Ohnmacht fallen?«

»Genau das heißt es. Ich habe Hunger.« Daisy drehte sich auf dem Absatz um und war schon an der Tür.

»Ich auch.«

Rose hüpfte vom Bett und wollte ihr folgen, doch die Kammerzofe wies sie mit einer majestätischen Handbewegung zurück und deutete auf ein Seil mit einem Bommel daran.

»Daran ziehen, wenn du was willst. Du hast im Gesindetrakt nichts verloren. Und wehe, du bestellst schon wieder Haferbrei. Niemand von Rang isst Haferbrei. Sag, du möchtest Sandwiches. Keinen Apfel, keinen Haferbrei und auch keine Milch. Meinetwegen nimm Pralinen, von denen kannst du ja kaum die Finger lassen. Aber keinen Haferbrei!«

Mit einem letzten eindringlich mahnenden Blick zog sie die Tür hinter sich zu. Vorsichtig griff Rose nach dem Band und sah es sich neugierig an. Schließlich fasste sie sich ein Herz, holte tief Atem und zog daran. Was würde sie nur in den nächsten Tagen noch alles erwarten?

***

Liam beobachtete Rose dabei, wie sie misstrauisch das Besteck beäugte. Sie schien sich nicht sicher zu sein, ob der Suppenlöffel oder der Dessertlöffel besser geeignet war, um sich der klaren Rinderbrühe zu nähern. Nach einigem Hin und Her entschied sie sich für den viel zu kleinen Dessertlöffel. Die beiden Brüder wechselten einen verwunderten Blick, wie sie es in der letzten Stunde schon des Öfteren getan hatten. Mit so viel Extravaganz hatten sie nicht gerechnet.

Langsam tauchte das Mädchen den Löffel in die Suppe, beugte sich steif nach vorn und führte den Löffel zum Mund. Sie schlürfte ohrenbetäubend. Charles verschluckte sich an seinem Wein und schaffte es gerade noch, sein Husten hinter einer Serviette zu verbergen.

»Wie geht es eurem werten Herrn Vater, Miss Emilia? Meint Ihr nicht, dass er über euer Verschwinden besorgt sein wird?«

Emilia schüttelte den Kopf und ihre schlichten kleinen Perlenohrringe wippten leicht hin und her. Was Liam wunderte, war die Kruste an ihren Ohrläppchen. Waren sie etwa frisch gestochen? Aber nein, an jenem verteufelten Abend hatte sie ja ganz ähnlichen Schmuck getragen.

Sie schlürfte erneut.

Er verzog den Mund und versteckte seine Irritation über ihre mangelnden Tischmanieren hinter seinem Wasserglas. Hatte sie nicht Londons renommierteste Schule für höhere Töchter besucht?

»Und eure Gouvernante? Die Frau, die für euch verantwortlich war? Ich bin sicher, dass euer Verschwinden ihr viel Sorge und Kummer bereitet. Wollt Ihr wenigstens ihr eine kurze Nachricht schreiben, zumindest ein schnelles Lebenszeichen?«

Zum Glück ließ Charles nicht locker und redete dem Mädchen Vernunft ein. Liam sah sich in der ungünstigen Lage, nichts mit ihr gemein zu haben. Nicht einmal den Inhalt all der Briefe kannte er, die sie ihm so unermüdlich geschrieben hatte. Er würde sich morgen in aller Frühe zu ein paar ruhigen Minuten zwingen müssen, um sie zu überfliegen. Was war er froh gewesen, dass Charles ihn diesbezüglich entlastet und die Korrespondenz gepflegt hatte. Nun bereute er es zutiefst. Hätte er geahnt, wie verführerisch und anziehend Predigten und Haushaltsbücher auf dieses seltsame Geschöpf wirkten, hätte er selbst zur Feder gegriffen und womöglich das Gegenteil bewirken können.

Wieder ein Kopfschütteln, wieder ein Schlürfen.

Weil Charles nichts mehr einfiel, das er noch fragen konnte, ohne die Stimmung auf eine allzu große Probe zu stellen, sah er Liam an und bedeutete, sein Bestes getan zu haben. Nun war sein großer Bruder an der Reihe.

Liam wappnete sich innerlich. Die lange Zeit in der Armee und im Krieg hatten seine Manieren einrosten lassen, was den Umgang mit jungen Damen anging. Nicht zuletzt das machte er auch dafür verantwortlich, dass er Emilia auf diesem schicksalhaften Ball so plötzlich und voreilig – unter ganz erheblichem Alkoholeinfluss und aufgrund einer Verwechslung zwar, doch was tat das nun noch zur Sache – die Ehe angetragen hatte. Er setzte ein bemühtes Lächeln auf, drehte sich leicht in ihre Richtung und fragte:

»Wie gefällt dir Kingston Hall bisher? Ich hoffe, meine Briefe haben nicht zu viel versprochen.«

Sie sah zu ihm auf und bekam sofort rote Bäckchen, die ihr doch recht gut zu Gesicht standen und schön mit dem lockigen, braunen Haar und ihren blauen Augen harmonierten. Immerhin war sie hübsch, wirklich hübsch. Wenn auch nicht mehr ganz so gut genährt wie vor einem halben Jahr.

»Es ist groß«, sagte sie schließlich und senkte die Augen auf der Stelle schamvoll wieder auf den Teller.

Du meine Güte, so schüchtern und still hatte Liam sie nicht in Erinnerung. Mit welch seltsamer Mischung möglicher Gemütszustände hatte die Natur diese junge Frau ausgestattet? Wie passte der himmelschreiende Wagemut, ganz allein mit einer Zofe von Süd nach Nord durch das Vereinigte Königreich nach Schottland zu reisen, mit dieser Zurückhaltung zusammen, dieser beinah krankhaften Menschenscheu?

»Das ist es in der Tat. Mein Großvater hat es nach einem Feldzug gegen Österreich erbaut, von dem er mit reicher Beute und voller Tatendrang zurückkehrte. Aber gefällt es dir auch? Immerhin«, Liam musste bei dem Gedanken schlucken, »wird es für den Rest deines Lebens dein Zuhause sein.«

Sie verschluckte sich an der Suppe, musste husten und versteckte sich hinter einer Serviette. Als Liam sah, wie sie verstohlen dahinter hervorlugte und zu ihm herüberspähte, wusste er nicht, ob er lachen oder weinen sollte. Was war nur mit dem Mädchen los?

»Es ist sehr … symmetrisch«, antwortete sie schließlich, griff hastig nach ihrem Weinglas und kippte sich den Inhalt in einem Zug in den Mund.

Charles gluckste, nickte mit bemühtem Ernst und gab ihr recht. Kingston

Hall war wirklich sehr symmetrisch, wie die meisten Schlösser dieses Typs.

Mr. Marshall schenkte der Dame nach. Nur ein leichtes Zucken um seinen Mund verriet seine Belustigung. Wie schön, dachte Liam. Offenbar verstand es Emilia, alle mit ihrem seltsamen Betragen zu amüsieren. Ihm selbst war weniger nach Lachen zumute. Im Gegenteil. Vielleicht waren ihre Manieren nicht allein der besonderen Situation geschuldet? Wenn sie selbst hier und jetzt, beim ersten Essen mit ihrem Zukünftigen, nicht in der Lage war, sich angemessen zu verhalten und einen guten Eindruck zu machen – vielleicht waren sie tatsächlich so ungeschliffen und würden es auch bleiben, wenn man nicht bald etwas dagegen unternahm?

Bevor er sich mit ihr auf das gesellschaftliche Parkett begeben konnte, musste er einiges an Korrekturen vornehmen. Aber wo sollte er anfangen? Tischmanieren? Konversation? Auftreten? Einfach alles?

Er würde mit ihr darüber sprechen müssen. Unter vier Augen, am besten gleich nach dem Essen. Der Schlamassel war nun einmal angerichtet. Jetzt war es an ihm, Schadensbegrenzung zu üben.

»Ich würde dich nach dem Dessert gern sprechen. Es geht um unsere besondere Situation.« War das zu herrisch und fordernd gewesen? »Natürlich lässt sich das auch auf morgen verschieben, wenn du dich von der Reise erholt hast«, fügte er hastig hinzu.

Anstatt zu antworten, nickte Emilia, griff nach ihrem neu gefüllten Glas und leerte es erneut in einem Zug. Liam konnte nicht glauben, was er da sah. War es denn möglich, dass diese 17-Jährige dem Alkohol schon jetzt mehr zugetan war, als es die Schicklichkeit erlaubte?

Charles' mitleidiger Blick machte die Situation nicht besser. Liam verfluchte seinen Stolz und seine Sturheit. Seine Mutter hatte ihm stets prophezeit, dass sein Dickkopf ihm eines Tages viel Ärger und Unglück einbringen würde. Nun saß ihre Warnung ihm leibhaftig gegenüber, schlürfte die Suppe und trank sich um den Verstand, noch bevor der Hauptgang serviert war.

***

Unter dem bestickten Kleid, das Daisy ihr für heute ausgesucht hatte, schwitzte Rose wie nie zuvor in ihrem Leben.

Sie spürte ganz genau, dass alles, was sie tat und sagte, die Gentlemen irritierte, und wurde von Minute zu Minute nervöser. Rose verfluchte Mr. Young und Mr. Hardy, die sie völlig unvorbereitet und überhastet in diese Situation hineingestoßen hatten. Wenigstens Tischmanieren hätten sie ihr doch beibringen können.

Im Waisenhaus gab es zu allen Mahlzeiten nur ein Stück Besteck: einen Löffel. Wenn überhaupt. An manchen Tagen hatte es mehr Kinder als Löffel gegeben.

Man benötigte auch nur einen Löffel. Zum Frühstück gab es Haferbrei, mittags eine mit viel Wasser gestreckte Suppe, in der verkochtes, trauriges Gemüse herumschwamm, das nicht mehr sicher zu identifizieren war. In ihrem ganzen Leben hatte Rose höchstens zwei Mal eine Gabel in der Hand gehalten.

Während der Baron sich mit seinem Bruder über Dinge austauschte, die sie nicht verstand, blickte sie mit einer Mischung aus Angst, Ratlosigkeit und Verärgerung auf all die Gabeln, Messer und Löffel, die man links, rechts und selbst über ihrem Teller angeordnet hatte. Wollte man sie vielleicht auf die Probe stellen?

Daisy hatte ihr geraten, sich nach den Herren zu richten und einfach in die Hand zu nehmen, wonach auch sie griffen, doch die beiden warteten darauf, dass sie mit dem Essen begann. Sie würde Daisy wissen lassen, wie wertlos ihr Rat war. Höchstwahrscheinlich im Kerker, nachdem ihre Hochstapelei aufgeflogen war.

Nur eine Frage der Zeit.

Der Butler schenkte ihr Wein nach. In diesem Moment gehörte ihm ihr Herz. Wie die Suppe und das Kleid, das sie trug, war auch der Wein besser als alles, was sie bis vor wenigen Tagen gekannt hatte. Auch wenn die Schwindelei ihr am Ende den Galgen einbrachte – die Tage voller Pralinen, warmem Wasser und sauberen, weichen Betten waren es wert gewesen.

Vor dem Verlies, in dem sie wegen der Betrugsvorwürfe gelandet war, hatte sie im Gemeinschaftsraum einer schäbigen Pension geschlafen, wo sie sich mit drei anderen Frauen ein Bett teilen musste. Meist lebte sie in den Tag hinein und hielt sich mit kleinen Diebstählen über Wasser, wenn sie nicht gerade Glück hatte und saisonbedingt Anstellung am Hafen fand. Dort ging es darum, lange Listen abzuschreiben. Natürlich musste man sich nicht einbilden, davon satt zu werden, denn –

»Der Hauptgang ist eine kleine schottische Spezialität. Mrs. Baines, unsere Köchin und stolze Schottin, ist eine Meisterin ihres Faches. Man kann guten Gewissens sagen, solch eine Köstlichkeit bekommt man in London wohl nirgends auf diese Weise zubereitet.«

Rose, die mit ihren Gedanken wie so oft meilenweit entfernt gewesen war, schreckte auf, nickte mit einem mechanischen Lächeln, legte ihren Löffel beiseite und lehnte sich zurück. Lieber Gott, betete sie, lass es nichts Kompliziertes sein. Lass es wieder eine Suppe sein, oder einen Pudding. Oder eine Karotte! Sie liebte Karotten. Herr, lass es nur Karotten sein!

Das Weinglas vor ihr glänzte verlockend. Das Rot der Flüssigkeit brach sich so schön im Kristall des Kelchs. In der Mitte des Stils prangte ein kleines Wappen, auf dem zwei einander gegenüberstehende Löwen eine zierliche Krone umrahmten. Fasziniert griff sie zum wiederholten Mal danach. Wenn sich eine Gelegenheit bot, würde sie das Glas mitgehen lassen. Die Herren würden es kaum vermissen. Sicher hatten sie mehr davon, als sie je verwendeten. Zehn Pence brachte es ihr ganz sicher ein. Wenn Mr. Parks einen guten Tag hatte und sie geschickt verhandelte, vielleicht sogar zwölf. Damit waren zwei Mahlzeiten gesichert.

Moment, was dachte sie da? Wenn sie diesen Baron dazu brachte, sie zu ehelichen, spielte Mr. Parks überhaupt keine Rolle mehr. Ihre Geldsorgen wären für immer dahin. Nie wieder hungern und frieren. Wenn er sie zur Frau nahm und sie die 5.000 Pfund …

Entschlossen leerte sie das Glas und erfreute sich an der Wirkung des Weins. Die Anspannung löste sich, die Angst schwand zusehends und das Zittern ihrer Beine unter dem Tisch war schon viel schwächer geworden. Der Baron und sein jüngerer Bruder sahen sie gespannt und erwartungsvoll an. Hatten sie ihr eine Frage gestellt?

Oh nein, sie hatte schon wieder nicht zugehört. Das war typisch. Wie oft hatte Mr. Lloyd sie ermahnt und bestraft, weil sie im Mathematikunterricht abgeschweift war? Was sollte sie nun tun? Die Lords bitten, ihre Frage zu wiederholen? Eingestehen, dass sie mit den Gedanken anderswo gewesen war? Auf Daisy hören und in Ohnmacht fallen?

Rose nickte einfach, lächelte schüchtern und nahm wieder einen langen Schluck. Ein Glück, dass der Butler verlässlich nachschenkte. Oh, ihre Nerven! So viel Wein, wie sie verlangten, gab es gar nicht auf der Welt.

Die Suppenteller wurden abgeräumt. Sekunden später stand ein großes Tablett auf dem Tisch. Darauf thronte ein undefiniertes Stück Riesenpastete, umgeben von allerlei Kräutern, zerkochten Wurzeln und tatsächlich auch Karotten. Ihre Gebete wurden erhört! Es roch köstlich und Rose hob unwillkürlich die Nase. Mr. Marshall, der Butler, bewaffnete sich mit einem großen Messer, legte sich ein frisches weißes Tuch über den Arm und schnitt die Pastete der Länge nach auf. Langsam quoll der Inhalt aus der aufgeschnitten Hülle und ergoss sich über das Tablett.

»Das ist Haggis. Das Fleisch des Haggis-Tiers. Vor einigen Tagen hatten wir das seltene Glück, es auf der Jagd zu stellen und zu schießen. Gerade im Frühling bekommt man es für gewöhnlich kaum zu Gesicht«, verkündete Charles und nippte an seinem Wein.

Liam schüttelte den Kopf, bedachte ihn mit einem tadelnden Blick und klärte Rose auf.

»Mein Bruder hat einen sonderbaren, eigenartigen Humor, den außer ihm nur zwei Menschen auf der Welt verstehen: ein lange verstorbener Gärtner und ein einsamer Fischer auf einer kleinen Insel namens Pabbay, der entfernt mit uns verwandt ist. Haggis wird aus Schafsinnereien zubereitet, die man mit Hafer vermischt.«

Rose bemühte sich um eine neutrale Miene, doch die Vorstellung, etwas zu essen, das nicht mehr als das zu erkennen war, was es zuvor gewesen war, schreckte sie zutiefst. Nachts, wenn alle Lehrer schliefen und die Kinder durch die Flure schlichen und sich auf Jacks Bett versammelten, hatte er Geschichten erzählt. Geschichten, die er von seinem großen Bruder gehört hatte, der nicht mehr im Waisenhaus lebte und bei einem Gerber arbeitete.

Es gingen Gerüchte um in London. Über verschwundene Kinder, von Adligen adoptiert, gejagt, ermordet und zu Pasteten verarbeitet. Ja, man wusste nie, ob die Pastete, die man zu sich nahm, nicht zuvor ein Waisenkind gewesen war.

Mit großen Augen hatten sie einander erschrocken geschworen, nie im Leben eine Pastete zu essen. Nur so konnten sie sichergehen, sich nicht am Ende gegenseitig auf dem Teller zu haben.

»Ich kann das nicht essen!«, brach es aus Rose heraus, ehe sie es sich verkneifen konnte. Der Wein tat seine Wirkung und lockerte ihre Zunge.

»Warum denn nicht? Es ist köstlich und ich garantiere, keiner bereitet diese Spezialität besser zu als Mrs. Baines. Sie ist über die Grenzen des Countys hinaus für ihr Haggis bekannt«, versicherte Liam und Charles nickte zur Bestätigung.

»Das mag sein«, räumte Rose ein. »Aber ich kann nicht.«

Auf gar keinen Fall aß sie ein armes, ermordetes Waisenkind. Wer garantierte ihr, dass diese Gentlemen, die sie noch keinen Tag lang kannte, Menschenfreunde waren? Sie war zwar noch nicht lange auf der Welt – nur 20 oder 21 Jahre – aber sie war lang genug von Wölfen umgeben gewesen, um sich von Schafspelzen nicht täuschen zu lassen. Berauscht von Wein und Angst erinnerte sie sich auch an die warnenden Worte Mr. Youngs.

Dieser Baron konnte sich noch so harmlos und zuvorkommend geben. Er war kein guter Mensch. Nein, ein Vater, der sich derartige Umstände machte, um seine Tochter vor einem Mann zu retten, musste Gründe dafür haben.

»Doch ich liebe Karotten. Ich lasse euch das Fleisch und esse alle Karotten.« Sie nahm ihren Teller und und machte Anstalten, mit einem ihrer Löffel Möhren darauf zu schaufeln. Unerbittlich kam ihr der Butler zuvor, entwand ihr den Teller mit einiger Mühe wieder und tat ihr Karotten auf.

In letzter Sekunde verkniff sie sich den Dank. Daisy hatte es verboten. Dienstboten dankte man nicht, niemals. Zögerlich legte sie den Löffel wieder beiseite und griff nach einer der vielen Gabeln. Hoffentlich war es die richtige. Wer brauchte so viel Besteck und wieso servierte man nicht einfach alles gleichzeitig? All das war Rose ein Rätsel. Egal.

Enthusiastisch spießte sie eine Karotte auf und kaute zufrieden. Sie war in Soße gegart und mundete vorzüglich. Zufrieden schloss Rose die Augen und gab sich dem seligen Zustand angeheiterten Betrunkenseins und der leckeren Karotte hin.

Was wollte man mehr im Leben, dachte sie und kaute munter weiter. Von der Stille am Tisch, die sich immer länger hinzog, ließ sie sich nicht stören. Sie war vollauf damit beschäftigt, ihr glückliches Dasein zu genießen. In diesen seltenen Momenten pflegte Mr. Davis sie heimzusuchen, doch sie schob jeden Gedanken an ihn energisch zur Seite und aß. Nicht jetzt. Sie war nicht in Stimmung für Belehrungen und Vorwürfe.

»Wir sollten mit unserer Unterredung nicht bis morgen warten«, brach der Baron schließlich die Stille.

Rose nickte und spülte die letzte Karotte mit einem Schluck Wein hinunter.

»Das solltet Ihr wirklich nicht«, stimmte sein Bruder zu und wechselte schon wieder einen bedeutungsschweren Blick mit ihm. Die beiden benahmen sich wie Jane und Sophia. Auch die Mädchen hatten einander stets wichtige Dinge zu sagen gehabt und bei Tisch zahllose solcher Blicke getauscht, um später in einer Ecke des Zimmers im Waisenhaus zu tuscheln und zu kichern. Rose stellte sich vor, wie Lord Hartshield der Ältere und Lord Hartshield der Jüngere sich nach dem Essen in die Ecke zurückzogen und wie kleine Mädchen tuschelten. Der Gedanke war so amüsant, dass sie lauthals auflachte, ohne dass es einen äußerlich erkennbaren Anlass dafür gab.

***

Als Emilia sich derart hingebungsvoll auf die Möhren stürzte und ihnen keine weitere Beachtung mehr schenkte, gingen Charles und Liam dazu über, traurige Neuigkeiten aus dem Dorf auszutauschen.

Mrs. Adam war verstorben, plötzlich und unerwartet einfach nicht mehr aufgewacht. Sie war erst 40 Jahre alt und nicht einmal krank gewesen. Da die kleine Gemeinde noch immer ohne Pfarrer war, hatte Charles einspringen und die Beerdigung halten müssen. Nun äußerte er sein Bedauern für die Familie. Als er von den beiden jungen Töchtern der Verstorbenen berichtete, die nun ohne Mutter in der Welt standen, brach Emilia in schallendes Gelächter aus.

Irritiert sah er zu ihr hinüber. Sie lächelte liebenswürdig, trank einen großen Schluck Wein – mittlerweile musste sie mindestens eine Flasche geleert haben – und widmete sich vergnügt wieder ihrem Teller.

Charles schämte sich, es überhaupt zu denken. Auf keinen Fall wollte er es vor Liam laut aussprechen. Konnte es sein, dass Emilia geisteskrank war? Entweder das, oder dieses Mädchen war irgendeine Dirne von der Straße, die Emilia Young über die Maße ähnlich sah. So ähnlich, dass Liam keinen Unterschied bemerkte. Die Vorstellung war zweifellos absurd. Doch keine Dame von auch nur halbsolider Bildung und Erziehung betrug sich bei Tisch derart abenteuerlich wie die Frau, die hier vor ihm saß und selig glucksend in einem Berg von Karotten herumstocherte.

Aus dem Augenwinkel sah Charles, wie sein Bruder aus schierer Verzweiflung ihrem Beispiel folgte, sein Glas in einem Zug leerte und dem Butler noch im Abstellen bedeutete, es umgehend wieder aufzufüllen. Nun gut. Wenn sich alle Anwesenden ohne ersichtlichen Grund, der über Frust und Alkoholsucht hinausging, sinnlos betranken, war es nur recht und billig, wenn Charles es ihnen gleichtat. Und so leerte auch er sein Glas, noch während der Butler mit der Flasche in der Hand zwischen Liam und ihm stand.

»Was glaubt Ihr, Emilia, werdet Ihr London vermissen?«, fragte er dann und wartete geduldig. Sie benötigte eine Weile, entweder um auf ihren eigenen Namen zu reagieren oder um die Frage zu verstehen. Herr, welch einfältiges Geschöpf.

»Äh … nein. Ich denke nicht.« Damit war das Thema erledigt. Das Mädchen schob sich die letzte Möhre in den Mund, legte die Gabel auf die

Tischdecke statt auf den Teller und rülpste leise.

Liam leerte sein zweites Glas und in Sekundenschnelle war Mr. Marshall zur Stelle, schenkte ihm nach und machte sich dann leicht verstimmt daran, das Schlachtfeld abzutragen, das Emilia hinterlassen hatte.

»Was zaubert uns Mrs. Baines denn zum Dessert? Pudding oder vielleicht sogar Eis?« Einmal mehr fand sich Charles in der unglücklichen und einsamen Position wieder, das Tischgespräch aufrechtzuerhalten. Diese Ehe würde allenfalls auf dem Papier lange Bestand haben, und selbst das nur, wenn Liam sich nicht bald das Leben nahm.

»Ich weiß es nicht«, kam es missmutig von seiner Linken. Die kleine betrunkene Miss hob den Kopf und ihre Augen begannen zu funkeln.

»Es gibt Eis?«, fragte sie und sah aufgeregt zwischen Liam und Charles hin und her.

»Ich weiß es nicht«, wiederholte Liam und sah noch missmutiger drein als zuvor. Charles umklammerte sein Glas und sandte ein Stoßgebet zum Himmel. Konnte der Herr das denn ernstmeinen? Hatte sein Bruder sich nicht stets rechtschaffen und sittlich verhalten, schon in jungen Jahren erhebliche Opfer gebracht und gar sein eigenes Leben riskiert, um das anderer zu retten? Warum wurde ihm solch eine Bürde auferlegt?

***

Rose spürte den vielen Wein erst vollends, als sie sich vom Tisch erhob. Zu ihrem Glück reichte ihr der Baron, der noch immer weder alt noch widerlich und unhöflich war, seinen Arm, an dem sie sich abstützen konnte.

Wie gut er roch! Das war ihr sofort aufgefallen, als er neben ihr Platz genommen hatte. Sie schnupperte unauffällig und ermahnte sich zugleich, nicht über die eigenen Füße zu stolpern. Nicht sonderlich leicht, hatte die ursprüngliche Besitzerin ihrer schicken Schuhe doch offensichtlich deutlich größere Füße als Rose.

»So sehr ich es bedauere, euer beider Gesellschaft schon verlassen zu müssen, wo der vergnügliche Abend doch gerade erst beginnt, verlangen meine Pflichten als Pfarrer doch von mir, zeitig zu Bett zu gehen.«

Charles ergriff Roses Hand, beugte sich darüber und deutete einen Kuss an. Rose musste kichern. Man hatte ihr nicht mehr die Hand geküsst, seit sie kein Kind mehr war.

Der ältere Lord Hartshield geleitete sie in den Salon.

Wie viele Räume hatte dieses Anwesen? Und wer waren all die Menschen an den Wänden? Rose staunte, ließ sich von den alten Möbeln, Bildern und Zimmern einschüchtern und klammerte sich an die Hoffnung, jede fehlgeschlagene Konversation mithilfe einer vorgetäuschten Ohnmacht vorzeitig beenden zu können. Was wohlerzogene junge Damen konnten, konnte so schwer doch nicht sein.

Sie durfte in einem ausladenden, bequemen Sessel Platz nehmen. Liam setzte sich ihr gegenüber und reichte ihr ein Glas Wasser. Das enttäuschte sie. Warum tranken sie nicht mehr von diesem guten Wein?

Den ganzen Abend über hatte Rose es vermieden, ihn direkt anzublicken. Jetzt, heiter und satt von dem ersten Eis ihres Lebens, traute sie sich, ihm offen ins Gesicht zu sehen.

Der berüchtigte Baron of Eddleston, Lord Hartshield der Ältere, saß angespannt in seinem Sessel und sah nachdenklich in das Whiskyglas in seiner Hand. Das Kerzenlicht betonte seine hohen Wangen, die glatte, sanft gebräunte Haut, den schönen, breiten Mund und die Wimpern, die lange Schatten warfen. Du meine Güte, nie zuvor hatte sie solch einen schönen Mann gesehen.

Sie war auch noch nie so betrunken gewesen.

Nicht, dass Rose abgeneigt war, über den Durst zu trinken. Wenn es hie und da möglich war, gönnte sie sich gern ein billiges Bier, einen noch billigeren Wein oder eine Tasse Gin. Oft waren die Getränke von derart schlechter Qualität, dass sie sich übergeben musste, wenn sie mehr als drei davon zu sich nahm. Heute aber waren es mindestens fünf Gläser gewesen. Vielleicht sogar sieben?

»Emilia«, fing der Lord plötzlich an und riss sie aus ihren Gedanken. »Ich will ehrlich zu dir sein.«

Rose nickte. Sie wollte auch ehrlich zu ihm sein. Wie verführerisch und schön er aussah. Egal, was er von ihr verlangte – sie war nur zu bereit, sich ihm auszuliefern und alles zuzugeben.

»Ich muss gestehen, dass mir die übereilte Flucht aus deinem Elternhaus und dein plötzliches, unangekündigtes Erscheinen hier missfällt. Du hättest vorab mit mir sprechen müssen. Auf diese Weise eine Ehe zu erzwingen, bedarf der Einwilligung beider Parteien. Du hast sehr egoistisch gehandelt.«

»Du hast recht«, gab Rose zu und sah in seine blauen Augen. Welch ernster Ausdruck darin lag. Nur zu gern würde sie die Melancholie vertreiben und …

Liam atmete erleichtert auf und sprach dann sogleich weiter:

»Ich bin froh, dass du so einsichtig bist. Für einen kurzen Moment …

Nun, ich wollte dir unrecht tun. Doch da du die Brisanz und die Eigensinnigkeit deines Handelns einsiehst, mache ich dir einen Vorschlag.«

Rose sah ihn gespannt an. Bis jetzt verlief das Gespräch doch ganz gut. Sie hielt sich ausgezeichnet und es hatte noch keine Situation gegeben, die eine Ohnmacht erforderte.

»Ich würde gerne deinen Vater über die Lage informieren und gemeinsam mit ihm eine Lösung für das kleine Dilemma finden, in das du uns beide gebracht hast. Du bist noch viel zu jung, um zu heiraten. Möglicherweise wird es uns doch noch möglich sein, das gesamte Jahr unserer Verlobungszeit –«

»Nein!«, unterbrach Rose ihn panisch. »Auf gar keinen Fall!«

Lord Hartshield verstummte und seine Züge verhärteten sich. Offensichtlich war »Nein« ein Wort, das er nicht gern hörte. Oder gar zum ersten Mal?

»Nein?«, wiederholte er langsam.

»Nein. Mein Vater ist gegen unsere Ehe. In dir sieht er einen Widerling und Mitgiftjäger, der sich nicht im Zaum zu halten vermag. Mich steckt er mit Glück schnurstracks in ein Kloster, wenn er hört, dass ich bei dir bin. Mit etwas Pech bringt er mich um«, flüsterte sie eindringlich, ging vor ihm auf die Knie und sah ihn mit großen Augen an, während sie ihre Hände in die seinen legte. »Unverheiratet«, fügte sie hinzu.

Er runzelte die Stirn.

»Einen Widerling und Mitgiftjäger, der sich nicht im Zaum zu halten vermag?«, wiederholte er ungläubig.

Rose nickte heftig.

»Er tut dir so unrecht. Ich sehe dich und dein großes Herz und weiß, du bist der Einzige für mich. Vater kann uns nicht trennen. Unsere Liebe ist Schicksal und keine Macht der Welt kann sich ihr in den Weg stellen!«, säuselte sie mit schwerer, dunkler Stimme. Der Wein machte es ihr nicht gerade leichter, klar zu denken, doch zum Glück erinnerte sie sich noch an die schwülstigen Worte aus den vielen kleinen Groschenheften, die sie sich mit den anderen Frauen in der Pension geteilt hatte.

Der Baron sah die Sache mit dem Schicksal nicht ganz so eng. Er erwiderte zurückhaltend und kühl:

»Emilia, dein junges Alter spricht aus dir. Sei nicht töricht. Wir beide kennen uns erst ein halbes Jahr, haben uns nur einmal gesehen und lediglich durch Briefe zarte Bande der Zuneigung geknüpft. Siehst du nich–«

»Deine Briefe sind tief in mein Innerstes gedrungen. Ich habe jedes Wort verschlungen, mich tagein, tagaus nach mehr gesehnt«, unterbrach sie ihn hastig.

Ihre Worte überschlugen sich, während sie krampfhaft überlegte, wie die Frauen in all den Liebesromanen den Mann ihres Herzens dazu brachten, zu tun, was sie wollten. Sie hatte so viele Geschichten verschlungen, dass sie sie kaum mehr auseinanderhalten konnte. Es war stets dasselbe. Wurde die unschuldige junge Heldin abgewiesen oder von ihrem Liebsten getrennt, gab es nur eine Sache, die immer zu wirken schien.

»Ich verstehe dich. Auch ich empfinde mannigfaltige Gefühle, wenn ich deine Briefe sehe. So mannigfaltig, wie die Gefühle sind, kann ich sie gar nicht in Worte fassen. Und dennoch, trotz unserer ambivalenten Gefühle zueinander – oder vielmehr gerade wegen dieser Gefühle – müssen wir mit Bedacht und nicht so übereilt vorgehen.«

Rose bemühte sich, ihm zu folgen. Lag es am Wein, oder hörte sie mehr Abweisung denn Zuneigung? Energisch schüttelte sie den Kopf, um klarer denken zu können, und beschloss, dass nun der Moment gekommen war, um umzusetzen, was unzählige Groschenromane sie gelehrt hatten. Mit einem lauten Schluchzen warf sie sich zu Boden, vergrub das Gesicht in den Händen und ließ die Schultern beben.

»Ich bin eine Närrin!«, rief sie lauthals aus. »Ich dachte, du empfindest ebenso für mich wie ich für dich. Heim, Vater und Freunde habe ich verlassen, um bei dir zu sein! Wie konnte ich nur so dumm handeln? Mein Leben ist dahin!«

Dramatisch sah Rose zwischen den Fingern hindurch nach oben und war erleichtert, dass ihre Tränen so schnell flossen. Das betroffene Gesicht des Barons, das sie hinter dem Tränenschleier sah, bereitete ihr Genugtuung.

»Wenn du mich nicht liebst«, setzte sie an und machte eine dramatische Pause. »Dann will ich mich umbringen!«

Bevor er reagieren konnte, ließ sie sich wieder auf den Teppich fallen und schluchzte noch lauter als zuvor. Sie murmelte unverständlich vor sich hin und betete, dass er ihre Drohung ernst nahm. Keine Sekunde später war Liam schon neben ihr, legte einen Arm um sie und hob sie hoch, damit sie sich beruhigte.

»Das will ich nicht hören! Niemand bringt sich um. Ich habe dir mein Wort gegeben und werde es auch halten. Doch ich verlange dafür etwas von dir.«

Rose schluchzte weiter und wagte es noch nicht, ihn anzusehen. Ihr Triumph über seine Zusage musste ihm verborgen bleiben.

»Emilia! Sieh mich an!«, befahl er mit strenger Stimme. Sie folgte nicht, bis er ihren Kopf in beide Hände nahm und sie zwang, zu ihm nach oben zu blicken. Durch die Tränen hindurch sah sie sein strenges Gesicht.

»Du bringst dich nicht um. Versprich mir das.«

Rose nickte. Natürlich brachte sie sich nicht um. Das wäre ja noch schöner. Zweifellos gab es Gründe, dieser erbärmlichen Welt den Rücken zu kehren. Aber dass ein Baron Soundso einen nicht wollte, gehörte nicht gerade dazu.

»Ich werde meinen Teil der Vereinbarung einhalten, für dich sorgen, dich beschützen und es dir an nichts mangeln lassen. Du aber musst dich nach Konventionen richten. Hörst du mir zu?«

Rose nickte, obwohl sie sich für seine Forderung nicht interessierte. Sie würden ja nicht allzu lang verheiratet bleiben. Was auch immer er von ihr verlangte, sie betraf es nicht.

»Du musst an deinen Manieren arbeiten«, stellte der Baron fest und richtete sich auf. Er reichte ihr die Hand, um auch ihr aufzuhelfen. Rose wollte sich mit dem Ärmel ihres Kleides die Tränen trocknen, doch er kam ihr zuvor und reichte ihr mit einem tadelnden Zungenschnalzen sein Taschentuch.

Sie schniefte laut hinein, während er begann, vor ihr auf und ab zu gehen und all die Dinge aufzuzählen, die seiner Ansicht nach im Argen lagen.

»Du darfst solch schwerwiegende Entscheidungen nie wieder ohne mich treffen. Du kannst nicht einfach ohne adäquate Begleitung durch das Land reisen. Du kannst nicht so viel trinken, nicht so brüsk den ganzen Hauptgang verschmähen, nicht einfach losprusten, wenn es um ernste Themen geht …«

Gebannt hörte Rose zu, was der Baron alles an ihr auszusetzen hatte. Was war er nur für ein Nörgler? Er erinnerte sie an Mr. Davis, der ihr ganz ähnliche Vorhalte gemacht hatte.

Dies war nicht richtig, das war dumm, jenes durfte sie nicht sagen, das nicht machen, dies nicht denken. Rose hier, Rose da, immer nur am Nörgeln.

Und da war er wieder. Zwei Köpfe kleiner als Liam und weit weniger ansehnlich stand er neben ihm, hörte andächtig zu und nickte bei jedem Satz vehement.

Na, da hatten sich ja zwei gefunden.

Rose lachte über das seltsame Paar. Liam verstummte abrupt und sah sie fragend an.

»Genau das meine ich! Ich wüsste nicht, was an Tischsitten, oder besser gesagt ihrer gänzlichen Abwesenheit, so amüsant ist. Ich sage ja, du sollst nicht einfach ohne ersichtlichen Grund loslachen. Welche Schule für höhere Töchter hast du noch einmal besucht? Ich weiß, du hast sie in deinen Briefen erwähnt. Mein Gedächtnis ist leider nicht das beste.«

»Miss Woolers School for young Ladies«, erwiderte Rose. Ein Glück, dass sie sich das hatte merken können.

»Das ist doch seltsam. Miss Woolers Schule ist bekannt für ihre vorzügliche Ausbildung.« Er runzelte die Stirn. »Wer waren deine Lehrer?«

Rose sah an ihm vorbei. Mit hinter dem Rücken verschränkten Händen stand Mr. Davis leicht nach vorn gebeugt und sah sie gespannt an, als wäre er bereit, umgehend das Klassenbuch zu zücken und ihr ein dickes F einzutragen, wenn sie die Prüfung nicht bestand.

Oh nein, sie hatte die Namen der Lehrer vergessen. Es waren derart viele Menschen gewesen, über die Emilia stets nur Belanglosigkeiten zu berichten wusste, dass Rose den Lehrern keine besondere Beachtung geschenkt hatte.

Der Lord sah sie gespannt an. Er schien wirklich begierig zu erfahren, wer ihre missratene Erziehung zu verantworten hatte. Rose schien der Moment gekommen, Daisys Rat Folge zu leisten.

Sie fasste sich an die Brust und stöhnte leise auf. Vor wenigen Tagen erst war sie auf Grund von Erschöpfung, Hunger und Überforderung tatsächlich in Ohnmacht gefallen. Sie versuchte sich zu erinnern, wie es ihr dabei ergangen war, stolperte einen kleinen Schritt auf den Baron zu, der sie skeptisch musterte, und flüsterte:

»Mir ist plötzlich so schlecht …«

Bevor er reagieren konnte, verdrehte Rose die Augen und ließ sich mit einer Pirouette zu Boden sinken. Sie hatte darauf vertraut, dass Liam sie auffing, doch er war so überrumpelt, dass er nicht rechtzeitig reagieren konnte. Unsanft landete sie auf dem Boden.

»Emilia?«, hörte sie ihn fragen. Rose bemühte sich, die Augen geschlossen zu halten und regelmäßig zu atmen. »Emilia? Bist du gerade absichtlich in Ohnmacht gefallen?«

Hatte er sie durchschaut? Rose fluchte innerlich, beschloss jedoch, die Scharade komme was wolle durchzuziehen. Reglos blieb sie liegen.

Sie hörte, wie der Baron of Eddleston genervt stöhnte. Vor ihren geschlossenen Augen wurde es dunkel, als er sich über sie beugte und sie mit einem Ruck hochhob. Ihr Gewicht schien ihm nicht das Geringste auszumachen. Mit Leichtigkeit trug er sie durch den Salon, öffnete umständlich die Tür und brachte sie durch unzählige Gänge und über diverse Treppen hinauf zu ihrem Gemach.

Alarmiert von den schnellen, schweren Schritten riss Daisy die Tür auf. Der Lord nickte ihr zu und trat ein.

»Grundgütiger«, kam es von der Riesin, die sich bemühte, so viel Anteilnahme an den Tag zu legen, wie sie irgend konnte. Rose verdrehte innerlich die Augen. Eine Schauspielerin war an ihr nicht verloren gegangen. »Was ist der jungen Miss zugestoßen?«

»Eine Flasche Wein und beispielhaft misslungene Erziehung«, antwortete der Lord trocken und legte Rose vorsichtig auf dem Bett ab. »Falls sie nicht innerhalb von einer Minute erwacht, wenn ich zur Tür hinaus bin, schnapp dir einen Krug mit Wasser und kippe ihn ihr über den Kopf.«

Bevor Daisy reagieren konnte, war er schon wieder verschwunden. Leise schloss sie die Tür hinter ihm, kam zurück zum Bett und zischte:

»Ihn sollst du betrunken machen, sagte ich, nicht dich!« Unsanft packte sie das Waisenmädchen an den Schultern und schüttelte sie. Am liebsten wäre Rose liegen geblieben und einfach eingeschlafen, doch sie ahnte schon, dass man von ihr Rechenschaft erwartete. Stöhnend richtete sie sich auf.

»Wenn all das hier so einfach ist, warum gibst du dich nicht als junge Kaufmannstochter aus und schleppst den miesepetrigen Baron vor den Altar?«, blaffte sie Daisy an und rieb sich vorsichtig den Kopf an der Stelle, die so unsanft auf dem Boden aufgekommen war. »Ich gebe jederzeit gern die besserwisserische, unverheiratete Kammerzofe.«

Aufgebracht schlug Daisy auf die Matratze. Überrascht zuckte Rose zusammen und rückte eilig von ihr ab.

»Glaubst du, das hier ist ein Witz? Denkst du, du bist die einzige, für die hier etwas auf dem Spiel steht? Verdammt nochmal, du nimmst die Sache besser ernst!«

»Hey!« Das musste Rose sich nicht bieten lassen. Immerhin gab sie alles, um diesen Lord von sich zu überzeugen. Was konnte sie noch mehr tun als ihr Bestes? »Ich habe jeden Ratschlag befolgt, den Mr. Young und du mir gegeben habt. Man kann einen Mann eben nicht einfach dazu zwingen, einen zu heira–«

»Doch, man kann«, presste Daisy heraus und kam ihr wiederum bedrohlich nahe. »Du hast nicht im Ansatz alles versucht. Hab dich beobachtet die letzten Tage. Immer den Kopf in den Wolken. Träumst vor dich hin und glaubst, alles wird von selbst gut. Wird's aber nicht. Man muss was dafür tun. Geht nicht nur um dich. Also gib dir gefälligst Mühe!«

»Was hast du denn davon?«, fragte Rose scharf. Der Wein und die Aufregung der letzten Stunde gaben ihr Mut. »Warum ist dir das so wichtig? Du wirst doch eh bezahlt, auch wenn ich versage.«

Daisy schnaubte wütend und erhob sich.

»Keine Ahnung hast du. Aufstehen und Kleid ausziehen. Zerknittert, wenn du dich so im Bett rumwälzt.«

Vorsichtig kroch Rose aus dem Bett. Ihr Kopf drehte sich und der gerade gefasste Mut wich Übelkeit. Unsanft drehte Daisy sie um und begann die Knöpfe auf ihrem Rücken zu lösen.

»Stimmt, ich habe keine Ahnung. Vielleicht bin ich nur ein naives Waisenkind aus Ratcliff, das seinem Schicksal durch Zufall entkommen ist. Ja. Aber das bedeutet nicht, dass ich dumm bin.« Entschlossen drehte Rose sich zu Daisy um. »Ich kann etwas, das andere nicht können. Du wirst sehen.«

Rose reckte ihr Kinn und sah die Riesin kampfeslustig an, die herablassend auf sie herunterblickte und die Arme verschränkte.

»Und zwar?«

»Du wirst sehen«, wiederholte Rose und stieß den Zeigefinger in die Luft, um ihren Worten Nachdruck zu verleihen. Schnell streifte sie das Kleid ab und ließ es zu Boden gleiten. »Ich werde es euch allen zeigen. Auch diesem dummen Baron, und wenn er sich für noch so klug und noch so gut erzogen hält.«

In Unterhemd und Korsett kletterte Rose wieder zurück auf das Bett, ließ sich in die Kissen fallen und schlief mit dem festen Vorsatz ein, es Liam so richtig zu zeigen. Er hatte ja gar keine Ahnung, mit wem er es hier zu tun bekam.

Frustriert sah Daisy auf das dürre, kleine Mädchen und schüttelte den Kopf. Gott steh ihr bei. Dieses naive, verträumte Geschöpf wusste nicht, dass Bobbys Schicksal allein in seinen Händen lag.

KAPITEL IV

Kingston Hall, 25. Mai 1826

»Und dann«, sagte Liam und schüttelte den Kopf, als könne er es selbst kaum glauben, »täuschte sie mehr schlecht als recht eine Ohnmacht vor, stieß sich dabei auch noch den Kopf und blieb einfach stur liegen. So etwas Albernes habe ich noch nie erlebt.«

Charles lachte laut und verstummte, als er sah, dass das Gesicht seines Bruders einfach ratlos blieb. Liam war nicht nach Lachen zumute. Im Gegenteil: Zum ersten Mal, seit der Krieg gegen Bonaparte vorüber war, war er wieder den Tränen nah.

»So verrückt es klingen mag: Was, wenn sie gar nicht Emilia ist? Sondern irgendeine andere? Mit jedem Verstoß gegen die Etikette wuchs der Verdacht in mir, obwohl ich ihr Antlitz sehe und es eigentlich besser weiß. Nach dem sterbenden Schwan als Höhepunkt des Abends kramte ich, bevor ich zu Bett ging, dennoch das Medaillon hervor, das sie mir mit dem zweiten Brief geschickt hat. Es enthält ein Portrait von ihr. Sie ist es, Charles. Daran kann es keinen Zweifel geben.«

Nachdenklich riss der jüngere Lord die Spitze von einem der hohen Grashalme ab, die sie umgaben, und steckte sie sich zwischen die Zähne. Wie jeden Tag seit ihrer Kindheit drehten sie nach dem Lunch eine kleine Runde über die Ländereien.

»Aber was, wenn doch? Was, wenn sie irgendeine Hochstaplerin ist, die der richtigen Emilia begegnet ist, von ihr im Vertrauen von der Verlobung gehört hat und beschloss, die Ähnlichkeit zu nutzen und dich um das

Vermögen zu bringen, das dein Titel nahelegt? Wer kann schon wissen, dass du ärmer bist als eine Kirchenmaus.«

Liams Gesicht leuchtete auf und er schöpfte auf der Stelle Hoffnung. Sein Bruder teilte seinen Verdacht.

»Du hast ja recht!«, rief er aus und drehte sich aufgeregt zu ihm um. »Deswegen kannte sie zwar die Schule, konnte mir aber keine Lehrer nennen und musste sich in die Ohnmacht retten! Und ihr Verhalten bei Tisch. Herrgott, sie kann keine Lady sein, auf gar keinen Fall!«

»Wir müssen auf Nummer sicher gehen, Liam. Sollte sie sich am Ende wider Erwarten doch als Emilia entpuppen, wäre ihr Ruf um ein Vielfaches mehr geschädigt. Stell dir vor, du jagst sie von Kingston Hall, nur um sie am Ende doch zu heiraten.«

Liam nickte, dachte nach und wandte stirnrunzelnd ein:

»Auf der anderen Seite, was soll's? Ein Ruf ist nur ein Ruf. Als Vater vor 20 Jahren über mehrere Tage verschwunden war, rankten sich allerlei üble Gerüchte und Lügenmärchen um seinen Verbleib. Wenige Wochen später krähte kein Hahn mehr danach. Vielleicht messen wir dem guten Ruf auch zu viel Bedeutung bei?«

»Ja. Doch Vater war Baron und keine junge Dame ohne Verwandtschaft von Stand und Titel. Er hätte selbst bei Mord auf Gnade hoffen dürfen, wenn es nur triftige Gründe gab. Sie kann solche Nachsicht nicht erwarten«, antwortete Charles.

Das Anwesen war wieder in Sicht und wie gewöhnlich blieben die beiden stehen, um das Geburtshaus zu betrachten, das sie mit ihrem Vater, dessen Vater und einer Reihe weiterer Väter teilten. Es war ein großes, dreistöckiges Gebäude mit zwei imposanten Flügeln und hohen Fenstern, der Stolz der Familie Hartshield und verschuldet bis über das Dach hinaus. Mit dem Tod des letzten Barons of Eddleston vor einem Jahr hatte Liam seine militärische Karriere aufgegeben. Seitdem unternahm er alles, um den Ruin abzuwenden. Nun, beinahe alles.

Falls Emilia am Ende doch die war, die zu sein sie vorgab, versprach ihre Mitgift die Rettung Kingston Halls.

»Ja, du hast recht.« Liam nickte und machte sich als erster an den Abstieg von dem sanften Hügel, auf dem sie standen. Sein Bruder folgte ihm. »Wie können wir sicher sein, dass sie die Richtige ist? Du könnest sie ausfragen, Charles. Immerhin kennst du ihre Briefe.«

»Ja, ich habe bereits vor dem katastrophalen Dinner mit ihr gesprochen. Sie kannte alle Personen, die ich erwähnte, ganz selbstverständlich und sprach über die Hüte und Kleider, die sie zuletzt getragen haben.« Charles dachte nach. »Das aber kann auch daher kommen, dass sie in den gleichen Kreisen wie Emilia verkehrt.«

»Bei dem Benehmen, das sie an den Tag legt? Undenkbar!«, widersprach Liam.

»Oder sie ist eine Bedienstete und stets in der Nähe, wenn Emilia die Menschen trifft«, überlegte Charles weiter.

»Das könnte es sein! Aber dann kennt sie womöglich nicht nur all die Menschen, sondern auch den sonstigen Inhalt eurer Korrespondenz. Nein, wir müssen sie anders überführen.«

Der jüngere Lord Hartshield nickte und sah nach oben in den blauen, wolkenlosen Himmel. Welch ein schöner Tag. Die ganze Woche war warm und sommerlich gewesen. Auch am Sonntag, wenn die übereilte Hochzeit stattfinden sollte, würde es so sein. Plötzlich kam ihm ein Einfall.

»Papiere! Frag sie nach Papieren. Geburtsurkunde, Testamente oder was weiß ich. Ihr könnt ja nicht heiraten, ohne euch vorher als die Personen auszuweisen, die ihr nun einmal seid. Normalerweise genügt es auch, wenn Zeugen eure Identität bestätigen. Aber das muss das junge Ding ja nicht wissen. Frag sie, ob sie etwas bei sich trägt. Und wenn sie behauptet, sie hätte bei der Flucht nicht daran gedacht, mach ihr unmissverständlich klar, dass du sie von Rechts wegen beim besten Willen nicht ehelichen kannst, bevor sie zumindest ein Dokument vorlegt, das ihre Identität bestätigt.«

Liam nickte begeistert und rieb sich die Hände.

»Welch gute Idee! Genau das mache ich, sobald wir zurück auf Kingston Hall sind. Und mir fällt ein, was ich inmitten all des Irrsinns dir mitzuteilen vergessen habe: Wir erwarten Onkel Robert, Thomas und Maggriet zu Besuch. Sie verweilen nicht weit von hier auf ihrem Jagdsitz.«

»Oh nein, auch das noch. Was machst du mit Emilia?«

»Ich wünschte, Kingston Hall hätte einen Kerker. Zum ersten Mal bedauere ich, dass Großvater die alte Burg hat schleifen lassen. Am liebsten würfe ich sie dort hinein, bis wir sicher wissen, ob sie eine Hochstaplerin ist.«

»Du solltest aufpassen, was du sagst. Noch haben wir keine Beweise und womöglich ist es deine zukünftige Ehefrau, über die du so abfällig sprichst.«

Liam schubste seinen Bruder von dem schmalen Feldweg und lachte.

»Pass lieber du auf, wie du deinem älteren Bruder und Familienoberhaupt begegnest.«

Charles lachte ebenfalls und schubste ihn zurück.

***

Rose saß allein an einem kleinen Teetischchen, sah durch die offene Tür nach draußen in den schönen Garten und bedauerte sich und ihren Kopf. Sie konnte die Ursache der Kopfschmerzen nicht sicher bestimmen. War es der viele Wein oder der kleine Ohnmachtssturz?

Am Ende war es wohl beides.

Da sie den kompletten Vormittag und mithin auch das Frühstück mit den Lords verschlafen hatte, servierte ihr die Haushälterin das Frühstück im Salon. Sie platzierte einen Teller mit Sandwiches und eine Kanne Tee auf dem Tischchen, machte einen raschen Knicks und verschwand so schnell, wie sie gekommen war.

Wie gern hätte Rose den Mut gehabt, um noch mehr Pralinen und Kuchen zu bitten. Obwohl ihre Leidenschaft für Naschereien sie um ein Haar Kopf und Kragen gekostet hatte, konnte sie es doch nicht lassen. Je stärker sie sich bemühte, nicht an Desserts zu denken, desto mehr tat sie es doch. Es war genau wie an jenem schicksalhaften Tag vor bald zwei Monaten, der ihr all das hier eingebrockt hatte.

An jenem Aprilmorgen war es ihr gelungen, einen zerstreuten Gentleman, der sie nach dem Weg zu den Docks fragte, um 30 Pence zu erleichtern. Es war ein ungemütlicher Tag gewesen. Die Wolken hingen tief und schwer über London und es nieselte. Wenige Stunden zuvor war im Nachbarbett in der Pension Kitty über Nacht gestorben. Ein herzensgutes, naives Ding, das keine 15 Jahre gehabt hatte. Nicht lang genug auf der Welt, um Schaden anzurichten. Sie hatte Rose an Susan erinnert, die kleine Susan aus dem Waisenhaus.

Kittys Ableben hatte Rose so sehr betrübt, dass sie beschloss, sich mit den 30 Pence etwas Ablenkung zu gönnen. Sie hatte sich eine gestärkte weiße Schürze geliehen, ihren guten, gestohlenen Mantel angezogen, sich Hände und Gesicht gewaschen und wenig später mit erhobenem Haupt und klopfendem Herzen Harry & Sons betreten. Die Confiserie lag auf dem Weg vom Waisenhaus zu der Kirche, die sie alle jeden Sonntag gemeinsam zum Gottesdienst besuchen mussten, und war das Paradies in Roses Welt, seit sie sehen und denken konnte.

Auf dem Weg zur Kirche und zurück zum Waisenhaus drängten sich alle Kinder auf dieser Seite des Bürgersteigs, um wenigstens einen schnellen Blick ins Schaufenster zu erhaschen.

Und was es dort zu sehen gab!

Kleine Wunder in hübschen, goldverzierten Verpackungen. Glasierte Torten mit Sahne und kleinen Figürchen darauf. Pralinen, zu Pyramiden gestapelt. Rose war aus den Staunen nicht mehr herausgekommen. Jeden Sonntag erstrahlte die Auslage in neuem, verändertem Glanz, stets gab es mehr und mehr zu entdecken. Je nach Jahreszeit wechselten die feilgebotenen Spezialitäten.

Wenn es einen Himmel gab, sah er genauso aus. Das wusste Rose. Der Himmel war ein Ort voller Pralinen und Törtchen ohne Glasscheibe davor und ohne den Ärger, den es gab, wenn man daran Fingerabdrücke hinterließ. Das erste Mal, als sie einen Fuß in den Laden setzte, war ihr 16. Geburtstag gewesen. Zwei Wochen lang hatte sie an sechs Tagen pro Woche für zwölf Stunden als Schreibkraft an den Docks gearbeitet, bis sie sechs Pence zusammenhatte. Damit wollte sie eine Praline kaufen. Nach Minuten des Zauderns hatte sie all ihren Mut zusammengenommen und ganz schüchtern, Finger und Rock tintenbefleckt, die Schwelle übertreten. Bevor sie richtig im Laden war, hatte man sie wieder hinausgeworfen.

Gesindel war hier nicht erwünscht.

An besagtem Morgen im April jedoch war alles anders gewesen. Diesmal war Rose vorbereitet. Ihr Mantel war sauber. Die Schürze, die strahlend weiß darunter hervorleuchtete, konnte man fast für ein Kleid halten. Ihr Haar war zu einem strengen Zopf gebunden, die Hände ganz rot gerubbelt von der groben Seife und dem kalten Wasser.

Erhobenen Hauptes und mit dem stolzesten Blick, der ihr möglich war, hatte sie den Laden betreten und war umgehend von einem beflissenen Verkäufer in Empfang genommen worden.

Er nannte sie »junge Miss«, pries ihre Ankunft, bot ihr auf der Stelle einen Sitzplatz an und führte ihr aufwendig die neuesten Törtchen-Kreationen vor. Ob sie sich nicht das schönste unter den fünfen aussuchen und umgehend probieren wollte? Hach, wie schön, hatte er gerufen, dass die »junge Miss« nach so langer Zeit endlich wieder da war.

Rose hatte ihr Glück kaum fassen können. Was ein sauberes Gesicht und ein ordentlicher Mantel alles bewirken konnten! Wer hätte zu hoffen gewagt, dass man sie wie eine richtige Dame behandeln würde? Welch ein schönes Gefühl!

Der Verkäufer servierte immer noch mehr Leckereien und fragte stets beiläufig, welche davon sie denn gern hätte und in welcher Menge. Panik überkam sie, da sie nur über 30 Pence verfügte und allein das Törtchen, das sie schon gegessen hatte, mit 25 Pence veranschlagt war. Sie wollte ihn in seinem Übermut ausbremsen, doch da war er schon dabei, einen anderen Angestellten mit Anweisungen zu überhäufen, was er alles ordentlich in die tollen Päckchen packen und mit hübschen, blutroten Schleifchen versehen sollte.

Gebannt sah Rose den beiden dabei zu, wie sie all die schönen Dinge zusammentrugen, von einer Hand zur nächsten reichten und für sie zusammenpackten. Allein bei dem Gedanken, dass sie womöglich träumte wie so oft und bald von dem grässlichen Schnarchen einer der anderen Frauen aus diesem Paradies gerissen würde, wurde ihr Herz klamm.

Eine Köstlichkeit nach der anderen wanderte aus der Auslage in ein Paket. Wie es dem werten Herrn Papa ginge? Ob die Torten zur Zufriedenheit gewesen wären, die man zu dem Fest vor zwei Monaten geliefert hatte?

In diesem Moment begriff Rose endlich, dass man sie verwechselte. Auf den riesigen Tüten voller Leckereien, die ihr die beiden Angestellten wenig später reichten, nachdem sie sie gemeinsam vor die Tür komplimentiert hatten, stand Miss Emilia Young. Die Männer verabschiedeten sie mit einer Verbeugung und bekundeten die Hoffnung, sie demnächst wieder zu begrüßen.

Emilia Young.

Benommen von all der Freundlichkeit und dem Entgegenkommen lief Rose wie in Trance die Straße hinunter, ohne zu wissen, was sie davon halten sollte. Hatte sie all das gerade geschenkt bekommen?

Sie beschleunigte ihren Schritt, als die Angst kam, die Angestellten könnten die Verwechslung noch bemerken und ihr nacheilen, um ihr die Köstlichkeiten wieder wegzunehmen.

Verschwitzt und außer Puste zurück in der engen, verdreckten Pension, versteckte sie ihre Schätze sofort unter einem kleinen Haufen Wäsche, der seit Tagen herumlag und von niemandem in Anspruch genommen wurde. Erst dann konnte sie aufatmen. Nachdem sie sich zittrig zweimal vergewissert hatte, dass niemand in der Nähe war, packte sie andächtig ein Törtchen aus, strich die Verpackung glatt, legte sie beiseite und biss mit geschlossenen Augen hinein. Die Explosion in ihrem Mund war unvergleichlich. Nie in ihrem Leben hatte sie etwas gegessen, das auch nur annähernd ähnlich war. Welch ein Genuss, welch ein Erlebnis! Sie hatte die Augen geöffnet und sich selig auf das karge, unbezogene Bett sinken lassen. Sie war im Himmel angelangt.

»Emilia?«

Rose wurde aus ihrer Erinnerung gerissen, sah auf und geradewegs in die Augen des hochgewachsenen Lord Hartshield, der sie mit strengem Blick musterte. Sie lächelte ihn an und hoffte, dass er nicht allzu lang hier gestanden und sie gerufen hatte. Der Name Emilia war ihr noch immer fremd und sie musste sich regelrecht zwingen, darauf zu reagieren.

»Ich hoffe, es geht dir gut. Die gestrige Nacht scheint … deine Nerven strapaziert zu haben«, stellte er kühl fest und nahm ihr gegenüber Platz.

Rose nickte und überlegte, ob sie sich entschuldigen sollte. Doch er ließ sie gar nicht erst zu Wort kommen, sondern nahm ihre Hand in die seine und sah sie einmal mehr eindringlich an.

Seine Haut war warm und brachte die ihre zum Kribbeln. Auf der Stelle wurde sie verlegen. Er sah so gut aus und duftete so wundervoll. War sie wirklich in die Haut einer Fremden geschlüpft, die Anspruch auf ihn hatte? Was, wenn Emilia diesen Mann liebte? Diese blauen Augen, das schöne Gesicht, den kühnen Mund. Noch nie war ihr ein derart hübscher Mensch so nah gekommen. Durfte sie ihn für sich wollen?

»… Und weil wir einander ja schon in zwei Tagen das Ja-Wort geben, benötigt der Geistliche aus Fort William einen Nachweis deiner Identität. Wenngleich es natürlich keinen Zweifel geben kann, haben wir abgesehen von deiner Zofe, und die genügt ja nicht – schließlich könnte sie auch irgendjemand von der Straße sein –, leider keine Zeugen, die bestätigen können, wer du bist.«

Seine Hand wärmte die ihre und auf einmal verstand Rose die Gefühle all der Heldinnen in den unzähligen Groschenromanen. Auch sie wollte augenblicklich dahinschmelzen, sich ihm hingeben, seine Frau werden und …

»Emilia? Hörst du mir zu?«

Rose nickte und sah ihn mit großen Augen an. Hoffentlich war ihm entgangen, wie sehr sie sich schon wieder hatte ablenken lassen. Doch gegen seine blauen Augen war sie machtlos. Sie wollte darin versinken und …

»Trägst du denn etwas bei dir, das dich als die ausweist, die du ganz fraglos bist?«, fragte er beiläufig und entzog ihr seine Hand, in die sie sich unbewusst gekrallt hatte.

»Ob ich … Oh, ja! Natürlich trage ich so etwas bei mir.« Endlich begriff Rose, worum es ging. Mr. Young hatte geahnt, dass die Frage nach Papieren aufkommen würde, und Daisy eine frisch angefertigte Kopie von Emilias

Geburtsurkunde überreicht, die sie seitdem wie ihren Augapfel hütete. Mr. Young war sicher gewesen, dass dieses Dokument am Ende jeden Zweifel vom Tisch fegen würde.

»Meine Geburtsurkunde! Welch Glück, dass ich daran gedacht habe! Ich will sie gleich holen.« Rose erhob sich rasch, ohne die Serviette zu beachten, die von ihrem Schoß zu Boden fiel, und eilte an Liam vorbei.

Sie raffte ihre Röcke, nahm gleich zwei Stufen auf einmal und wäre beinahe mit einem Diener zusammengestoßen, der gerade noch rechtzeitig zur Seite sprang. Außer Atem kam sie vor ihrem Gemach an. Sie öffnete die Tür und sah noch, wie Daisy aus dem Bett hüpfte. Als sie Rose erkannte, entspannte sie sich und legte sich wieder zurück. Ihre Füße ragten weit über die Bettkante hinaus.

»Was ist los? Sind sie dir auf die Schliche gekommen?«, fragte sie und machte es sich wieder bequem.

»Nein! Es läuft großartig! Die merken überhaupt nicht, dass ich nicht Emilia bin. Die Trauung soll in zwei Tagen stattfinden. In zwei Tagen schon! Mit Glück verlasse ich Großbritannien schon in einer Woche. Das geht alles so schnell. Wo ist die Geburtsurkunde?«

Rose kniete vor dem Bett und zerrte an den Koffern und Taschen, die Daisy darunter verstaut hatte. Unter Stöhnen richtete die Magd sich auf und fragte:

»Nicht da. Wozu brauchst du die?«

Rose sah über die Bettkante zu ihr hoch und musste wegen des Staubs husten, den sie aufgewirbelt hatte.

»Ich? Überhaupt nicht. Lord Hartshield sagt, er braucht sie für die Hochzeit, um nachzuweisen, wer ich bin.«

Daisy sah sie misstrauisch an, entschied sich schließlich, ihr zu glauben und stand auf. Sie trat zu einem der Schränke, hob den Arm und förderte ohne sich zu strecken oder auf die Zehenspitzen zu gehen einen großen Umschlag zutage, der darauf gelegen hatte.

Rose erhob sich und nahm die Urkunde entgegen, die Daisy aus dem Umschlag zog. Wie schön sie an den Rändern verziert war. Sogar ein Siegel hatte sie. Ehrfürchtig strich Rose darüber und wünschte, auch sie selbst hätte solch ein Dokument, aus dem hervorging, wer ihre Eltern waren.

Sie betrachtete das Papier von allen Seiten und beschloss, es zu behalten. In Amerika, wo sie niemandem Rechenschaft schuldig wäre, konnte sie sein, wer sie wollte. Und in diesem Moment wollte sie niemand anders sein als Emilia Young, Tochter von Daniel und Elisabeth Young.

Sie drückte die Urkunde an ihre Brust und wollte schon zurück nach unten eilen, um sie feierlich dem Baron zu überreichen, doch Daisy hielt sie mit einer Hand zurück.

»Nicht rennen!«, ermahnte sie Rose, während sie ihr den Staub vom Rock klopfte. »Ich habe noch nie eine vornehme Dame rennen sehen. Das gehört sich nicht.«

Rose nickte und wollte weiter. Daisy aber war noch nicht fertig.

»Sei auf der Hut. Diese Herren sind nicht dumm. Und das Gesinde tuschelt. Die glauben, ich hör die nicht. Aber ich höre sehr gut. Es heißt, sie sind misstrauisch und nehmen sich vor dir in Acht. Wieg dich nicht in Sicherheit, bis du vor dem Altar stehst.«

Roses Lächeln gefror und ihr Gesicht verlor jede Farbe.

»Sie haben Verdacht geschöpft?«

»Ja, haben sie. Reiß dich zusammen. Verursache nicht mehr Aufmerksamkeit als nötig. Sei schüchtern, bleib zurückhaltend. Und, um Gottes Willen, trink nicht mehr so viel!«

Rose nickte, atmete tief ein, bemühte sich um Haltung und trat steif auf den Gang. Sie gab ihr Bestes, graziös und elegant wie eine Lady dahinzuschweben.

Besonders viel Zeit nahm sie sich für die Treppe. Dabei genoss sie die ungeteilte Aufmerksamkeit der beiden Lords, die unten in der Halle standen und ihr Gespräch unterbrachen, um ihrem Abstieg beizuwohnen.

»Hier ist sie!«, verkündete Rose feierlich, als sie nach geraumer Zeit unten angelangt war und dem Baron die Urkunde mit einem kleinen Knicks überreichte, wie sie ihn vor Mr. Young und Mr. Hardy wieder und wieder hatte üben müssen.

Er ergriff das Dokument und las. Sein Bruder sah ihm über die Schulter. Die beiden studierten das Schriftstück so lang und sorgfältig, als hinge ihr Leben daran. Schließlich nickten sie.

Rose lächelte, streckte die Hand aus und verlangte die Urkunde zurück. Es war die ihre. Sie würde mit ihr nach Amerika reisen und dort als Emilia glücklich werden. Der Name war dafür wie gemacht. Solch eine Urkunde hatte ihr ein Leben lang gefehlt. Ein Papier, das bestätigte, dass sie jemand war, jemand mit Vater und Mutter. Und wenn sie schon aussah wie Emilia, warum sollte sie nicht Emilia sein?

»Schön, dann steht der spontanen Trauung nichts mehr im Weg. Bist du sicher, dass du deine Eltern nicht informieren möchtest, Emilia? Willst du nicht, dass dein Vater dich zum Alter führt, wie es sich für eine junge Braut geziemt?«, fragte Charles ernst.

»Nein«, erwiderte Rose bestimmt und drückte das Dokument an ihre Brust. »Vater ist gegen uns. Er würde das nicht dulden. Solche Formalien dürfen uns nicht aufhalten. Alles, was zählt, ist unsere Liebe. Sie wird Vater und Mutter für uns beide sein.«

All der Pathos in ihrer Stimme machte Charles sichtlich verlegen. Er klopfte seinem Bruder aufmunternd auf die Schulter.

»Es spricht für die Braut, wenn sie die Liebe zu ihrem Mann über jene zu ihren Eltern stellt. Ein solches Maß an Loyalität ist genau das, was eine Ehe braucht, um glücklich zu gelingen«, sagte er, drückte den Baron kurz an sich, verbeugte sich vor Rose und zog sich mit dem Hinweis zurück, seine Korrespondenz warte ungeduldig.

Erwartungsvoll sah Rose Lord Hartshield an und hoffte insgeheim, er würde ihr etwas Zeit widmen. Auch wenn sie dann Gefahr lief, überführt zu werden. Etwas an ihm zog sie magisch an.

»Nun gut, deine innigen Gefühle ehren mich. Auch ich wünsche mir ein solches Maß an Liebe herbei. Weiß Gott, wir können sie brauchen. Zu meinem Bedauern kann ich dir heute Mittag nicht Gesellschaft leisten. Glaub mir, nur dringende Geschäfte und ein Problem mit der Herde können mich von diesem, äh, Vergnügen abhalten.«

Er verbeugte sich zum Abschied und ging sichtlich in Gedanken vertieft davon. Enttäuscht sah Rose ihm nach, bewunderte seine schlanke, hochgewachsene Statur und wünschte sich in einen leidenschaftlichen Groschenroman, in dem die Heldin von starken, männlichen Armen umschlungen wurde. Seinen Armen.

Plötzlich machte er kehrt und kam wieder auf sie zu. Rose stellte sich vor, wie seine langen, blonden Haare offen im Wind wehten, er seine Arme um sie legte, sich über sie beugte und sie leidenschaftlich küsste. Sie würde sich zurücklehnen, leise seinen Namen hauchen …

»Oh, eine Sache noch«, sagte der Baron, blieb vor ihr stehen und sah sie noch strenger an als schon zuvor. »Spätnachmittags erwarten wir meinen Onkel Robert Elliot, den Earl of Sunderland. Mit ihm kommen seine Kinder, Thomas und Maggriet. Sie besitzen unweit von hier ein Gut und es ist Familientradition, dass wir miteinander Zeit verbringen. Heute werden wir gemeinsam dinieren.«

Rose schluckte.

Ein Earl? Sie würde mit einem richtigen Earl zu Tisch sitzen? Angst stieg in ihr auf. Wie sollte sie das bewältigen? Sie war nur ein Mädchen aus

Ratcliff. Auf keinen Fall konnte sie mit einem richtigen Earl speisen, ohne dass man ihr auf die Schliche kam. Einem Earl würde ein Blick auf sie genügen, um alles zu durchschauen.

»Ich muss dich um einen Gefallen bitten. Es ist nur eine Kleinigkeit, aber von umso größerer Bedeutung, da Onkel Elliot bald auch zu deiner Familie gehören wird. Trinke nicht. Keinen Wein und auch keinen Likör. Keinen Schluck! Hast du mich verstanden?«

Sie nickte und die Angst wuchs. Ohne Alkohol, der ihre Furcht betäubte, würde sie der Situation vollends ausgeliefert sein.

»Gut.« Er wandte sich ab und wollte sich entfernen, als ihm noch etwas einfiel. »Mag sein, dass es in London als schick und avantgardistisch gilt, beim Essen das falsche Besteck zu nutzen. Wir hier im Norden aber sind, wie soll ich sagen, eher altbacken. Würdest du dich heute bitte an die Regeln halten? Onkel Elliot hängt unwahrscheinlich an der Etikette.«

Rose nickte langsam. Ihr wurde abwechselnd heiß und kalt. Wie sollte sie Regeln befolgen, die sie nicht kennen konnte? Woher in Gottes Namen wusste man, was von all dem Besteck man wann brauchte und wann nicht? Es gab keinen Zweifel daran, dass man sie heute Abend überführen würde. Ihr Schicksal war besiegelt. Noch vor dem Dessert würde man sie abführen und in Ketten legen oder stehenden Fußes an einem Baum aufknüpfen. Zur Mahnung für alle anderen Waisenmädchen, die es wagten, sich einen Baron zum Mann zu wünschen.

»Gut. Das war es auch schon. Nun entschuldige mich, ich muss, nun, äh, wichtige Dinge erledigen.« Diesmal entfernte er sich endgültig und ließ Rose vor Angst erstarrt zurück.

Was sollte sie nur tun? Fliehen? Daisy oben allein zurücklassen und sich davonstehlen, solange es noch ging? Wo hatte sie sich da nur hinein manövriert?

»Ach Rose, hättest du nur auf mich gehört«, seutzte Mr. Davis und umkreiste sie mit langsamen Schritten. *»Hättest du nur getan, was ich dir immer gesagt habe.«*

Verärgert drehte sie sich um und wollte zurück nach oben gehen, doch Mr. Davis ließ diesmal nicht locker und versperrte ihr den Weg.

»Ich habe dich gewarnt. Täglich habe ich dich gewarnt, aber du wolltest ja nicht hören. Böse wird es mit dir enden. Böse, Rose. Ganz Böse.«

Sein eindringlicher Blick ging geradewegs durch sie hindurch und plötzlich fühlte sie sich in der Zeit zurückversetzt.

Keine acht Jahre alt, mit dürren Ärmchen und Beinchen, saß sie hungerleidend auf dem harten Stuhl. Sie trug die gleiche dunkle, abgetragene Kleidung wie all die anderen Kinder um sie herum auch, die kaum wärmte und sie bleicher wirken ließ, als sie ohnehin schon alle waren.

Rose konnte dem Unterricht nicht folgen, weil ihr Magen so laut knurrte und nach Essen verlangte, dass keine andere Information sie mehr erreichte. Oh, lieber Magen, halte durch. In vier Stunden essen wir zu Abend.

Mr. Lloyd stand mit dem Rücken zur Klasse und kratzte mit der Kreide lange Zahlenreihen an die Tafel. Das Quietschen, das er dabei erzeugte, schmerzte in den Ohren und ließ alle zusammenzucken. Alle außer Rose.

Sie fror, hungerte und fürchtete, einzuschlafen wie Jack zwei Tage zuvor, weil er zur Strafe für sein loses Mundwerk den Gemeinschaftsraum hatte schrubben müssen und erst im Morgengrauen ins Bett gekommen war. Am Nachmittag darauf hatte Mr. Lloyd ihn schrecklich verprügelt, weil er dem Unterricht nicht folgen konnte. So lang hatte er auf den Jungen eingedroschen, bis sein Hosenboden sich rot färbte.

Rose durfte auf keinen Fall einschlafen.

Sie riss die Augen auf und versuchte sich wach zu halten, indem sie sich auf die Wange biss. Doch es war so kalt, der Hunger so mächtig und die monotone Stimme von Mr. Lloyd lullte sie so warm und gemütlich ein. Langsam und unaufhaltsam wurden ihre Augenlider unerträglich schwer.

Müdigkeit war ein seltsames Gefühl. Sie umschlang einen mit Wärme, suggerierte Sicherheit, verlockte dazu, aufzugeben. Von allen denkbaren Gefühlen war Müdigkeit –

»Rose!«, schnitt die kalte Stimme von Mr. Lloyd in ihr Bewusstsein. »Rose!«

Erschrocken riss sie die Augen auf und straffte ihren Rücken. Zu spät. Wütend ließ der Lehrer die Kreide auf das Pult fallen, griff nach dem Rohrstock und kam mit großen Schritten auf sie zu.

»Was habe ich gesagt, was mit euch passiert, wenn ihr im Unterricht einschlaft?« Groß und übermächtig ragte er vor ihr empor. »Ha? Was habe ich gesagt? Denkt ihr etwa, ihr könnt die ganze Nacht wach bleiben, euch mit Gruselgeschichten über uns Lehrer eine gute Zeit machen und dann in der Klasse schlafen? Denkt ihr wohl, ich bin zum Spaß hier?«

Rose sah betreten auf die grobgezimmerte Tischbank und biss sich auf die Zunge. Sie durfte nicht widersprechen, sich nicht entschuldigen. Das würde ihn nur wütender machen. Es war besser, wenn sie den Mund hielt und vielleicht mit drei harten Schlägen davonkam.

»Ich habe dich etwas gefragt, du nutzloses Balg! Hier könnte ein anderes Kind sitzen. Eines, das dankbar wäre für das Dach und die Fürsorge, die unser schönes Land ihm gewährt. Aber du … Du glaubst, du musst nichts lernen, was? Aufstehen!«

Auf der Stelle erhob sie sich.

»Streck die Arme aus!«

Nach kurzem Zögern tat sie wie geheißen. Noch bevor etwas geschehen war, stiegen ihr Tränen in die Augen und vernebelten ihr die Sicht. Ein kleines Schluchzen entwich ihrem Mund.

Der erste Schlag traf ihre Unterarme. Instinktiv zog sie sie zurück und versteckte sie hinter dem Rücken. Mr. Lloyd riss sie wieder nach vorn.

»Halt still oder du kassierst noch mehr!«

Rose versuchte tapfer zu sein. Sie streckte die Arme aus, doch als Mr. Lloyd den Arm hob, um die Rute noch einmal niedersausen zu lassen, zog sie sie erneut zurück. Sie konnte nicht anders. Zu sehr fürchtete sie den Schmerz.

Das genügte, um ihn vollends gegen sie aufzubringen. Statt sich damit zu begnügen, ihr auf Hände und Arme zu schlagen, zog er sie aus der Bank, legte sie quer über das Pult und drosch hemmungslos auf sie ein.

Obwohl der Schmerz ihr alle Sinne raubte, schlummerte tief in ihrem Kinderherz noch Würde, die sich haltlos bahnbrach. Und so schrie sie sich die Seele aus dem Leib und verfluchte Mr. Lloyd aus voller Kehle.

Er hörte augenblicklich auf, drehte sie um und zog sie an den Haaren dicht vor sein Gesicht.

»Was hast du gesagt, du kleines Balg? Wiederhol das!«

Rose wusste, dass sie besser schweigen sollte. Oder sich entschuldigen und die kommenden Strafen schweigend über sich ergehen lassen. Doch, bei Gott, sie konnte nicht. Tief in ihrem Innern spürte sie zu genau, dass ihr unrecht geschah.

»Verflucht seid Ihr. Die Hände mögen euch abfaulen!«, wiederholte Rose und sah dem Lehrer geradeheraus in die Augen. Mr. Lloyds Kopf wurde lila und schwoll an. Er holte mit der Rute aus und Rose wusste, dass er sie im Gesicht treffen würde. Sie versuchte sich zu schützen und rechnete jeden Moment mit dem vernichtenden Schlag, doch er kam nie.

»Was geht hier vor?«

Langsam öffnete sie die Augen und blickte zaghaft nach oben. Mr. Davis stand neben Mr. Lloyd und hielt seinen Arm zurück. Er hatte den Schlag in letzter Sekunde verhindert.

»Mischt euch nicht ein, Davis. Noch halte ich hier Unterricht.«

Mr. Davis schnaubte.

»Was für ein Unterricht soll das sein?«, fragte er und schob sich zwischen Rose und Mr. Lloyd. »Was lernen die Kinder hier, Schläge zählen? Ich bin sicher, dass man Algebra auch auf andere Weise sinnvoll unterrichten kann.«

»Schreibe ich euch vor, wie Ihr ihnen eure nutzlosen Gedichte beibringt? Nein, tue ich nicht. Also maßt euch nicht an, mir vorzuschreiben, wie ich meinen Unterricht zu führen habe.«

»Na, na, na«, sagte Mr. Davis und trat so nah an seinen Kollegen heran, dass nur er und Rose die Antwort hören konnten. »Seid froh, dass ich mich nur hier einmische und nicht stattdessen die kleine Liaison zwischen euch und der jungen Miss Anne störe. Da hoffe ich doch, an dieser Stelle eure Zustimmung zu finden.«

Mr. Lloyds Gesicht wurde blass. Er nahm auf der Stelle den Arm herunter, hüstelte in seine Faust und trat einen Schritt zur Seite.

»Na, wenn Ihr eine bessere Strafe kennt, nur zu. Ich jedenfalls setze nun den Unterricht fort«, sagte er laut und wies Mr. Davis die Tür.

Dieser nickte freundlich, packte Rose am Arm, zog sie aus dem Klassenzimmer und kündigte drohend an:

»Jetzt wirst du dein blaues Wunder erleben, junge Miss. Da erscheinen dir abgefaulte Hände als ein Gnadenakt des Herrn.«

Er schleifte Rose über den kalten, kargen Gang des Waisenhauses, öffnete die Tür seines Studierzimmers und schubste sie hinein. Wie ein Häufchen Elend stand Rose zwischen Tür und Schreibtisch, senkte den Kopf und wartete auf das, was nun über sie hereinbrechen würde.

»Möchtest du eine?«, hörte sie Mr. Davis fragen und sah auf. Er reichte ihr eine kleine Packung Pralinen. Es waren keine so schönen, wie sie sie jede Woche im Schaufenster von Harry & Sons bewunderte, aber es waren doch echte Pralinen.

»Sie sind schon alt und ich muss sagen, mir schmecken sie nicht. Ich mag nichts Süßes. Na, vielleicht munden sie dir.«

Schüchtern nickte Rose, streckte ihre Hand nach einer Praline aus und stopfte sie sich sofort in den Mund, bevor Mr. Davis es sich anders überlegen konnte.

Er lachte darüber. Seine alte, tiefe Stimme klang brüchig und kratzig dabei. So langsam, wie es seine zittrigen Beine verlangten, setzte er sich hinter den Schreibtisch und betrachtete das Mädchen kopfschüttelnd.

Rose kaute die Praline und ihre Augen wurden riesig. Jedes Mal, wenn sie an dem Schaufenster vorbeikam, versuchte sie sich vorzustellen, wie die Dinge dahinter wohl schmecken mochten. Doch sie konnte es nicht. Es war mehr ihr Wert, das Glitzern, das Gold und die schönen Formen, die sie immer wieder lockten. Jetzt, da die dunkle Schokolade ihren Mund füllte und die längst harte Cremefüllung langsam wieder weich wurde, begriff sie, dass es Essen gab, das die Honigbrote, die es zu Weihnachten gab, meilenweit in den Schatten stellte.

»Rose! Rose!«, hörte sie Mr. Davis‘ Stimme. »Du träumst doch schon wieder! Wie oft habe ich dir gesagt, dass du aufhören sollst, den Kopf in die Wolken zu stecken. Mit dir wird es noch böse enden! Ja, böse wird es enden!«

Rose sah auf und wollte sich entschuldigen, doch Mr. Davis und sein alter Schreibtisch waren verschwunden. Stattdessen war es Mr. Marshall, der Butler, der eine Stufe über ihr stand und fragte:

»Stimmt etwas nicht, Miss Emilia?«

Rose spürte etwas auf ihrer Wange. Rasch wischte sie die Träne ab, lächelte tapfer zu dem Bediensteten empor, der sie besorgt ansah, und schüttelte den Kopf.

»Alles in Ordnung, Mr. Marshall. Ich habe an ein trauriges Gedicht gedacht. Da muss ich jedes Mal aufs Neue weinen.«

Der alte Mann nickte nachsichtig, verbeugte sich, machte einen behutsamen Bogen um sie und stieg die Treppe weiter hinab. Rose blieb allein zurück und fasste sich vorsichtig an die Lippen. Für einen kurzen Augenblick hatte sie geglaubt, Mr. Davis‘ trockene Praline wieder zu schmecken.

***

Rose konnte das junge Mädchen, das ihr gegenübersaß, anlächeln, so beherzt sie nur wollte. Das Dröhnen der tiefen Stimme auf der anderen Seite der Salontür war so ohrenbetäubend, dass es doch nichts half.

»Zum dritten und letzten Mal, Liam: Das kommt nicht in Frage!«

Lord Hartshields Cousine Maggriet zuckte bei jedem Wort ihres Vaters, das mühelos das Holz der Tür durchdrang, zusammen. Dennoch erwiderte sie Roses Lächeln tapfer. Dabei gab sie sich alle Mühe, sich nicht ansehen zu lassen, wie peinlich berührt sie war. Wie ein Engel sah sie aus, gerade vom Himmel herabgestiegen, um hier in hübschen Kleidern und mit graziösen Bewegungen vornehm ihren Tee zu trinken. Rose bemühte sich, ihre Haltung nachzuahmen, während sie jedes Wort des Streits verfolgte.

Zunächst hatten Thomas Elliot und seine jüngere Schwester versucht, höfliche Konversation mit Rose zu betreiben, doch das leise Brummen der streitenden Stimmen jenseits der Tür war schnell einem derart lauten Orkan gewichen, dass man wohl oder übel gezwungen war, schweigend zuzuhören.

»Bei allem Respekt, Onkel, ich lasse mir nichts verbieten. Erst recht nicht in meinem eigenen Heim!«

»Du lässt was? Du lässt dir nichts verbieten? Junger Mann, was glaubst du eigentlich, wer du bist?« Die Aufregung und Wut des Earls waren mit Händen zu greifen. Er musste jeden Moment platzen.

»Liam Hartshield, Baron of Eddleston, achter Träger meines Titels und ein erwachsener Mann, der zum Heiraten niemandes Erlaubnis braucht!«

»Mein Junge, ich käme gar nicht darauf, dir das Heiraten zu verbieten! Ganz im Gegenteil wird es wirklich Zeit für diesen Schritt. Aber doch nicht so eine –«

»Pass auf, was du sagst! Du sprichst von meiner zukünftigen Frau, eines Tages Mutter meiner Kinder!«, unterbrach Liam seinen Onkel schneidend.

»Junge, bist du noch bei Sinnen? Diese Miss Sonstwas ist ein Niemand! Ein ganz gewöhnliches bürgerliches Mädchen! Ganz egal, wie viele tausend Pfund sie in die Ehe –«

»Diese Törtchen schmecken ausgezeichnet!«, rief Thomas Elliot unvermittelt und so laut, dass er seinen Vater tatsächlich übertönte, während er sich zwei derselben auf den Teller lud.

Rose nickte abwesend.

Sie vermochte sich nicht auf ihn zu konzentrieren. Zu sehr fesselten sie der Streit und die edelmütige Haltung des Barons, die sie überraschte. Warum nur sah Mr. Young solch einen Widerling in ihm? An seinem Betragen konnte es kaum liegen. Was sie hier erlebte, war das genaue Gegenteil.

»Sei still, Thomas! Ich kann Vater nicht verstehen«, wies ihn seine Schwester zurecht und stellte ihre Tasse mit den zarten Fingern einer Fee beiseite.

Ihr Bruder verzog den Mund, wandte sich erneut zu Rose und fragte:

»Stammen diese Kronen der Konditorkunst vom Bäcker unten im Dorf? Ihr könnt mir nicht erzählen, die Köchin von Kingston Hall zaubert solche

Köstlichkeiten selbst.«

Rose zuckte mit den Schultern, lächelte schüchtern und nahm einen Schluck Tee. Dabei versuchte sie, die Grazie einzufangen, die Maggriet mit jeder Bewegung versprühte. Sie war recht zufrieden, nur das Abspreizen der Finger wollte ihr noch nicht so recht gelingen.

»Woher soll sie das wissen? Sie ist doch erst seit gestern hier!«, nahm Maggriet ihr die Antwort ab und fügte herrisch hinzu: »Und jetzt sei endlich still!«

Rose sah, wie wütend Thomas ob des Tons seiner Schwester wurde. Doch ganz der Gentleman, der er war, schluckte er die Wut hinunter und griff nach einem weiteren Törtchen, statt etwas zu erwidern. Er konnte nicht ahnen, dass er damit Roses Ärger auf sich zog. Sein Appetit durchkreuzte ihren Plan, so viele heimlich entwendete Törtchen wie möglich zur Grundlage der Wegzehrung zu machen, die sie sich für den Fall einer überhasteten Flucht zu sichern gedachte.

»Ich habe mein Wort gegeben und werde mich daran halten. Deine Meinung zu unserer Verbindung wird mich keinen Fußbreit davon abbringen!« Wie fest und klar seine Stimme klang. Rose malte sich aus, wie aufrecht und furchtlos Liam seinem bösen Onkel in die Augen sah.

Die Wonne, die ihr dieser Gedanke bereitete, ließ sie leise seufzen. Maggriet lächelte noch stärker. Auch sie schien das ihren Blicken entzogene Schauspiel sichtlich zu genießen.

»Dein Wort? Dein Wort? Was bedeutet schon dein Wort? Das erstbeste dahergelaufene Gör zu heiraten, nur weil es Geld mitbringt und du auf irgendeinem faden Ball einen dämlichen Antrag gemacht hast? Das ist doch blanker Irrsinn!«

»Mir bedeutet mein Wort alles. Und ich bin stolz, zu sagen, dass es auch für Emilia von Wert zu sein scheint. Man möchte meinen, sie wäre sonst nicht hier. Ob du hingegen einen feuchten Kehricht darauf gibst, halte ich für zweitrangig. Und da drücke ich mich höflich aus.«

Maggriet sog scharf die Luft ein und sah Rose halb wehmütig, halb neidisch an. Sie stand auf, setzte sich neben sie auf das Sofa und nahm ihre linke Hand zwischen die ihren.

»Liam ist so rechtschaffen! Das war er schon immer. Er gäbe Titel, Haus, Beine und Arme, um nur sein Wort zu halten.«

Ihr Bruder verdrehte die Augen und warf ihr einen strengen Blick zu, der sie zum Schweigen bringen sollte und das Gegenteil bewirkte. Mit zusammengekniffenen Augen fuhr sie ihn an:

»Ich sage dir, Thommy, noch zwei, drei Törtchen mehr und aus dir wird eine große Kugel, die Vater und ich fortan von der Kutsche ins Haus und vom Haus in die Kutsche rollen müssen. Lass die Finger von den Törtchen!«

Während Thomas im Begriff war, auf der Suche nach einer Erwiderung, die er als scharf genug empfand, alle Zurückhaltung fahren zu lassen, schwoll der Lärm der streitenden Stimmen auf ein vollends unerträgliches Maß an. Besorgt stellte der junge Mann seinen Teller beiseite und erhob sich langsam.

»Ich bestehe darauf, dass du die Verlobung auf der Stelle löst und das Mädchen zurück nach London schickst, wo sie ihre Eltern hoffentlich in ein derart entlegenes Kloster stecken, wie sie es verdient hat!«

Die Stimme des Earls war heiser geworden.

»Ich wiederhole es ungern, Onkel, doch bei allem gebotenen Respekt: Du bist weder in der Position, mir Befehle zu erteilen, noch für mich zu entscheiden, wen ich heirate und wen nicht! Finde dich damit ab.«

Die Tür erzitterte, als etwas mit Wucht an die Wand flog.

Rose und Maggriet sprangen vor Schreck auf. Thomas riss die Tür auf und stürmte aus dem Salon. Rose wollte ihm folgen, doch Maggriet hielt sie am Arm fest und zog sie zurück auf das Sofa.

»Sollen die dummen Männer einander doch die Schädel einschlagen. Rasch, sag mir, wie wollt ihr beide es anstellen? Die Hochzeit meine ich!«

Ihre Augen glitzerten und Rose begriff, dass sie nur darauf gewartet hatte, die Frage loszuwerden. Was führte diese engelsgleiche junge Lady wohl im Schilde?

»Ich verstehe nicht«, antwortete sie und wollte sich erheben, da der Wirbelsturm aus Stimmengewirr und Gerumpel, der durch den Gang tobte, nicht leiser wurde und schon wieder etwas – war es gar ein Körper? – an die Wand flog. Die Teetassen tanzten mit bedenklichem Klirren über den Tisch. Unwillig hielt Maggriet sie fest.

»Du verstehst ganz genau. Spiel hier nicht die Unschuldige! Wie hast du es angestellt? Wie bist du aus London herausgekommen und wo habt ihr den Pfarrer aufgetrieben, der euch traut? Weiß er, dass das Einverständnis deiner Eltern fehlt?«

Rose sah in Richtung des Gepolters und wieder zurück zu Maggriet. Schließlich entschloss sie sich, ihr lieber zu helfen, als sich in einen Kampf zu stürzen, in dem sie doch nichts ausrichten konnte. Schnell legte sie sich eine Geschichte zurecht. Das war ihr noch nie schwergefallen.

»Nun gut. Ich sagte ganz einfach, ich würde gern den Armen helfen, den Waisen im Hospital. Dann packte ich ein paar Dinge zusammen und zog los, um sie zu spenden. Zum Schutz vor zudringlichen Straßenkindern, deren dreckige Hände überall sind und alles und jeden anfassen, nahm ich meine Kammerzofe mit. Nicht ohne sie einzuweihen, versteht sich. Wir fuhren ohne Umwege zum Hafen, lösten ein Ticket nach Edinburgh und nahmen den Rest der Strecke mit der Kutsche. Innerhalb eines Tages waren wir hier. Aufregend ist das nicht gerade.«

»Sehr klug, eine Kleiderspende. Sehr klug. Keine Fragen wegen Koffern. Und sag, wie ist es mit dem Pfarrer?«

»Offensichtlich gibt es einen Geistlichen in Fort William, der mit solchen, äh, Situationen, wie soll ich sagen, keine Probleme hat. Er hat Lor–, äh, Liam sofort zugesagt. Eine Geburtsurkunde macht die Sache natürlich leichter. Wer man ist, muss man schon nachweisen.«

Maggriet nickte nachdenklich und Rose konnte förmlich sehen, wie sich in ihrem Kopf die Puzzleteile eines Plans zusammensetzten.

»Es ist so unendlich romant–«, fing sie an und drückte Roses Hand, als die Tür des Salons mit Wucht aufflog und ein gut 50-jähriger, wuchtiger Mann hindurchstürmte wie ein wütender Stier. Er erblickte seine Tochter zusammen mit Rose, durchmaß den Raum mit wenigen Schritten, riss den Mund auf und flüsterte mit der Heiserkeit versagender Stimmbänder:

»Maggriet, steh auf! Wir gehen, bevor dir dieser elende Spross namen- und rangloser Emporkömmlinge noch Flausen in den Kopf setzt!«

»Aber Papa –«, setzte Maggriet an, doch der Earl zerrte sie ohne Umschweife vom Sofa und von Rose hinfort. Nach einem letzten verächtlichen Blick zurück warf er die Tür hinter sich und seiner Tochter zu.

Fassungslos blieb Rose sitzen. Ging es in Familien generell so rüde zu, oder war der Umgangston in dieser hier etwas Besonderes? War das die Etikette, auf die der Earl solchen Wert legte?

Die leisen Stimmen der Bediensteten drangen durch die geschlossene Tür. Dann hörte sie Liam, der ruhig und gefasst Anweisung gab, eine Vase zu entsorgen, die nicht mehr zu retten war. Rose spürte, wie ihr Herz anfing zu flattern wie ein Vögelchen.

Waren das nicht die Worte, die sie ihm in Emilias Namen hatte schreiben müssen? *Mein Herz flattert wie ein Vogel in der Brust bei dem Gedanken …*

Sie holte tief Luft. Jeden Moment würde er eintreten und sich für die Worte seines Onkels entschuldigen. Doch die Zeit verging und nichts geschah.

Die Stimmen auf der anderen Seite der Tür wurden leiser und verstummten schließlich ganz. Mit jeder verstrichenen Minute ließ auch das Flattern ihres Herzens langsam wieder nach. Dass er nicht kam, betrübte Rose. Sie wollte seine Aufmerksamkeit. Doch es blieb dabei.

Weshalb war sie überhaupt traurig darüber? Wut stieg in ihr hoch. Sollte sie nicht froh sein, dass er ihr aus dem Weg ging? So kam er ihr immerhin nicht auf die Schliche. Und ohnehin war er ein Widerling.

War er das wirklich? Niedergeschlagen griff Rose nach dem einzigen Törtchen, das Thomas Elliot übriggelassen hatte, und biss hinein.

Schritte.

Auf der Stelle legte sie das Törtchen zurück auf den Teller und straffte die Schultern, als die Tür auch schon aufgerissen wurde.

Enttäuscht sackte sie wieder zusammen.

»Da bin ich! Ich bitte in aller Form um Verzeihung, nur die dringendsten Sakramente konnten mich so lang in Beschlag nehmen.« Charles‘ suchender Blick fand niemanden als Rose.

»Nanu«, wunderte er sich. »Wo sind denn alle?«

***

Rose lauschte dem Uhu auf dem Baum vor dem Fenster. Der Vogel und Daisy, die zu ihren Füßen auf einer Decke schlief, füllten die Nacht im Duett mit seltsamen Lauten, die man unter normalen Umständen als unerfreulich empfunden hätte. Rose aber waren sie noch viel zu leise, was wiederum dazu führte, dass die einzelnen Geräusche sie doch störten. Gewohnt, in großen Räumen voller schnarchender, furzender und stöhnender Menschen zu liegen, empfand sie die Stille, die die einzelnen Laute umgab und umso mehr hervorhob, geradezu als unerträglich.

Sie zog das Kissen unter ihrem Kopf hervor, legte es sich auf das Gesicht und drückte die Enden fest auf ihre Ohren, um endlich nichts mehr zu sehen und zu hören. Erst als sie keine Luft mehr bekam, nahm sie es unwillig wieder herunter.

Ruhe war einfach nicht in Sicht, weder äußere noch innere. Sobald sie es doch einmal schaffte, die Augen geschlossen zu halten und sogar das Singen des Uhus und das Grunzen der Magd auszublenden, drängte sich doch umgehend die Stimme des Barons in ihren Kopf und seine Worte dröhnten von einem Ohr zum anderen.

Rose war in ihrem Leben noch nicht vielen Gentlemen begegnet. Die meisten Männer, die sie kannte, waren Wichtigtuer und Kleinganoven, arme Würstchen wie sie ohne Werte und Moral. So einer war auch Jack. Obwohl sie partout nicht wollte, musste sie an ihn denken. Seine verdorbene Art hatte ihre Freundschaft zu Betty schwer belastet. Jack hatte nicht die kleinste Spur von Anstand.

Doch wie sollte er auch?

Eine aufrechte und ehrenhafte Haltung war etwas, das sich lange nicht jeder leisten konnte. Liam mochte in der glücklichen Situation sein, sein Tun nach Prinzipien ausrichten zu können, von denen abzuweichen er niemals gezwungen war. Wie es war, wenn einem keine Wahl als die zwischen Moral und dem blanken Überleben blieb, wusste er wohl kaum. Aber.

Aber durfte sie ihn hintergehen, nur weil seine Lage komfortabler war als ihre? Durfte Rose seine Gutgläubigkeit ausnutzen? Die Bereitschaft, sein Wort gegenüber Emilia um jeden Preis zu halten, die er so eindrücklich unter Beweis gestellt hatte? War ihr Glück Grund genug, ihn ins Unglück zu stürzen?

Mit einem Stöhnen, das aus dem Innersten ihrer Brust emporstieg, setzte Rose sich im Bett auf. Im Mondlicht, das durch das Zimmer ins Fenster drang, tanzte der Staub. Sie starrte und starrte darauf, ohne irgendeine Antwort auf ihre Frage zu finden. Was sollte sie denken, fühlen, tun? Wie so oft in ihrem Leben wünschte Rose, es gäbe einen Menschen an ihrer Seite, den sie um Rat fragen konnte. Wie ebenso oft aber blieb sie mit ihren Sorgen und Ängsten allein.

Behutsam schlug sie die Bettdecke zur Seite, stieg über Daisy hinweg und schlich auf Zehenspitzen auf das große Fenster zu. Ihre Wärterin weigerte sich, mit den anderen Bediensteten, die keine eigene Kammer hatten, unten in der Küche zu schlafen.

Rose setzte sich auf die Fensterbank, schlang die Arme um die Beine und legte ihr Kinn auf die Knie. Der Garten von Kingston Hall, der sich unter ihr erstreckte, lag im Dunklen. Außer ein paar Büschen und Bäumen, die hie und da schemenhaft zu erahnen waren, hatte die Schwärze der Nacht ihn fest im Griff. Welch seltsamer Anblick, so vollkommen anders als alles, was sie kannte.

Alles hier war neu für sie, aufregend und gruselig zugleich. Nie zuvor hatte sie einen Fuß vor die Tore Londons gesetzt. Schon die Überfahrt nach Edinburgh war das aufregendste Ereignis ihres Lebens gewesen.

Unwillkürlich musste Rose lächeln, als sie sich erinnerte, wie Daisy sie regelrecht hatte festhalten müssen. Fasziniert davon, wie sich das Wasser am Bug des Schiffes brach, hatte sie sich bedenklich weit über die Reling gelehnt. Wie konnte diese Welt, die so groß, laut und hell war, zur selben Zeit doch so dunkel, still und klein sein?

In London gab es keine Dunkelheit. Wenn die Nacht kam, entzündete man Laternen und flutete Zimmer mit Kerzenlicht. Zu jeder Uhrzeit drangen Stimmen von allen Seiten in die Schlafsäle der Pension.

Ob es die Lieder der betrunkenen Arbeiter in den Straßen waren, das Keifen streitender Paare, weinende Kinder oder fluchende Wirte – nie war man für sich, stets zwischen, mit und unter anderen Menschen. Wie unvorstellbar es noch vor wenigen Tagen gewesen war, ein Bett für sich allein zu haben! Welch Luxus und welch Einsamkeit zugleich. Kein Körper, der im Winter die Beine wärmte, keine regelmäßigen Atemzüge, die den Rhythmus der Nacht vorgaben.

Rose verfluchte den Uhu mit seinem Geschrei. Verärgert starrte sie auf seine Silhouette in der Baumkrone. Was hätte sie für einen betrunkenen Kneipengast auf dem Nachhauseweg gegeben, dessen lautes, schiefes Lied sie in den Schlaf lullte und alle Sorgen vergessen ließ.

Daisys lautes Schnarchen erreichte seinen Höhepunkt und wurde so laut, dass sie sich selbst damit weckte. Schmatzend schreckte sie hoch und sah mit zusammengekniffenen Augen auf das Bett. Sobald sie gewahr wurde, das Rose nicht darin lag, war sie mit einem Satz auf den Beinen und sah sich panisch um.

Wie ein großes, schwebendes Laken reflektierte ihr Unterhemd das Licht des Mondes.

»Ich bin hier«, flüsterte Rose beruhigend und winkte.

»Was machst du da? Warum schläfst du nicht?«

Schlaftrunken trottete Daisy zu ihr herüber.

»Ich kann nicht. Mein Gewissen plagt mich.«

»Pft, welches Gewissen?« Rose sah beleidigt zu ihr auf und antwortete nicht. »Na komm. Hat dich früher ein Gewissen geplagt, als du gestohlen und gelogen hast?«

»Nein«, gab Rose widerwillig zu und sah wieder aus dem Fenster. »Doch damals kannte ich die Menschen nicht, die ich belog und bestahl. Sie waren mir fremd und es war nicht persönlich. Jetzt aber …«

Daisy lehnte sich an die Wand und verschränkte die Arme vor der breiten Brust. Nachdenklich blickte sie auf Rose herunter und nickte widerwillig.

»Der Baron hat heute sehr ehrenhaft gehandelt. Nun fühlst du dich schuldig, weil du seine Gutgläubigkeit und seinen Edelmut missbrauchst. Verstehe ich, aber ist egal.«

Rose sah sie mit offenem Mund an.

»Egal? Wie kann das egal sein? Mir ist es ganz und gar nicht egal.«

Daisy verdrehte die Augen über Roses plötzliche Gewissensbisse.

»Wir sind nicht hier, um die Landluft zu genießen. Es gibt kein Zurück. Nicht mehr, seit wir das Haus betreten haben. Auch wenn der Baron kein schlechter Mensch ist, können wir nicht einfach wieder gehen.«

Erregt setzte Rose sich auf und schöpfte leise Hoffnung.

»Aber, wenn du … Ich meine, wenn auch du nicht mehr glaubst, dass er ein Widerling ist? Womöglich hat uns Mr. Young, ich meine, aus einem Irrtum heraus, ja, weil er Liam auch nicht kennt, er hat sich offenbar in ihm getäuscht, ich meine, dann wäre es doch rechtens, wenn wir –«

»Auf gar keinen Fall!«, zischte Daisy und stieß sich von der Wand ab. »Wir bringen zu Ende, was wir angefangen haben. Hörst du?«

»Aber wenn Mr. Young erfährt, dass Liam –«

»Nein, nein, nein. Auf keinen Fall ändert er seine Meinung. Wir machen weiter.« Daisy ging zurück zu ihrem Lager.

»Woher willst du das so sicher wissen? Vielleicht –«

»Glaub mir, ich weiß es. Lass es gut sein und geh ins Bett. Einen Tag noch, dann ist Hochzeit. Nur einen Tag noch durchhalten, Mädchen. Einen Tag.«

Langsam streckte Rose ihre eingeschlafenen Glieder und staunte über Daisys Gewissheit. Woher wollte sie wissen, dass Mr. Young es sich nicht anders überlegte? Vielleicht würde er sich freuen, wenn man ihn darüber aufklärte, wie schrecklich unrecht er dem Verlobten seiner Tochter tat? Musste sich ein liebender Vater nicht genauso einen Mann wie Lord Hartshield zum Schwiegersohn wünschen?

»Ich finde, wir sollten es versuchen«, sagte Rose mehr zu sich selbst als zu Daisy, während sie über diese hinweg wieder ins Bett kletterte.

Viel plötzlicher, als sie es bei ihrer Übergröße eigentlich können sollte, packte die Magd sie am Schlafittchen und zog sie zu sich hinunter.

»Untersteh dich. Wehe – ich sag dir, wehe –, du hältst dich nicht an den Plan. Ich zerreiß dich höchstpersönlich in der Luft!«

Rose glaubte ihr aufs Wort. Dennoch fürchtete sie sich nicht. Es war nicht mehr als eine Art Ahnung, ein Gefühl, das ihr sagte, Daisy war kein böser Mensch und wollte ihr nichts Übles. Warum aber war sie bereit so weit zu gehen, um Mr. Hardys und Mr. Youngs Plan zu schützen?

»Was hat er gegen dich in der Hand?«, flüsterte Rose und legte ihre Finger auf jene der Magd.

Die große Frau atmete tief durch, zog ihren Arm zurück und wickelte sich wieder in ihre Decke.

»Was hat er gegen dich in der Hand?«, wiederholte Rose.

Stille.

Rose rechnete nicht mehr mit einer Antwort, ließ sich in die Kissen sinken und sah nachdenklich nach oben in den Baldachin des Himmelbetts. Noch einen, nur einen Tag durchhalten. Würde sie es schaffen?

»Geht dich nichts an. Mach, wozu du hier bist. Verstanden?«, kam es plötzlich vom Boden.

Rose holte tief Luft und antwortete leise:

»Verstanden.«

KAPITEL V

Kingston Hall, 26. Mai 1826

Wie schon am Vorabend nach dem Streit speiste Rose allein. Einerseits kränkte es sie, dass die Lords stets eine Beschäftigung fanden, die es ihnen unmöglich machte, ihr Gesellschaft zu leisten. Sie spürte und bedauerte, dass man sie mied. Andererseits war sie auch erleichtert. Je weniger die Herren sie sahen, desto geringer war die Zahl der Fettnäpfchen, in die sie ob ihrer mangelnden Erziehung treten konnte.

Mr. Marshall balancierte ein Tablett an ihr vorbei, das mit leeren Karaffen und benutzten Gläsern überladen war. Jemand musste in der vergangenen Nacht einiges getrunken haben. Roses Herz tat einen Freudensprung, als sie die Melodie hörte, die der Butler summte. Sie war ihr seit Kindestagen vertraut und bevor sie es sich anders überlegen konnte, stimmte sie mit geschlossenen Augen laut mit ein:

O rose thou art sick,
The invisible worm,
That flies in the night
In the howling storm

Has found out thy bed
Of crimson joy:
And his dark secret love
Does thy life destroy.

Mit der vertrauten Melodie stieg schreckliche Wehmut in Rose auf. Sie legte die Hand auf ihr verletztes Herz und öffnete die Augen. Der Butler war stehengeblieben und sah sie erstaunt an. Als er ihrem Blick begegnete, stellte er hastig das Tablett beiseite und applaudierte begeistert.

»Ihr habt eine wunderschöne Stimme, Miss Emilia. Nie zuvor habe ich jemanden derart gefühlvoll singen hören. Bitte verzeiht mir, die Bemerkung steht mir nicht zu. Doch Ihr habt mich tief hier drin«, auch er legte die Hand aufs Herz, »berührt.«

Rose spürte, dass er sie nicht verspottete. Sein zitternder Kiefer zeigte ihr, wie er mit seinen Gefühlen kämpfte. Das ehrliche Kompliment machte sie verlegen und stolz zugleich. Die Melodie hatte etwas Magisches, das jedes Mal wieder auch ihr Gemüt in melancholische Wallung versetzte. Wie schon zuvor auf der Treppe lief eine kleine Träne über ihre Wange.

»Ich danke euch, Mr. Marshall. Mein alter Lehrer hat mir die Verse beigebracht, wie so viele andere mehr. William Blakes *The sick rose* war ihm von allen das liebste.«

Mr. Marshall nickte.

»Ein guter Lehrer. Kein Dasein ist mehr schwer und unerträglich, wenn man es nur mit solcher Musik erfüllen kann.«

Rose lächelte und eine weitere Träne bahnte sich ihren Weg.

»Das sagte Mr. Davis auch immer. Bitte verzeiht, dass ich weine. Ich weiß nicht, warum ich so traurig bin.«

»Nicht doch, Miss Emilia, entschuldigt euch nicht. Es ist William Blakes besondere Gabe, unsere Herzen und Seelen mit Worten zum Schwingen zu bringen.« Mr. Marshall kam näher und reichte ihr ein Taschentuch. »Hier, bitte nehmt das.«

Erstaunt über die Güte und Nachsicht des Butlers ergriff Rose das Tuch und trocknete ihre Wange. Doch vergeblich. Sie wusste sich nicht zu helfen. Nun, da die Tränen einmal angefangen hatten, wollten sie nicht mehr versiegen. Alles in ihr wollte weinen und doch musste sie auch lachen, so albern kam sie sich vor.

Eine Kutsche preschte die Einfahrt herauf. Der Butler runzelte die Stirn, bedeutete Rose mit einem Kopfschütteln, das Taschentuch zu behalten, das sie ihm zurückreichen wollte, verbeugte sich und eilte schnellen Schritts hinaus.

Roses Brust war noch immer eng von den Versen und die Melodie wollte ihr nicht mehr aus dem Kopf. Schwermütig und befreit zugleich nahm sie ein Sandwich und wollte hineinbeißen, als sie Schritte und eine bekannte, noch immer heisere Stimme nahen hörte.

»Wo befindet sich dieses namenlose Ding?«, rief der Earl of Sunderland. »Wenn ich dieses, dieses, wenn ich sie in die Finger bekomme!«

»Wartet, eure Lordschaft, lasst mich euch dem Master ankündigen. Bitte geht nicht in den –«

Der Butler war machtlos. Zielsicher trat Robert Elliot in den Salon, wo Rose mit ihrem Frühstück saß.

»Ihr!«, rief er laut, stach mit dem Zeigefinger nach ihr und kam auf sie zu. »Ihr! Euch habe ich gesucht!«

Hastig stand Rose auf und brachte ihren Stuhl zwischen den tobenden Mann und sich.

»Lasst mich seine Lordschaft holen«, schlug Mr. Marschall vor, der dem Earl nachgeeilt war, und sah besorgt zwischen dem tobenden Adligen und Rose hin und her. Er wollte sie nicht allein lassen, doch ihm war klar, dass er gegen den Earl nichts ausrichten konnte.

»Ja, nur zu, holt meinen Neffen. Nicht nur mit dieser Londoner Nichtperson, sondern auch mit ihm habe ich ein Hühnchen zu rupfen. Na los, bewegt euch!«

Mit einem letzten besorgten Blick eilte der Butler davon. Der Earl bebte vor Wut und kam näher. Plötzlich wurde Rose ganz ruhig. Obwohl sie wusste, dass es angebracht war, empfand sie keine Furcht.

Nein, ihr würde nichts geschehen. Sie war in einer Umgebung großgeworden, in der zornige, übergriffige und ernsthaft gewalttätige Männer allgegenwärtig waren. Der Earl war nichts als ein Vulkan, der mit großer Geste Asche spuckte, aber nicht ausbrechen würde. Sie gab ihrer Intuition nach, streckte die Brust heraus, straffte Rücken und Schultern und sah ihm geradewegs in die Augen.

»Die Nichtperson hat einen Namen. Er lautet Emilia Young und ich wäre eurer Lordschaft zutiefst verbunden, würdet Ihr ihn auch benutzen«, sagte sie mit fester Stimme und wunderte sich noch im selben Moment, woher sie den Mut nahm, so mit ihm zu sprechen. Immerhin war er ein Earl und kein Tagedieb aus dem Pub um die Ecke. Nie zuvor war sie einem Menschen von solchem Rang begegnet.

»Was maßt Ihr euch an, so mit mir zu sprechen? Wer gibt euch das Recht, die Stimme gegen mich zu erheb–«

»Du selbst, Onkel, indem du dich von deiner schlechtesten Seite zeigst. Ihre Reaktion ist die einzig angemessene«, antwortete Lord Hartshield, während er in den Salon trat. Mit wenigen Schritten stand er zwischen Rose und dem Earl.

Dieser lachte hämisch.

»Noch bist du auf ihrer Seite. Warte nur, bis du erfährst, was sie getan hat. Dann wollen wir mal sehen!«

Lord Hartshield trat noch einen Schritt nach vorn, so dass er Rose gänzlich vor ihm verbarg.

»Ich höre«, sagte er ruhig und verschränkte die Arme vor der Brust.

Sein Onkel lachte weiter, doch ohne jede Spur von Heiterkeit. Es war ein freudloses Lachen, dreckig und gemein, das nichts als Abscheu für die Welt und all die ausdrückte, die sich auf ihr befanden und sich durch das Leben quälten.

»Deine Miss Emilia Young«, sagte er voller Verachtung, »hat meine Maggriet ermutigt, zu ihm zu gehen. Du weißt, wen ich meine. Den nichtsnutzigen schottischen Lord of Badenoch! Lord, dass ich nicht lache. Ein adoptierter Straßenjunge. Was weiß ich, aus welchem Drecksloch er geboren wurde. Und meine kleine Maggriet will …«

Bei der Vorstellung, dass seine engelsgleiche Tochter einen unbedeutenden Lord zum Mann nahm, versagte dem Earl die Stimme.

»Ja, ich kenne den Lord of Badenoch. Wir haben zusammen gedient und er hat sich stets loyal, tapfer und rechtschaffen verhalten. Wer immer seine leiblichen Eltern gewesen sein mögen – sie haben einen guten Jungen zur Welt gebracht, der von Lord und Lady Badenoch zu einem fähigen und edlen Mann erzogen wurde. Hätte ich eine Tochter, wäre es mir eine Ehre, nähme er sie zur Frau.«

Rose traute ihren Ohren nicht. War dieser Mann wirklich echt? Wie konnte solch ein rechtschaffener Geist zwischen ihr und all den andren Sündern auf Gottes Erde wandeln? Welch ein Glück die wahre Emilia doch hatte, von solch einem aufrichtig guten Mann geliebt zu werden.

»Pah, dass ich nicht lache! Der Mensch hat keine Familie und sein Name ist geschenkt. Er hat schlicht kein Recht, dort zu sein, wo er ist!«

»Ihr auch nicht!«, entwich es Rose und auf der Stelle hielt sie sich die Hand vor den Mund, um nicht noch mehr zu sagen.

»Wie bitte?«, fragte der Earl verdutzt. »Was habt Ihr gesagt?«

Liam wandte sich um, warf ihr einen mahnenden Blick zu und versuchte die Aufmerksamkeit seines Onkels wieder auf sich zu lenken.

»Lass Miss Young aus dem Spiel. Sie ist noch ein Kind und statt ihr solltest du deiner Tochter grollen, deren Erziehung allein du zu verantworten hast. Mag sein, dass sie der Auslöser für Maggriets Flucht aus deinem Haus war, Onkel, doch sie ist nicht die Ursache.«

Der Earl tat Rose beinahe leid. Er wusste nicht, wen er zuerst niedermachen sollte. Die Situation machte ihn sprachlos und er wurde immer, immer wütender. Sicher hatte er sich ausgemalt, wie er hier einfiel und sein Zorn alle vor Furcht erbeben ließ. Das Gegenteil war eingetreten. Es musste ihn in den Wahnsinn treiben.

»Was erlaubst du dir? Meine Tochter hat die beste Erziehung genossen, die ein Mädchen sich wünschen kann. Dass sie ihrer Natur und aller Vernunft zuwiderhandelt, liegt an dem liederlichen Umgang, den sie als Kind mit dir und deinem nichtsnutzigen Bruder pflegte. Wenn einer –«

Wie konnte er so etwas über den Baron und seinen freundlichen Bruder sagen? Rose platzte der Kragen.

»Hört auf, die Fehler immer nur bei anderen zu suchen!«, schrie sie und schob sich an Liam vorbei. Er versuchte, sich wieder vor sie zu stellen, und selbst Mr. Davis neben dem Earl schüttelte warnend den Kopf. Doch das war Rose egal. »Ja, Ihr hört richtig. Niemand scheint es euch recht machen zu können. Ihr glaubt, nur Ihr wisst, was richtig und was falsch ist. Mein Herr, wisst Ihr, wie man die Sünde nennt, an der Ihr von uns allen am meisten leidet?«

Liam hielt sie fest, damit sie dem Earl nicht noch näherkam, doch sie wehrte sich und stieß ihn von sich. Der Earl sollte seine Grenzen kennenlernen, was es sie auch kosten mochte.

»Hochmut! Und sicher wisst Ihr, was all jenen droht, die sich des sündhaften Stolzes nicht erwehren können?« Der Mund des Earls stand offen. »Die erste Terrasse des Höllentors. Ein riesiger Stein auf dem Rücken, der sie daran hindert, sich aufzurichten. Noch erhebt Ihr euch über mich, doch es ist nur eine Frage der Zeit, bis Ihr euch gebeugt und auf Knien wiederfindet. Gott ist es, der euch richten wird!«

Mr. Davis griff sich an die Stirn und entfernte sich kopfschüttelnd. Sollte er nur gehen. Rose war noch nicht fertig und die geisterhafte Erscheinung ihres toten Lehrers stand ihr nur im Weg.

»Und auf dem Boden der Hölle geschrieben stehen die Namen all der anderen, die ebenfalls dem Stolz verfallen sind. Und weil der Stein euch wie die anderen Frevler auch zu Boden drückt, werdet Ihr gezwungen sein, die Namen dort zu lesen und aus ihren Verfehlungen zu lernen. Das ist es, was euch erwartet, genau das! Die erste Terrasse der Hölle!«, schleuderte Rose ihm entgegen.

Der Earl tat einen erschrockenen Schritt rückwärts, sah zwischen seinem

Neffen und der vor Zorn bebenden Rose hin und her und begann leise vor sich hin zu murmeln.

»Euch werde ich es noch zeigen, na wartet, diese Verbindung weiß ich zu verhindern … Damit kommt Ihr nicht davon.« Er machte auf dem Absatz kehrt und verließ den Salon ebenso schnell, wie er gekommen war.

Mit zittrigen Händen und wild klopfendem Herzen blickte Rose ihm nach. Liam ließ sie los und fuhr sich frustriert mit der Hand über das Gesicht. Er war sichtlich mitgenommen und fluchte leise. Wie Mr. Davis schüttelte er den Kopf, sah Rose an, öffnete den Mund und schloss ihn wieder. Dann fluchte er lauter und sprach mehr zu sich selbst als zu ihr:

»Er wird nicht. Doch, verdammt, er wird. Zur Hölle mit ihm!« Er wandte sich zu Mr. Marshall, der mit regungslosem Gesicht und würdevoller Haltung neben der Tür stand. »Lasst die Kutsche satteln, schnell! Und schickt nach meinem Bruder. Er soll alles stehen und liegen lassen und nach Fort William kommen. St. Clement‘s Church, wir haben keine Sekunde zu verlieren!«

»Jawohl, eure Lordschaft!« Der Butler eilte von dannen. Liam drehte sich zurück zu Rose und sagte mit einer Stimme, die keinen Widerspruch duldete:

»Über all das hier sprechen wir noch. Das ist nicht aus der Welt. Jetzt aber haben wir keine Zeit dafür. Geh nach oben, hol deine Urkunde und sag deiner Zofe, sie soll mit Charles zusammen die nächste Kutsche nehmen. Wir beide brechen auf der Stelle auf.«

»Aber –«, setzte Rose an. Sie wollte wissen, was ihn so beunruhigte.

»Nein, Emilia, kein Aber, jetzt ist nicht die Zeit für Fragen. Tu, was ich dir sage.«

Mit diesen Worten ließ er Rose stehen und eilte aus dem Salon.

***

Ruckartig setzte sich die Kutsche in Bewegung und wenig später verschwand Kingston Hall mitsamt dem riesigen Gebäude, das für eine einzige Familie errichtet worden und doch größer als das Waisenhaus war, hinter Bäumen.

Als nichts anderes mehr zu sehen war als Hügel, Felder und Wald, ließ sich Rose in den Sitz fallen und sah den jungen Lord ihr gegenüber an.

»Was geschieht nun mit mir?«, fragte sie leise und bekam keine Antwort. Gedankenverloren durchforstete er eine Mappe und suchte etwas, das sehr wichtig sein musste.

»Ha!«, rief er triumphierend und zog ein beiges Blatt Papier heraus.

»Da ist er ja. Ich wusste, dass sich irgendwo unter Vaters Unterlagen der Vertrag versteckt.«

»Vertrag?«, fragte Rose.

»Ja, natürlich. Wir können doch nicht ohne Ehevertrag heiraten. Zum Glück besitzen wir noch eine nicht unterzeichnete Kopie des Heiratsvertrags meiner Eltern. So schnell kämen wir nie und nimmer an einen neuen Vertrag. Eigentlich hatte ich vor, mich erst heute Nachmittag darum zu kümmern.«

»Wir heiraten?« Rose war froh, zu sitzen. Ihre Füße hätten jetzt den Dienst quittiert.

»Ja, und zwar so schnell es irgend geht. Wie ich meinen Onkel kenne, ist er auf dem Weg zu seinem Jagdschloss, behängt sich dort mit all den Orden und Schärpen, die er auf die Schnelle finden kann und eilt weiter nach Fort William, um den Pfarrer festzusetzen, der uns morgen trauen sollte. Er glaubt, so könnte er zwei Hochzeiten verhindern: die unsere und jene Maggriets und des Lord of Badenoch. Aber nicht mit mir. Ich lasse mir ganz sicher nicht vorschreiben, wen ich heirate und wen nicht.«

Rose wurde schlecht. Er war wirklich fest entschlossen, sie zur Frau zu nehmen. Was hatte sie nur getan? Sie fühlte sich wie eine gemeine Sünderin und schämte sich dafür. Nein, auf keinen Fall durfte er sie ehelichen. Sie war eine Lügnerin und Betrügerin, eine Nichtperson aus Londons Gosse, wie der Earl gesagt hatte. Sie war kein guter Mensch und hatte Liam nicht verdient. Und er wiederum hatte sie nicht verdient, weil er viel zu gut für sie war.

»Nur mit einem Ehevertrag können wir sicherstellen, dass Kingston Hall auf dich übergeht, falls ich keinen Sohn zeuge und auch Charles im Falle meines Todes ohne männliche Nachkommen bleibt. Zwar verhüte Gott, dass mir etwas geschieht, doch ich habe zu viele Menschen sterben sehen, um zu tun als ob … Egal, darüber müssen wir nicht sprechen. Hauptsache, Haus und Titel fallen nicht an meinen Onkel oder Thommy, was ebenso denkbar wie schrecklich ist.«

Rose traute ihren Ohren nicht. Meinte er das ernst? Er wollte ihr das Haus vermachen? Dieses große, symmetrische Gebäude, das sein Großvater erbaut hatte? Er kannte sie doch nicht einmal. Bei Lichte betrachtet waren sie Fremde füreinander. Nein, das durfte er nicht tun. Unter keinen Umständen!

»Ich will ehrlich zu dir sein, Emilia. Bevor du deine Unterschrift unter den Vertrag setzt, sollst du wissen, dass die Ländereien, das Gut und das Haus schwer verschuldet sind. Wir müssen deine komplette Mitgift aufwenden, um Kingston Hall und das Land zu retten.« Entschuldigend und sichtlich verlegen sah er auf und ihr in die Augen. »Die Schulden sind ebenso so alt wie das Haus. Großvater hat sich verkalkuliert und zwei Generationen damit in den Ruin getrieben. Mein Vater war Zeit seines Lebens damit beschäftigt, alles beisammenzuhalten. Doch es war ihm nicht möglich, mir Kingston Hall unverschuldet zu übergeben. Wahrscheinlich waren es die vielen Sorgen, die ihn letztes Jahr dahingerafft haben.«

Rose schluckte schwer. Ihre Mitgift? Emilia Youngs Mitgift, von der er keinen Penny zu Gesicht bekäme, auch wenn er sie auf der Stelle ehelichte. Das Haus war verloren. Er war verloren. Der Mann, der ihr gegenübersaß, würde bettelarm auf der Straße landen und, was noch schlimmer war, treuherzig und gut wie er war keine zehn Minuten überleben. Jeder Schuft, der etwas auf sich hielt, roch ein gutes Herz wie Liams meilenweit gegen den Wind und wusste es sich zunutze zu machen. Rose wusste, wovon sie sprach. Nichts anderes war es, das sie gerade tat. Ihr neues Leben in Saus und Braus wuchs auf demselben Boden wie sein Tod.

Mr. Davis machte es sich neben Liam bequem und nickte zu ihren Gedanken. Er musste nichts sagen, um ihr klarzumachen, was er dachte. *»Ich habe es dir gesagt, Rose. Habe ich es dir nicht gesagt?«*

»Keine Angst, Emilia.« Liam lächelte sie aufmunternd an, als er ihr die Sorge ansah. »Mein Onkel kann uns nichts. Erst recht nicht, wenn wir erst Mann und Frau sind.«

Keine Sorge, wiederholte Rose in Gedanken, keine Sorge? Die ganze Welt konnte ihm etwas, wenn er sie erst zur Frau nahm. Nein, er durfte sie nicht heiraten. Sie musste es verhindern, aber wie?

Verzweifelt sah sie aus dem Fenster auf die vorbeifliegende Straße. Was, wenn sie sich einfach hinausstürzte? Es war absurd, doch wenn sie sich dabei verletzte, war er gezwungen, die Hochzeit aufzuschieben. Oder vielleicht konnte sie sich in Fort William zwischen den Häusern davonmachen, sobald sie dort hielten? Wenn der Ort ähnlich groß und verwinkelt war wie London, würde man sie nicht so leicht wiederfinden. Es musste einen Weg geben, auch ohne Geld von dort aus nach Amerika zu gelangen.

Doch wie am besten fliehen? Keine Gelegenheit war günstiger als die Ankunft in Fort William. Daisy war nicht in der Nähe und Lord Hartshield ahnungslos. Sie würde einfach den passenden Moment abwar–

Die Kutsche hielt urplötzlich und Rose wurde in die Arme des Barons geschleudert.

»Hoppla«, sagte er überrascht und sah auf sie herunter. So nah roch er noch verführerischer als bereits zuvor. Wie hübsch seine Augen waren und die kleinen, erst aus der Nähe sichtbaren Sommersprossen auf der Nase! Sie waren Rose noch gar nicht aufgefallen.

Er schob sie behutsam zurück auf ihren Platz und stieg aus. Erst als Rose sich allein und unbeobachtet wusste, atmete sie leise aus und fasste sich ans Herz. Wie oft hatte sie in Groschenromanen davon gelesen? Von Herzklopfen, Schnappatmung, Sehnsucht und innerer Zerrissenheit. Das also war sie, die vielgepriesene Liebe. Wie schön und schmerzhaft sie doch war!

»Was ist los?«, hörte sie Lord Hartshield draußen fragen.

»Schafe, eure Lordschaft. Eine ganze Herde«, antwortete der Kutscher.

»Verflucht. Wo ist der Schäfer? Nicht zu sehen? Egal. Dann müssen wir ran, Mac. Wir dürfen keine Zeit verlieren.«

»Aye, eure Lordschaft.«

Der Baron stand unvermittelt wieder an der Kutschentür, sah durch das Fenster und erschreckte Rose fürchterlich.

»Ruhig, Emilia, ich bin es nur. Es gibt eine kleine Verzögerung. Keine Sorge, Mac und ich kriegen das ganz schnell in den Griff.« Er nickte ihr aufmunternd zu, als wäre sie ein kleines Kind, das es bei Laune zu halten galt, und war wieder verschwunden.

Hoffentlich kam der blöde, aufgeblasene Earl ihnen zuvor. Rose sah auf der andere Seite aus dem Fenster. Keine 30 Meter weit lag ein dichtes Wäldchen. Die lauten Zischgeräusche, mit denen die Männer die Schafe zu vertreiben suchten, entfernten sich in die entgegengesetzte Richtung.

Ohne Mr. Davis und sein Augenrollen weiter zu beachten, öffnete Rose die Kutschentür, so leise sie konnte, und stahl sich hinaus.

So schön das Kleid war, das sie trug, so schwer und unpraktisch war es. So gut die Schuhe dazu passen mochten, so sehr waren sie ihr zu groß. Kurzentschlossen raffte Rose die Röcke und schlüpfte aus den Schuhen. Mit einem kurzen Seufzer des Bedauerns darüber, dass die weißen Strümpfe heillos dreckig werden würden, lief sie los und rannte über das Feld auf das Wäldchen zu, so schnell die Beine sie trugen.

Ihre Flucht schien unbemerkt geblieben zu sein. Nichts als das Blöken der Schafe und das unveränderte Zischen der Männer war zu hören. Gerade als Rose die erste Baumreihe passierte und ihr Herz vor Erleichterung einen kleinen Sprung tat, erklang es hinter ihr:

»Emilia! Komm zurück!«

Ihr Herz begann zu schlagen bis zum Hals und soweit ihre bestrumpften Füße es erlaubten, legte sie noch an Geschwindigkeit zu.

***

Die letzten beiden Tage waren weiß Gott kein Zuckerschlecken gewesen. Wie angespannt seine Nerven waren und wie erheblich sich der fehlende Schlaf bemerkbar machte, ließ Liam nur zu deutlich spüren, keine 20 mehr zu sein.

Emilias plötzliches Auftauchen hatte ihm ebenso schwer zugesetzt wie die kurz darauf folgende Erkenntnis, dass sie mehr Kind als Frau, mehr wild als zivilisiert und mehr verrückt als vernünftig war. Der Streit mit seinem Onkel war die Kirsche auf dem Sahneberg der Katastrophe, in die er sich hatte hineinmanövrieren lassen. Und er konnte nicht einmal behaupten, selbst keine Schuld daran zu tragen.

Nicht nur sah er sich nun gezwungen, ein nahezu verrücktes Mädchen zur Frau zu nehmen – das, soviel musste man ihr lassen, mehr Courage gegenüber dem alten Earl gezeigt hatte als die allermeisten Menschen sonst. Nein, er musste es auch auf der Stelle, geradezu zwischen Tür und Angel tun. Er in seinem Alltagsjackett, sie in ihrem Vormittagskleid.

Welch Schmach für sie beide.

Sein Betragen war eines Barons nicht würdig und in vielerlei Hinsicht unverzeihlich. Wie so oft in den letzten Stunden schüttelte er den Kopf, während er dutzende Schafe vor sich her scheuchte und zum wiederholten Male dachte, dass er sich die Frage, womit er all das eigentlich verdient hatte, leider nur zu gut selbst beantworten konnte.

Dass er im richtigen Moment den Blick hob, war nichts als Zufall. Gerade noch rechtzeitig sah er Emilia barfuß – wieso auch immer – und mit wehendem Kleid zwischen den Bäumen des nahen Wäldchens verschwinden.

»Emilia! Komm zurück!«, schrie er, doch sie wandte sich nicht um, sondern schien sogar noch schneller zu werden. Zum Teufel mit diesem Kind.

Was hatte sie nun schon wieder ausgebrütet? Man konnte sie nicht eine Minute aus den Augen lassen, ohne dass sie etwas anstellte. Er atmete tief ein und aus, um sich zu beruhigen und eilte ihr nach über das Feld. Fehlte gerade noch, dass sie stolperte und sich ein Bein brach. Eine hinkende Ehefrau in der Hochzeitsnacht wäre wirklich die Krone der Geschichte.

Du lieber Gott, die Hochzeitsnacht. Die stand ja auch noch an.

Liam fluchte, erreichte die ersten Bäume und eilte in die Richtung weiter, in der er Emilia vermutete. Für ewige Momente sah und hörte er nichts, bis in seinem Augenwinkel blauer Stoff aufblitzte.

Na also.

»Emilia, komm zurück. Nun ist nicht der richtige Zeitpunkt, um Fangen zu spielen. Bitte sei vernünftig!«, rief er und sprang über einen dicken Ast. »Emilia! Bleib sofort stehen!«

Er kam ihr näher. Dass er sie früher oder später einholen würde, stand ganz außer Frage.

»Ich meine das ernst, junge Dame!« Liam fühlte sich mehr als Vater denn als Bräutigam. Träumte er oder lief er gerade hinter einem 17-jährigen, dürren Ding her durch den Wald? Nie im Leben hätte er sich ausgemalt, dass eine Dame sich so verhalten konnte.

»Emilia, zum letzten Mal verdammt, bleib stehen!« Nur noch wenige Meter trennten sie voneinander.

»Nein, lass mich! Ich will dich nicht heiraten!«, gab sie panisch zurück und wandte sich zu ihm um.

Der Schuh kam überraschend. Da Liam nicht rechtzeitig auswich, traf ihn der Absatz voll an der Schläfe.

Es schmerzte höllisch und er spürte sofort, wie es dickflüssig über seine Wange lief und auf die Schulter tropfte. Das war mindestens eine kleine Platzwunde. Seine Wut stieg um ein Vielfaches und er sandte ein Stoßgebet zum Himmel, dass er sich beherrschen konnte, wenn er sie in die Finger bekam.

»Deine Angst ist ganz normal. Auch ich fürchte mich vor der Ehe. Jetzt sei vernünftig und bleib endlich stehen!«

»Nein! Ich fürchte mich nicht vor der Ehe. Ich will dich einfach nicht heiraten. Du bist mir …« Sie rang nach Luft, weil sie nicht laufen und reden zugleich konnte. »Zu alt und zu dick!«

Einmal mehr schüttelte Liam den Kopf. Das war absurd. Mit Mitte 30 war er im besten Heiratsalter und an seinem Körper befand sich seit Jahren kein überschüssiges Gramm Fett.

Sie warf ihren zweiten Schuh, doch diesmal war er vorbereitet und wich ohne Schwierigkeiten aus. Noch drei große Schritte und er bekäme sie zu fassen.

Eins.

Zwei.

Drei.

Endlich! Liam packte Emilia am Ellenbogen und riss sie herum. Sie prallten gegeneinander und stürzten zu Boden.

Emilia wehrte sich mit Händen und Füßen. Sogar ihre Zähne setzte sie ein, um ihre Handgelenke aus seinem Griff zu befreien. Wäre die Situation nicht, wie sie nun einmal war, und ihr Verhalten nicht so kindisch und dumm, er hätte der Wildkatze, in die sie sich verwandelt hatte, einiges abgewinnen können. Im Moment jedoch bereitete ihm ihre Energie kein Vergnügen. Ganz im Gegenteil platzte ihm nun endgültig der Kragen.

»Es reicht!«, schrie er und ließ alle Rücksicht auf die zarten, weiblichen Gefühle, die vielleicht irgendwo tief in ihr schlummern mochten, fahren. Was das anging, hatte er ohnehin seine Zweifel. »Hör auf, dich zu wehren. Ich bin stärker und größer als du. Das hat doch keinen Zweck! Sei endlich vernünftig!«

Seine Beruhigungsversuche fanden kein Gehör. Das Mädchen biss ihn so stark, dass er sie loslassen musste. Sofort entschlüpfte sie ihm, rappelte sich auf und rannte auf eine Lichtung zu. In Liams Kopf reihten sich Begriffe aneinander, die auszusprechen er im Leben – zumal in Anwesenheit einer jungen Dame – niemals gewagt hätte.

Er hatte sie gerade wieder eingeholt, wie konnte es auch anders sein, und riss sie erneut zu sich herum. Dabei konzentrierte er sich darauf, diesmal nicht mit ihr zu fallen. Viel zu spät bemerkte er die Männer, die sie umgaben.

»Na, wat ham‘ wa ‘n da?«

Liam packte Emilias Arm fester, zog sie näher an sich und drehte sich in die Richtung, aus der die Stimme gekommen war. Vor ihm standen drei junge Burschen. Sie trugen schrecklich zusammengewürfelte Fetzen, die Kleidung zu nennen schlicht nicht mehr angebracht war. Der Dreck, der ihr Gesicht bedeckte, machte es unmöglich, zu sagen, ob sie sich fürchteten, grinsten oder weinten.

Alle drei waren spindeldürr. Ohne die Beile und Messer, die in ihren Händen blitzten, hätte er es ohne Schwierigkeiten mit ihnen aufnehmen können. So aber war die Lage brenzlig. Einen Kampf würde er nicht unversehrt überstehen.

Liam warf einen besorgten Blick auf Emilia. Sicher war sie einer

Ohnmacht nah. Er würde sie verteidigen müssen wie einen Klotz an seinem Bein. Doch wider Erwarten stand sie ganz ruhig neben ihm und starrte stirnrunzelnd auf den Lumpen, der in der Mitte des Haufens stand. Sie schien nicht die geringste Angst zu haben.

Herrgott, das Mädchen war selbst zum Fürchten noch zu dumm.

»Wohin des Wejes, Ihr süßen Turteltäubchen?«, fragte der, der scheinbar der Anführer der Truppe und als einziger des Sprechens mächtig war. Emilia öffnete den Mund. Rasch kam Liam ihr zuvor, bevor sie sich und ihn um Kopf und Kragen reden konnte.

»Wir gehen wieder und ich hoffe, Ihr drei seid nicht so dumm, euch uns in den Weg zu stellen. Ein gekrümmtes Haar und der Galgen ist euch sicher.« Wenngleich er nicht mehr im Dienst war, so war er doch sicher, sich die Autorität eines Captains bewahrt zu haben.

Bei einem Jungen wirkte es. Er sah unsicher zu seinen Kumpels, doch der Wortführer ließ sich nicht im Geringsten beeindrucken, sondern brach in schallendes Gelächter aus.

»Wer sollte wiss'n, wer wem wo 'n Haar jekrümmt hat und wieso? Schaut euch um, Sir. Ihr seid im Wald. Wenn wa euch wat antun, findet man euch nich' ma'. Und vor allem findet uns keener, um uns deswejen zu hängen.«

Jetzt war es an Liam zu lachen.

»Das wäre auch nicht nötig. Mit euch drei kleinen Stängelchen werde ich eigenhändig fertig. Wenn ich Hand an euch lege, wünscht Ihr euch selbst an den Galgen.«

Unverändert unbeeindruckt äffte der Wegelagerer ihn nach:

»Und sobald wa Hand an euch jelegt ham', wünscht Ihr euch«, er dachte nach, weil ihm auf Anhieb nichts Passendes einfallen wollte, »jenau, wünscht Ihr euch auch an' Jalgen!«

Liam gab auf. Das Leben meinte es nicht gut mit ihm. Der Herr musste Grunde haben, ihn zu hassen. Nicht nur, dass er ihn mit einer verrückten Frau strafte. Nein, es würde auch noch das Messer eines Schwachsinnigen sein, das seinem Dasein ein Ende setzte.

»Was redet Ihr beide denn für einen Unsinn?«, mischte Emilia sich ein und versuchte, sich loszureißen. »Wer an wen Hand legt, dass ich nicht lache! Lass mich los.«

»Bist du verrückt? Weißt du nicht, was diese Kerle mit dir anstellen würden?« Entgeistert sah Liam sie an. Er konnte es einfach nicht glauben. Sobald er einmal dachte, es konnte nicht mehr dicker kommen, belehrte ihn dieses Mädchen eines Besseren.

***

»Siehst du nicht, dass das Kinder sind? Was sollen ein paar Kinder uns schon antun?« Mit einem heftigen Ruck entwand Rose Lord Hartshield ihren Arm und trat einen Schritt vor. Er wollte sie wieder an sich ziehen, doch sie war flinker, wich ihm aus und sah den Anführer der zerzausten Bande an.

»Du, mitkommen. Ich will mit dir reden!«, sagte sie bestimmt und bedeutete ihm, ihr auf die andere Seite der Lichtung zu folgen. Der Junge wusste nicht, wie ihm geschah und zeigte verwundert fragend auf sich.

»Ja, genau du!«

»Emilia, untersteh dich«, drohte der Baron, doch Rose hatte nicht die Nerven, sich zugleich um ihn und diese unverschämten Bengel zu kümmern.

»Eins nach dem anderen«, antwortete sie ihm, ging über die Lichtung und wartete ungeduldig auf den Jungen.

Belustigt kam er hinter ihr her geschlurft, während seine Kumpanen mit ihren rostigen Äxten und Messern bei Liam blieben. Sobald der Anführer der Bande ihr nah genug war, holte Rose aus und verpasste ihm mit den Knöcheln eine Kopfnuss, mit der er nicht hatte rechnen können.

»Da bist du also, Teddy! Weißt du, wie viele Tage und Nächte Betty sich die Augen ausgeheult hat, weil sie nicht wusste, ob du noch lebst?«

Teddy holte zum Gegenschlag aus, was Liam provozierte, der beinah begann sich mit den anderen Kindern zu prügeln. In letzter Sekunde erkannte der Junge Rose, ließ den Arm sinken und sah sie mit großen Augen ungläubig an.

»Rose? Bist du‘s? Bei Gott, du hast dich ja jemacht, wa. Fast wie ‘ne Lady siehste aus!«

Rose verpasste ihm noch eine Kopfnuss.

»Wie sprichst du denn? Hat dir Mr. Davis nicht beigebracht, dass man unsere schöne Muttersprache nicht verschandelt?«

»Autsch. Hör sofort uff! Wie steh‘ ick vor meen‘ Jungs da, wenn ick ma von ‘nem Weibsbild eene kleben lasse?«

Und sie schlug ihn noch einmal.

»Wie heißt das?«, fragte sie und sah Teddy böse und autoritär an.

»Schon gut, schon gut. Ich kann hier nicht sprechen, wie Mr. Davis es uns beigebracht hat. Mich nimmt doch niemand ernst, wenn ich wie eine Schwuchtel klinge. Da glaubt mir niemand, dass ich von der Straße bin.«

»Du bist auch nicht von der Straße, du Idiot. Du kommst aus dem Mason Kinderhospital und Waisenhaus. Wir wurden nicht zu lumpigen Wegelagerern erzogen.«

Teddy rieb sich den Kopf und sah sie verstimmt an.

»Ich bin kein Wegelagerer«, sagte er beleidigt. »Ich bin Viehdieb.«

Seine stolzgeschwellte Brust veranlasste Rose dazu, ihm noch eine zu knallen, aber diesmal richtig. Wegen Rinderdiebstahls wurde man ohne Verhandlung und auf der Stelle gehängt.

»Aye, Te–, äh, Mann, allet in Ordnung da?«, wollte einer seiner Kumpane wissen und schielte unruhig herüber, während er zugleich versuchte, den Lord im Auge zu behalten. Dieser zweifelte angesichts der Szene, die sich vor ihm abspielte, sichtlich an seinem Verstand.

»Jo, ja, ick verhandle jerade dat Lösejeld«, schrie Teddy. »Stör ma nich'!«

Der dürre Junge mit der alten Axt runzelte die Stirn.

»Brauchste Hilfe, Mann? Ick meen –«

»Halt's Maul«, schrie Teddy ihn an. Dann sah er Rose an und knurrte: »Schlag mich noch einmal und es wird dir leidtun, das schwö–«

»Ich sage dir, wem hier bald was leidtun wird. Sobald ich wieder in London bin, suche ich Betty auf und sage ihr, wo du bist und was du machst. Und dann sind ich und dieser Lord da drüben dein geringstes Problem.«

Selbst unter all dem Dreck konnte Rose sehen, wie der Junge bleich wurde.

»Sag Betty nichts davon, Rose. Du darfst Betty nichts sagen, ich mache das nur solange, bis die Jungs und ich genug Geld haben für –«

Er schluckte, weil er schon mehr verraten hatte, als er eigentlich durfte.

»Für was?«, fragte Rose scharf und holte aus.

Teddy duckte sich vorsichtshalber und sagte kaum noch hörbar:

»Für einen Fahrschein nach Amerika für die Jungs, für mich und für Betty, damit wir hier wegkommen. In Amerika bekommt jeder Mann 100 Hektar Land. 100 Hektar, Rose, das ist so viel, du kannst dir das nicht vorstellen.«

»Deine 100 Hektar werden dich vorher ins Grab bringen. Geh zurück nachhause, Teddy, das hier ist nichts für dich. Schau dich doch an, du bist nichts als Haut und Knochen.«

»Nein! Ich gehe auf keinen Fall zurück. Auf keinen Fall!«

Teddys Gesicht bekam einen trotzigen Zug und Rose, die ihn kannte, seit er ein kleines Kind gewesen war, wusste, dass ihn an diesem Punkt weder Schläge noch Worte überzeugen konnten. Sein Trotz war auch der Grund dafür gewesen, dass Teddy von allen Kindern die meisten Prügel bezogen hatte und letztes Jahr abgehauen war, als sich ihm die Gelegenheit bot.

»Schon gut, schon gut. Pass auf, ich gebe dir meine Ohrringe. Sie sind etwas wert, sie haben einer reichen Miss gehört. Dafür lässt du den armen Lord und mich gehen. Und hier, ich habe ein paar Silberlöffel einstecken. Die kannst du auch haben.«

Rose förderte all die Dinge aus ihrer Rocktasche zutage, die sie in Kingston Hall nach und nach heimlich entwendet hatte, um sie für ihre Flucht beiseite zu schaffen. So verhungert und geschunden wie er aussah, hatte Teddy es nötiger als sie.

»Was willst du mit ihm? Nimmst du ihn aus?«, fragte Teddy, während er die Ohrringe und das Silberbesteck entgegennahm, und sah zu Lord Hartshield hinüber.

»Ja«, seufzte Rose traurig und folgte seinem Blick. »Will ich. Tu ihm nichts. Er ist ein Lamm, Teddy. Er weiß nicht, wie die Welt dort draußen ist. Er will mich heiraten.«

Teddy lachte und plötzlich konnte man ihm seine jungen Jahre ansehen. Keine 15 war der Kerl und vielleicht würde er, wenn er nicht aufpasste, auch nicht älter werden.

»Wer bereit ist, dich zur Frau zu nehmen, muss ein Lamm sein. Was für ein Idiot. Das habe ich sofort gesehen.«

Gemeinsam gingen sie zurück über die Lichtung. Lord Hartshield musterte Rose noch misstrauischer als schon zuvor. Ob er es ahnte? Hatte ihr Gespräch mit Teddy ihm gezeigt, wer sie wirklich war und woher sie kam?

»Also, ick hab den Schmuck von Ro–, von der Dame und wir könn' jeh'n.« Teddy sah den Baron an und deutete auf sein Jackett. »Aber dit lässte ma ooch da.«

»Was zur Hölle?«

»Gib es ihm einfach«, sagte Rose und stellte sich an seine Seite. »Immerhin lassen sie uns gehen. Sei nicht so undankbar.«

»Immerhin lassen sie uns gehen? Sei nicht so undankbar?« Liam war entgeistert. »Wir werden beraubt und sollen auch noch dankbar dafür sein?«

»Ja, so ist es. Gib ihnen einfach dein Jackett. Wir sind so oder so zu spät dran und können es uns nicht leisten, noch mehr Zeit zu verlieren. Es bringt auch nichts, ihnen zu drohen. Sie sind eindeutig in der Überzahl.«

Kopfschüttelnd zog Lord Hartshield sein Jackett aus und warf es Teddy zu. Der fing es auf, zog sich es über und machte eine elegante Verbeugung, bevor er und seine Bande rückwärts in den Büschen verschwanden.

»Ich weiß nicht, was sich hier gerade abgespielt hat, aber nenn mir einen Grund, warum ich dich nicht sofort über das Knie legen und dir den Hintern versohlen soll.«

Liams Kinn bebte vor Wut.

Seine Drohung konnte Rose nicht im Geringsten beeindrucken. Was sollten die Prügel, die er in Aussicht stellte, gegen das sein, was sie als Kind hatte erdulden müssen? Sie bewegte sich zurück in Richtung der Kutsche, die hoffentlich noch dort stand, wo sie sie verlassen hatten.

»Ich gebe dir zwei«, sagte sie ruhig und kletterte vorsichtig über einen Stamm. »Zum einen darfst du es nicht, weil wir noch nicht verheiratet sind. Und wenn du willst, dass ich dich heirate, damit du mich verprügeln kannst, solltest du jetzt keine Zeit mit Schlägen verschwenden. Denk an deinen Onkel.«

Liam blieb stehen und zweifelte einmal mehr an seinem Verstand. War die Frau, die vor zehn Minuten wie eine Neunjährige vor ihm weggelaufen war, dieselbe, die nun mit ihm umging wie eine abgebrühte Gouvernante mit ihrem Schützling?

Teilten sich zwei Personen einen Körper?

Er beschleunigte seinen Schritt, holte sie ein und zwang sie, stehen zu bleiben.

»Ich weiß nicht, was hier gespielt wird, doch es geht auf keinen Fall mit rechten Dingen zu. Du hast jetzt Gelegenheit, mir dein Verhalten zu erklären. Ich rate dir, sie zu nutzen. Noch so ein Theaterstück und ich garantiere für nichts mehr.«

Ungeduldig beobachtete er, wie Emilia mit sich rang. Dem Mädchen lag etwas auf dem Herzen. Sie öffnete den Mund, um endlich mit der Sprache herauszurücken, überlegte es sich anders und schloss ihn dann wieder, nur um ihn Sekunden später wieder zu öffnen. Seine Nerven waren zum Zerreißen gespannt. Sollte er sie heiraten oder in einer Irrenanstalt unterbringen?

»Was ist mit dir?«, fragte er nachdrücklich.

»Ich bin nicht Emilia Young!«, platzte es aus ihr heraus. Erleichtert lehnte sie sich gegen einen Baum und legte eine Hand auf ihre Brust, die sich rasch hob und senkte.

Liam bekam Kopfschmerzen. Einmal mehr. Die Wunde an seiner Schläfe pochte und er sah die dunklen, roten Flecken des Blutes auf seinem Hemd. Er konnte sich einreden, dass die Verletzung der Grund für den Kopfschmerz war. Doch eigentlich wusste er, dass der Grund direkt vor ihm stand.

Sie war also nicht Emilia Young, aha.

»In Ordnung«, sagte er so ruhig und beherrscht wie möglich. »Wer bist du dann?«

Froh, dass er sich darauf einließ, holte sie tief Luft und sagte:

»Rose Mason. Ich bin ein Waisenkind aus London.«

»Verstehe.« Liam konnte es nicht glauben. Das Mädchen war so verrückt, dass es aus seinem behüteten Elternhaus entfloh, um ihn zu heiraten, nur um ihm jetzt hanebüchene Geschichten aufzutischen, damit sie es doch nicht tun musste. Vor wenigen Minuten hatte sie versucht, der Ehe durch einen absurden Sprint in den Wald zu entkommen. Nachdem der hirnrissige Versuch gescheitert war, nun also diese Story.

»Und warum, Rose Mason, hast du dich als meine Verlobte ausgegeben?«

Sie holte erneut Luft und es sprudelte nur so aus ihr heraus:

»Weil Mr. Young, Emilias Vater, es so von mir verlangt hat. Ich bin zuvor schon als seine Tochter aufgetreten und habe auf seine Rechnung eingekauft. Dafür wurde ich zu Deportation und 20 Jahren Zwangsarbeit verurteilt. Er holte mich raus – aus dem Gefängnis, ich war noch nicht in Australien – und machte mir ein Angebot. Er und sein Freund Mr. Hardy wollten, dass ich dich heirate. Ich habe zugestimmt, man ließ mir keine Wahl. Es tut mir leid, sie sagten, du wärst ein Widerling und Säufer, nur an der Mitgift interessiert und Emilia ansonsten abgeneigt. Deswegen sollte ich sie retten, indem ich unsere Ähnlichkeit ausnutze, um ihre Rolle zu spielen.«

Sie schluchzte auf und sobald der letzte Satz gesprochen war, brachen die Tränen sich Bahn und es gab kein Halten mehr. Endlich begriff Liam, was hier gespielt wurde.

Als er in der Kutsche die Schulden erwähnt hatte, die auf Haus und Familie lasteten, musste sie zu dem Schluss gekommen sein, dass er sie nur des Geldes wegen heiratete.

Das arme Ding.

Sie war in Panik geraten und in den Wald geflohen, weil sie den Gedanken nicht ertragen konnte, von ihm nicht geliebt zu werden. Liam schämte sich. Er war so damit beschäftigt gewesen, sich selbst zu bemitleiden, dass er keinen einzigen Gedanken an ihre traurige Lage verschwendet hatte. Tapfer und unter immensen Risiken war sie allein nach Schottland gekommen. Alles, was sie liebte und schätzte, hatte sie für ihn aufgegeben. Und er ärgerte sich über kleine Fehltritte bei Tisch und ein paar seltsame Marotten, die Geduld, Zeit und Ausdauer mit Leichtigkeit in den Griff bekommen konnten?

Was für ein schrecklicher Egoist er war.

Sein Verhalten zwang das arme Ding, sich eine zweite Identität auszudenken. Die Identität eines Waisenmädchens, eines Kindes ohne Eltern! Nur um der Hochzeit mit ihm und einer lieblosen, auf Geldgier fußenden Ehe zu entkommen.

Sanft drückte er Emilia an sich und flüsterte in ihr Haar:

»Hör auf zu weinen, Kleines. Dein Vater hat nicht in allem unrecht und ich verstehe deine Furcht, von mir nicht geliebt zu werden. Mein Betragen in den letzten beiden Tagen muss dir ein schreckliches Bild von mir vermittelt haben. Ich ließ dich allein speisen, zeigte kein Interesse an deiner Person und gab mich kalt und unnahbar. Kein Wunder, dass du bei der Vorstellung die Flucht ergreifst, dein Leben mit solch einem Miesepeter zu verbringen. Ich würde kaum anders handeln.«

Er legte beide Hände auf ihre Schultern, hob sanft ihr Kinn nach oben und sah ihr tief in die Augen.

»Emilia, ich verspreche dir bei allem was mir heilig ist, dir ein besserer Ehemann zu sein, als ich dir ein Verlobter war. Ich werde dich mit Liebe und Respekt behandeln, stets ehrlich zu dir sein und dir keinen Grund geben, unsere Ehe zu bereuen.«

Liebevoll wischte er ihre Tränen weg und küsste sie behutsam auf die Stirn. Emilia sagte nichts, sah ihn mit offenem Mund sprachlos an und brauchte einen Moment, um seine Worte zu verarbeiten. Dann schüttelte sie heftig den Kopf und wiederholte die Geschichte mit dem Waisenkind und dem Gefängnis.

Liam hörte ihr ruhig zu, nickte, nahm sie bei der Hand und zog sie mit sich. Sie redete und redete auf ihn ein, erfand eine Figur nach der anderen, behauptete, die riesige Kammerzofe sei in Wahrheit ihre Wächterin und die Geburtsurkunde eine Kopie, von Mr. Young persönlich ausgehändigt. Sie beschrieb die Slums, aus denen sie stammte, und erzählte von ihrem Lehrer Mr. Davis, der sie angeblich als Geist verfolgte.

Das Mädchen besaß eine blühende Fantasie, das musste man ihr lassen. In nur wenigen Minuten hatte sie eine ganze Welt erfunden. Noch immer erzählte sie eine wundersame Geschichte nach der nächsten, als er erleichtert feststellte, dass die Kutsche noch war, wo sie sie zurückgelassen hatten.

Die Schafe waren verschwunden. Dafür stand ein zweites Gefährt hinter dem ihren, vor dem Charles und die riesige Frau ungeduldig auf sie warteten. Liam blieb stehen und sah seine Verlobte beruhigend und voller Nachsicht an.

»Ich weiß, warum du das tust. Ich verstehe auch, weshalb du lieber in einen Wald fliehst, als jemanden zum Mann zu nehmen, den augenscheinlich nur dein Geld interessiert und der dich wie Luft behandelt. Ich gebe dir mein Wort, dass das nicht wieder vorkommt. Du kannst aufhören, dich als Waisenmädchen auszugeben, Emilia. Ich habe deine Kritik an meinem Verhalten verstanden, wenngleich du sie etwas sonderbar formulierst. Und ich gelobe Besserung.«

Endlich schloss sie den Mund und sah ihn mit großen Augen an. Sie musste es begriffen haben. Erleichtert hob Liam sie hoch, damit sie nicht barfuß über den zerfurchten, mit kleinen Sträuchern übersäten Acker laufen musste, und trug sie zur Kutsche zurück.

Sie wog nicht mehr als eine Feder. Als ihr Kopf an seine Schulter sank, konnte er nicht anders, als Beschützerinstinkt und sogar leichte Zuneigung zu ihr zu empfinden. Sie war wahrlich nicht das klügste und umsichtigste Geschöpf auf Gottes Erden, doch was ihr an Intellekt und Voraussicht fehlte, machte sie mit Tatendrang und Mut doppelt wieder wett. Ohne Zweifel brauchte sie ihn, um in einer Welt, die tapfere, dumme Kindsköpfe für ihren Übermut zu bestrafen pflegte, nicht unterzugehen.

Charles und die Zofe eilten ihnen entgegen.

»Um Gottes willen«, rief sein Bruder und sah zwischen der Wunde auf Liams Stirn und Emilias dreckigen Strümpfen hin und her. Er konnte nicht wissen, was passiert war. Doch dass etwas passiert war, sah er klar und deutlich. »Was ist euch beiden zugestoßen?«

»Ein Missverständnis. Mein Fehler«, gab Liam zu und trug Emilia weiter zur Kutsche zurück. »Ich habe mich nicht wie ein Gentleman verhalten und Dinge angedeutet, die ich als ein solcher nicht einmal hätte denken sollen.«

Charles sah ihn zweifelnd an.

»Und deswegen seid ihr beide in den Wald gerannt, habt euch durch Erde und Moos gewühlt, deinen Schädel eingeschlagen und ihre Schuhe verloren?«

»Es sieht alles viel wilder aus, als es in Wahrheit war. Wir sind

Wegelagerern in die Arme gelaufen. Sie nahmen uns Schmuck und mein Jackett ab, ließen uns dann aber ziehen. Glaub mir, es hätte schlimmer kommen können. Der Rest war nur ein dummes Missverständnis.«

Liam half Emilia in die Kutsche, bedeutete der Kammerzofe, ihr Gesellschaft zu leisten und stieg mit Charles auf den Bock der zweiten Kutsche.

»Fahr los, Mac! Wir folgen auf dem Fuß.«

***

»Wie oft habe ich dir gesagt, du sollst tun, was man von dir verlangt?«, zischte Daisy mit zusammengepressten Lippen und kam Rose gefährlich nah. »In den Wald fliehen? Was Dümmeres ist dir nicht eingefallen, hm?«

Rose brachte kein Wort heraus. Ihre Nerven lagen blank. Als sie auch auf die dritte Frage, ob alles in Ordnung mit ihr war, keine Regung zeigte, raffte Daisy Roses Röcke und machte Anstalten, sich zu ihren intimsten Stellen durchzuwühlen.

»Was machst du da? Sag mal, spinnst du?«, wehrte Rose sich und schob ihre Hand zurück.

»Wollte nachsehen, ob er dich vergewaltigt hat. Was ist im Wald mit dir passiert?«

»Vergewaltigt? Bist du von allen guten Geistern verlassen? Der Mann ist ein Heiliger! Allein die Vorstellung …« Rose schüttelte den Kopf und versuchte, Daisy von sich wegzuschubsen.

»Aha. Und wie erklärst du das?« Sie zog Äste aus Roses aufgelöstem Haar, deutete auf ihr moosbeflecktes Kleid und ihren linken Fuß. Der einst weiße Strumpf war starr vor Dreck. »Und wo zum Kuckuck sind deine Schuhe abgeblieben?«

»Die habe ich nach ihm geworfen.«

»Du hast was? Bist du verrückt geworden?«

Rose lachte laut auf. Ja, vielleicht. Vielleicht auch nicht. Sie vermochte es nicht mehr zu sagen. Was sollte sie nur tun? Bei Gott, sie wusste keinen Rat. Unmöglich konnte sie den Baron heiraten.

»Ich habe es ihm gesagt, Daisy. Ich habe ihm alles erzählt. Wer ich bin, wer du bist, einfach alles.«

Daisy erstarrte. Ihre Augen wurden groß und die Farbe wich aus ihren Wangen.

»Was?«, fragte sie so leise und ängstlich, dass es ihrem Wesen überhaupt nicht zu entsprechen schien.

»Alles. Über die Deportation, über den Vertrag, was Mr. Young mir von ihm erzählt hat. Einfach alles.«

Die große Frau wurde panisch. Rose sah, wie die Sorge sie übermannte und sich mit Wut mischte.

»Warum nur? Warum zur Hölle tust du sowas dummes, egoistisches, dämliches, besch–«

»Ach, nun reg dich ab!«, unterbrach Rose sie mit einer wegwerfenden Handbewegung. Sie lehnte den Kopf an die Wand der Kutsche und legte die Beine auf die gegenüberliegende Sitzbank. »Kein Wort hat er mir geglaubt. Nicht eines.«

Daisy atmete erleichtert aus und fächerte sich mit der Hand Luft zu. Dicke Schweißperlen standen auf ihrer Stirn und tropften auf ihre Schürze. Rose brach erneut in Lachen aus, noch eine Spur lauter und irrer.

»Er will mich jetzt umso mehr heiraten. Weil er zu der Ansicht gelangt ist, mir unrecht getan zu haben.« Kapitulierend warf sie die Hände in die Luft. »Herzensgut und rechtschaffen, ohne Frage, aber dumm wie Brot. Es ist mir ein Rätsel, wie er so lange leben konnte. In Ratcliff oder an den Docks hätte er keine Minute. Der erstbeste Passant würde ihn ausnehmen und einfach ins Wasser werfen.«

»Du hast ihm alles erzählt?«, versicherte sich Daisy.

Rose nickte und bedeckte stöhnend ihre Augen. Ein Drama, dieser Baron of Eddleston, nein, eine Tragödie. Man musste ihn vor sich selbst schützen. Vielleicht hatte sie den Earl of Sunderland vorschnell verurteilt. Gut möglich, dass er der einzig Vernünftige in dieser Familie war. Hätte der Baron doch auf ihn gehört. Ja, Liam hätte auf seinen Onkel hören sollen.

»Und er will dich trotzdem heiraten? Obwohl du ihm alles erzählt hast?«

»Ja! Aber das ist nicht der Punkt, Daisy, Herrgott nochmal. Der Mann glaubt mir nichts. Oder glaubt er mir alles? Ich weiß nicht, irgendetwas stimmt nicht mit ihm.«

»Mit euch beiden stimmt so einiges nicht. Aber ist egal. Du musst dir nichts vorwerfen. Trittst mit reinem Herzen vor den Altar, hast ja jetzt alles gebeichtet und ihm nichts verheimlicht.«

Rose öffnete die Augen und sah Daisy verstimmt an.

»Kann ich nicht. Ich kann ihn nicht heiraten! Der Mann ist bis über die Haarspitzen verschuldet. Er rechnet mit Emilias Mitgift und glaubt, mit meiner Hilfe seine Ländereien und diesen verrückt großen Bau retten zu können. Sobald er herausfindet, wer ich wirklich bin, bringt er sich um. Und mich womöglich gleich mit.«

»Da bist du doch längst über alle Berge. Hör auf, dir alles zu verbauen, Mädchen. Mach, wofür du gekommen bist und gut ist. Und ich warne dich. Noch so eine Aktion«, sie deutete auf Roses Füße, »und du lernst mich richtig kennen.«

Ihre Drohung ging einfach an Rose vorbei. Sie verdrehte nur die Augen und ließ sich wieder zurücksinken. Selbst wenn sie beschloss, sich der Hochzeit zu verweigern, würde der Baron sie am Ende mit Daisys Hilfe vor den Altar zerren. Jeder an einer Seite. Sie konnte gar nicht anders, als die Ehe einzugehen. Auf eine weitere Gelegenheit zur Flucht durfte sie kaum hoffen. Nicht mit der Riesin an der Backe.

Die Kutsche preschte über die grobe schottische Straße. Rose dachte an Teddy und haderte mit sich. Sollte sie seiner Schwester Betty, mit der sie im Waisenhaus ein Bett geteilt hatte und mit der sie viele Jahre der Freundschaft verbanden, seinen Aufenthalt preisgeben? Dann wusste sie wenigstens, dass er nicht tot war. Andererseits würde sie sich fortan jeden Tag Sorgen machen, ob das auch so blieb oder der Viehdiebstahl ihn am nächsten Morgen an den Galgen brachte, ohne dass sie je davon erfuhr.

»Hast du dir Gedanken über die Hochzeitsnacht gemacht? Über das Blut?«, unterbrach Daisy ihre Überlegungen.

»Welche Hochzeitsnacht?«

»Na deine, eure verträumte Hoheit, welche denn sonst? Wie willst du das mit dem Blut machen?«

Rose nahm ihre Beine von der Sitzbank.

»Ich muss auch noch mit ihm ins Bett?«, fragte sie so laut, dass der Kutscher sie gehört haben musste.

»Sei doch still, um Gottes willen! Natürlich musst du das, sonst wird die Ehe doch nicht gültig. Bist du noch Jungfrau?«

Rose lachte laut auf. Seit fünf Jahren nicht mehr. Eine nach der anderen hatte Jack sie entweiht, wie er es nannte. Noch im Waisenhaus. Seinetwegen hatten Betty und sie sich in die Haare gekriegt. Wegen Jack, dem Charmeur.

»Habe ich mir gedacht. Hier.« Sie reichte Rose eine Nadel. »Nimm das.«

Ratlos sah Rose auf das spitze Metallstück und wieder zu Daisy.

»Was soll ich damit?«

»Dir in den Arsch piksen, wenn er eindringt. Und die Wunde in die Laken drücken. So schöpft er keinen Verdacht, bis wir über alle Berge sind. Eine Lady geht stets als Jungfrau in die Ehe.«

Schockiert betrachtete Rose die Nadel in ihrer Hand. All das war noch immer unwirklich, mehr Traum als Realität. Sie hatte nicht einen Gedanken daran verschwendet, wie es nach der Trauung weitergehen würde. Sie wusste nicht einmal, wann und wie sie fliehen sollte.

Offenbar ihr geringstes Problem.

Drängender als solche Fragen der fernen, ungewissen Zukunft waren die der kaum mehr zu verhindernden, gewissen und viel zu nahen Zukunft. Sie und der Baron würden ein Bett teilen und er erwartete eine süße Jungfrau, rein und unerfahren. Na, gute Nacht. Rose war nichts davon. Die Schuld, die sie auf sich lud, wog von Stunde zu Stunde schwerer.

***

Nach einer Stunde erreichten sie endlich Fort William. Charles machte sich auf der Stelle auf die Suche nach dem Pfarrer und überließ es Liam, die junge Emilia und die von Tag zu Tag griesgrämiger wirkende Kammerriesin unterzubringen.

Nicht unweit von St. Clement‘s lag ein kleiner Gasthof. Nichts, was Liam unter normalen Umständen als Unterkunft in Erwägung gezogen hätte. Doch welche Ansprüche konnte er schon stellen, nur im Hemd ohne Jackett, begleitet von einer verdreckten Frau ohne Schuhe und einem weiblichen Koloss?

Sie hatten Glück, bekamen das einzige Gästezimmer mit Salon, das es im *Zum gemütlichen Iren* gab, und machten sich oben frisch, während sie darauf warteten, dass Charles mit dem Priester wiederkehrte.

Liam besorgte sich beim Wirt Rasierseife und eine Schüssel Wasser. Wenigstens soweit er es noch beeinflussen konnte, wollte er ordentlich zurechtgemacht vor den Altar treten. Die Zofe klopfte unterdessen Emilias dreckige Strümpfe in der Waschküche aus und lieh Pantoffeln für die Miss. Sie konnte ja schwerlich barfuß heiraten.

Rose gab sich ihrem Selbstmitleid und der puren Verzweiflung darüber hin, einen ehrlichen und guten Mann heiraten zu müssen. Sie legte sich auf das alte Sofa und weigerte sich, auch nur einen Finger krumm zu machen, um ihre Erscheinung zum Besseren zu ändern. Stattdessen beschloss sie, sich zu betrinken.

Liam hatte Brot, Käse und Wein geordert. Ohne das Essen anzurühren, schnappte sie sich den Wein, zog den bereits gelockerten Korken mit dem Mund heraus und nahm einen tiefen Schluck aus der Flasche. Die Etikette scherte sie nicht. Alles, was sie wollte, war so schnell wie möglich so betrunken zu werden, wie sie konnte.

Sie hatte die Flasche gerade geleert, als Daisy mit den Strümpfen aus der Waschküche zurückkam. Wenig später tauchte auch Liam auf. Sein Gesicht war mit frischen Schnittwunden übersäht, da das Rasiermesser zu stumpf für eine vernünftige Rasur gewesen war.

Er sah aus wie nach einem mangels Geschicklichkeit gescheiterten Versuch, sich die Kehle durchzuschneiden. Den Gedanken fand Rose so witzig, dass sie mit der leeren Flasche auf ihn zeigte und laut lachte.

»Bist du betrunken?«, fragte er und nahm ihr die Flasche ab.

»Ja!«, gab sie bereitwillig zu. »Sehr. Wir brauchen mehr Wein!«

»Auf gar keinen Fall!« Wütend stellte Liam die Flasche beiseite und wandte sich zu Daisy.

»Wo warst du die ganze Zeit? Warum hast du sie trinken lassen?«

»Hey!«, rief Rose. »Das ist meine Kammerzofe und ich bin die einzige hier, die sie anschreien darf! Daisy, besorg mehr Wein!«

»Nein!«, sagte Liam. »Das tust du nicht. Kämm ihr die Haare und näh den Riss an ihrem Ärmel. Charles muss jeden Moment mit dem Priester hier sein, wir haben keine Zeit für Albernheiten.«

Rose kicherte.

»Albernheiten«, äffte sie ihn nach.

Daisy packte sie am Arm und zog sie ins Schlafzimmer, um ihr das Kleid zu richten.

»Aua! Lass mich los, oder ich lasse dich auspeitschen, du, du …«

Die Tür fiel hinter ihnen zu und Liam griff wieder nach der Flasche, um nachzusehen, ob nicht doch noch etwas darin war. Nie in seinem Leben hatte er sich so nach Alkohol gesehnt wie in diesem Moment. Während der Kutschfahrt war er noch voller Zuversicht gewesen. Emilia war zwar impulsiv und unerfahren, doch immerhin auch mutig und voller Überraschungen. Jetzt aber, wo sie ihn eindrucksvoll daran erinnert hatte, dass sie schon mit ihren zarten 17 Jahren mehr zu trinken geneigt war, als es sich für eine Dame schickte, kamen die Zweifel zurück.

Was tat er nur? Ließ er sich zu übereiligem Handeln hinreißen, weil Onkel Roberts Bevormundung ihn gekränkt hatte? War sein Stolz gar nicht damit vereinbar, irgendjemandem nachzugeben? Weder seinem Onkel noch sich selbst? Frustriert sank er in den unbequemen, von der Sonne gebleichten Sessel und griff sich an die Stirn. Mit den Zweifeln waren auch die Kopfschmerzen wiedergekommen.

Nebenan schien Streit ausgebrochen zu sein.

Liam hörte das Rascheln von Stoff. Etwas Schweres wurde über den Boden geschoben. Kurz darauf tat es einen lauten Knall. Sollte er nachsehen, was passierte, oder sollte er die große Kammerzofe seine Verlobte ermorden lassen? War das nicht die beste Lösung für alle Beteiligten?

Langsam erhob er sich, holte tief Luft und nahm Haltung an, um die Tür zu öffnen und für Ruhe und Ordnung zu sorgen, als Charles von der anderen Seite in den Raum platzte und verkündete:

»Ich habe ihn gefunden!«

»Sehr gut«, sagte Liam ergeben. Das Schicksal hatte entschieden. Er klopfte an die Schlafzimmertür. »Der Priester ist da, wir müssen los!«

Hinter der Tür brach erneut Tumult aus. Charles trat neben Liam, zog wortlos sein Jackett aus und reichte es ihm. Er nahm es dankend an und rief lauter:

»Und zwar jetzt! Kommt!«

»Was spielt sich dort drüben ab?«, fragte Charles stirnrunzelnd und zuckte zusammen, als erneut etwas zu Boden fiel. Liam hob ratlos die Hände und zählte innerlich bis drei. Kam bei drei niemand heraus, würde er hineinkommen.

Eins.

Zwei.

Die Tür flog auf und die Kammerzofe stand im Raum. Sie war völlig verschwitzt, ihr Haar stand nach allen Seiten ab. Ein Ärmel ihres schlichten Kleides war an der Schulter zerrissen. Schwer atmend, aber nicht ohne Stolz trat sie beiseite und gab den Blick auf Emilia frei.

Das Haar der jungen Dame war zu einem strengen Zopf geflochten und wie eine Krone auf ihrem Haupt drapiert. Ihre Wangen waren von Wein und Anstrengung rosig. Das Kleid lag wieder an den richtigen Stellen an und ähnlich wie bei der Dienerin hob und senkte sich ihre Brust vor Aufregung schnell. Hübsch sah sie aus. Große Augen, schön geschwungene Lippen und eine Eleganz, die naturgegeben schien. Wäre sie nicht vollkommen verrückt, Liam hätte sich gefreut, solch eine hübsche junge Braut zur Frau zu nehmen.

Mit kühn nach oben gerecktem Kinn stolzierte Emilia über die am Boden liegende, umgekippte Waschschüssel, schlüpfte mit ihren an den Sohlen dreckigen Strümpfen in die Pantoffeln, die ihr die Kammerzofe hinhielt und schritt würdevoll an den Gentlemen vorbei auf den Gang hinaus.

»Ist sie betrunken?«, fragte Charles. Ihm war, als wäre Emilias königliche

Parade nur allzu knapp am Türpfosten vorbeigeschrammt.

»Frag nicht«, flüsterte Liam zurück. »Die größere Tragödie ist ja, dass ich es nicht bin. Ich mache das hier gänzlich nüchtern.«

Mitleidig legte Charles einen Arm um ihn und klopfte ihm auf die Schulter.

»Vielleicht solltest du noch ein, zwei schnelle Gläser zu dir nehmen. Damit du nicht als einziger trocken vor den Altar unseres Herrn trittst.«

Liams Frage, was sein Bruder meinte, beantwortete sich von selbst.

Er hörte den Pfarrer, bevor er ihn sah. Der alte, einst ehrfurchtgebietende und allseits geschätzte Hochwürden McCain stand schwankend an der Bar und verlangte nach Whisky. Der Wirt sah ihn ruhig an, schüttelte den Kopf und beschloss, ihm Wasser einzuschenken.

McCain roch an dem Glas, erkannte sofort, dass es nicht das richtige Getränk enthielt, und warf es nach dem Wirt. Charles eilte an Liam vorbei, um Schlimmeres zu verhindern. Der Pfarrer wurde noch gebraucht.

Emilia schritt unterdessen langsam und ungerührt durch die Wirtsstube, als wäre sie die Königin von England. Sie sah weder nach links noch nach rechts, sondern nur stur geradeaus. Die Kammerzofe eilte, um ihr alle Stühle aus dem Weg zu räumen, während Charles den betrunkenen Pfarrer unter entschuldigenden Worten an den Wirt vor die Tür bugsierte.

Liam fühlte sich müde, alt und gebrechlich, als er an die Theke trat und seinerseits um Whisky bat. Der Wirt nickte verständnisvoll, platzierte zwei Gläser zwischen ihnen und schenkte ein. Sie prosteten einander zu und tranken.

»Noch einen«, bat Liam mit kratziger Stimme.

Der Wirt goss nach.

»Einen letzten!« forderte der junge Baron und bekam auch diesen Wunsch erfüllt.

Ruckartig zog er das Jackett seines Bruders zurecht, strich ein letztes Mal sein Haar zurück, straffte die Schultern, nickte dem Wirt zu und trat so würdevoll auf die Straße, wie es ihm möglich war.

***

Hätte es neben dem Brautpaar, dem Pfarrer und den beiden Zeugen Gäste gegeben, die dieser sogenannten Hochzeit beiwohnten, zerrisse man sich Jahre später noch das Maul darüber. Dass die kleine St. Clement's Church je zuvor etwas Vergleichbares gesehen hatte, durfte bezweifelt werden.

McCain lallte eine Predigt, deren einzelne Worte kaum zu verstehen waren. Mehr als einmal kippte er beinahe über das Brautpaar, weil sein monotones Brummen ihn selbst in den Schlaf lullte.

Als er Rose fragte, ob sie den anwesenden Lord und Baron of Eddleston, Liam Hartshield, zum Ehemann nehmen wollte – Charles musste ihm den Namen soufflieren –, folgte peinliche Stille. Sie wollte nicht. Gerade, bevor selbst der Pfarrer sich zu wundern begann, brachte sie ein schicksalsergebenes »Ja« hervor und stieß auf.

Der Geruch von Schnaps, den McCain verströmte, mischte sich mit dem von Wein aus Roses Mund. Als Liam an der Reihe war, antwortete er allen Zweifeln, die ihn noch immer plagten, zum Trotz mit fester Stimme laut und deutlich: »Ja, mit Gottes Hilfe.«

Schlichte, noch am Morgen hastig verpackte und nicht zusammengehörige Ringe wurden ausgetauscht. McCain legte Roses linke in Liams rechte Hand, wand ein Band darum und machte Gesten, die man mit viel gutem Willen als Kreuz interpretieren konnte. Dann verkündete er:

»Im Namen des Herrn erkläre ich euch hiermit zu Mann und Frau.«

Bevor er sich endlich zu seinem wohlverdienten Nachmittagsschläfchen in der Ecke der Kirche zusammenrollen konnte, zwang man ihn noch zu zwei Unterschriften. Charles und Daisy bezeugten die Ehe und damit war die kleine, schnelle Trauung auch schon vorbei.

Es dauerte seine Zeit, McCain klar zu machen, dass er nicht in Fort William bleiben durfte, wenn er nicht Gefahr laufen wollte, verhaftet zu werden. Schließlich nickte er verständig, bettete sich aber nichtsdestoweniger auf den Boden der Kirche, um seinen Rausch auszuschlafen.

Weder Liam noch Rose hatten sich ihre Hochzeit so vorgestellt. Aus unterschiedlichen Gründen. Liam war stets davon ausgegangen, mit Familie, prunkvoll und in allen Ehren in der mit standesgemäßen Gästen gefüllten großen Kathedrale von Edinburgh vor den Altar zu treten. Wie sehr seine tatsächliche Trauung von dieser Annahme abwich, würde er noch Jahre später kaum glauben und ein Leben lang von einem Albtraum sprechen.

Rose dagegen hatte nie damit gerechnet, überhaupt zu heiraten. Schon gar nicht, nachdem man sie zu 20 Jahren Zwangsarbeit verurteilt hatte. Noch immer verstand sie nicht richtig, wie sie in diese Situation geraten war. Einig waren die beiden nur darin, dass es sich um einen Albtraum handeln musste.

Die tiefe Sonne des späten Nachmittags schien grell in ihre Gesichter, als sie aus der kleinen Kirche traten. Sie bedeckten ihre Augen und langsam, ohne jede Eile machte sich die kleine, seltsame Runde auf den Weg zurück *Zum gemütlichen Iren.*

Wirt und Gäste begrüßten das Ehepaar überschwänglich und wie stets, wenn Menschen, die schon ohne Anlass viel zu trinken neigten, einen solchen fanden, auf den sie anstoßen konnten, nahmen sie ihn dankend an und ehrten ihn mit Liedern, Reden und Witzen.

Ehe sich Rose versah, hielt sie ein frischgezapftes, dunkles Ale in Händen. Sie ließ sich nicht zweimal bitten und trank es sogleich aus. Liam sah das Verhalten seiner Gattin mit Sorge und wollte intervenieren, um sie später nicht ohnmächtig unter dem Tisch wiederzufinden. Doch bevor er etwas tun konnte, wurde er von einer fröhlichen Runde junger Herren in Beschlag genommen und zu einem Schnaps überredet.

Und so vergingen die nächsten Stunden im *Zum gemütlichen Iren.* Man sang, lachte und weinte, schimpfte über England, machte Witze über Iren und trank wieder und wieder auf das junge Paar. Jeder wusste Anekdoten aus der eigenen Ehe oder hilfsweise aus jener guter Freunde zu erzählen, die Mut machen sollten, ledige und nüchterne Zuhörer indes sicher davon abgehalten hätten, je zu heiraten.

Es war eine gemütlich und fröhliche Feier. Als man auseinanderging, beglückwünschte man das Paar ein letztes Mal, trank einen letzten Schluck auf das junge Glück und verbeugte sich der hübschen Braut zu Ehren. Da es für eine Rückfahrt bereits zu spät und die Pferde längst abgespannt und versorgt waren, entschloss die eigentliche Hochzeitsgesellschaft sich, zu übernachten. Für Charles fand sich noch eine kleine Kammer, während Daisy gezwungen war, mit einer Pritsche im Schankraum Vorlieb zu nehmen.

Es war weit nach Mitternacht, als das Brautpaar sich schwankend aufmachte, um die Ehe zu vollziehen.

***

Rose konnte sich nicht erinnern, wie sie wieder in das kleine Schlafzimmer gekommen war. Sie wusste auch nicht, ob sie sich schon länger hier aufhielt oder es gerade erst betreten hatte. Das Zimmer schien ihr vertraut und fremd zugleich.

Hinter sich hörte sie, wie jemand gegen die Tür lief, und drehte sich um.

Lord Hartshield hatte sichtlich Mühe, sein Jackett auszuziehen, und schwankte bedenklich, während er daran herumzog.

Rose lachte über seine ungeschickte Art und entlockte ihm damit ein beleidigtes Grunzen. So betrunken, wie er war, würden sie die Hochzeitsnacht verschieben müssen, dachte sie und sah ihm dabei zu, wie er endlich sein Hemd über den Kopf zog. Er hatte vergessen, die Manschettenknöpfe zu lösen und so hing das halb über den Kopf gestülpte Hemd an seinen Armen fest. Rose beschloss, sich auf das Bett zu setzen und das Schauspiel in Ruhe zu verfolgen. Alles um sie herum schwankte und sie benötigte einige Sekunden, um den Würgereiz zu unterdrücken, den sie plötzlich verspürte.

Lord Hartshield zerrte solange herum, bis die Manschettenknöpfe sich lösten und zu Boden fielen. Befreit warf er das Hemd von sich.

Schwankend stand er mit entblößtem Oberkörper in der Mitte des Raums und bemühte sich um Orientierung. Ein lange Narbe zog sich von seiner rechten Schulter bis zum Bauchnabel. Sie musste mehrere Jahre alt sein und hatte wieder die Farbe der umliegenden Haut angenommen. Die wulstige Erhebung trat im flackernden Kerzenlicht noch tiefer hervor und gebannt starrte Rose auf seine ansonsten makellose Brust.

Unansehnlich war er weiß Gott nicht. Im Gegenteil.

Rose spürte, wie sein Anblick sie mit Lust erfüllte. Solch einen hübschen, wohlgeformten Mann hatte sie nie zuvor zu Gesicht bekommen. Die meisten Männer, die sie mehr unfreiwillig als willentlich entblößt gesehen hatte, waren dürr und unterernährt gewesen. Die Muskeln sehnig, die Haut bleich und von Wanzen, Dreck und Flöhen gerötet. Kein Vergleich mit der aufrechten und Würde ausstrahlenden Haltung dieses großen, breitschultrigen Mannes.

Liam Hartshield, Baron of Eddleston, näherte sich dem Bett, stolperte über seine Füße und fiel kurz vor dem Ziel unsanft zu Boden. Rose sah über die Bettkante hinunter auf den Schopf des Barons und fragte belustigt:

»Ist alles in Ordnung da unten, eure Lordschaft?«

Die Antwort bestand in unverständlichem Gemurmel.

»Soll ich dir eine Decke nach unten, hicks, nach unten reichen?«

»Ich komme hoch!«, sagte Liam und stemmte sich unter Stöhnen vom Boden auf. »Mach dich bereit!«

Rose legte ihre Hände flach aufeinander und das Kinn darauf. Kokett beobachtete sie den Kampf, den der Lord mit sich selbst ausfocht.

»Bereit wofür?«

»Na für die Hochzeitsnacht!« Liam erhob sich vorsichtig und schwankte leicht hin und her. »Ich werde sehr sanft sein.«

Was beruhigend wirken sollte, klang für Rose eher nach einer Drohung. Zweifelnd, wozu er in seinem Zustand überhaupt noch in der Lage war, rollte sie beiseite, damit er sich neben sie fallen lassen konnte.

»Ich bitte dich darum«, säuselte sie und versuchte, ängstlich und unsicher zu klingen. »Ich bin noch Jungfrau und sehr unschuldig. Bis zum heutigen Tag hat mich noch kein Mann berührt.«

Nicht lachen, mahnte sie sich und überlegte krampfhaft, wie sich die ehrbaren Damen in den Groschenromanen benahmen, wenn ihr Kavalier von Lust und Leidenschaft übermannt wurde.

Lord Hartshield ließ sich auf das Bett fallen, rollte sich auf sie und nahm ihr Gesicht in seine Hände. Ohne Ankündigung fanden seine Lippen die ihren. Sie waren weich, was sie mehr, und fühlten sich gut an, was sie weniger überraschte. Er gehörte ohne Frage zu den schöneren Exemplaren seines Geschlechts. Obwohl sie sich gerade erst vorgenommen hatte, ihm prüde und ängstlich zu begegnen, vermochte sie seinem Drängen nicht zu widerstehen.

Sie schlang ihre Arme um seinen Hals und zog ihn enger an sich. Seine Nähe berauschte sie, weckte Begehren und Leidenschaft. Jeden Gedanken an Emilia, ihr schlechtes Gewissen und alle Furcht vor dem morgigen Tag schob sie beiseite. Nun war nicht der richtige Zeitpunkt, um sich von Moral und Anstand plagen zu lassen. Sie wollte Glück und Wärme spüren.

Wie viele Jahre war ihr das versagt geblieben? Sie wäre geradezu schändlich dumm, sich jetzt nicht gehen zu lassen. Dumm und egoistisch sich selbst gegenüber. Ja, genau.

Liams Lippen wanderten ihren Hals hinab, seine Hände fuhren unter ihren Rücken und machten sich unbeholfen an den Knöpfen dort zu schaffen. Rose hörte, wie einige davon sich vom Kleid lösten, doch es war ihr egal. Er sollte sich beeilen, sie wollte seine Haut auf ihrer spüren –

»Das Licht!«, fuhr sie hoch und schob ihn von sich.

»Licht?«, fragte er irritiert.

»Das Kerzenlicht! Wir können … es nicht tun, solange es brennt. Willst du es mit deiner jungfräulichen, keuschen Braut etwa im gleißend hellen Kerzenschein treiben? Was, wenn der Herr uns zusieht?«

Liam fasste sich an die Stirn und atmete tief durch. Entweder war ihm übel oder er fand den Einwand nicht stichhaltig genug.

»Gott sieht alles, auch wenn es dunkel ist.«

Rose machte große Augen und kreischte schockiert auf.

»Dann müssen wir uns züchtig bedecken. Ich möchte nicht, dass Gott schlecht von mir denkt.«

»Bei aller Liebe, Emilia, ich glaube, Gott hat andere Sorgen, als einem mit seinem Segen rechtmäßig getrauten Ehepaar beim Geschlechtsakt zuzusehen.«

Das glaubte auch Rose, doch sie hatte ihre Gründe, auf Dunkelheit zu bestehen. Um nichts in der Welt durfte Liam die verblichenen, im Licht aber dennoch deutlich sichtbaren Striemen auf ihrem Po und Rücken sehen, Überbleibsel einer erbarmungslos kaltherzigen englischen Erziehung, die schon das geringste Vergehen mit drakonischen und unverhältnismäßigen Strafen quittierte.

Sie zog das Laken an sich hoch und deutete auf den großen Kerzenständer und die kleine Lampe auf dem Nachtschränken des kargen Raumes.

»Ich bin eine gläubige, keusche und ehrbare Dame. Es gehört sich nicht, sich schamlos zu entblößen. Auch nicht vor meinem Ehemann. Wir sollten ohnehin erst einmal beten.«

Mit einem Ruck stand Liam auf und pustete die Kerzen aus. Ihm war in diesem Moment nicht nach Beten zumute. Zu betrunken, um seinen Pflichten als frisch getrauter Ehemann nachzukommen, aber auch, um das zu erkennen, hatte er anderes im Sinn.

Seine Braut sendete ihm, wie konnte es auch anders sein, widersprüchliche Signale. Seinen ersten Kuss hatte sie voller Leidenschaft erwidert. Nun, keine Minute später, konnte sie den Gedanken nicht ertragen, vor Gott und ihm nackt zu sein.

Er verdrängte diesen Widerspruch wie so viele in den letzten Tagen, schob das Misstrauen beiseite, das sich immer wieder in ihm bemerkbar machte, und konzentrierte sich auf das, was getan werden musste, um diese Ehe zu vollziehen.

Niemand hatte je gesagt, dass der Bund fürs Leben ein leichtes Unterfangen war. Solange die Kinder, die daraus hervorgehen würden, dem Wesen nach eher nach ihm kamen, war er jedoch bereit, jede Prüfung wie ein Mann zu tragen, die Gott ihm durch Emilia auferlegte. Nun ja, beinahe jede.

Durch die Schwärze des nun dunklen Zimmers tastete er sich orientierungslos zurück zum Bett. Er schwankte bedenklich und hoffte, noch genug Kraft für den Akt aufbringen zu können.

»Liam«, hörte er Emilia flüstern und registrierte, dass sie ihn zum ersten Mal beim Vornamen nannte. »Du läufst gegen die Wand. Hier bin ich.«

Er folgte ihrer Stimme und hörte, wie sie an ihrem Kleid zerrte und im Laken herumwühlte. Vermutlich wickelte sie sich in alles ein, was sie finden konnte, damit Gott nur ja nichts zu sehen bekam. Was für ein albernes, naives Ding sie doch war. Er musste aufpassen und sehr behutsam vorgehen, wenn er sie nicht für immer verschrecken wollte. Inständig hoffte er, dass sie wenigstens eine Idee davon hatte, was nun zu tun war.

Seine Beine stießen gegen die Bettkante. Eine kleine, zarte Hand berührte seinen Arm und zog ihn in die Kissen. Sie war nackt. War sie nicht gerade noch vor Scham und Sorge fast zergangen?

Sie war drahtiger, dünner und noch kleiner, als man ahnte, wenn sie bekleidet war. Doch – das war die eigentliche Überraschung – ihre Brüste waren voller, als er zu hoffen gewagt hatte. Ihr leises Stöhnen, als er mit seinen Händen so langsam und vorsichtig über ihren Körper glitt, wie es ihm nach all dem Whisky noch möglich war, erregte ihn.

Ohne ihm die Zeit zu lassen, alles zu ertasten, schob sie seine rechte Hand ungeduldig zwischen ihre Beine und ließ erst locker, als er mit den Fingern eindrang.

Soviel zu Keuschheit und Prüderie.

Liam rechnete mit dem natürlichen Widerstand ihrer Jungfräulichkeit, spürte jedoch nichts als Lust und Wärme. Bevor er sich überhaupt Gedanken darüber machen konnte, warum sie sich ihm plötzlich so kompromisslos hingab, zog sie seinen Kopf zu sich und küsste ihn. Ihr Begehren machte ihn seine Zweifel vergessen. In den kommenden Jahren war noch genug Zeit, sich den Kopf zu zerbrechen.

Rasch knöpfte er seine Hose auf, streifte sie ab und entledigte sich umständlich seiner Unterwäsche. Schließlich umarmte er Emilia so innig, dass sie Bein an Bein, Brust an Brust und Kopf an Kopf lagen. Beide rochen sie nach Alkohol, doch das störte nicht.

Mit geschlossenen Augen, nur dem Tastgefühl vertrauend, wanderte er mit den Fingern über ihren ganzen Körper und erkundete ihre elfengleiche Gestalt. Sie war zwar jung und drahtig, handelte aber dennoch wie eine erwachsene Frau. Ihr Stöhnen feuerte ihn an, der zurückgeworfene Kopf und der entblößte Hals verlockten ihn dazu, sie heftiger und heftiger zu küssen.

Ihr mühsam geflochtener Zopf löste sich. Liam strich die Haare glatt, roch ihren Rosenduft und schloss die Augen, als sich ihre Hand ohne jede

Spur von Scheu und Zurückhaltung um sein Gemächt schloss und ihn fordernd und zielsicher in sich einführte.

Liams Blut pochte wild und er begann langsam in sie einzudringen, als ein jäher, stechender Schmerz im Oberschenkel ihn zusammenzucken ließ.

»Herrgott nochmal, verfluchte Scheiße!«, schimpfte er, schob Emilia von sich, sprang auf und humpelte zu der Petroleumlampe, deren Licht er zuvor gelöscht hatte. Er stieß sie fast vom Tisch, als er nach ihr tastete und bekam sie gerade noch zu fassen. Umständlich zündete er sie wieder an und hielt sie vor sein Bein, um herauszufinden, was das Stechen verursachte.

»Was ist das denn?« Mit einem Ruck zog er die lange Nähnadel heraus, die sich einen Zentimeter tief in seinen Oberschenkel gebohrt hatte. Blut quoll aus der Wunde und er presste einen Daumen darauf.

Emilia wühlte im Laken, schlang es um sich und trat zu Liam um zu sehen, was ihn so erboste.

»Ah!«, rief sie überrascht, »da wird sich Daisy aber freuen. Sie hat ihre Nadel heute Nachmittag gesucht, nicht gefunden und war ziemlich traurig über den Verlust. Sie wird sehr dankbar sein, dass du sie gefunden hast!«

Der plötzliche Schmerz hatte Liam nüchterner werden lassen. Er schüttelte sich, um noch mehr Klarheit zu erlangen und hüpfte Emilia hinterher, die mit ihrem Laken-Gewand wieder ins Bett kletterte.

»Hast du mir das Ding gerade in den Oberschenkel gerammt?«, fragte er misstrauisch, als ein furchtbarer, furchtbarer Verdacht in ihm aufstieg. Entrüstet wandte sie sich zu ihm um. Ein Teil ihrer Locken flog ihr ins Gesicht, der Rest lag sanft auf ihrer Schulter auf. Mit großen Augen fragte sie:

»Wie kannst du mir so etwas unterstellen? Warum sollte ich das tun?«

Liam lachte trocken und hysterisch. Ja, warum sollte seine junge, ach so unschuldige und keusche Frau ihn in der Hochzeitsnacht mit einer großen Nadel piksen?

»Weil du keine Jungfrau bist, vielleicht?«

»Und du meinst, wenn ich dich mit einer Nadel malträtiere, werde ich zu einer, oder wie?«

Liam sah sie sprachlos an. Er hatte eine Hure geheiratet. Nicht nur, dass sie absurd unkontrollierbar und alkoholkrank war. Nein, sie war auch noch promiskuitiv. Konnte es noch schlimmer kommen?

»Wie ist es passiert?«, fragte er mit ruhiger Stimme und machte sich gefasst, zu hören, dass sie sich auf irgendeinem Ball die Röcke hatte hochschieben und sich von hinten nehmen lassen. Wahrscheinlich gar im

Stehen, bei ihr musste man mit allem rechnen.

»Nun, ich vermute, du hast dich auf die Nadel gesetzt und –«

»Nein!« Er verlor die Beherrschung und wurde laut. »An wen hast du deine Jungfräulichkeit verloren?«

Sie verstummte und sah ihn mit ihren großen, blauen Augen an wie ein Reh, das beim unschuldigen Grasen aufgeschreckt worden war. Liam reichte es. Diesen Zirkus konnte er sich nicht mehr bieten lassen. Mit einem Satz war er bei ihr und packte sie an den Armen. Beinahe berührte seine Nase die ihre, als er die Frage wiederholte:

»An. Wen. Hast. Du. Deine. Jungfräulichkeit. Verloren?«

Emilia wehrte sich nach Kräften, doch er lockerte seinen Griff nicht ein bisschen. Liam erwartete eine ehrliche Antwort und sah doch förmlich, wie sie dabei war, sich die nächste Lüge auszudenken. Er verstärkte seinen Druck.

»An Jack«, antwortete sie und fügte nach kurzem Zögern hinzu: »Im Waisenhaus.«

Liams Brust zog sich zusammen und er spürte, wie der Zorn in ihm hochstieg. Emilia machte sich über ihn lustig. Er wusste, dass sie ihn nicht ernstnahm. Nicht eine Sekunde. Das Mädchen hielt all das hier für nichts als einen Witz. Nun, vielleicht hatte sie recht. Vielleicht war das Leben ein Witz, doch er wollte verflucht sein, wenn er zuließ, dass man auf seine Kosten lachte.

Wütend warf er sie aufs Bett und entriss ihr das Laken. Sie wollte sich wieder bedecken, doch er kaufte ihr die angebliche Schamhaftigkeit nicht länger ab. Das war nichts als ein Versuch gewesen, die Nadel zu verbergen, mit der sie betrunken im Bett herumhantiert hatte. Unglaublich, wie sie ihm auf der Nase herumtanzte! Bei dieser Fantasie durfte er ihr kein Wort mehr glauben, nicht ein einziges.

Er beugte sich über sie, zwang ihre Beine auseinander und drang in sie ein. Er war ihr Ehemann, das ließ sich nicht mehr ändern. Genauso wenig, dass sie nicht als Jungfrau in die Ehe gegangen war. Doch von nun an würde er die Zügel in die Hand nehmen und in der Richtung, die er vorgab, gab es weder Dunkelheit im Schlafzimmer noch schamhaft bis ans Kinn gezogene Decken.

Er lachte leicht irre, während er Stoß für Stoß über den Unsinn nachdachte, den sie ihm über sich und ihre Schamgefühle aufgetischt hatte. Seine Rhythmus wurde härter und schneller.

Zu seiner Verwunderung dachte sie nicht daran, um Gnade zu bitten. Sie mimte nicht die Unschuldige und wand sich nicht unter ihm, sondern krallte die Finger in seine Schultern und bäumte sich auf. Mit halbgeöffnetem Mund, das Haar wild und offen über das Kissen fließend, stöhnte sie mit zurückgeworfenem Kopf in seinem Rhythmus und animierte ihn geradezu zu mehr. Sie presste ihm ihre Hüften entgegen, er griff an ihren Hals und nach einigen weiteren, harten Stößen kamen sie gemeinsam.

Atemlos, erschöpft, von seinen Gefühlen verwirrt und unfähig, sich den Konsequenzen der letzten Ereignisse zu stellen, ließ er sich neben sie fallen, drehte sich auf den Rücken und starrte an die Decke.

Das Licht der kleinen Lampe warf Schatten und flackerte ebenso unruhig wie sein Herz. Liam atmete stoßweise und wischte sich den Schweiß von der Stirn. Wie hatte es nur so weit kommen können? Sein Leben schien ihm entglitten zu sein. Von der Sekunde an, als Emilia einen Fuß über seine Schwelle gesetzt hatte, verlor er mehr und mehr an Selbstbeherrschung und Verstand.

Die letzten Tage waren eine einzige Katastrophe gewesen. Doch das war noch nicht das Schlimmste. Nun, da sie endlich verheiratet waren, mussten die Eltern in Kenntnis gesetzt, eine Annonce in der Zeitung geschaltet und der Skandal über die Plötzlichkeit der Vermählung so klein wie möglich gehalten werden. Zu allem Überfluss war sie keine Jungfrau mehr. Wie sollte er dazu stehen?

Ohne Frage Schande und Kränkung. Er spürte, dass Wut und Enttäuschung seine Gefühle darüber dominierten. War er etwa einer Täuschung aufgesessen, einem abgekarteten Spiel? Hatte der Vater von der Ehrlosigkeit der Tochter gewusst und sie absichtlich zu ihm geschickt, um ihm die Hochzeit aufzuzwingen?

Liam setzte sich stöhnend auf und stützte das Gesicht in die Hände. Sein Schädel dröhnte von all dem billigen Alkohol. Er konnte nicht klar denken. Das Gefühl, dass etwas ganz und gar nicht in Ordnung war, wollte nicht von ihm weichen. Es steckte mehr dahinter. Vielleicht mehr, als er ahnte. Wenn er nur nicht so müde und betrunken wäre, hätte er der Sache nachgehen können, doch in diesem Zustand –

Ein leises, sanftes Schnarchen riss ihn aus dem Labyrinth seiner Gedanken. Liam drehte sich zu der Person, die dafür verantwortlich war. Emilia war auf dem Rücken eingeschlafen und hatte den Kopf zur Seite geneigt. Ihr langes braunes Haar ergoss sich wild über das Kissen und ihre Brust, ihr schöner Mund war leicht geöffnet. Das Laken reichte ihr nur bis zur Hüfte.

Ohne weiter darüber nachzudenken, strich er eine kleine, verirrte Haarsträhne aus ihrem Gesicht und zog die Decke hoch bis an ihr Kinn. Sie sah aus wie die Unschuld in Person, jung, bildhübsch und sinnlich. Er tat gut daran, sich an ihr sattzusehen, bevor sie in wenigen Stunden die Augen wieder auftat und damit fortfuhr, sein Leben ins Chaos zu stürzen.

KAPITEL VI

Fort William, 27. Mai 1826

Der Sonnenschein weckte Rose. Blinzelnd, mit dickem Kopf und steifen Gliedern richtete sie sich auf und rieb ihre Augen. Sie ahnte, dass in der vergangenen Nacht etwas Schreckliches oder zumindest Unerwartetes geschehen sein musste. Doch was es war, wollte ihr nicht einfallen.

Rose blickte sich um und erkannte das Zimmer des Gasthauses von gestern wieder, doch es fehlte etwas. Jemand, wer?

Lord Hartshield! Liam!

Sie drehte sich nach beiden Seiten, doch sie war allein. Vielleicht war er im Rausch unter das Bett gefallen? Sie beugte sich kopfüber hinunter, doch außer einer Menge Staub, einer Mausefalle mit einem toten Tier darin und einem unbenutzten Nachttopf gab es nichts zu sehen.

Hastig sprang Rose aus dem Bett, zog sich Strümpfe über und fand auch ihr Unterhemd, das zerknüllt am Fußende des Betts lag. Sie schlüpfte in ihr Korsett und band es mehr schlecht als recht selbst zu.

Wo war das Kleid?

Nicht unter den Laken, nicht auf dem Nachtschränkchen und auch nicht auf dem Boden. Verärgert durchwühlte sie alles, doch ohne Erfolg. Hatte sie es auf dem Weg von der Schankstube nach oben verloren? So betrunken konnte sie doch gar nicht gewesen sein. Immerhin wusste sie noch genau, wie sie Liam mit der Nadel –

»Ach du heilige Scheiße!«, entfuhr es Rose und sie musste sich setzen, als die Erinnerung sie einholte. Er wusste es! Er wusste, dass sie in der

Hochzeitsnacht keine Jungfrau gewesen war.

Sie hatte ihm sogar von Jack erzählt.

Rose schlug sich mit den Handballen an die Schläfen. Was war sie nur für ein dummes, dummes Ding? Wahrscheinlich wartete im Salon schon ein Dutzend Männer, um sie festzunehmen und ins Gefängnis zu werfen. Im Unterhemd und ohne Kleid. Was für eine Schande. Tags darauf würde man sie zur Warnung für alle Heiratsschwindlerinnen und solche, die es werden wollten, vor den Toren der Stadt aufknüpfen.

Sie sah aus dem Fenster. Der Maihimmel war blau, die Vöglein zwitscherten und Kinder lachten auf der Straße. Ein schöner Tag, um zu sterben und aus dieser Welt zu scheiden.

Mr. Davis setzte sich neben sie, holte seine alte Pfeife aus dem Jackett und steckte sie an.

»*Ich weiß, ich weiß*«, kam Rose ihm zuvor. »*Ihr habt es mir gesagt.*«

Er nickte.

»*Aber immerhin*«, verteidigte sie sich, »*konnte ich für ein paar Tage eine Lady sein. Und ich glaube, ich habe es ganz gut gemacht. Sogar einen Baron habe ich geheiratet. Das hat noch niemand von uns aus dem Mason Kinderhospital und Waisenhaus geschafft.*«

Eine Augenbraue des Lehrers ging nach oben, er nahm einen tiefen Zug und blies den Rauch langsam aus dem Mundwinkel, bevor er antwortete:

»*Ja, weil du dich als eine Dame ausgegeben hast, die du nicht bist. Du musst lernen, dich von Ärger fernzuhalten, Rose. Wie oft habe ich gesagt, du hast eine große Klappe und zu viel Fantasie –*«

»Emilia? Träumst du?«, fragte Liam. Sie sah sein Gesicht über sich und seine blauen Augen, die sie skeptisch musterten wie so oft. Er stand am Bett und beugte sich über sie. Rose sah zur Seite, doch Mr. Davis war wieder verschwunden. »Hier ist dein Kleid. Ich habe deine Zofe gebeten, es einmal mehr zu flicken.«

Erstaunt nahm sie es entgegen. Warum war er noch immer so freundlich? Sie lugte durch die offene Tür in den Salon. Keine bewaffneten Männer, die auf sie lauerten.

»Daisy wartet unten in der Stube. Ich habe ihr gesagt, dass ich dir heute beim Ankleiden helfe. Was selbst einfache Dienstmädchen hinbekommen, kann ja nicht so schwer sein.«

Rose nickte, stand auf und drehte ihm den Rücken zu, damit er das Korsett zuschnüren konnte. Liam tat zunächst gar nichts, sondern tastete sich durch die Schnüre, bevor er an einem Ende zog und eine Asymmetrie verursachte.

»Ich hätte womöglich nicht so voreilig sein sollen. Das sieht komplizierter aus, als ich dachte.«

Er zog hie und da an den Schnüren, probierte sich aus und hielt Rose dabei einen langen Vortrag über seine Erwartungen an sie als Ehefrau. Genügsamkeit, Sparsamkeit, die ihr als Tochter eines reichen Kaufmanns vermutlich kein Begriff war, Ehrlichkeit, ihm wichtiger als alles sonst, und Tugendhaftigkeit, die größte Zierde einer jeden Lady.

»Puh«, stöhnte Rose auf, als er bei diesem Wort mit voller Kraft an einem Ende der Schnur zog und ihr die Luft zum Atmen nahm.

»Die Frau ist Tugend und Ehre ihres Mannes. Verhält sie sich nicht dementsprechend, wirft sie ein schlechtes Licht nicht nur auf sich und ihre Familie, sondern vor allem auch auf ihn, von dem man erwartet, dass er sie im Zaum hält.« Er zog am anderen Ende der Schnur und Rose war es, als müsste sie gleich in Ohnmacht fallen, so stark hatte er sie eingeschnürt. »Worauf ich hinauswill, Emilia, ist Folgendes: Mit dem Titel, den du nunmehr trägst, stehst du für immer im Licht der Öffentlichkeit. Du bist kein Niem–, äh, du bist jetzt jemand. Als meine Gattin wird man dein Verhalten doppelt streng bewerten und jeden Fehler schneller und bereitwilliger abstrafen, als du es dir bislang vorstellen konntest. Ich erwarte von dir, dass du niemals etwas tust, das mich beschämt.«

Liam drehte sie zu sich und sah ihr ernst und streng in die Augen.

»Hast du mich verstanden?«

Da das Korsett ihr zu wenig Luft zum Sprechen gab, nickte Rose lediglich.

»Sehr gut. Über gestern Nacht und deine fehlende, nun ja, Tugend und die Konsequenzen, die das mit sich bringt, werden wir noch sprechen. Auch mit deinem Vater. Nicht, dass du denkst, das bliebe folgenlos.«

Er nahm das Kleid, zog es ihr über den Kopf, knöpfte die verbliebenen Knöpfe zu, verteilte ihr Haar über den Rücken und trat einen Schritt zurück. Zufrieden mit sich betrachtete er sein Werk, als ihm plötzlich etwas einfiel.

»Schuhe!«, rief er aus und eilte zurück in den kleinen Salon. Stimmt, irgendwo waren noch die Pantoffeln, die man ihr geliehen hatte. Bloß wo? Rose sah sich erneut im Schlafzimmer um, doch Liam kam mit einem neuen Paar zurück zu ihr geeilt.

»Zum Glück hat Charles daran gedacht und dir diese hier besorgt. Die Größe musste er schätzen. Doch so jemand kleines wie du wird ja unmöglich große Füße haben. Hier, zieh sie an.«

Verblüfft nahm Rose die kleinen, ledernen Stiefel entgegen, die er ihr reichte. Sie waren wunderschön, sauber und solide. Zu ihrer Verwunderung passten sie wie angegossen. Nie zuvor hatte sie solche Schuhe besessen. Automatisch nahm sie eine andere Haltung ein, da die kleinen Absätze sie etwas größer machten.

»Wir können los«, verkündete Liam ungeduldig. »Kingston Hall wartet darauf, seine neue Herrin zu begrüßen. Lady Emilia Hartshield, Baroness of Eddleston!«

***

»Und dann?«, fragte Daisy und beugte sich noch neugieriger zu ihr.

Rose wedelte sich Luft zu. Von dem vielen Wein der letzten Nacht, dem Gerüttel der Kutsche und der Enge des Korsetts wurde ihr schwindelig und schlecht.

»Er war außer sich vor Zorn. Und wir …«, Rose wurde rot und sagte nichts mehr, sondern wedelte weiter mit den Händen. Sie ging davon aus, dass Daisy auch so verstand.

»Also wurde die Ehe vollzogen und er glaubt noch immer, du bist Emilia Young?«

Rose nickte und konnte es selbst kaum glauben. Der Mann war ein Heiliger und ein Idiot zugleich. Ein heiliger Idiot mit dem Körper eines Gottes. Solch ein Mensch war mehr Karikatur denn Realität. Triumphierend klatschte Daisy in die Hände und strahlte von einer Wange bis zur nächsten.

»Sehr gut. Wir benötigen nur noch die Heiratsurkunde, dann machen wir uns vom Acker. Der Bruder hat sie gestern an sich genommen. Find raus, wo sie sie verwahren, ich kümmere mich um den Rest. Nur noch ein wenig die Füße stillhalten, Mädchen. Dann ist es geschafft.«

»Mir ist so schlecht«, jammerte Rose, ohne ihr zuzuhören. »Ich glaube, ich kotze gleich. Das Korsett bringt mich um.«

»Reiß dich zusammen. Wir sind bald zurück auf Kingston Hall. Du kannst dich entschuldigen und zurückziehen. Aber denk dran, rauszufinden, wo die Urkunde ist. Ohne sie bekommst du kein Geld und ich –«

Gespannt, was jetzt folgte, sah Rose auf. Doch Daisy sprach nicht weiter.

»Ja? Du nicht was?«, bohrte Rose nach. »Was hat dir Mr. Young dafür versprochen, dass wir das Glück zweier Menschen ruinieren?«

Die Magd sah aus dem Fenster und antwortete nicht. Hätte Rose die Nerven und die Kraft gehabt, hätte sie sie weiter zu einer Antwort genötigt. Stattdessen kämpfte sie mit sich und dem Korsett.

»Verdammte Scheiße aber auch! Lockere mir das Ding!« Sie drehte Daisy den Rücken zu und spürte kurz darauf die ersehnte Erleichterung, als die Schnüre gelöst wurden.

Glücklicher wandte sie sich um, als das Kleid wieder zugeknöpft war, und sah in der Ferne das große Anwesen auftauchen, das in einer gerechteren Welt Emilia Youngs Zuhause hätte werden sollen, nun aber wohl auf absehbare Zeit keine Herrin zu Gesicht bekommen würde.

»Noch einen Tag durchhalten«, flüsterte Daisy. »Dann bist du frei und reich.«

War es nicht besser, eingesperrt und arm zu sein, dafür aber frei von Schuld? Rose schwieg. Was sollte sie schon tun? Gab es eine andere Möglichkeit, als die Sache zu Ende zu bringen? Sollte sie …

Sollte sie ehrlich zu Liam sein, ihm alles einmal mehr in Ruhe gestehen und auf seine Nachsicht hoffen? Vielleicht mochte er sie? Vielleicht würde er auch sie, Rose, als Frau wollen? Immerhin fand er sie nicht abstoßend. Sie könnten glücklich und alt zusammen werden, viele Kinder bekommen, eine Familie gründen.

Rose lachte bitter. Sie musste aufhören, sich Fantasien und Träumen hinzugeben. Die hatten sie schon in Kindheitstagen in Teufels Küche gebracht und ihr das Leben ruiniert. Am schlimmsten war es, wenn sie anfing, ihre eigenen Lügen zu glauben.

»Rose?«, hörte sie Mr. Davis‘ Stimme. »Rose? Was tust du denn da draußen in der Kälte?«

Rose hörte, wie Schritte sich näherten, doch sie drehte sich nicht um. Stur stand sie am hohen Eisentor des Mason Kinderhospitals und Waisenhauses und sah durch die Gitterstäbe.

»Rose? Du holst dir ja den Tod! Mädchen, komm sofort rein oder du bekommst den Ärger deines Lebens.«

Das war ihr egal. Heute, am Heiligen Abend im Jahre des Herrn 1816 würden ihre Eltern kommen und sie zu sich nachhause holen. Das wusste sie. Ja, tief im Herzen wusste sie es. Sie musste nur geduldig warten. Jeden Moment würde es soweit sein. Mr. Davis war bei ihr angelangt und drehte sie zu sich um, damit sie ihn ansah.

»Was tust du da? Warum starrst du das Tor an?«

»Sie wartet auf ihre Eltern, Mr. Davis«, sagte Betty. Mit ihrem kleinen Bruder auf dem Arm trat sie hinter einem Stapel aus alten Kisten und Fässern hervor. Hinter ihr erschien Susanna und hüpfte von einem Bein auf das andere, weil ihr so kalt war und sie keinen Mantel trug.

»Betty? Susanna? Was ist hier denn nur los? Warum seid ihr nicht mit den anderen Kindern im großen Saal? Gleich gibt es Honigbrote.«

Die Kinder sammelten sich um Mr. Davis und Dampf stieg aus ihren Mündern auf. Es frostete und musste um die null Grad haben. Die kleine Susanna, die keine sechs Jahre alt war, schmiegte sich an Betty. Sie spürte ihre Füße kaum noch und hustete leise.

»Wie warten mit Rose auf ihre Eltern«, erklärte Betty. »Sie kommen jeden Moment und bringen uns allen Geschenke mit. Puppen und Bonbons. So viele Bonbons, dass uns ganz schlecht davon wird.«

»Was? Wie? Rose? Hast du ihnen das erzählt?« Er sah wütend auf sie herunter. »Hast du erzählt, deine Eltern würden kommen? Habe ich dir nicht verboten, dir Geschichten dieser Art auszudenken?«

Rose erwachte aus ihrer Starre und sah in das wütende Gesicht des Lehrers. Er sollte sie wieder loslassen, damit sie durch das Tor hinaussehen konnte. Wenn sie nicht auf die Eltern wartete, fanden sie das richtige Tor womöglich nicht und dann …

»Ja, habe ich. Ich muss auf sie warten, Mr. Davis. Sie sind da draußen und suchen mich. Wenn ich hier auf sie warte, kommen sie. Wir bekommen alle Geschenke und ich darf mit ihnen gehen. Lasst mich los! Ich kann nicht zulassen, dass sie mich nicht finden und ohne mich wieder gehen. Lasst mich los!«

Mr. Davis ließ sie nicht los. Er zog sie mit sich zurück ins Haus und wies die anderen Kinder an, schnell in den großen Saal zu eilen, um sich ihre Honigbrote nicht entgehen zu lassen.

»Ich will nicht rein, Mr. Davis. Ich will auf meine Eltern warten.«

Rose drehte ihren Hals in Richtung des kleiner werdenden Tores. Jeden Moment rechnete sie mit einer Kutsche. Zwei schöne Menschen in sauberer Kleidung würden aussteigen und sie zu sich rufen. Dann würde sie ihrer Mutter in die Arme laufen und den herrlichen Duft ihres Haares einatmen. Ihre Mutter würde sie umarmen, sie ihr kleines Täubchen nennen und versprechen, sie nie wieder zu verlieren.

»Rose, du hast keine Eltern.« Mr. Davis drehte sie wieder zu sich, weg vom Tor. »Du bist ein Waisenkind. Du wurdest als Waisenmädchen hier abgegeben. Wie oft habe ich dir gesagt, du sollst aufhören Geschichten zu erfinden und die anderen Kinder damit verrückt zu machen? Du darfst nicht lügen! Beinahe hätten Betty, Theodor und Susanna deinetwegen ihre Honigbrote verpasst!«

»Aber –«

»Nichts aber! Du musst aufhören, dir Fantasiegeschichten auszudenken. Du weißt nicht, welchen Schaden du anrichten kannst. Versprich mir, dass du das nicht mehr tust, Rose Mason. Versprich es mir!«

»Es ist keine Fantasiegeschichte! Meine Eltern leben noch und sie sind reich.«

Mr. Davis schüttelte den Kopf und ließ sie los.

»Es wird noch böse enden mit dir Rose, du wirst sehen. Es wird böse enden mit dir«, sagte er und sah sie ernst an. »Geh auf der Stelle in den Schlafsaal. Dieses Jahr gibt es für dich keine Honigbrote.«

»Ich will auch gar keine blöden Honigbrote«, erwiderte Rose trotzig, riss sich von ihm los und ging davon. »Sobald meine Eltern mich gefunden haben, werde ich jeden Tag Pralinen essen!«

Mr. Davis schüttelte traurig den Kopf.

»Es wird böse mit dir enden, Rose.«

In der Heiligen Nacht riss das laute Husten von Susanna sie aus dem Schlaf. Das Mädchen lag zwischen ihr und Betty und wollte nicht aufhören sich zu winden. Sie war ganz kalt und zittrig und egal, wie eng die anderen sich an sie drückten, ihr wurde einfach nicht mehr warm.

Am nächsten Morgen brachte man sie in das angrenzende Hospital und zwei Tage darauf starb sie an einer Lungenentzündung. Die Mädchen waren untröstlich und beweinten die Kleine wochenlang. Susannas Leben hatte noch nicht einmal begonnen.

Sie wäre ohnehin gestorben, hatte Mr. Davis sie getröstet. Doch Rose wusste es besser. Es war die Unterkühlung, die ihr den Rest gegeben hatte, und Rose trug die Schuld daran.

»Wir sind da.« Daisys Stimme holte sie unsanft in die Gegenwart zurück. »Hör auf, vor dich hinzuträumen. Es ist eine Plage. Von einem Moment auf den anderen bist du weg und es ist, als rede man mit einem Geist.«

Die Kutschentür wurde von einem Lakaien geöffnet und Liam stand bereit, um ihr beim Aussteigen behilflich zu sein. Rose reichte ihm die Hand, blickte hinaus und sah an den Gesichtern der an der Treppe Spalier stehenden Dienstboten, dass etwas nicht in Ordnung war. Tuschelte da jemand? Über sie? Ein ungutes Gefühl, eine unheilvolle Ahnung ergriff Besitz von ihr.

Rose und Liam schritten gemeinsam die Eingangstreppe empor. Am Portal wartete der Butler, sein Gesicht war ernst. Das entging auch Liam nicht, der die Knickse der Dienerschaft mit huldvollem Nicken quittierte.

»Willkommen zurück, eure Lordschaft. Im Namen von Miss Campbell und der gesamten Dienerschaft darf ich zur Hochzeit gratulieren.«

»Ich danke euch, Mr. Marshall. Weshalb die ernste Miene? Freut Ihr euch denn nicht?«

Der Butler holte tief Luft, warf Rose einen vorsichtigen Blick zu und schluckte.

»Was ist los?«, fragte Liam alarmiert. »Was hat mein Onkel –«

»Nichts dergleichen, eure Lordschaft. Ein Gast erwartet euch im Wintergarten.« So, wie Mr. Marshall das betonte, musste es ein wahrlich besonderer Gast sein.

»Wer ist es denn?«, fragte Liam und trat mit Rose an seiner Seite in die Empfangshalle.

»Nun, ich fürchte, also, äh –«

»Mr. Marshall, euer Verhalten beunruhigt mich. Wer ist der Gast?«

»Ja, nun, ich, es ist so … Seht doch bitte selbst.« Der Butler schickte sich an, seinen Herrn zum Wintergarten zu geleiten.

Rose wechselte einen bangen Blick mit Daisy, während der jüngere Lord Hartshield besorgt und ratlos zwischen dem Butler und seinem Bruder hin und her sah.

Das rhythmische Klackern zierlicher Absätze auf dem polierten Boden zog alle Aufmerksamkeit auf sich. Es wurde lauter und schon kam eine junge Dame um die Ecke, unwesentlich größer und deutlich fülliger als Rose. Als sie Liam und die Frau an seiner Seite erblickte, blieb sie wie angewurzelt stehen.

Ihr Gesicht eine Kopie des ihren, das Haar im gleichen Ton, der Mund mit demselben Schwung der Lippen. Niemand musste Rose das Mädchen vorstellen. Sie wusste auf der Stelle, wen sie vor sich hatte.

Emilia Young, die echte.

***

»Ich wusste es! Ich habe es die ganze Zeit über gewusst! Spätestens, als er plötzlich ankam und meine Kleider an die Armen spenden wollte, wurde ich misstrauisch. Ein Leben lang hat er sich einen Dreck um andere geschert. Verflucht seien Vater und seine intrigante Seele.« Emilia verlor keine Zeit und kam sofort zur Sache. »Diese Frau ist eine Hochstaplerin!«

Pathetisch, in vollem Bewusstsein ihrer Wirkung und mit der Empörung einer Hintergangenen zeigte sie auf Rose.

»Bin ich noch immer betrunken? Charles, ich sehe doppelt. Bitte sag mir, dass du nicht auch zwei Emilias siehst«, flehte Liam seinen Bruder an.

»Ich fürchte, ich müsste lügen«, antwortete Charles. Er reichte sein Jackett dem Butler und löste den Knoten seiner Krawatte, da es ihm an Luft mangelte.

»Es gibt keine zwei Emilias. Es gibt nur eine. Mich! Das ist eine Kriminelle aus der Gosse, die Vater euch für mich verkaufen will.« Emilia umrundete Rose in einem weiten Bogen und rümpfte die Nase. »Sie sieht mir ja nicht einmal im Geringsten ähnlich. Liam, sag nicht, du hast auch nur für eine Sekunde geglaubt, sie könnte ich sein. Du würdest mich für immer kränken.«

Liam griff sich an die Stirn und lockerte ebenfalls seinen Kragen. Auch ihm wurde die Luft knapp.

Roses Gedanken rasten unterdessen. Sollte sie kurz vor dem Ziel kapitulieren oder alles leugnen, sich die Urkunde schnappen und hoffen, es rechtzeitig nach London zu schaffen, um sich nach Amerika absetzen zu können? Lohnte es sich noch zu kämpfen oder war nun alles verloren?

»Ach ja?«, mischte sich Daisy plötzlich ein, stellte sich vor Rose und bedachte Emilia mit einem abschätzigen Blick. »Wie eine Lady seht Ihr mir nicht gerade aus. Beweist doch, dass Ihr seid, wer zu sein Ihr vorgebt!«

Die echte Emilia starrte sie mit offenem Mund an und wusste zunächst nicht, wie sie dieser unverschämten Forderung begegnen sollte.

»Beweisen? Beweisen, dass ich ich bin? Warum sollte ich so etwas Absurdes tun? Es reicht ja wohl ein Blick auf dieses Elend, um gewiss zu sein, dass sie keine Lady ist. Ein abgetragenes, altes Kleid, meines obendrein. Dürr wie ein Ast im Winter, kein Schmuck an Hals und Ohren und du, was bist du denn eigentlich? Ein Troll? Eine Zirkusattraktion?«

Angewidert musterte sie Daisy von oben bis unten.

»Meine Kammerzofe«, mischte Rose sich ein und beschloss, bis zum bitteren Ende zu kämpfen. So leicht gab sie nun doch nicht auf. Außerdem ging ihr der Ton dieser vorlauten 17-Jährigen gehörig gegen den Strich. »Ich bin Emilia Young, nur damit wir uns verstehen. Ich weiß nicht, wieviel Vater dir für diesen Auftritt zahlt. Ich kann nur hoffen, nicht zu viel. Du schlägst dich miserabel.«

Emilia schnappte nach Luft, wandte sich zu Liam und sah ihn anklagend an. Sie kämpfte mit Tränen der Wut und schleuderte ihm entgegen:

»Eine Dirne aus der Gosse mit einem einzigen Troll als Gefolge und du nimmst sie bei dir auf? Es bricht mir das Herz, zu erkennen, dass deine Liebe zu mir nur auf dem Papier bestand. Sobald sich irgendein Besen findet, der sich Emilia nennt, bist du …« Der Rest des Satzes ging in Schluchzen unter.

Liam zog es vor, nicht zu antworten. Er hatte es geahnt, tief in seinem Innersten, und es doch nicht wahrhaben wollen. Rose, oder wie auch immer die erste Emilia hieß, hatte es ihm gesagt. Im Wald, geradeheraus und nicht nur einmal. Es erklärte alles. Den Mangel an jeglichen Manieren, sämtliche irritierende Marotten und nicht zuletzt die vergangene Nacht.

Oh, bei Gott.

Mit großen Augen sah er Charles an, der im selben Moment zu derselben Erkenntnis gelangt sein musste.

Liam hatte eine Kriminelle geheiratet.

»Wenn hier jemand eine Hochstaplerin ist, dann bist es ja wohl du! Ich bin Emilia Young. Und *ich* kann es beweisen.« Rose musste sich Zeit verschaffen. Sie durfte keine Sicherheit aufkommen lassen. Nicht, bevor sie die Urkunde hatten und auf und davon waren.

»Ach ja?« fragte Emilia und sah sie direkt an. »Wie das? Zeigst du uns noch mehr gestohlene alte Kleider? Oder schickst du den Troll, damit er uns mit Fäusten davon überzeugt?«

Ohne sie zu beachten, wandte sich Rose zu Liam und sah ihm fest in die Augen.

»Im Januar«, sie runzelte die Stirn und versuchte sich zu erinnern. »Ja, im Januar, am 14. des Monats schriebst du mir, du würdest nichts lieber tun als die Porträts deines Großonkels und deiner Großtante abzuhängen, deren lange Gesichter im Treppenhaus dir Morgen für Morgen schlechte Laune bereiten. Ich schrieb darauf, du könntest sie durch hübsche Landschaftsmalereien ersetzen, wie sie derzeit in Deutschland in Mode sind. Das lockert die Atmosphäre des Raumes auf und stimmt das Gemüt froh. Und nachdem ich in den vergangenen Tagen Gelegenheit hatte, mir die Sache anzusehen, muss ich sagen: Ich hatte recht.«

Liam sah fragend zu Charles.

Sein Bruder nickte und blickte ratlos zwischen den beiden Mädchen hin und her. Woher in aller Welt wusste sie so etwas? Sie konnte nur die wahre

Emilia sein. Solch detailreiches Wissen aus ihrem Schriftverkehr konnte einer Heiratsschwindlerin niemals zugänglich gewesen sein.

»Oh mein Gott! Er hat dich die Briefe lesen lassen! Du hast unsere Briefe gelesen? Dass er so weit geht, um mich daran zu hindern, meinen lieben Liam zum Mann zu nehmen. Mein Vater ist ein Scheusal und du, du –« Mit einem gellenden Schrei stürzte Emilia sich auf Rose.

Tumult brach aus, als sie anfing Rose zu würgen und nicht mehr von ihr lassen wollte. Es wurde gekreischt, Stoff riss und instinktiv würgte Rose zurück. Aus allen Ecken tönte Geschrei und die Männer hatten alle Hände voll zu tun, sie wieder voneinander zu trennen.

»Es reicht!«, rief Liam wütend. Die Realität holte ihn ein und das Ausmaß der Verwechslung und des Betrugs wurden ihm bewusst. »Auseinander jetzt. Wer auch immer von euch beiden Emilia ist, eines steht fest: Eine Lady seid Ihr beide nicht. Was ist nur in euch Frauenzimmer gefahren? Seit wann führt eine Lady sich wie eine Furie auf? Welche Dame bei Verstand flieht Haus, Vater und Familie und wirft sich derart schamlos einem Mann an den Hals? Damit seid Ihr beide gemeint, Herrgott noch einmal. Ich bete und wünsche, dass die wahre Emilia noch in London weilt und sich ihres klaren Verstandes erfreut.«

Die Mädchen atmeten stoßartig, zogen ihre Kleider zurecht und sahen Liam dabei zu, wie er sich immer mehr in Rage redete. Als er für einen Moment Luft holte, nutzten sie die Pause und stürzten sich wieder aufeinander. Gezeter und Geschrei gingen von vorn los, bis man sie wiederum trennte und mehrere Meter auseinanderschleifte.

»Ich habe alles riskiert, sogar den Antrag eines echten Earls ausgeschlagen, um bei dir zu sein. Und du kannst mich nicht von dieser, dieser, dieser Hure unterscheiden?« rief Emilia aufgebracht und versuchte, sich aus Charles‘ Umklammerung zu lösen.

»Wen nennst du eine Hure?« Mit einem Ruck entwand Rose sich Liams Griff und schoss auf Emilia zu, die nur darauf wartete, sie in die Finger zu bekommen. Es gelang Liam gerade noch rechtzeitig, sie wieder einzufangen und er schleifte sie mit aller Kraft zurück.

»So kommen wir nicht weiter«, rief Charles über die Köpfe und das Gekreische der beiden hinweg. »Wir müssen sie trennen. Bring Emilia eins in den Blauen Salon, ich nehme Emilia zwei mit in den Wintergarten.«

Liam nickte und packte Rose am Arm. Sie wehrte sich und wollte nicht fortgeschoben werden, doch er war stärker und größer als sie. Ein Lakai öffnete die Tür und sie betraten den Blauen Salon. Unsanft stieß Liam sie auf das – wenig überraschend – blaue Sofa und brachte sein Gesicht ganz nah vor das ihre.

»Noch weiß ich nicht, was hier gespielt wird. Was ich umso besser weiß, ist, was du mir gestern im Wald erzählt hast. Ich hoffe, nein, ich bete für dich, das war nur ein makabrer Witz und du entpuppst dich am Ende als die richtige Emilia Young. Wenn dem nicht so ist, schwöre ich bei Gott, du siehst nie wieder Sonnenlicht und verreckst in einem elendig dunklen, kalten Kerker. Damit kommst du mir nicht davon.«

Er ließ sie unsanft los, sah verächtlich auf sie herab, machte auf dem Absatz kehrt und verschwand. Der Lakai, der ihnen zuvor die Tür geöffnet hatte, trat ein und nachdem man auch Daisy mehr hineingeschoben als gestoßen hatte, wurde die Tür von außen verriegelt. Der Mann blieb davor stehen und sah sie beide mit unerbittlich strenger Miene an.

Mit einem Stöhnen nahm Daisy Rose gegenüber Platz. Ihre Augen trafen sich und der Blick der Magd wanderte hinunter in Richtung ihres Mieders. Rose folgte ihm und sah die Ecke eines zusammengefalteten Stücks Papier, die daraus hervorlugte.

Hatte sie etwa den Tumult genutzt, um an die Heiratsurkunde zu kommen? Daisy nickte leicht. Rose hatte es also erraten. Aber was nun? Wie kamen sie hier raus? Die Tür war zu, der Lakai mit ihnen im Salon. Ihn mussten sie überwältigen, bevor an etwas anderes überhaupt zu denken war. Und dann waren noch dutzende andere Menschen im Haus. Unwahrscheinlich, dass sie auf dem Weg nach draußen niemandem mehr begegneten. Rose erhob sich und trat ans Fenster. Sie durften keine Zeit verlieren. Je länger Liam und sein Bruder mit der echten Emilia sprachen, desto größer würde die Gewissheit werden, dass Rose jemand anders war.

Bei der Erinnerung an Liams letzte Worte musste sie schlucken. Es war ihm ernst gewesen. Er würde sie einsperren lassen. Nur bezüglich der Strafe machte er sich Illusionen. Anders als er wusste Rose, dass sie nicht mit einem Kerker, sondern mit dem Strang zu rechnen hatte.

Sie war dieses Lebens müde. Nie änderte sich irgendetwas zum Besseren. Egal, was sie auch unternahm. Seit sie das Licht der Welt erblickt hatte, verschlechterte sich ihre Lage von Jahr zu Jahr.

Sie wurde im Waisenhaus ausgesetzt, musste es frühzeitig verlassen, lebte auf der Straße. Als sie gerade gelernt hatte, für ihr Überleben zu stehlen, und einigermaßen sicher war, unterlief ihr ein Fehler, der sie beinahe auf das Schiff nach Australien brachte. Dann kam Mr. Young und brachte ihr, wie es nun aussah, mit seinem Vorschlag den baldigen Tod.

Rose sah hinunter auf den schönen Garten, das satte Grün der Wiesen und die frohen Farben der Blumen. Welch Kontrast zu den Grautönen Londons. Wie schön die Welt doch war. Es gab Meere, Strände, Blumen, heitere Himmel, 100 Hektar Land auf einem fremden Kontinent, der nur darauf wartete, gänzlich entdeckt und besiedelt zu werden. Sollte sie aufgeben? Kampflos? Sich niederlegen und die Augen schließen?

Mr. Davis trat zu ihr ans Fenster und nickte mit dem Kopf verschwörerisch in Richtung der großen Kletterranke, die sich über die ganze Fassade von Kingston Hall zog. Ihre Blätter reichten bis an das Glas des Fensters.

»*Was soll ich tun, Mr. Davis?*«, fragte Rose.

»*Leben*«, war alles, was er sagte, bevor er wieder verschwand.

Augenblicklich steckte sie sich einen Finger in den Rachen. Nach der letzten Nacht dauerte es nicht lange und sie musste nicht viel tun, bis das Wenige hochkam, das ihr leerer Magen noch beinhaltete. Sie sank vornüber auf die Knie und erbrach sich auf den Teppich.

Der Lakai sah sie angewidert an und kam zögerlich näher.

»Ist euch nicht wohl, Miss?«, fragte er sichtlich unwillig, ihr Hilfe anzubieten. Er beugte sich über sie.

»Mir ist so schlecht, ich glaube –« Ein großer Schatten baute sich hinter dem Mann auf und bevor Rose den Satz beenden konnte, fuhr eine Vase auf seinen Kopf nieder. Er klappte zusammen und blieb neben dem Erbrochenen liegen.

Ein Glück, dass Daisy von der klugen Sorte Mensch war und schnell genug reagiert hatte. Sie warf den Rest des zerbrochenen Porzellanstücks beiseite, klopfte sich die Hände ab und fragte:

»Ich hoffe, du hast weiter gedacht als bis hierhin.«

Rose nickte.

»Habe ich.«

Sie erhob sich, wischte sich angewidert über den Mund und wünschte, sie könnte den säuerlichen Geschmack mit etwas Wasser herunterspülen. »Hilf mir mit dem Fenster.«

Gemeinsam zogen sie an den großen Flügeln, bis das Fenster offenstand. Daisy sah stirnrunzelnd nach unten.

»Das ist riskant. Ist zwar nur ein Stockwerk, aber wenn wir schlecht aufkommen –«

»Wir springen nicht, wir klettern.« Rose zeigte auf die Kletterpflanze.

»Bist du verrückt? Das Pflänzchen hält ja nicht mal dein Gewicht. Von meinem will ich gar nicht sprechen.«

Ohne ihren Einspruch zu beachten, kletterte Rose aus dem Fenster und umfasste das Holz.

»Doch, ganz sicher. Am Waisenhaus war auch so ein Ding. Die Wurzeln stecken ganz tief in der Wand. Teilweise kamen sie schon auf der anderen Seite heraus. Ich habe dutzende Kinder auf einmal daran herumklettern sehen. Komm jetzt, wir dürfen keine Zeit verschwenden.«

Geschickt, als hätte sie nie damit aufgehört, hangelte Rose sich von einem Ast zum nächsten und war mit wenigen Griffen unten angelangt.

»Komm schon«, zischte sie nach oben. »Wir haben keine Zeit.«

Daisy bekreuzigte sich, bevor sie ihren wuchtigen Körper aus dem Fenster hievte und in die Pflanze griff. Tatsächlich passierte nichts. Langsam, viel unsicherer und zaghafter als Rose, näherte sie sich Zentimeter um Zentimeter dem Erdboden.

»Nun komm schon!«, feuerte Rose sie von unten an und sah nach links und rechts. Sie befanden sich an der Kurzseite des Hauses. Hier war niemand zugange. Einen besseren Moment zur Flucht hätten sie nicht erwischen können. Wie alle Bediensteten lungerten auch die Gärtner in den Gängen und Räumen um den Wintergarten herum, um nur nichts von der Tragödie zu verpassen, die sich dort gerade abspielte. Weit und breit keine Menschenseele, die sie entdecken konnte.

Mit wackeligen Knie und kaltem Schweiß auf der Stirn kam Daisy endlich unten an und atmete erleichtert aus. Noch einmal vergewisserten sie sich, dass niemand in der Nähe war und eilten durch den Obstgarten, stets nahe an den Bäumen, auf das angrenzende Wäldchen zu. Ohne sich umzudrehen rannten sie, so schnell sie konnten. Als das Dickicht sich um sie schloss, wussten sie, dass die Flucht ihnen geglückt war.

***

»Dann sagte er zu diesem schrecklich, schrecklich alten Earl of Lincolnshire, dass ich gar nicht mehr verlobt wäre und du mit meinen Gefühlen nur zu deiner Belustigung spielst. Als der alte Earl ihn fragte, wie er das zu beweisen gedenke, antwortete Vater, das müsse er gar nicht. Du, lieber Liam, wärest längst schon verheiratet! Kannst du dir das vorstellen?«

Voller Aufregung und ohne Luft zu holen berichtete die junge Miss von den unerhörten Vorgängen in London, die sie gezwungen hatten, stehenden Fußes nach Schottland zu reisen und ihn aufzusuchen, nein, ihn vielmehr zu retten. Vor ihrem Vater.

»Und sagte dein Vater auch, mit wem ich verheiratet wäre?«

Emilia nickte heftig.

»Ja! Er meinte, nun, er sagte, also, er sagte, du wärst auf eine Heiratsschwindlerin hereingefallen, die vorgab, ich zu sein. Sie habe ihn schon zuvor bestohlen und soll sogar aus dem Gefängnis ausgebrochen sein, weil sie die Wärter, äh, nun ja. Weil sie mit den Wärtern unanständige Dinge gemacht hat und die ihr dann geholfen haben. Als sie herausfand, dass ich mit einem Baron verlobt bin, machte sie sich auf der Stelle auf die Suche und verlor keine Zeit, ihn dazu zu bringen, sie zu heiraten!«

Wütend erhob sich Liam aus dem Korbsessel und trat gegen ein Tischchen, das auf der Stelle umkippte und das Obst, das es in einer Schale getragen hatte, über den Boden verteilte.

»Verflucht und verdammt nochmal«, rief er und trat noch einmal nach.

»Wann genau hat euer Vater das dem Earl of Lincolnshire gesagt?«, hakte Charles ruhig nach. Er schielte besorgt zu seinem Bruder, drehte sich aber sofort wieder zu Emilia, als sie weitersprach.

»Vor Wochen schon. Ich habe mich noch am selben Abend davongestohlen, als ich endlich davon hörte. Ich buchte eine Kajüte und reiste nach Fort William, um der Sache auf den Grund zu gehen. Solange der eklige alte Earl noch nicht aufgetaucht war, hatte Vater keine Einwände gegen unsere Verlobung. Dann wollte er Liams Namen auf einmal nicht mehr hören und verlangte von mir, dass ich die Verlobung auf der Stelle löse.« Aufgewühlt und voller Emotion drehte sie sich zu Liam. »Doch ich wollte und konnte nicht. Erstens ist dieser Earl alt, dick und gänzlich unansehnlich. Zweitens habe ich dir mein Wort gegeben und konnte mich nicht überwinden, es zu brechen.«

»Emilia.« Charles kämpfte um ihre Aufmerksamkeit. Sie war so auf Liam fixiert, dass er all seine Fragen mehrfach wiederholen musste, ehe sie reagierte. »Emilia! Warum glaubt Ihr, wollte euer Vater nicht, dass Ihr Liam heiratet?«

»Liegt das denn nicht auf der Hand?« Emilia sah ihn erstaunt an. Sie konnte sichtlich nicht begreifen, wie jemand solch eine dumme Frage stellen konnte. »Liam ist arm und hat nichts als seinen Titel. Der Earl ist ihm im Rang überlegen und hat überdies noch ein stattliches Vermögen und großen Einfluss. Für Vater bedeuten seine Kontakte bares Geld. Er will mich meistbietend verkaufen. Seine einzige Tochter ist ihm nichts als ein Stück Vieh auf dem Markt. Doch nicht mit mir!«

Erbost stand sie auf und kam auf Liam zu, der mit grimmigem Gesicht am Fenster stand und hinausstarrte. Als sie neben ihn trat, erschrak er.

»Ich werde nur aus Liebe heiraten und aus keinem anderen Grund. Deine Briefe waren so rechtschaffen, bodenständig und ehrlich. Du hast nicht versucht, mich mit Komplimenten und süßen Worten zu verführen, mir keine Versprechungen gemacht, die du nicht halten kannst. Alles an dir war von Beginn an aufrichtig. Ich konnte nicht anders als mich in dich zu verlieben.«

Emilia nahm Liams Hände in die ihren.

Verdutzt und ungläubig über ihre Worte sah er auf sie herunter und blickte in das gleiche Gesicht, das er vor einem Tag neben sich am Alter gesehen hatte. Die beiden mussten Schwestern sein, anders war die Ähnlichkeit schlicht nicht zu erklären.

»Nicht einmal mein Vater und sein intriganter Plan können mich daran hindern, deine Frau zu werden.«

Der letzte Satz holte ihn endgültig in die Realität zurück und er ließ Emilias Hände los. Sie kam zu spät. Tatsächlich hatte ihr Vater nicht nur die Ehe verhindert, an der seiner Tochter so viel lag, sondern auch Liams Zukunft. Und jene von Kingston Hall dazu.

Selbst wenn Liam sich schwertat, es einzugestehen, hatte er stets darauf spekuliert, das Anwesen durch eine kluge Heirat vor dem Ruin bewahren zu können. Nicht unbedingt mit Emilia – es gab noch viele andere Kaufmannstöchter, die gern in den Adel einheiraten wollten –, doch auch mit ihr hätte er es am Ende riskiert. Nun aber konnte er nichts mehr tun. Noch ein Jahr, vielleicht zwei. Dann würde er das Gut verkaufen müssen.

»Du musst es ihr sagen, Liam.« Charles war aufgestanden und zu ihnen getreten. »Es ist nicht richtig, sie in dem Glauben zu lassen, alles sei in Ordnung.«

Liam nickte. Nicht nur sie, sondern auch er musste der schrecklichen Wahrheit ins Gesicht sehen.

»Du kamst zu spät.« Ausdruckslos sah er Emilia an. »Die Warnung kommt zu spät. Dein Vater hat unsere gemeinsame Zukunft verhindert.«

Ohne ihren erschrockenen Blick lang zu erwidern oder sich von ihrem Schreckensschrei aufhalten zu lassen, verließ er den Wintergarten und machte sich mit großen Schritten auf den Weg zum Blauen Salon.

Er hatte keine Ahnung, was er mit dem Miststück anfangen würde. Hoffentlich konnte er sich zurückhalten und erschlug sie nicht aus dem Stand. Erst musste er die Wahrheit wissen. Die ganze Wahrheit. Und wenn sie sich weigerte, gnade ihr Gott.

Er entriegelte die Tür und trat hindurch. Säuerlicher Geruch schlug ihm entgegen. Anstatt der ängstlichen Frauen, die er erwartet hatte, fand er nur den reglosen Diener auf dem Boden vor, der zwischen Vasensplittern und Erbrochenem lag.

Das Fenster stand sperrangelweit offen und Vogelzwitschern drang an seine Ohren. Mit wenigen Schritten durchmaß er den Raum und sah aus dem Fenster in den menschenleeren Obstgarten. Wütend riss Liam die Vorhänge herunter und stieß einen Wutschrei aus wie nie zuvor in seinem Leben.

***

Rose und Daisy waren eine Stunde unterwegs, bis sie auf eine halbwegs befahrene Straße stießen. Sie baten jeden, der mit einem Wagen an ihnen vorbeikam, um Mitnahme. Doch die meisten Menschen waren auf dem Weg nach Hause oder nach Kingston Hall.

Als sie schon fürchteten, wieder in den Wald zurückkehren zu müssen und am Ende Viehdieben in die Arme zu laufen, kam ein alter Mann auf einem Heuwagen gefahren.

»Hoy!«, rief Daisy. »Wohin fährste?«

»Fort William!«, antwortete der weißhaarige, sehnige Schotte und kaute auf einem Grashalm. Er riss die Zügel zurück und fragte: »Wo wollt ihr jungen Mädels hin? Zu Fuß auch noch!«

»Fort William!«, erwiderte Rose.

»Na dann«, lachte er und seine Stimme klang kratzig und zerfurcht. »Springt auf. Ich hoff, ihr könnt singen. Das tät mich freuen.«

»Können wir«, antwortete Rose. Sie nahm zu seiner Linken, Daisy zu seiner Rechten auf dem Kutschbock Platz. »Du wirst es nicht bereuen!«

»Iwo! Die Gesellschaft von jungen Mädels ist immer was wert. Ich bereu gar nichts.«

Unermüdlich zogen die Pferde den Wagen voll Heu die Straße entlang, während Rose dem alten Mann ein Lied nach dem anderen sang. Mit verträumtem Gesicht und leichtem Herzen setzte er sie bei Einbruch der Dämmerung in Fort William ab, wünschte ihnen alles Gute und pries Roses sanfte Stimme in den Himmel.

Sie lächelte, nickte stumm, weil ihre Stimmbänder langsam den Dienst versagten, und machte sich mit Daisy zusammen auf die Suche nach den

Docks. Sie konnten ihr Glück kaum fassen, als sie zwei Tickets nach Bristol noch für denselben Abend ergatterten und die *Dashing Thistle* eine halbe Stunde später die Segel setzte.

Inmitten fragender Blicke, weil sie ohne jedes Gepäck reisten, dafür aber überglücklich und erleichtert sahen sie zu, wie die Lichter von Fort William immer kleiner wurden und schließlich ganz verschwanden, so dass nur noch Schwärze und Stille herrschten.

Da die Nacht warm und die Luft frisch und angenehm war, beschlossen sie, an Deck zu bleiben, sich auf die Holzdielen zu legen und die Sterne zu beobachten.

»Woher kanntest du all diese Lieder?«, fragte Daisy in die Stille hinein.

Rose war schon am Einschlafen gewesen und musste sich zwingen, sich auf Daisy zu konzentrieren.

»Was hast du gesagt?«, fragte sie heiser.

»Ich wollte wissen, woher du all die Lieder kennst. Noch nie habe ich jemanden wie dich so etwas singen hören.«

»Das sind keine Lieder. Also, nicht ursprünglich jedenfalls. Es sind Gedichte, die man zu Liedern gemacht hat. Mr. Davis, mein alter Lehrer, hat sie mir beigebracht. Mir und ein paar anderen Waisenkindern.« Rose drehte sich auf die Seite und sah Daisy an. »Er wollte immer, dass wir richtig sprechen lernen. Aber manchmal war unser Dialekt so stark, dass all seine Bemühungen umsonst waren. Irgendwann entdeckte er, dass unser Englisch besser und richtiger wurde, wenn wir sangen, statt zu sprechen. Also brachte er uns die Gedichte mit Melodien bei und verbesserte so unsere Aussprache.«

»Warum das Ganze? Ich meine, was bringts euch, wie kleine Lords und Ladies zu klingen, wenn ihr doch keine seid?«

Rose stöhnte.

»Das haben ihn die anderen Lehrer auch gefragt. Wir wurden von den Kindern aus anderen Waisenhäusern oft gehänselt, weil wir so nach Upperclass klangen und unsere Sprache sie irritierte. Doch Mr. Davis blieb dabei. Er war der Überzeugung, wer richtig Englisch spricht, kann sich zwischen allen Menschen frei bewegen. Sogar zwischen Lords und Ladies. Die größte Barriere zwischen uns und denen da oben sah er in unserer Sprache. Scheitert es nicht an der Sprache, scheitert es an gar nichts. Das stand für ihn fest.«

»Hmpf«, machte Daisy. »Vielleicht ist da was dran.«

Vielleicht. Rose blickte hinauf zu den Sternen über ihren Köpfen und bewunderte die Pracht des Nachthimmels. Wie schön sie doch waren, wie geheimnisvoll und aufregend. Aus dem Augenwinkel sah sie eine Sternschnuppe, gefolgt von noch einer und noch einer.

Sie stupste Daisy an, doch ohne Erfolg. Kurz darauf vernahm sie das Schnarchen, das ihr mittlerweile vertraut geworden war. Sie ließ Daisy schlafen und bewunderte das Naturschauspiel allein. Es dauerte nicht lange und bei der letzten Sternschnuppe fasste Rose sich ein Herz und flüsterte dem Himmel leise ihren Wunsch entgegen.

Müde schloss sie die Augen, drehte sich zu der großen, rätselhaften Frau und kuschelte sich in ihre Arme. Bald, bald würde sie die Sterne über Amerika sehen, eine Hütte unter ihrem Firmament erbauen und ihnen jeden Abend gute Nacht wünschen, bevor sie schlafen ging.

Bald.

KAPITEL VII

London, 30. Mai 1826

Über Bristol erreichten sie London zur frühsten Morgenstunde. Die Sonne war erst im Begriff aufzugehen, die Viertel noch verschlafen, kaum eine Seele auf der Straße und die wenigen, denen man begegnete, eher auf dem Weg ins Bett als in den neuen Tag.

Rose und Daisy verloren keine Zeit. Ohne Umwege suchten sie Mr. Youngs Privatbank auf und harrten die Stunden, bis sie öffnete, direkt vor der Pforte aus. Ihr Plan war denkbar simpel:

Hochzeitsurkunde abgeben, Geld in Empfang nehmen und sich auf der Stelle trennen. Daisy war zu groß und zog zu viel Aufmerksamkeit auf sich. Genau diese konnte Rose wiederum nun am allerwenigsten gebrauchen.

Obwohl sie es noch mehr als einmal versucht hatte, war sie nicht dahintergekommen, welche Belohnung Daisy erwartete. Alles, was sie wusste, war, dass es kein Geld sein konnte. Aber was dann? So sehr sie die Fahrt über auch nachgebohrt hatte, Daisy hatte geschwiegen und sich geweigert, mit der Sprache herauszurücken.

Endlich, pünktlich um neun Uhr morgens, wurde das imposante, mit Ranken und Symbolen verzierte Portal geöffnet und sie durften eintreten. Unsicher und eingeschüchtert von der Pracht der marmorvertäfelten Wände, der großen Kerzenleuchter an der Decke und der schweren, dunklen Möbel traten sie zu dem einzigen besetzten Schalter und blieben davor stehen.

Der Bankangestellte sah auf, musterte sie skeptisch, insbesondere Daisy, legte seinen Füllfederhalter beiseite und fragte mit strenger Stimme:

»Guten Morgen. Was kann ich für euch tun?«

Daisy räusperte sich verlegen und versuchte sich an die Worte zu erinnern, die sie an dieser Stelle vortragen sollte.

»Wir sind im Auftrag von Mr. Young hier, um mit Mr. Walker zu sprechen.«

»Was wollt Ihr denn von Mr. Walker?«, fragte der Bankier misstrauisch. Er schien nicht besonders geneigt, ihnen entgegenzukommen.

»Das geht euch nichts an«, erwiderte Daisy und baute sich zu voller Größe auf. Augenscheinlich war sie bereit, sich bis zu Mr. Walker durchzuschlagen, wenn es denn Not tat.

Am Ende war es ihre Körpersprache, die den Mann hinter dem Schalter davon abhielt, weitere Fragen zu stellen oder ihre Bitte gar brüsk auszuschlagen. Genervt, bereits zu dieser frühen Stunde aufstehen und arbeiten zu müssen, erhob er sich und verschwand.

Rose sah zu Daisy und lächelte sie aufmunternd und tapfer an. Bald war es geschafft, bald war sie reich und frei. Zwischen ihr und Amerika lag nur noch ein großer Ozean. Viel Wasser mit Fischen darin, mehr nicht. Wasser mit Fischen darin.

Schritte hallten von den Wänden wider und wenig später bogen zwei Menschen um die Ecke. Der Angestellte setzte sich wieder hinter den Schalter, während ein dürrer, älterer Herr in feinem Zwirn und mit sorgsam gestutztem Bart zu ihnen trat und sich als Mr. Walker vorstellte.

Rose machte einen artigen Knicks und Daisy übergab ihm ohne weitere Erklärungen die Heiratsurkunde, die sie die ganze Zeit über in ihrem Mieder gehütet hatte.

Mr. Walker nahm das Dokument mit spitzen Fingern entgegen, entfaltete es und überflog es mit geübtem Blick. Er nickte, ließ sich von dem Angestellten Papier und Füller reichen und notierte eine Adresse, an der Daisy und Rose vorsprechen sollten. Dort sei man über alle Vereinbarungen im Bilde und werde sie umgehend erfüllen.

Die Heiratsurkunde faltete er wieder zusammen, steckte sie in seine Westentasche, empfahl sich mit einer knappen Verbeugung und war so schnell verschwunden, wie er gekommen war. Rose und Daisy sahen ihm verdutzt nach, bevor sie hinaus auf die Straße traten und die Adresse lasen, die er niedergeschrieben hatte.

»21 Cranford Street? Wirklich? Keine gute Gegend. Normalerweise würde ich die Ecke meiden. Und das, obwohl ich ganz in der Nähe groß geworden bin«, kommentierte Rose besorgt.

»Haben wir eine Wahl?«

»Mir wäre es lieber gewesen, wir hätten das Geld gleich hier bekommen. In der Cranford Street lässt man sich selbst bei Tageslicht nur blicken, wenn man anständig bewaffnet ist und die richtigen Leute wissen, was man dort zu suchen hat.«

»Wir gehen rein, holen das Geld raus und sind wieder weg«, erwiderte Daisy.

Rose lachte zynisch.

»Mit 5.000 Pfund kommen wir dort niemals lebend raus. Das ist Selbstmord, das können wir nicht machen. Lass uns wieder reingehen und darauf bestehen, dass wir das Geld hier bekommen.«

»Wir müssen dahin«, beharrte die große Frau trotzig und sah sich nach einer Kutsche um. »Er sagt, wir müssen, also müssen wir.«

»Wenn irgendjemand von dem Geld weiß, werden wir ausgeraubt, bevor wir wieder ganz auf der Straße sind. Im besten Fall. Mit etwas Pech trägt man uns mit den Füßen voran aus dem Haus. Daisy, wir müssen das mit Mr. Young klären. Aber nicht in Ratcli–«

»Wir müssen dahin!« Daisy winkte eine Kutsche heran, die um die Ecke kam, und drehte sich zu Rose um. »Uns passiert schon nichts. Ich passe auf. Und ich gehe dorthin. Ganz egal, was du sagst.«

»Willst du mir jetzt wenigstens verraten, warum wir unser Leben riskieren? Ich habe ein ganz ungutes Gefühl, Daisy. Glaub mir. Wir können Mr. Young nicht trauen. Er hat über Liam gelogen und nun sollen wir unser Geld ausgerechnet in der gefährlichsten Ecke Londons bekommen, die ich kenne. Und das will etwas heißen. Das stinkt doch hinten und vorne. Wir sollten –«

Daisy sprang in die Kutsche und unterbrach sie harsch:

»Ich gehe. Begleite mich oder nicht. Mehr gibt es nicht zu diskutieren. Ich darf keine Zeit verschwenden.«

Rose atmete tief durch und folgte ihr in die Kutsche. So sehr sich alles in ihr dagegen sträubte, sich zu der Adresse zu begeben, so wenig brachte sie es übers Herz, Daisy allein ziehen zu lassen. Sie spürte, dass Mr. Young etwas gegen sie in der Hand hatte, wogegen sie machtlos war, und konnte sie nicht einfach ihrem Schicksal überlassen.

Der Kutscher weigerte sich, nach Ratcliff hineinzufahren. So waren sie gezwungen, auszusteigen und zu Fuß weiterzugehen.

Ratcliff war kein schöner Ort und keine Reise wert. An der Themse gelegen und einst ein Dorf, wurden hier später Kriegsschiffe erbaut und mit den Docks kamen die Seeleute, mit diesen die Bars, Bordelle, Opiumhöhlen und Verbrecher. Nirgends sonst in London lebten und handelten so viele Leute auf so wenig Raum inmitten von derart viel Dreck. Alles war verschmutzt und überfüllt, die Häuser grau, die Straßen matschig und ungepflastert. Noch immer erzählte man sich von einer Serie grausiger Morde, die Ratcliff vor weniger als 15 Jahren in ganz London bekannt gemacht hatte.

Für die unzähligen anderen Menschen, die auf diesem gottverlassenen Flecken Erde tagein, tagaus ihr Leben ließen, interessierte sich niemand. Ob wegen ein paar Pence, Streit, Hunger, Alkohol oder banaler Schusseligkeit – die Menschen, die hier starben, waren die Ärmsten der Armen, die teils Zeit ihres Lebens nicht einmal einen Namen ihr Eigen nennen konnten. Wen sollten sie schon kümmern?

Rose fröstelte an diesem warmen Maitag. Niemand erkannte sie. Trotz der kräftezehrenden Reise der letzten Tage glich sie noch immer mehr einer Lady als einem Gossenmädchen aus Ratcliff. Einerseits war das vielleicht auch gut so. Es ersparte ihr die Frage, weshalb sie nicht deportiert worden war und unbehelligt hier herumlief. Andererseits wurde es gefährlicher, je tiefer sie sich als ersichtlich Fremde in das Viertel wagten. Daisy fiel auf wie ein sprechender Elefant. Als sie an einem Stand mit selbstgeflochtenen Körben vorbeikamen, bat Rose Daisy, welche zu erwerben.

»Wozu?«, fragte die Magd und sah sich angespannt um. Sie war zum ersten Mal in ihrem Leben hier und die eingefallenen Gesichter der Menschen, die sie misstrauisch musterten, machten sie nervös.

»Damit wir aussehen wie gutherzige Christenfrauen, die hier sind, um den Armen zu spenden und Gutes zu tun. Mit leeren Händen wirken wir nicht besonders überzeugend.«

Sie kauften zwei Körbe und Deckchen, die man darüber ziehen konnte. Zur Sicherheit erwarb Daisy überdies ein Nudelholz, das sie in ihrem Korb verstaute. Die Tarnung funktionierte. Die Blicke wurden weniger. Selbst die Kinder, die sie bislang um Essen und Geld angefleht hatten, mieden sie nun gänzlich.

Rose erinnerte sich gut an ihre Kindheit und die vielen frommen Bürgerfrauen, die angeblich kamen, um zu helfen und ihre Christenpflicht zu erfüllen. Sie versprachen Nahrung und Essen, doch am Ende bekam man nur trockenes, altes Brot und lange Vorträge darüber, wie sündig Sex außerhalb der Ehe war, dass man den Reichen nichts neiden durfte und stets keusch, sittsam und fromm bleiben musste.

Nach zwei, drei solcher ermüdenden Vorträge, die man mit dem Versprechen auf Nahrung aufgezwungen bekam, begann man diese Frauen zu meiden. Sie glorifizierten ein Leben in Armut, Enthaltsamkeit und Demut, priesen die Rechtschaffenen, verurteilten Diebstahl, Prostitution und Völlerei, nur um dann nachhause an ihren reichgedeckten Tisch zurückzukehren und einander für ihre guten Taten zu loben, während die Kinder, denen sie die Hölle haargenau beschrieben hatten, nicht mehr schlafen konnten und beim Stehlen nicht nur das Gesetz sondern nun auch noch Gott fürchten mussten.

Nein, in einer Welt, die ihre Kinder gewissenlos im Stich ließ, war das Gewissen, das sie predigten, fehl am Platz.

Je weiter sie kamen, desto enger rückten die Häuser zusammen und desto heruntergekommener wurden sie. Daisy sah über die Schulter und flüsterte: »Wir werden verfolgt.«

Rose blickte in die Richtung, die Daisy vermutlich meinte und erkannte den alten Pete, der an einer Ecke herumlungerte und unauffällig zu ihnen herüberblickte.

Sie zog Daisy in die nächste Nebengasse und blieb dort sofort stehen. Es dauerte nicht lange, bis ein kurzes Pfeifen erklang, das Rose haargenau erwiderte. Das Pfeifen verstummte und aus einer anderen Richtung kam eine andere Melodie, fragend, unsicher. Rose erwiderte auch diese und zog sie bewusst in die Länge.

Wie aus dem Nichts tauchten vier kleine, gedrungene Gestalten links und rechts von ihnen auf. Dann bog Pete um die Ecke.

»Rose?«, fragte er und schob die Mütze in den Nacken, die er tief ins Gesicht gezogen hatte. »Wat machst du ’n hier? Ick denke, du bist nach’m Ausbruch schon lange über’n Ozean.«

»Ausbruch?«, fragte sie verwundert.

Die Jungs nickten. Allesamt noch kleine Kinder, wie Pete sie von Generation zu Generation wieder um sich scharte, weil sie leichter zu kontrollieren waren als die erwachsenen Ganoven, die aus ihnen wurden.

»Aye«, sagte der kleinste mit dem dreckigsten Gesicht. »‘S hat jeheiß’n, du hast die Wärter rumjekriegt, alle. Und bist dann abjehau’n nach Amerika.«

Empört öffnete Rose den Mund. Mr. Young hatte behauptet, er habe mit dem Gefängnis alles geklärt und sie sei offiziell wieder auf freiem Fuß. Wie scheinbar so oft hatte er auch hier gelogen und sie zu einer unwissend

Entflohenen gemacht. Verflucht sollte er sein und auch sein unsympathischer, bösartiger Freund. Alles Lügner und Betrüger, die sich ehrenwert gaben und unter dem Deckmantel der Rechtschaffenheit doch schlimmere Verbrechen begingen als der skrupelloseste Dieb hier im Viertel.

»Offenbar wurdet ihr falsch informiert.«

Ein anderer Junge schielte auf Roses Korb, ohne seine Gier verbergen zu können. Sie verdrehte die Augen, lüpfte das Tuch und präsentierte den leeren Korb.

»Wir haben nichts bei uns, ihr Idioten. Alles nur Tarnung. Sonst wären wir aufgefallen.«

»Du bist gut, wa«, lachte Pete und setzte sich auf eine umgekippte Holzkiste. »Wie zwee bunte Hunde seida. Seit wann kleidest du dich wie 'ne Lady? Is' dit Tarnung? Glaubste, dit klappt? So eene wie du, 'ne Lady? Haha, dass ick nich' lache.«

Die anderen stimmten in sein Gelächter ein und Rose quittierte ihr Lachen mit einem trockenen Lächeln.

»Offenbar gut genug, um bis jetzt unbehelligt durch London zu spazieren und dich Schlauberger dazu zu bringen, mir zu folgen.«

Pete kniff die Augen zusammen. Er mochte es nicht, wenn man ihn nicht ernstnahm oder vor seinen Jungs bloßstellte. Schon immer war er ein störrischer, streitsüchtiger Halunke gewesen und bis heute war es Rose ein Rätsel, warum ihm noch keins seiner Bandenkinder nachts aus Frust die Kehle durchgeschnitten hatte.

»Uff dich is 'n Kopfjeld ausjesetzt. Zehn Pfund. Wer hätte jedacht, dass 'n dürres Jerippe wie du ma' so viel wert is'? Wat hindert mich und meene Jungs dran, dich zu verpfeif'n?«

Sobald Daisy der Ansicht war, dass die Stimmung kippte, zog sie ihr Nudelholz hervor. Die Kinder blieben unbeeindruckt stehen. Sie nahmen es auch mit großen Kerlen auf und fürchteten sich längst nicht mehr.

Rose dagegen ließ Petes Drohung unbeeindruckt. Sie lächelte nur müde über seinen Versuch, ihr Angst einzujagen und sich so Respekt zu verschaffen. Das hier war ihr Reich, wie es seines war. Auch sie kannte die Ecken, die Menschen und die Sitten.

»Ist das dein Ernst, du Spaßvogel? Zum einen wäre das erste, was über meine Lippen käme, sobald man mich festnimmt, der Hinweis, wer letztes Jahr die Häuser an der River Street leergeräumt hat.« Sie sah Pete spöttisch an. »Aber nur, um dir zusätzliches Feuer unter dem Hintern zu machen.

Ohne dass es noch nötig wäre. Du weißt ja, wie Ratcliff mit Ratten und Verrätern umgeht.«

Pete wusste es. Sie alle wussten es.

Wer die eigenen Leute verriet, wurde in der Themse ertränkt, an ein Seil gebunden, um nicht von der Strömung mitgerissen zu werden, und für alle sichtbar in der Bucht zur Schau gestellt. Zur Warnung. Wer die eigenen Leute verriet, verdiente den Tod.

Pete lenkte ein und kam auf sein eigentliches Anliegen zu sprechen:

»Dit Problem is' ja, dass du mich und meene Jungs jetäuscht hast. Du und dit Riesenweib da. Wir haben jedacht, da jibts wat Fettes zu holen und sind euch jefolgt und nich' dem andren lukrativen Kandidaten. Wir ham' Jewinn verlor'n und ick bin Jeschäftsmann, du weeßt, wat ick meen'.«

»Ich weiß nicht, was du meinst, du Möchtegern-Geschäftsmann. Ich mache dir einen Vorschlag, der dich entschädigt. Wir geben dir das Wenige, was wir haben, und du gibst uns eine Information dafür.«

»Welche?«, fragte Pete und kam näher, um nicht mehr so laut sprechen zu müssen. Er gab seinen Jungs ein Zeichen, sich wieder zurückzuziehen, und nach einer Sekunde waren Rose, Daisy und er die einzigen Menschen in der schmalen Gasse.

»Ich bin nämlich auch unter die Geschäftsleute gegangen. Handle mit Informationen, wenn du weißt, was ich meine. Hie und da ein paar Gerüchten auf den Zahn fühlen, dies und das …«

Rose gab Daisy mit einem Kopfnicken zu verstehen, dass sie Pete ihr restliches Kleingeld geben sollte. Sie weigerte sich zunächst, doch als Rose noch einmal nachdrücklicher nickte, kramte sie die letzten Münzen heraus, die ihnen noch geblieben waren, und drückte sie ihm in die Hand.

Pete steckte eine davon in den Mund und biss darauf, bevor er sie zufrieden einsteckte.

»Wat willste wiss'n?«

»Ich habe vor zwei Tagen unten an den Docks etwas munkeln hören. 21 Cranford Street. Was weißt du darüber?«

»Woher weeßte 'n dit?«, fragte Pete erstaunt. »'S heißt, dit is brandheiß und keener ahnt wat.«

»Du weißt es offenbar ja auch, so brandheiß kann es also kaum sein. Was geht da vor, stimmen die Gerüchte? Läuft da was?«

Pete trat noch näher an die beiden Frauen heran. Mehr aus Gewohnheit denn aus tatsächlicher Angst, belauscht zu werden, sah er sich noch einmal um, bevor er flüsterte:

»Naja, anjeblich soll wat überjeb'n werd'n. Jeld. Irjend'n Ding und mehr weeß ick ooch nich'. Keen Datum, keene Zeit, nur dass da die Woche irjendwat läuft.«

Rose und Daisy wechselten bedeutungsschwere Blicke. Das klang nicht gut, gar nicht gut. Die große Frau war besorgniserregend blass.

»Wie viele Leute wissen noch davon?«, fragte sie alarmiert.

»Viele. Zu viele für mein' Jeschmack. Deswejen treibt sich noch mehr Jesocks auf der Straße rum als sonst. Ick meen' nich' so ehrbare Jeschäftsleute wie icke, sondern richtijes Jesocks. Jestern hat sich 'n Penner zum Schlafen vor 'ne Tür da jelegt und die dachten, er kommt wejen der Überjabe. Abjemurkst ham' 'se 'n und durchsucht. Alle warten 'se, dass jemand kommt, aber«, der alte Pete lachte, »aber 's kommt keener. Alles nur Ablenkung, sag ick. Damit sich die Leute auf die Lauer lejen und irjendwo anders läuft dit große Ding. Ick glaub …«

Rose wurde heiß und kalt zugleich. Pete bestätigte ihr nur, was sie längst schon vermutet hatte.

Eine Falle!

Eine dumme und einfallslose obendrein. So offensichtlich, dass es sie beinahe schon beleidigte. Mr. Young und Mr. Hardy hielten sich wohl für besonders klug und sie für ganz besonders dumm.

Pete entfaltete seine Theorie, wer da wohl was plante. Ihre Gedanken rasten dabei unentwegt weiter, ohne dass sie ihm noch zuhören konnte. Was sollten sie nun tun? Sie wurde gesucht, Daisy bekam ganz sicher nicht, was sie mit Mr. Young vereinbart hatte, und Amerika konnte sie vergessen. Ohne einen Penny in der Tasche kam sie gar nirgendwohin.

»… Da sind große Leute am Werk. Keene Kleenganoven wie wir, die von der Hand in' Mund in' Tag reinleben. Nee, große Fische. Wirklich große. Ick würd ma da nich' blick'n lass'n. Da fällt nüscht ab.«

Pete redete weiter und weiter. Wie hypnotisiert beobachtete Rose seine gelben, halbverfaulten Zähne, die sich auf und ab bewegten, seine faltigen Wangen und gelbunterlaufenen Augäpfel. Er sah krank aus. Gezeichnet von Alkohol, Hunger und Not. Was wäre aus ihm geworden, wäre er nicht in der Gosse geboren und an sie gefesselt worden? Ein dicker Kaufmann mit Gespür für Geschäfte? Ein Lehrer von der Art, die sich mit Kindern besser arrangieren konnte als mit anderen Erwachsenen?

Seine Hände fuhren durch die Luft und zeichneten das Bild einer riesigen Verschwörung. An einer hatte er nur noch drei Finger. Die fehlenden beiden hatte er ganz jung verloren, als er zum ersten und letzten Mal in seinem Leben einer ehrbaren Arbeit nachging.

Ein Pfeifen erklang. Pete hörte auf der Stelle auf zu reden und zog sich die Mütze wieder tiefer ins Gesicht. Ein Opfer war in der Nähe und seine Jungs riefen ihn zu sich, um den armen Fremden, wahrscheinlich ein nichtsahnender Matrose, auszunehmen. Er nickte zum Abschied, zeigte noch einmal seine gelben, faulen Zähne und verschwand pfeifend um die Ecke.

Rose sah ihm nach und schwieg. Jede in ihre eigenen Gedanken versunken blieben Daisy und sie stehen. Rose wusste, dass sie die 5.000 Pfund vergessen konnte, die man ihr versprochen hatte. Sie hat es geahnt und doch nicht wahrhaben wollen. Einfach, weil die Idee so schön gewesen war, sie in einsamen und traurigen Nächten zu wärmen vermochte und Orientierung in ihr Leben gebracht hatte. Zurück auf null, arm und auf Kriegsfuß mit dem Gesetz, wich der Mut zu leben und zu kämpfen von ihr und sie spürte, wie die Schwermut sie übermannte.

Traurig blickte sie hinüber zu Daisy und war sofort alarmiert. Die Riesin stand kreidebleich neben ihr, hatte die Hand auf die Brust gepresst und atmete schwer ein und aus.

»Daisy, ist alles in Ordnung? Schmerzt es dich in der Brust? Ist es das Mieder?«

Rose ließ ihren Korb fallen, um Daisy zu stützen, die zwei Schritte an eine Hauswand taumelte und schwerfällig dagegen sank. Mit weit aufgerissenen Augen und unfähig, ein Wort herauszubringen, glitt sie langsam die Backsteine herunter. Ihr Mund öffnete und schloss sich, doch sie blieb stumm.

»Was ist los? Daisy, was ist los mit dir?« Rose tastete nach dem Puls ihrer Schicksalsgenossin und legte ihr die Hand auf die Stirn. Fieber hatte sie nicht. Rose ohrfeigte sie, um sie zu einer Reaktion zu zwingen, doch Daisy ließ es regungslos geschehen.

»Was ist mit dir? Hoy! Bekommst du einen Herzschlag? Daisy, hörst du? Sag mir, wie ich dir helfen kann!« Ihre Hände wurden zittriger. Was sollte sie nur tun? Rose eilte aus der Gasse auf die Straße hinaus und rief um Hilfe, doch die Leute gingen ungerührt an ihr vorbei. Ein Mann näherte sich und tat, als wollte er helfen. Als klar wurde, dass er in Wahrheit darauf hoffte, sie in ihrer Not um ihre Habseligkeiten zu erleichtern, stieß Rose ihn wütend beiseite und lief zurück zu Daisy. Sie musste sie dazu bringen, aufzustehen und mit ihr zu einer Kutsche zu kommen, die sie ins Hospital oder an einen anderen sicheren Ort brachte.

In der kurzen Zeit ihrer Abwesenheit war die Magd noch bleicher geworden.

»Daisy, du musst dich zusammenreißen und aufstehen! So gern ich würde, ich kann dich nicht tragen. Wir müssen hinaus auf die Straße und eine Kutsche finden. Ich bringe dich in Sicherheit. Komm, große Frau, steh auf.«

Daisy wollte nicht. Alle Kraft schien sie verlassen zu haben. Mühsam formten ihre Lippen ein Wort. Sie wiederholte und wiederholte es, doch nicht so laut, dass es zu verstehen war. Rose beugte sich zu ihr und legte ein Ohr an ihren Mund.

»Bo ...«, flüsterte Daisy. »Bo … Bobby.«

»Bobby?«, fragte Rose. »Was ist mit Bobby? Soll ich Bobby finden? Daisy, wer ist Bobby?«

»Bobby«, sagte Daisy lauter und mit letzter Kraft, bevor sie in Ohnmacht fiel und Rose verzweifelt zurückließ.

***

Daisy war über eine Stunde wie tot dagelegen. Die ganze Zeit über war Rose nicht von ihrer Seite gewichen und hatte die menschlichen und andere Ratten verscheucht, die ihre Hilflosigkeit ausnutzen wollten.

Als sie endlich wieder zu sich kam, sprach sie nicht, schien die Umgebung kaum wahrzunehmen und weder über irgendwelche Orientierung noch überhaupt den Willen zu verfügen, sich fortzubewegen. Nur mit Wut und viel gutem Zureden konnte Rose sie bewegen, die Gasse zu verlassen und mit ihr zwei Straßen weiterzugehen.

Sie hatten Glück. Betty wohnte noch immer in demselben Zimmer in einem kleinen, dreckigen Haus. Sie wohnte allein und mit Müh und Not war sie dazu zu bewegen, ihnen Unterschlupf zu gewähren. Das Zimmer war wahrlich weder groß noch ein Schmuckstück, die schmale Pritsche für Daisy viel zu klein. Ohne viel Federlesens legte sie sich auf den Boden wie geheißen und blieb einfach liegen, als wäre sie tot.

Rose schwatze Betty noch eine Decke ab, die sie über Daisy breitete, und ging mit ihrer früheren Bettgenossin nach draußen, damit ihre ehemalige Wächterin sich ausruhen konnte. Solange sie atmete, war sie nicht tot. Sie an einen sicheren Ort zu bringen, war alles, was Rose jetzt für sie tun konnte.

»Man erzählte sich, du wärst nach Amerika«, sagte Betty, zog ihre Pfeife aus einem Säckchen und steckte sie an, als sie im Hof standen. Die Hälfte des Hauses um sie herum war nicht mehr bewohnbar. Der Dachstuhl war im letzten Jahr eingestürzt und bis jetzt nicht repariert worden.

»Das habe ich auch gehört«, antwortete Rose und ließ sich auf die grobgezimmerte Bank an der Hauswand sinken. Sie fuhr sich verzweifelt durch die Haare. »Betty, ich stecke mit beiden Ohren in der Scheiße.«

»Na danke, und damit kommst du zu mir und bringst mir noch den Riesenhaufen Elend da oben mit? Vergiss es, Rose. Du hast mich mit deinen Märchen schon im Waisenhaus in Teufels Küche gebracht. Egal worum es geht, ich mach da nicht mehr mit. Schlag dir das aus dem Kopf. Außerdem habe ich dir die Sache mit Jack noch lange nicht verziehen.«

Damit hatte Rose gerechnet. Es hatte schon viele Nerven gekostet, Betty nur dazu zu bringen, sie hereinzulassen.

»Du musst wieder gehen. Und das da oben nimmst du mit.«

»Gib uns einen Tag. Ich brauche Ruhe, um nachzudenken«, flehte Rose.

»Nein.« Betty sah entschlossen aus, nicht bereit, sich auf irgendein Geschäft einzulassen. Zum Glück hatte Rose noch einen Trumpf im Ärmel. Nun war die Zeit, ihn auszuspielen.

»Ich weiß, wo Teddy ist.«

Betty erstarrte.

»Du lügst. Teddy ist tot. Das ist nur wieder einer deiner Tricks, damit ich nach deiner Pfeife tanze. Untersteh dich, mich anzulügen. Untersteh dich. Ich warne dich. Bei sowas macht man keine Witze. Nicht, wenn es um Familie geht. Das ist unanständig.«

»Er ist nicht tot. Ich habe ihn erst vor ein paar Tagen gesehen. Er hat mich ausgeraubt. Wenn du mich und Daisy für einen Tag bei dir behältst, sage ich dir, wo er steckt.«

»Ich glaube dir nicht.« Betty schüttelte den Kopf. »Ich glaube dir nicht. Du tust es schon wieder. Märchen erzählen, mir was vorlügen. Wie früher …«

»Er lebt, Betty. Tief in deinem Herzen weißt du es auch. Du hättest es gespürt, wenn ihm was zugestoßen wäre. Du bist seine Schwester. Du weißt es. Er lebt und ich weiß, wo er steckt.«

Betty sah auf sie herunter, zog verzweifelt an ihrer Pfeife und kämpfte mit sich. Es nahm sie sichtlich mit. Anders als Rose war sie erst als Zehnjährige zusammen mit ihrem kleinen, fünfjährigen Bruder ins Waisenhaus gekommen. Die Eltern waren an der Grippe gestorben, die Verwandten wollten sich nicht kümmern. Betty, wusste, wie es war, jemanden zu haben, der einen liebte und umsorgte. Zehn Jahre lang hatte sie Eltern gehabt, bevor sie von einem auf den anderen Tag plötzlich allein gewesen war.

Der Verlust hatte sie traumatisiert. Im ersten Jahr sprach sie kein Wort, mit niemandem. Bis Rose sie ansprach und begann, Geschichten zu erzählen. Wundersame Geschichten über Menschen, die man kannte, über Fremde, die man kennen sollte, über Roses ausgedachte Eltern, die an einem Tag Herzog und Königin, am nächsten Seefahrer waren, und über Elfen und Zwerge. Rose sprach und sprach und eines Tages sprach auch Betty. Sie konnte nicht anders. Rose hatte stets so spannende Dinge zu erzählen und sie wollte wissen, wie es weiter ging. Also bat sie sie, weiterzumachen. So brach Rose den Bann des Schweigens. Wenn es jemanden gab, der einen mit Worten von etwas überzeugen konnte, war es Rose.

»Einen Tag. Nur einen Tag. Und«, Betty sah drohend auf sie herunter, »wenn du mich anlügst, kassiere ich die zehn Pfund, die man auf dich ausgesetzt hat. Hast du mich verstanden?«

Rose nickte erleichtert und lehnte den Kopf gegen die Mauer. Es war eine leere Drohung. Betty würde das nicht tun. Für sie galten dieselben Regeln wie für Pete.

Sie brauchte den Tag, um nachzudenken und Entscheidungen zu treffen. Außerdem musste sie herausfinden, was Daisy zugestoßen war. In dem Zustand, in dem die Frau war, konnte sie sie nicht allein lassen. Unter keinen Umständen.

Ihr Magen knurrte laut und die Entbehrungen der letzten Tage drängten sich zurück in ihr Bewusstsein. Pete trug alles Geld spazieren, das sie noch gehabt hatten. Viel war es nicht gewesen, aber doch genug für zwei, drei Mahlzeiten. Als erstes musste sie sich ums Essen kümmern, dann um Daisy.

In der kleinen Mulde ihres Mieders ertastete ihre Hand den Ring, den Liam ihr in der kleinen Kirche übergestreift hatte. Ein schlichtes, goldenes Stück mit einem kleinen grünen Stein darin. Kurz dachte sie darüber nach, ihn zu verkaufen und sich vom Erlös mit allem nur Denkbaren einzudecken, doch sie verwarf die Idee so schnell wieder, wie sie gekommen war. Ihre Not war nicht groß genug, um das letzte wegzugeben, was sie noch an Liam erinnerte. Vielleicht die neuen Schuhe, die Charles ihr gekauft hatte? Sie konnte sie gegen ein Paar alte eintauschen und sicher ein paar Pence herausschlagen.

Doch nein, von ihnen wollte sie sich auch nicht trennen. So blieb ihr keine Wahl. Sie musste einmal mehr ihrem alten Gewerbe nachgehen. Entschlossen stand Rose auf, dankte Betty noch einmal und machte sich auf den Weg aus dem Viertel heraus. In diesen Straßen hier war nichts zu holen. Fast alle Passanten wurden mehr als einmal angehalten und um etwaige Habseligkeiten gebracht. Meist trugen sie ohnehin kaum etwas bei sich. Nein, Rose wusste einen viel lukrativeren Ort. Alles, was sie brauchte, waren eine Kutsche und ein williger Kutscher mit krimineller Energie.

***

»Entschuldigt, Sir«, sprach Rose einen gutgekleideten älteren Gentleman mit Backenbart und im Smoking an. Er war vor dem Theater aus einem Gefährt gestiegen, wollte hinein und schien in Eile. »Hättet Ihr die Güte, mir eine Kutsche herbeizurufen? Ich habe meinen Mantel in der letzten vergessen und sie ist ohne mich losgefahren. Nun bin ich ohne Mantel und Börse hier gestrandet.«

Zitternd schlang sie die Arme um den Oberkörper.

»Oh nein, Ihr armes Kind! Sie ist einfach ohne euch weitergefahren?«

Rose nickte und klapperte mit den Zähnen.

Der Herr zog auf der Stelle den Mantel aus und legte ihn ihr heldenhaft um die Schultern.

»Ich rufe euch eine neue Kutsche, damit Ihr nach Hause kommt. Wartet hier!«

Er trat auf die Straße und winkte einer Kutsche, die in einiger Ferne parkte. Der Kutscher nahm die Zügel in die Hand und hielt wenig später vor Rose und dem fremden Gentleman. Sie lächelte ihn dankbar an, reichte ihm den Mantel zurück und stieg ein. Nachdem sie eine erfundene Adresse genannt hatte, fuhr die Kutsche an und ließ den hilfsbereiten Herrn stehen.

Zufrieden zog er seinen Mantel wieder über. Wie konnte ein vergnüglicher Abend besser beginnen als damit, einer hübschen jungen Dame in Not beizustehen? Routiniert tastete er seine Taschen ab, um sich zu vergewissern, dass er alles bei sich trug, wonach der Rest des Abends verlangen würde. Die Brusttasche fühlte sich leer an. Panisch griff er hinein, fluchte, fluchte lauter, sah die Straße hinab, von der die Kutsche längst verschwunden war, und ärgerte sich maßlos.

Rose lehnte sich zurück und zählte die Beute.

Was für ein Glückstreffer ihr letztes Opfer gewesen war. Sie jubelte innerlich. Er hatte fünf Pfund bei sich getragen. Ohne Zweifel wollte er nach dem Theater ins Casino oder zu einer Runde Bridge. Er und die drei Herren davor hatten ihr eine reiche Ausbeute beschert. Als die Kutsche einige Ecken weiter hielt, gab Rose dem Fahrer seinen versprochenen Anteil. Für heute war es genug und sie machte sich auf den Weg zurück nach Ratcliff.

Unterwegs besorgte sie Brot, Wein, Riechsalz und warme Decken. Den Rest des Gelds verstaute sie in ihrem Mieder. Sie musste sparen, um aus London herauszukommen. Hier war es nicht sicher, schon gar nicht für sie, und auf Bettys Gastfreundschaft konnte sie nicht zählen. Die wollte mit ihr genauso wie mit Jack nichts mehr zu tun haben, seit sie versuchte, ihr Geld mit Nähen und Sticken ehrlich zu verdienen. In ihren Augen brachten Rose und ihre Diebstähle zumindest auf lange Sicht nur Ärger ein.

Dass sie richtig lag, war ja nicht von der Hand zu weisen. Beinahe wäre Rose deportiert worden. Wie sollte sie es Betty verübeln, dass sie auf Abstand ging, um nicht früher oder später mitgefangen und mitgehangen zu werden?

Daisy lag in derselben Haltung auf dem Boden, in der sie sie Stunden zuvor verlassen hatte. Betty saß auf dem Bett daneben und rauchte ihre Pfeife. Sie hustete und spuckte dicken Schleim aus dem Fenster. Das hörte sich gar nicht gut an. Wie die meisten Menschen in Ratcliff hustete Betty schon seit Jahren so. Das harte Leben, die anstrengende Arbeit, der allabendliche Alkohol und die stets glimmende Pfeife hinterließen ihre Spuren. Nur manchmal war ihr anzusehen, wie jung sie eigentlich war und das unbeschwerte Gemüt zu erahnen, mit dem sie die ersten Jahre ihres Lebens verbracht hatte.

»Ich habe uns Essen mitgebracht.«

Rose reichte ihrer Kindheitsfreundin Brot und Käse. Betty ließ sich nicht zweimal bitten und machte sich sofort darüber her. Die neue, wärmere Decke breitete Rose über Daisy aus. Selbst als sie sie leise bat, etwas zu essen, zeigte die Magd keine Reaktion.

»War die immer so?«, fragte Betty laut schmatzend.

Rose schüttelte den Kopf und strich über Daisys langsam ergrauendes Haar. Sie erinnerte sich genau, wie grob und unfair sie von ihr behandelt worden war. Und doch ahnte sie die Not, die die große Frau dazu gezwungen haben musste.

»Nein. Ich weiß nicht, was mit ihr passiert ist. Sie ist plötzlich zusammengebrochen.«

»Aha«, sagte Betty und riss mit den Zähnen ein besonders großes Stück von dem Brot. »Stimmt es, dass du mit den Wärtern gevögelt hast, damit sie dich rauslassen? Warst ja sonst immer so prüde, bis auf das eine Mal mit Jack, der uns ja alle, naja, hätte nicht gedacht, dass du –«

»Nein. Stimmt nicht. Der Kerl, dessentwegen ich drin war, hat mich auch wieder rausgeholt.«

»Was? Wieso das denn?«

»Frag nicht. Sag mir lieber, wie ich Daisy dazu bringe, wieder normal zu sein.«

Betty zuckte mit den Schultern.

»Keine Ahnung. Kipp ihr Wasser über den Kopf.« Sie nahm einen Schluck Wein aus der Flasche und lehnte sich an die Wand. Wie früher teilten sie ein Bett und Rose verspürte ein vertrautes Ziehen in der Brust, ein leichtes Gefühl von Zuhause und Wärme. Fast war ihr, als wären sie beide wieder Kinder und müssten flüstern, um die anderen nicht zu wecken und die Aufseher nicht auf den Plan zu rufen.

»Bo … Bobby«, stotterte Daisy.

Auf der Stelle legte Rose sich zu ihr auf den Boden.

»Wer ist Bobby, Daisy? Was ist in dich gefahren?«

»Als du weg warst, hat sie ab und zu nach diesem Bobby gerufen. Sie murmelte ständig, dass sie bald wieder da ist und dann alles gut wird. Eine Ahnung, was sie damit meinen könnte?«

Rose legte behutsam die Hände um Daisys großen Kopf und sah ihr auf der Suche nach Antworten in die Augen. Selbst eine normale Reaktion hätte ihr schon viel bedeutet.

»Du musst mir sagen, was los ist. Was hat dieser schreckliche, verlogene Mensch dir versprochen? Verrate es mir!«

Sie mussten stundenlang auf Daisy einreden, bis sie endlich soweit war, Einzelheiten preiszugeben. Unfähig, ganze Sätze zu sprechen, und immer wieder unterbrochen von Weinkrämpfen und hysterischen Anfällen, erzählte sie nach und nach die ganze Geschichte.

Bobby war ihr einziges Kind. Unehelich, in jungen Jahren aus einer kleinen, unglücklichen Liaison hervorgegangen. Er war bei Daisys Eltern aufgewachsen und erst wieder in ihre Obhut gekommen, als er größer war und sie gute Dienstherren fand, die bereit waren, auch ihn als Laufburschen anzustellen.

Er war ein Sonnenschein. Ein großer, schlaksiger Junge, der oft über seine eigenen Füße fiel, aber immer wieder aufstand, ohne zu weinen. Er war tapfer, jammerte nie und ertrug alles geduldig, wenn sie einmal Hunger litten. Selbst die Launen seiner strengen Mutter ließ er klaglos über sich ergehen. Als er 15 war, hatte Daisy ihm Arbeit in einem der Lager von Mr. Young besorgt, der mit Stoffen handelte und stets große Männer brauchte, die ordentlich anpackten.

Bobby, der schon in jungen Alter ein stattlicher Bursche war, wurde sofort genommen. Das Geld, das er verdiente, wollte er sparen, um eines Tages mit seiner Mutter hinaus aufs Land zu ziehen. Mama, pflegte er zu sagen, wir müssen raus aus London. Für so eine kleine Stadt sind wir viel zu groß. Hier ist kein Platz für hochwüchsige Menschen. Wir müssen dorthin, wo der Himmel weiter oben hängt. So hatte er sich ausgedrückt. Bei der Erinnerung an seine Worte versank Daisy erneut für Minuten in Traurigkeit und weinte, bis keine Tränen mehr kommen wollten.

Vor zwei Monaten war das Lager, in dem Bobby gearbeitet hatte, ausgeraubt worden. Man knackte die Schlösser, brachte den Wachmann um und entwendete gerade die wertvollsten Stoffballen. Ein Zeuge sagte aus, neben zwei kleineren Burschen habe er einen großen Mann dabei gesehen, fast zwei Meter groß. Es verging kein Tag, bis Bobby im Gefängnis saß. Weder ihm noch Daisy glaubte man, so sehr sie auch beteuerten, die ganze Nacht zusammen zuhause gewesen zu sein.

Nun drohte ihm der Strang. Es war unnötig, sich etwas vorzumachen. Auf Raubmord, bei Waren im Wert von mehreren hundert Pfund obendrein, stand unter Garantie die Todesstrafe.

In ihrer Not hatte Daisy nicht gewusst, was tun. Ihr kleiner Junge war noch nicht einmal 16 Jahre alt. Es durfte nicht sein, dass er für etwas sterben musste, das er nicht getan hatte! Was war das für eine Welt, die einem unschuldigen Kind nach dem Leben trachtete?

Da sie sich nicht anders zu helfen wusste, hatte sie Mr. Young aufgesucht und ihn um Unterstützung gebeten. Sie versprach, umsonst für ihn zu arbeiten und zu tun, was er nur wollte. Alles, wenn er nur bereit war, dem Richter zu versichern, dass Bobby ein guter Junge war und er ihm eine solche Tat nicht zutraute. Ihr Sohn brauchte jemanden, der ein gutes Wort für ihn einlegte. Die wenigen Freunde, die sie hatten, waren gesellschaftlich bedeutungslos. Sie suchte einen Fürsprecher.

Mr. Young hatte Verständnis für ihre Not gezeigt. Natürlich, er war ja kein Unmensch, wie er selbst sagte. Als Vater einer Tochter konnte er ihre Sorge nachempfinden, als wäre es die eigene. Er bot ihr Hilfe an, die indes nicht ganz selbstlos war. Im Gegenzug sollte sie ihm aus einer äußerst pikanten und schwierigen Notlage heraushelfen, die seine Tochter betraf.

Ein Vater und eine Mutter mussten einander doch gegenseitig helfen.

Seine Tochter, hatte er erklärt, war gegen den Willen ihres Vaters eine Bindung mit einem schrecklichen Mann eingegangen, der zur Befriedigung seiner Geldgier vor nichts zurückschreckte. Der Baron of Eddleston, ein adliger Nichtsnutz, verschuldet bis über den Kopf hinaus und gänzlich unfähig, mit Geld umzugehen. Was sollte aus seiner Tochter werden?

Der verantwortungslose und verschwendungssüchtige Baron bestünde auf der Verlobung mit Emilia, komme was wolle. Die einzige Möglichkeit, ihn loszuwerden, war demnach, ihn vom Heiratsmarkt zu nehmen. Tatsächlich hatte Mr. Young auch schon eine Idee, wie das zu machen war. Daisy sollte dabei nichts weiter tun als dafür Sorge zu tragen, dass eine junge Kriminelle, die er in den kommenden Tagen heranschaffen wollte, ihre Aufgabe zur Zufriedenheit erfüllte. Im Gegenzug würde er ein gutes Wort für Bobby einlegen, dem Richter klarmachen, dass er ein guter Junge war und dafür sorgen, dass ihm der Strang erspart blieb. Auch etwas Geld sollte sie noch bekommen.

Daisy wollte kein Geld. Ihr ging es ausschließlich um Bobby. Er durfte nicht für etwas sterben, das er nicht verbrochen hatte.

Sie sollte ohne Sorge sein. Er hatte einen langen Brief aufgesetzt, in dem er sich ausführlich für Bobby aussprach, seine Beteiligung an der schändlichen Tat für fernliegend erklärte und bat, den Jungen freizulassen. Vor zwei Zeugen, einem Notar und seinem Freund Mr. Hardy, hatte er versprochen, ihr die eidesstattliche Erklärung im Tausch gegen die Heiratsurkunde auszuhändigen, sobald sie aus Schottland zurückkehrte. Sie sollte sich nur an Mr. Walker wenden, wie sie es getan hatten. Während ihrer Reise würde er dafür Sorge tragen, dass sich in dem Verfahren gegen Bobby nichts bewegte. Wenn es sein musste, über Wochen hinweg – Geld und Einfluss ermöglichten ihm das ohne Probleme.

Daisy hatte jedes Wort geglaubt. Gebeutelt von den Übeln, die die Welt ihrem Sohn und ihr unverschuldet in den Weg geworfen hatte, war sie froh, endlich einem wirklich guten Menschen zu begegnen, der auf ihrer Seite war und ihr Hilfe versprach. Und sein Wunsch, seine Tochter zu schützen, war doch nur zu verständlich. Selbst als immer klarer wurde, dass der Baron so gar nicht bösartig und verschlagen war, hatte sie ihre Zweifel beiseitegeschoben. Sogar noch, als der Bänker sie an eine Adresse verwies, über der schon die Aasgeier wartend ihre Kreise zogen.

Erst mit Petes Erzählung in der Gasse hatte sie nicht mehr verleugnen können, dass Mr. Youngs Plan nicht vorsah, Rose und sie am Leben zu lassen. Und wenn er sie beide tot sehen wollte, wer kümmerte sich dann um Bobby?

»Mein Junge kümmert ihn gar nicht, nicht wahr, Rose? Er kümmert ihn nicht. Oder meinst du doch?«

Traurig sah Rose sie an. Am liebsten hätte sie gelogen, ihr Hoffnung gemacht, dass all das sich als ein einziges großes Missverständnis herausstellen würde, wie die meisten schlimmen Dinge im Leben es irgendwann taten. Wie zum Beispiel, dass Rose in einem Waisenhaus gelandet war. Auch nur ein Missverständnis. Sicher lebten ihre Eltern noch und suchten jeden Tag nach ihr.

Rose biss sich auf die Zunge. Sie durfte sich solche Dinge nicht ausdenken. Es verletzte Menschen, wenn man falsche Hoffnungen speiste und sie in Wolken von Lügen hüllte, aus denen sie früher oder später nur umso härter zu Boden fielen.

»Wir müssen zu ihm!« Unvermittelt sprang Daisy auf und stand gebückt in der Mitte des winzigen Raums, den sie mit ihrer Masse fast zur Hälfte ausfüllte. Sie zitterte fiebrig und Schweiß stand auf ihrer Stirn, doch ihre Augen leuchteten entschlossen. Sie war bereit zu handeln. »Wir müssen zu ihm! Wir sagen ihm, dass es funktioniert hat. Vielleicht ist alles nur ein Missver–«

Nein, war es nicht. Rose verstand nur zu gut, dass Daisy das glauben wollte. Doch solche Missverständnisse gab es nicht. Man durfte nicht anfangen, sich so etwas einzureden.

Die Riesin schickte sich an, zur Tür hinaus und die Treppe hinab auf die Straße hinauszustürmen. Gerade noch rechtzeitig versperrten Betty und Rose ihr den Weg.

»Auf keinen Fall! Mr. Young darf um keinen Preis wissen, wo wir sind. Der Mann würde uns auf der Stelle verhaften lassen. Er hat mit uns beiden ein übles Spiel gespielt! Und überleg doch mal, wie er erst Liam mit unserer Hilfe hintergang–«

»Nein, ich muss es versuchen, für Bobby. Er muss uns helfen, er hat mir sein Wort gegeben.«

Mühelos schob Daisy die beiden dünnen, kleinen Frauen zur Seite und stolperte die Treppe herunter. Noch ein paar Stufen und sie war hinaus. Rose stürzte ihr hinterher.

»Ich muss zu ihm und auch zu meinem Jungen. Ich muss Bobby sehen!«

»Halt!«, rief Betty von oben. »Bobby ist tot!«

Daisy erstarrte am Fuß der Treppe.

Mit weit aufgerissenen Augen sah sie zu Betty hinauf. »Sie haben ihn vorgestern gehängt, zusammen mit Johnny und seiner Bande. Ich war da.«

»Nein!«, sagte Rose und funkelte Betty wütend an. »Er ist nicht tot. Hör nicht auf sie, Daisy. Lass uns wieder nach oben gehen und morgen jemanden zum Gefängnis schicken, der nachsieht, wie es Bobby geht.«

»Er ist tot, Rose. Ich habe es mit eigenen Augen gesehen. Sie haben die ganze Bande gehängt, zusammen mit dem armen Jungen, der mit Johnnys Bruder verwechselt wurde. Auch so ein schlaksiger langer Lulatsch wie dein Sohn.«

Betty kam langsam zu ihnen herunter und legte tröstend eine Hand auf Daisys breiten Rücken.

»Es tut mir leid«, sagte sie leise. »Euer Mr. Young hat sein Wort nicht gehalten. Geh da nicht hin. Du wirst nichts mehr ausrichten können und am Ende für euch beide alles nur noch schlimmer machen.«

Daisys Beine gaben unter ihr nach, sie sackte auf der Treppe in sich zusammen und blieb wie ein großes Häufchen Elend liegen. Machtlos sah Rose, wie aus der großen, starken und aufrechten Frau einmal mehr der Schatten ihrer selbst wurde, der eben noch oben gelegen hatte. Es gab keine Worte, um das Leid einer Mutter zu beschreiben, die wusste, dass ihr Kind unschuldig ums Leben gekommen war.

Mit vereinten Kräften brachten Rose und Betty eine gebrochene Frau zurück nach oben in die kleine Kammer. Sie deckten sie wieder zu, sprachen leise auf sie ein, versuchten, sie zu beruhigen, wenn sie vor Verzweiflung schrie, und ihr Trost zu spenden, wenn sie vor Schmerz und Trauer weinte.

Irgendwann ließen Erschöpfung und Kraftlosigkeit die Magd in einen unruhigen Schlaf fallen. Die beiden Waisenmädchen nutzten die plötzliche Ruhe, um sich draußen im Hof etwas zu erholen. Ihrer beider Nerven lagen blank. Es war unmöglich, sich gegenüber so viel Ungerechtigkeit nicht unerträglich machtlos zu fühlen.

»Warst du wirklich da?«, flüsterte Rose in die Dunkelheit. Sie konnte nichts erkennen als die Glut von Bettys Pfeife.

»Ja. Um Johnny die letzte Ehre zu erweisen. Sein Bruder hat mich darum gebeten. Johnny wollte nicht allein vor den Henker treten und wenigstens ein paar nette Gesichter im Publikum sehen.«

»Und der Junge?«, fragte Rose.

»Ein Kind. Groß, stark, aber noch ein Kind. Bis zum Schluss beteuerte er seine Unschuld. Am Ende rief er nur noch nach seiner Mama. Suchte die Menge mit den Augen ab, ganz panisch. Es war schrecklich. Er war ganz allein dort oben. Niemand ist seinetwegen gekommen.«

Rose spürte Tränen auf ihren Wangen. Sie konnte nicht anders. Daisy und ihr Sohn hatten das nicht verdient. Sie, ja. Sie war eine Diebin und Betrügerin. Und Johnny war es auch. Was er schon alles gestohlen, wie viele Menschen er beraubt hatte? Zwei Hände genügten lange nicht mehr, um das abzuzählen. Er hatte sich den Strick nicht nur einmal verdient, daran gab es keinen Zweifel. Dasselbe galt für sie. Aber Daisy und ihr Kleiner? Sie waren rechtschaffene Menschen, Unschuldige, die nie etwas getan hatten, außer hart für andere zu arbeiten. Wieso mussten sie so leiden? Es war einfach nicht fair.

»Du darfst ihr das nicht sagen, Betty. Versprich es mir. Sag ihr nicht, dass er nach ihr gerufen hat. Sag ihr, dass er tapfer war. Dass er es erhobenen Hauptes und mit Würde getragen hat. Es bringt sie um, wenn sie hört, dass sie nicht da war, als er sie gebraucht hat. Das gibt ihr den Rest. Und selbst, wenn sie sich doch erholt, wird sie mit diesem Wissen niemals wieder glücklich.«

Rose sah, wie die Glut der Pfeife sich hob und senkte, als Betty zustimmend nickte. Als sie fertiggeraucht hatte, klopfte ihre Freundin die Pfeife aus und stand auf. Sie arbeitete als Schneiderin und Näherin für eine junge Französin, mit der sie morgen früh Kundinnen aufsuchen musste, um Maß zu nehmen. Sie war auf ihren Schlaf angewiesen, wünschte Rose eine gute Nacht und ging wieder nach oben.

Wie gewöhnlich war der Himmel über London sternenlos. Ob es der Rauch der zahllosen Schornsteine war, die Tonnen an verbrannter Kohle, der Dreck in der Luft oder der berüchtigte Londoner Nebel – die Sicht nach oben war niemals klar. Kein Vergleich zu dem Sternenregen, den Rose vom Deck des Schiffs aus hatte beobachten dürfen. Nicht im Geringsten. Der menschengemachte Dunst lastete auf der Stadt, wie die Sünden ihrer Bewohner auf Roses Herz drückten.

Traurig starrte sie in die Schwärze der Nacht hinaus. Was sollte sie noch fühlen oder denken? Selbst der niederträchtigste Dieb erschien im Vergleich zu Mr. Young als ehrenwerter Gentleman.

Scherte ihn Daisys Leid denn wirklich gar nicht? Berührte es sein Herz nicht einmal ein bisschen? Hatte ihn wenigstens für einen kurzen Moment so etwas wie ein schlechtes Gewissen traktiert? Vermutlich hatte er gerade gefrühstückt, als er erfahren hatte, dass die Urkunde in der Bank eingetroffen war. Sie konnte sich nicht vorstellen, dass er sorglos und unbekümmert zu Tisch saß, Marmelade auf seinen Toast schmierte und sich Kaffee einschenken ließ, ohne sich daran zu stören, wie niederträchtig er sie beide in den Tod geschickt hatte. Wie verdorben konnte ein Mensch sein, dem es an nichts mangelte?

Aus der Dunkelheit heraus trat Mr. Davis zu ihr und setzte sich neben sie auf die Bank. Wie schon Betty zuvor, zog auch er seine Pfeife aus einem kleinen ledernen Beutel, stopfte mit ruhigen Fingern Tabak hinein wie früher im Unterricht, steckte sie an und nahm einen genussvollen Zug.

Wie vertraute alte Freunde saßen sie still nebeneinander, versunken in trübsinnigen Gedanken, bis Rose laut aufstöhnte und ihren Lehrer um Rat fragte:

»Was soll ich tun? Was soll ich, verflucht noch einmal, tun?«

Mr. Davis lachte ein trockenes, vom Rauchen und Trinken langer Jahre kratziges Lachen.

»*Das fragst du mich? Du hast meine Ratschläge noch nie befolgt. Abgesehen davon, dass ich ohnehin nur eine Fantasie bin. Welchen Rat soll ich dir schon geben, den du dir nicht auch selbst geben kannst?*«

Enttäuscht verzog sie den Mund.

»Ich weiß es nicht. Ich weiß nicht, was zu tun ist. Soll ich fliehen?«

»*Willst du denn fliehen?*«

»Ja«, sagte sie und nickte. »Ja, ich will so schnell wie möglich fort von hier. Wenn sie mich wieder einsperren, war es das mit mir.«

»*Dann flieh. Tu, was du immer tust. Klau dir ein paar Pfund zusammen und nimm die Beine in die Hand.*« Mr. Davis nahm einen langen Zug und ließ einen Ring aus Rauch nach oben steigen.

»Aber was wird dann aus ihr?« Rose sah hoch zum ersten Stock, wo Daisy lag und von Albträumen und Vorwürfen geplagt wurde.

»*Was soll aus ihr werden? Nicht mehr viel, vermutlich.*«

»Sollte ich ihr nicht helfen?«

»*Möchtest du ihr helfen? Du weißt, dass du ihr keinen Trost bieten kannst. Wie auch? Was kannst du schon ausrichten? Ihren Sohn erweckst du nicht wieder zum Leben.*«

»Ja, ja, ja«, sagte Rose genervt, stand auf und begann erregt vor Mr. Davis auf und ab zu gehen. »Es kann doch nicht sein, dass dieser Mr. Young mit alldem einfach durchkommt. Er ist ein böser Mensch. Böse Menschen müssen bestraft werden!«

Mr. Davis lachte laut. Ihre Empörung amüsierte ihn.

»*Und du glaubst, du könnest ihn bestrafen? Du, kleine Rose? Wie willst du das anstellen? Etwa deine Fantasie bemühen, um ihm etwas anzudichten?*«

Rose blieb abrupt stehen und starrte ihren Lehrer an.

»Das ist es!«, rief sie begeistert. »Das ist es! Ich ruiniere sein Leben genauso, wie er Liams, Daisys und das meine ruiniert hat!«

»*Nun, dein Leben hast du selbst –*« wandte Mr. Davis ein.

»Ihr habt recht!«, unterbrach sie ihn und hörte gar nicht weiter zu. »Mr. Young und Mr. Hardy haben ja gar keine Ahnung, mit wem sie es hier zu tun bekommen. Diese widerlichen Drecksäcke werden noch ihr blaues Wunder erleben. So wahr ich hier stehe!«

Mr. Davis hob eine Augenbraue und nahm noch einen tiefen Zug. Er beschloss, sich einen Kommentar zu sparen, und ließ Rose sich ganz allein in Rage reden.

»Ich bin es leid, mich den Umständen zu beugen. Ich will bestimmen, was geschieht, wann und mit wem es geschieht. Meine Machtlosigkeit macht mich krank! Und die Gewissenlosigkeit dieser in Seide gehüllten Ratten ebenso! Es ist Zeit, ihnen das Handwerk zu legen.«

»*Aha, das ist ja interessant! Ein kleines, armes Mädchen will den Herren an den Kragen. Sie werden kein Auge mehr zutun, wenn sie erst wissen, wer hinter ihnen her ist*«, sagte Mr. Davis amüsiert.

»Macht Ihr euch nur lustig. Euch zeige ich es auch noch«, erwiderte Rose.

Diesmal war das kratzige Lachen voll von Spott und Hohn.

»*Ich fürchte mich vor dem Resultat. Wortwörtlich, kleine Rose mit der großen Fantasie. Ich fürchte mich vor der Zukunft, in die du dich wieder manövrierst.*«

Er rieb sich den Rücken, als er aufstand und verzog das Gesicht vor Schmerz. Langsam ging er an ihr vorbei zurück in die Schatten, aus denen er gekommen war, bis in dem undurchdringlichen Schwarz nur noch die Glut seiner Pfeife zu sehen war. Ahnungsvoll hallte seine Stimme in der Dunkelheit nach wie ein fernes Echo, das von den Wänden zurückgeworfen wurde.

»*Es wird noch böse mit dir enden, Rose. Es wird noch –*«

»Nein, wird es nicht!«, schrie sie ihm laut hinterher und ballte die Hände zu Fäusten. »Mit Mr. Young wird es böse enden. Ihr werdet sehen, Mr. Davis, Ihr werdet –«

»Rose?«, hörte sie Bettys verschlafene Stimme aus dem Fenster rufen. »Führst du wieder Selbstgespräche wie früher? Kannst du das nicht anderswo tun? Herrgott nochmal, ich muss hier schlafen!«

»Schlaf weiter! Ich bin fertig!«

Rose hörte, wie Betty sich murmelnd und schimpfend zurückzog. Sie warf der Dunkelheit, in der Mr. Davis verschwunden war, einen letzten trotzigen Blick zu, drehte auf dem Absatz um und ging ins Haus.

Für den Rest der Nacht lag sie wach und schmiedete Rachepläne.

Als die ersten Sonnenstrahlen durch das stumpfe Glas des Fensters drangen, war sie ihres Sieges gewiss. Mit einem seligen Lächeln schloss sie die Augen und schlief endlich ein.

KAPITEL VIII

London, 04. Juni 1826

»Nein, nein, nein!«, rief Emilia aufgebracht. Kurz darauf flog etwas an die Wand und zerbarst auf dem Boden. »Ich werde mich nicht vor der Welt verstecken. Das könnt Ihr nicht von mir verlangen, Vater. Es kümmert mich nicht, welche Lüge Ihr euch wieder ausgedacht habt, damit der widerliche alte Earl keinen Verdacht schöpft und mich kauft wie ein Stück Vieh auf dem Markt. Ich werde mich nicht –«

Ein Schlag erklang und plötzlich herrschte Ruhe. Auf der Stelle stand Liam kerzengerade und sah besorgt nach oben in Richtung des ersten Stocks. Eine tiefe männliche Stimme erklang, wesentlich leiser als Emilias zuvor. Obgleich es unmöglich war, zu verstehen, was Mr. Young seiner Tochter antwortete, war doch schon am Tonfall zu erkennen, dass ihm der Geduldsfaden gerissen sein musste.

Bei allem Verständnis, das Liam in dieser Situation für ihn aufzubringen vermochte, ein junges Mädchen zu schlagen, ging zu weit. So handelte kein Vater und erst recht kein Gentleman. Ganz gleich, wie respekt- und verantwortungslos Emilia sich benommen hatte. Sie war noch immer seine Tochter, eine Lady, und verdiente es, auch als solche behandelt zu werden.

Der Streit schien wieder gesittete Züge angenommen zu haben. Die Stimmen waren nun gedämpfter und weniger aufgeregt. Beruhigt nahm Liam wieder Platz und sah sich weiter im Empfangsbereich dieses für seinen Geschmack übertrieben pompösen, ja grotesk überladenen Stadthauses um.

Man hatte ihn nach dem kühlen Empfang einfach hier unten stehen lassen und ihm weder ein Getränk noch eine Kleinigkeit zu essen angeboten. Der klare Verstoß gegen Höflichkeit und Anstand verärgerte ihn. Er maßregelte sich selbst, sich vor Überheblichkeit zu hüten und kein vorschnelles Urteil über Menschen zu fällen.

Und dennoch.

Dennoch konnte er sich des Eindrucks nicht erwehren, dass der Standesunterschied sich nicht nur im Vermögen und den Möglichkeiten äußerte, die einem offenstanden, sondern auch in Bildung und Manieren. Egal, wie viele Kostbarkeiten ein Mensch in seinen Salons und Fluren türmte, sie vermochten den Mangel an würdevollem Auftreten und Sicherheit in der Etikette doch nicht wettzumachen. Im Gegenteil trat der Kontrast in einem solchen Fall nur noch viel deutlicher hervor.

Hätte er sich nicht aus diesem unglücklichen Missgeschick heraus verlobt, sondern mehr Zeit mit der Tochter des Hauses und ihrem Vater verbracht, wäre Liam die Frage nach Emilias Hand nicht nur weniger voreilig, sondern am Ende wohl gar nicht über die Lippen gekommen. Nun aber hatte er all den Ärger, den diese Familie ihm brachte.

Sein Puls stieg, wenn er an die Ereignisse der letzten Tage zurückdachte.

Was war er nur für ein Narr gewesen? Ein einfaches Mädchen aus Londons Gosse hatte nicht mehr als ein paar Tage gebraucht, um ihn als den Idioten vorzuführen, der er war. Ohne auf seine Zweifel zu hören, hatte er auch noch selbst dafür gesorgt, dass sie in solcher Eile vor den Altar getreten waren, und noch im Zustand schwerster Trunkenheit darauf bestanden, die Ehe sofort zu vollziehen. Nur, damit sie dann umgehend wieder verschwand. 35 Jahre lang war er nicht so unverschämt vorgeführt und so nachhaltig blamiert worden.

Seine Hände ballten sich zu Fäusten, wenn er nur an die Kleine dachte. Er konnte es kaum erwarten, sich auf die Suche nach ihr zu machen und sie dafür zur Verantwortung zu ziehen. Sobald er sie in die Finger bekam, würde sie ihr blaues Wunder erleben. Das hatte er bei allem geschworen, was ihm lieb und teuer war.

Ungeduldig sah er auf die barocke, mit unnützen Ranken überladene goldene Uhr auf dem Tischchen gegenüber. Das hier dauerte ihm viel zu lang. Er hatte gehofft, Emilia rasch bei ihrem Vater in Verwahrung geben zu können. Andere Worte dafür zu finden, fiel ihm schwer, musste man auf dieses Mädchen doch rund um die Uhr ein ebenso waches Auge haben wie auf ihre Doppelgängerin zuvor. Es brannte ihm unter den Nägeln, sich endlich um die Betrügerin zu kümmern und einen Anwalt aufzusuchen, der ihn aus seiner misslichen Lage befreien konnte.

Wenn er diese Rose erst in die Finger bekam …

Eine Tür wurde aufgerissen und eilige Schritte ertönten auf der Treppe.

»Baron of Eddleston, welch eine Freude, euch wiederzusehen! Auch wenn die Umstände unangenehm und mir äußerst peinlich sind.«

Liam erhob sich, quittierte Mr. Youngs Verbeugung mit einem knappen Nicken und verzog den Mund, als dieser die Umstände erwähnte.

»Unangenehm sind sie in der Tat. Auch ich wünschte, mein Besuch stünde unter anderen Vorzeichen.«

Mr. Young lachte bedauernd und nickte.

»Und ich erst, und ich erst. Darf ich eure Lordschaft um fünf Minuten eurer Zeit bitten?«

Liam nickte, wenngleich er es am liebsten gänzlich vermieden hätte, mit Mr. Young zu sprechen. Was er ihm zu sagen hatte, war weder gefühlvoll zu verpacken noch weniger enttäuschend zu machen, als es eben war. Im Grunde hatte er ihm nichts zu sagen, das angenehm oder auch nur weniger ärgerlich war.

»Danke, zu gütig. Bitte, hier entlang.« Liam folgte dem Kaufmann durch einige weitere Räume, die mit angehäuften Kunstwerken ohne ersichtliches Konzept vollgestopft waren, in ein Arbeitszimmer. Es war im Vergleich zu den Salons, durch die sie gekommen waren, geradezu äußerst schlicht und von klarer Struktur und bewusster Nüchternheit. Dann aber sah Liam das große Gemälde zwischen den Fenstern hinter dem Schreibtisch, das den Raum dominierte. Es zeigte Emilia und Liam wurde unwillkürlich unwohl. Selbst unter normalen Umständen war es undenkbar, dass ihm solch ein Gemälde jemals ins Haus kam. Es war ebenso überladen, aufdringlich und pathetisch wie all der andere Schnickschnack in diesen Räumen hier.

»Setzt euch.« Mr. Young wies ihm einen Sessel neben dem Kamin, läutete einem Diener, der sofort zur Stelle war, und bestellte endlich Tee und Häppchen, bevor auch er Platz nahm.

Er atmete langsam und bewusst und bereitete sich sichtlich darauf vor, ein schwieriges aber notwendiges Gespräch zu führen. Liam glaubte ihm anzusehen, wie er um die richtigen Worte rang.

»Ich muss gestehen, eure Lordschaft, ich bin sehr enttäuscht«, sagte er schließlich. »Nie hätte ich gedacht, mich in solch einer Situation wiederzufinden.«

Liam schüttelte den Kopf. Ihm ging es ebenso. Trotzdem hatte er

Nachsicht. Immerhin war Emilia noch ein Kind. Es war nicht die Tochter, sondern der Vater, der für ihre misslungene Erziehung zur Rechenschaft gezogen werden sollte.

»Aber nicht doch, Mr. Young. Ihr dürft euch in die Angelegenheit nicht hineinsteigern. Junge Mädchen sind heutzutage sehr impulsiv. Sie stehen den Männern ihres Alters darin in nichts nach. Emilia hat nichts getan als das, was ihr junges Herz für rich–«

»Nein, nein!«, unterbrach ihn der Kaufmann harsch. »Ihr versteht mich falsch. Nicht von Emilia bin ich enttäuscht. Sie ähnelt mir, ist bereit, Risiken einzugehen, neigt zu Übermut und steht fest zu ihrem Wort. Nein, eure Lordschaft, von euch bin ich enttäuscht.«

Es fiel Liam schwer, die Fassung zu bewahren. Hörte er richtig? Hatte der Mann das gerade tatsächlich gesagt?

»Ich verstehe nicht –«, setzte er vorsichtig an, während er noch um Beherrschung rang.

»Was gibt es da nicht zu verstehen?«, fuhr Mr. Young ihm aufs Neue dazwischen. »Ihr habt eine Dirne aus der Gosse, aus Londons, ach was, aus Englands elendstem, verruchtestem Viertel für meine Tochter gehalten und innerhalb von Tagen zu eurer Frau genommen. Was glaubt Ihr, was für einen Einfluss euer ehrloses, ja, lächerliches Verhalten auf den Ruf meiner Tochter hat, sobald die Öffentlichkeit davon erfährt? Habt Ihr bei alldem überhaupt einmal an Emilia gedacht? Ich kann meine Tochter doch niemandem zur Frau geben, der sie nicht einmal von einer dahergelaufenen Kriminellen unterscheiden kann!«

Liam setzte zu einer scharfen Erwiderung an, als ein Dienstmädchen mit Tee und Gebäck eintrat.

An Emilia gedacht? Oh, und wie er das getan hatte. Gerade deshalb wollte er auf keinen Fall mehr an der Verbindung festhalten, Wort und Ehre hin oder her. Das letzte, was er noch brauchen konnte, war sich wirklich lebenslang an so eine verrückte Braut zu binden. Wie ihr Vater nun mit ihm umsprang, bestärkte ihn darin umso mehr. Und wenn das hieß, dass er in der Gosse verhungern musste, sei's drum. Er hatte die Nase gestrichen voll.

Sobald sich die Angestellte wieder entfernt hatte, würde er Mr. Young seine Entscheidung kundtun, die Verlobung auch im Fall einer erfolgreichen Annullierung der Ehe, die er versehentlich geschlossen hatte, aufzuheben. Doch er kam gar nicht zu Wort. Der Kaufmann erhob sich und begann vor ihm auf und ab zu laufen.

»Rose Mason, so heißt diese unmögliche Person, die Ihr in eurer

Blindheit für Emilia hieltet, hat zuvor auch mich betrogen. Sie gab sich in ganz London als meine Tochter aus und lebte in Saus und Braus auf meine Rechnung. Nur durch Zufall, wirklich absoluten Zufall kam man dahinter, als meine kleine Emilia eine Konditorei betrat, nachdem die Betrügerin sie erst kurz zuvor verlassen hatte. So kam ich ihr auf die Schliche. Als ich sie dann vor Gericht zu Gesicht bekam, war mir sofort klar, dass nur himmelschreiend vertrauensselige Idioten auf solch eine einfache, billige Person hereinfallen konnten. Weder hat sie Stil noch einen Hauch von Bildung oder Emilias graziler Anmut. Wie in aller Welt kann man so etwas für eine Lady halten?«

Liam war sprachlos über die indirekte Beleidigung, die er gerade erfahren hatte. Für jemanden, der nicht in der Position war, so mit ihm zu reden, nahm der Mann den Mund gehörig voll.

Liam, so versuchte er sich zu beruhigen, lass den Menschen reden. Sicher steht er nach den letzten Tagen erheblich unter Druck und weiß gar nicht wirklich, was er redet. Wahre Größe ist Gelassenheit. Sei der Größere im Raum und sieh ihm seine Unverschämtheit nach.

»Wisst Ihr, wie die Frau aus dem Gefängnis entkam? Wisst Ihr das?«, fragte Mr. Young aufgewühlt und blieb stehen. Liam wusste es natürlich nicht. Er wollte es auch gar nicht wissen. Das aber war Mr. Young einerlei und er fuhr ungerührt fort: »Sie hat sich herausgehurt. Ja, das hat sie. Jeder weiß es und nun denkt einmal darüber nach, welch unvorteilhaftes Licht es auf Emilia würfe, brächte man sie mit dieser Rose Mason und auch noch mit euch in Verbindung. Ihr im Bett mit einer Frau, die zuvor, naja. Ich meine, es ist nicht nur für Emilia eine Schande, sondern auch für eure Person. Habt Ihr einmal darüber nachgedacht, dass Ihr das Bett mit einer Frau geteilt habt, die womöglich die gesamte Wachmannschaft des Newgate-Gefängnisses mit ihrem Mund befriedigt hat? Darüber solltet Ihr wirklich einmal ganz in Ruhe nachdenken.«

Liam wurde stutzig. Nicht wegen der Beleidigungen und unappetitlichen Andeutungen. Nein, irgendetwas stimmte hier ganz und gar nicht. Der Kerl mochte aussehen wie ein Gentleman und sich auch wie einer kleiden, doch sein gesamtes Betragen deutete auf einen Ganoven hin. Wie er mit ihm sprach und was er suggerierte …

»Es wäre das Beste für euch und auch Emilia, wenn Ihr die Sache mit der Doppelgängerin und alles andere unter den Tisch kehrt und niemandem davon berichtet. Nicht einmal der Polizei. Um die Hochstaplerin werde ich mich kümmern. Ihr unternehmt diesbezüglich nichts.« Streng fügte er hinzu: »Selbstverständlich muss ich namens meiner Tochter die Verlobung an dieser Stelle lösen. Es geht nicht an, dass sie jemanden zum Mann nimmt, der eine Hure nicht von einer Lady unterscheiden kann. Wir alle sollten dafür Sorge tragen, dass niemals jemand davon erfährt.«

Liam hörte die Drohung in aller Deutlichkeit. Er sah, wie Mr. Young sich mühte, die überlegen-siegessichere Fratze in den Griff zu bekommen, zu der sich sein Gesicht verzog. Er hatte es in seinem Leben schon mit vielen Männern zu tun gehabt und kannte diese Sorte zur Genüge. Gelassen stand er auf, ohne Tee und Gebäck angerührt zu haben, und schloss die Knöpfe seines Jacketts wieder.

»Ich gebe euch ganz recht, Mr. Young. In der Tat ist es so am besten. Richtet Emilia mein Bedauern über die Vorfälle der letzten Woche aus.«

»Das werde ich. Ich hoffe, Ihr bringt meiner väterlichen Pflicht, allen Schaden und alles Übel von ihr fernzuhalten, Verständnis entgegen. Bitte meidet sie für die Zukunft und seht gänzlich davon ab, Kontakt zu Ihr zu suchen. Auch keinen Schriftverkehr!«

»Natürlich, ich verstehe Euch nur zu genau.« Liam trat zur Tür und ließ sich hinausgeleiten.

»Es grämt mich zutiefst, eure Lordschaft, dass die hoffnungsvolle Verbindung unserer Familien ein solch jähes Ende findet, doch …« Mr. Young ließ den Satz offen im Raum stehen, deutete eine Verbeugung an und war wieder verschwunden. Gedankenverloren nahm Liam vom Butler seinen Mantel und Zylinder entgegen, ließ sich die Tür öffnen und schritt hinaus. Auf der anderen Straßenseite wartete Charles, der sich das Zusammentreffen mit Mr. Young nur allzu gern hatte entgehen lassen und lieber spazieren gegangen war.

Er lehnte lässig an einem Zaun und wartete, bis Liam die Straße überquert hatte.

»Und?«, fragte er neugierig, »Wie hat es der Vater deiner hoffentlich Nicht-Mehr-Verlobten aufgenommen?«

Liam schnaubte und zog seine Handschuhe an, während sie die Straße hinabgingen.

»Äußerst gut. Zu gut. Er löste die Verlobung von sich aus.«

»Das sind ja großartige Neuigkeiten, die der armen Emilia sicher schweren Kummer breiten werden. Du aber, du bist sie endlich los. Warum machst du so ein verdrießliches Gesicht? Sag bloß, in den wenigen Tagen mit dir hat sie dein Herz –«

»Ach, nein. So ein Quatsch, Charles, natürlich nicht. Um sie geht es gar nicht. Mich stört die Art, wie er es gemacht hat. Hier stimmt etwas ganz und gar nicht. Ich will ehrlich sein: Fast bin ich geneigt, Emilia zu glauben und ihre Geschichte mit der Verschwörung, die ihr Vater gesponnen hat, für bare Münze zu nehmen.«

Charles prustete.

»Warum sollte der Mann dir eine Doppelgängerin schicken? Was bringt ihm das? Das ist doch absurd. So viel Ärger, nur damit das Versprechen zwischen dir und seiner Tochter gebrochen wird? Das glaube ich nicht.«

»Ja. Im ersten Moment klingt es geradezu abwegig, soweit gebe ich dir recht. Aber Charles, ich weiß nicht. Es ist die Art, wie er mit mir umging. Sein Versuch, mir weiszumachen, nicht nur Emilias Ruf stünde auf dem Spiel, wenn die Scharade dieser Rose publik wird, sondern auch der meine. Zuvorderst der meine. Alles schrie förmlich, er will unter allen Umständen verhindern, dass ich sie anzeige und festnehmen lasse. Er hat etwas zu verbergen.«

»Kannst du ihm das verdenken?« Charles wich den aufgeregten kleinen Hunden zweier älterer Damen aus, lüpfte seinen Hut, verbeugte sich und schloss wieder zu seinem Bruder auf. »Der Skandal würde Emilia ohne jeden Zweifel ruinieren.«

Liams Blick war skeptisch.

»Es ist eine Frage der Zeit, bis Emilia Young ihren Ruf selbst ruiniert, mit meiner Hilfe oder ohne. Du hattest das Vergnügen ihrer Gesellschaft. Ich bin nicht sicher, wen ich für unerreichbarer und schwerer im Zaum zu halten erachten soll: diese seltsame Rose oder Emilia selbst. So ähnlich wie sie sind, und nicht nur äußerlich, müssen die beiden Schwestern sein. Oder wenigstens Cousinen. Meine Nerven, Charles. Die Kriege gegen Bonaparte und Österreich kommen mir dagegen wie Kuraufenthalte vor.«

»Und nun bist du sie beide los. Such dir einen Anwalt, lass die Ehe annullieren und vergiss das Ganze. Schau nach vorn. Vielleicht hat dieser Young recht und es ist das Beste, nicht allzu viel Aufhebens darum zu machen. Verzeih mir, dass ich es so deutlich sage, doch immerhin hast du offenbar tatsächlich eine Dirne zur Baroness gemacht.«

»Nein«, erwiderte Liam entschlossen.

»Nein?«

»Nein. Für mich ist die Sache noch lange nicht vorbei. Erstens werde ich das kleine Miststück in die Finger bekommen, das mich so peinlich vorgeführt hat. Wir haben noch eine Rechnung offen. Und zweitens –«

Sie blieben vor dem Tor eines Parks stehen und ließen mit einer

Verbeugung drei Damen den Vortritt, die ebenfalls hindurch wollten. Eine der Ladies sah Liam an, kicherte leicht verlegen und schlug sittsam die Augen nieder.

»Was willst du mit der? Lass sie doch einfach von der Polizei suchen. Wenn es stimmt, hat sie in ihrem Leben genug verbrochen, um ein paar Mal aufgeknöpft zu werden. Mehr als einmal umbringen kann man Menschen nicht.«

»Ich weiß es nicht. Auch wenn ich es nicht tun würde – sie ist noch immer eine Frau –, ist mir doch danach, sie eigenhändig zu erwürgen«, antwortete Liam und hob seinen Zylinder einem bekannten Gentleman zum Gruß.

»Als Pfarrer fühle ich mich, auch wenn ich derzeit ohne Kirche und Gemeinde bin, verpflichtet, dir unsere christlichen Tugenden in Erinnerung zu rufen. Es stünde dir besser zu Gesicht, ihr zu verzeihen und unserer vorzüglichen Justiz den Rest zu überlassen.«

»Oder ich finde sie, bringe in Erfahrung, was hier eigentlich gespielt wird und warum Mr. Young solch ein Widerling ist, und überlasse dann der Justiz den Rest.«

Die jungen Damen von vorhin hatten eine Decke auf der Wiese ausgebreitet und ließen sich darauf nieder. Erneut warf eine der drei Liam einen solch kecken und zugleich schüchternen Blick zu, dass er beinahe versucht war, hinüberzugehen. Doch er durfte nicht. Er war nicht zum Spaß in London. Es galt, Rose zu finden. Er hatte Fragen an sie. Viele, wirklich viele Fragen.

Charles schien ähnlichen Gedanken nachzuhängen.

»Wo willst du denn suchen? An den Docks? Willst du dich überfallen lassen und den erstbesten Räuber freundlich um eine Auskunft bitten?«

»Keine schlechte Idee. Wenn mir bis heute Abend nichts anderes einfällt, komme ich darauf zurück.«

Charles stöhnte auf.

»Das war nur ein Witz! Um nichts in der Welt begeben wir uns nach Ratcliff, da können wir auch gleich Selbstmord –« Mitten im Satz verstummte er und blieb wie angewurzelt stehen. »Wenn man vom Teufel spricht – Herr, verzeih die Blasphemie –, sieh, dort!«

Er packte Liam an der Schulter und deutete auf eine Dame am Springbrunnen vor ihnen.

***

Mr. Young stand am Fenster und beobachtete den Baron. Lord Liam Hartshield und sein Bruder – ein einfacher Pfarrer, unglaublich, wie tief diese Familie schon gesunken war – entfernten sich im Gespräch und waren bald außer Sicht.

Eine Etage über sich hörte er Emilia toben, die vor Wut über die Auflösung der Verlobung ihren kleinen Salon demolierte und pausenlos auf die arme Kammerzofe und die neue Gouvernante einschrie, die sie vorsichtig zu beruhigen versuchten.

Die alte Gouvernante hatte er natürlich entlassen müssen, als Emilias Fehlen bemerkt worden war. Offensichtlich hatte sie als Erzieherin und Gesellschafterin versagt, schrecklich versagt. Er würde dafür Sorge tragen, dass sie so schnell keine achtbare Anstellung mehr fand.

»Und? Wie ist es gelaufen?«, fragte sein langjähriger Geschäftspartner, als er in das Arbeitszimmer trat. »Was Emilia davon hält, ist ja kaum zu überhören. War es mit dem Baron ähnlich? Ging etwas zu Bruch?«

»Nein, er war sehr beherrscht. Erleichtert, möchte man fast meinen. Gekränkt von meinen ehrlichen Worten, aber auch erleichtert«, antwortete Mr. Young und trat vom Fenster zurück.

Die Kristalle des Deckenleuchters klirrten, als oben etwas Schweres umgeworfen wurde. Vermutlich eine Kommode. Verärgert sah Mr. Young nach oben und nahm hinter dem Schreibtisch Platz.

»Wird er uns Ärger machen?«

»Das glaube ich nicht. Gentleman durch und durch. Emilias Ehre und seine Verpflichtung ihr gegenüber wird ihn uns schon vom Hals halten. Ich kenne diese albernen Typen. Die kleinste Beleidigung gegen eine unbekannte Dame nehmen sie zum Anlass, den Missetäter unverzüglich zum Duell zu fordern und heroenhaft zu sterben. Schreckliche Romantiker, für sich selbst gefährlicher als für irgendjemanden sonst. Zu schade, dass er verarmt ist. Man könnte ihn so leicht manipulieren. Anders als diesen störrischen Earl of Lincolnshire, der mich und Emilia noch immer hinhält.«

»Der wird schon anbeißen. Das größere Risiko ist deine Tochter. Wenn sie schon wieder von der Verlobung anfängt oder gar ihren kleinen Fluchtversuch erwähnt, sucht er sich bald ein anderes junges Ding. Das weißt du.«

»Ja, mir ist das klarer als jedem anderen hier. Ich rede noch einmal mit ihr und versuche an ihre Vernunft zu appellieren«, antwortete Mr. Young genervt und fuhr sich durch das Haar. Ein gellender Schrei ertönte. Das musste die Kammerzofe sein. Womöglich zog Emilia das Mädchen wieder an den Haaren, weil es nicht tun wollte, was sie befahl. Es wurde höchste Zeit, dass er sie unter die Haube brachte. »Ich hoffe, du bringst gute Nachrichten. Ich brauche Aufmunterung.«

»Nun, die Geschäfte laufen ausgezeichnet. Wir haben eine große Ladung chinesische Seide erworben und bereits in einem der Lagerhäuser untergebracht. Witterungsbedingt mussten Dick & Sons zwei Schiffsladungen abschreiben, was uns für die nächsten Wochen Monopolstellung sichert. Es gibt nur einen, der uns unter Umständen in die Quere kommen und bei der Preiserhöhung einen Strich durch die Rechnung machen könnte.«

»Ja?«, fragte Mr. Young und gab sein Bestes, den Lärm zu ignorieren, der noch immer über ihnen tobte. Er musste das Mädchen irgendwie unter Kontrolle bekommen. Je schneller, desto besser.

»Ein unbedeutender Aufsteiger. Der Name ist Adam Morris. Kein Kind von Kaufleuten, geradezu ein Niemand. Muss man nicht kennen, man weiß so gut wie nichts von ihm. Hat sich mit geringem Startkapital mit einem Anwalt zusammengetan und Seide vom letzten Jahr erworben. Qualitativ sind wir haushoch überlegen.

»Das hört sich doch gut an.« Mr. Young klatschte fröhlich in die Hände und atmete erleichtert auf, als er plötzlich still wurde. »Wie steht es um die anderen beiden Probleme, um die du dich kümmern wolltest?«

»Ja …« Mr. Hardy zögerte. »Die beiden Probleme gestalten sich schwieriger als zunächst vermutet. In die Falle sind sie uns nicht gegangen. Nie in der Cranford Street angekommen. Vielleicht war das am Ende doch zu offensichtlich. Wenn sie nicht absolut hoffnungslos dumm sind, haben sie London längst hinter sich gelassen und sind über alle Berge. Sonst, nun ja. Die richtigen Leute wissen Bescheid. Falls sich also irgendetwas regt, ist es eine Frage von Stunden, bis die Themse irgendwo, vermutlich in Millwall, zwei Frauenleichen an den Strand spült.«

»Ich sagte doch, ich will keine Details. Es ist deine Sache, wie du das klärst, solange ich nichts davon weiß. Ja? Diese Rose sah meiner Mutter so ähnlich, dass mir ganz anders wird, wenn ich daran denke, wie …« Mr. Young schüttelte sich. »Ich habe jedenfalls allen Bekannten und Freunden erzählt, Emilia sei seit Tagen unpässlich und in Frankreich auf Kur. Was wir nicht brauchen, ist ihre Doppelgängerin in London, die

Verwirrung stiftet. Also geh auf Nummer sicher, Frankie, aber –«

»Ja, ja, schon gut. Keine Details, ich habe verstanden.« Mr. Hardy erhob sich, schüttelte Mr. Young über den Tisch hinweg die Hand und empfahl sich.

Gerade als Mr. Young sich endlich zurücklehnen wollte, um in Ruhe über die Ereignisse der letzten Stunde nachzudenken, krachte es über seinem Kopf erneut. Lautes Gekreische ertönte und jemand brach in Tränen aus.

Er massierte sich genervt die Stirn und betete, dass sein Plan mit dem Earl aufging. Die feste, dominante Hand eines Ehemanns war das Einzige, was Emilias aufbrausendes Gemüt in den Griff bekommen konnte. Sein kleines Mädchen verwandelte sich von Tag zu Tag mehr in einen launischen Drachen. Natürlich war er nicht unschuldig daran. Schließlich hatte er sie vor allem nach dem Tod ihrer Mutter verwöhnt, wo er nur konnte. Doch hatte er ahnen können, dass sie sich eines Tages so gebärden würde?

Er zuckte zusammen, als es den nächsten Schlag tat, und stand fluchend auf. Zeit, nach oben zu gehen und für Ruhe zu sorgen.

***

Liam staunte nicht schlecht, als er Emilia, Rose oder wie auch immer diese Person hieß seelenruhig am Brunnen vorbei über den sorgsam gestutzten Rasen stolzieren sah. Sie trug ein neues, himmelblaues Kleid mit einem schneeweißen, Spitze-besetzten Sommer-Jäckchen darüber, hielt in einer Hand einen Sonnenschirm und in der anderen eine kleine Börse, deren Band um ihr Handgelenk geschlungen war.

Augenblicklich setzte er sich in Bewegung, ohne Charles‘ Warnung zu beachten, hier keine Szene zu machen.

»Vielleicht ist sie es gar nicht«, warf sein Bruder ein und gab sein Bestes, mit ihm Schritt zu halten.

»Doch, sie ist es. Ich bin sicher. Ich weiß doch, wie meine Frau, ach, zum Kuckuck, wie diese verlogene kleine Schla–«

Rose musste ihn gehört haben, denn sie wandte sich zu ihnen um und ließ das Schirmchen sinken. Mit großen Augen und unschuldigem, engelsgleichem Gesichtsausdruck fragte sie:

»Sir, sprecht Ihr etwa über mich?«

Hätte er nicht am eigenen Leib erfahren, was für ein durchtriebenes Luder sie war, er wäre in diesem Moment stutzig geworden. Charles jedenfalls schien die Vorstellung zu überzeugen. Er fasste Liam panisch an der Schulter, um ihn davon abzuhalten, seine Drohung wahrzumachen und sie auf der Stelle zu erwürgen.

»Du weißt genau, über wen ich spreche. Spar dir das unschuldige Getue.« Er trat unschicklich nah an sie heran und flüsterte: »Du kommst jetzt auf der Stelle mit. Keine Szene!«

Emilia-Roses Augen wurden noch größer und sie machte ängstlich einige Schritte rückwärts.

»Es muss sich um eine Verwechslung handeln, Sir. Ich kenne euch nicht und bitte euch, Abstand zu halten.«

»Glaubst du, ich bin ein Idiot? Hör sofort mit diesen Spielchen auf, sonst –«

Die Frau drehte sich auf dem Absatz um und entfernte sich mit schnellen Schritten. So einfach kam sie ihm nicht davon. Nein, sie würde ihm endlich Rede und Antwort stehen. Wie kam sie überhaupt dazu, hier am helllichten Tag herumzuspazieren, als wäre nichts geschehen? So nah am Haus der wirklichen Emilia? Ihre Dreistigkeit machte ihn sprachlos.

Mit wenigen Sätzen holte er sie ein, packte sie am Ellenbogen und riss sie ruckartig zu sich herum.

»Du kommst –« Weiter kam er nicht. Der Sonnenschirm fuhr auf seinen Zylinder nieder und sie begann, sich heftig unter seinem Griff zu winden.

»Lasst mich los! Was bildet Ihr euch ein? Wir kennen uns ja nicht einmal! Zur Hilfe, zur Hilfe!« Wie auf Kommando füllten sich ihre Augen mit Tränen, die die Wangen hinunterkullerten und sie sah sich panisch um. Liam kam nicht umhin, das schauspielerische Talent zu bewundern, das in ihr steckte. Doch änderte das nichts daran, dass seine Lage sich sekündlich verschlechterte. Gleichzeitig steigerte sich seine Wut ins kaum mehr Erträgliche.

Immer mehr Gentlemen und Damen, die die Rufe gehört hatten, kamen herbeigeeilt. Natürlich war die Sache klar: Er war ein unbeherrschter Wüterich, der sich nicht zu schade war, an diesem sittsamen Ort mitten in der Stadt untertags eine junge Dame öffentlich zu belästigen, die nichts wollte als im Park unbehelligt ihrer Wege zu gehen.

Ein Skandal, einfach unerhört!

Es gelang Emilia-Rose, sich loszureißen und Raum zwischen sich und ihn zu bringen. Er wollte ihr nach und beteuerte dabei nach allen Seiten, dass es nicht war, wonach es aussah. Doch einige junge Gentlemen, die sich sehr heroisch fühlen mussten, stellten sich ihm und Charles in den Weg. Die kleine Verstellungskünstlerin wusste natürlich ihre Chance zu nutzen.

»Lasst mich los!«, rief Liam. »Sie ist eine Hochstaplerin, die sich als vornehme Dame ausgibt!«

»Bei allem Respekt, Sir, der einzige Hochstapler hier seid Ihr! Ihr seid ein Rüpel, der sich für einen Gentleman ausgibt!«, rief sie frech von ferne. Einen Augenblick später war sie nicht mehr zu sehen.

Verdammt nochmal, fluchte Liam in sich hinein und kapitulierte vor der Menge, die sich um ihn geschart hatte, um das Mädchen zu beschützen. Charles und er waren zum Rückzug gezwungen. Als sie die jungen Ladies auf der Picknickdecke passierten, waren die kecken Blicke und das Kichern misstrauischem Beäugen und Tuscheln hinter vorgehaltener Hand gewichen.

»Das war keine gute Idee. Außer du hattest vor, sie zu warnen und eindrücklich darauf hinzuweisen, dass du in London und hinter ihr her bist. Das, ich kann es nicht anders sagen, ist dir meisterlich geglückt«, kommentierte Charles, als sie den Park hinter sich gelassen hatten.

Die jungen Helden der schutzbedürftigen Damenwelt waren ihnen bis zum Eingang gefolgt und bauten sich im Tor auf als wollten sie sichergehen, dass Liam nicht kehrtmachte und im selben Park noch einmal jemanden belästigte.

»Erspar mir deine bissigen Kommentare. Statt klugen Belehrungen hätte ich mir mehr Unterstützung gewünscht.«

»Bist du verrückt? Ich gehe doch keine Frau in der Öffentlichkeit an, schon gar nicht eine so vollendete Schauspielerin wie deine falsche Braut. Ich bin doch nicht von allen guten Geistern verlassen. Wir hatten Glück, dass man uns nicht auf der Stelle geteert und gefedert hat.«

Empört fuhr Liam zu ihm herum.

»Also hast du sie doch erkannt!«

»Ja«, bestätigte Charles und glättete das Jackett seines Bruders, das bei der kleinen Rangelei zerknittert wurden war. »Ich war bis zuletzt nicht sicher, doch mit ihrem letzten Satz war mir alles klar. Welch ein freches Biest, der Ton, unmöglich!«

Charles empfand widerwillige Bewunderung für die Vorstellung der Hochstaplerin. Wie gekonnt sie die Situation zu Liams und seinen Ungunsten zu wenden gewusst hatte! So eine abgebrühte Frau war ihm im Leben noch nicht über den Weg gelaufen. Es bedurfte einer Menge Schneid, ihnen beiden solch ein Theater vorzuspielen.

»Was gedenkst du nun zu tun?«, fragte er und sah seinem Bruder besorgt an. Liams Gesicht war finster und noch immer wütend. Sein Bruder wurde von dieser Rose an Grenzen getrieben, an denen selbst er ihn noch nicht erlebt hatte.

»Ich werde mich ausrauben lassen«, verkündete Liam und setzte entschlossen seinen Zylinder auf.

»Das ist nicht dein Ernst!« Charles lief seinen Bruder nach. »Ich hatte das nicht so gemeint.«

Liam atmete tief ein, nahm Haltung an und lief entschlossen die Straße herunter.

»Es war das Sinnvollste, was du heute gesagt hast. Und doch, mein voller Ernst sogar.«

***

Roses Herz schlug bis zum Hals. Sie sah mehrfach über die Schulter zurück, um ganz sicher zu gehen, dass sie Liam und Charles hatte abhängen können.

Was hatte er ihr für einen Schrecken eingejagt, als sie plötzlich seine Stimme hinter sich gehört hatte? Ihr Herz, verdammt. Mit einer Hand auf der Brust bemühte sie sich, langsam und tief zu atmen, um zur Ruhe zu kommen. Sie schalt sich für ihre Unvorsichtigkeit. Schließlich wusste sie, dass Mr. Young ganz in der Nähe residierte. Dass Liam früher oder später hier auftauchte, hätte sie sich denken können.

Das bedeutete auch, dass Emilia wieder in London war.

Schade, fortan konnte sie also nicht mehr ganz so unbedacht und forsch voranschreiten wie in den letzten Tagen. Unbewusst ertasteten ihre Finger den Ring, den Liam ihr übergestreift hatte und den sie in ihrem Mieder mit sich trug. Immer wieder ertappte sie sich dabei, wie sie ihn in die Hand nahm und mit ihm herumspielte. Auf keinen Fall durfte sie sich davon aus der Ruhe bringen lassen, dass er in der Stadt war. Am besten gar nicht mehr an ihn denken, weiter dem Plan folgen und einfach vorsichtiger dabei sein.

Nicht an Lord Hartshield denken.

Vor der bekanntesten und edelsten Confiserie Londons blieb sie stehen. Harry & Sons war eine billige Straßenbäckerei dagegen. Das Schaufenster erstreckte sich fast über die Länge des gesamten Blocks. Während sie tat, als würde sie die Auslage studieren, prüfte sie kritisch ihr Erscheinungsbild, strich noch einmal ihren Rock glatt, straffte die Schultern und trat mit allem Selbstbewusstsein, das ihr zu Gebote stand, durch die Ladentür. Ein Glöckchen über ihrem Kopf erklang und noch im selben Augenblick war jemand zur Stelle, um ihr die Wünsche von den Augen abzulesen.

»Miss Young! Welch Freude, euch wieder begrüßen zu dürfen. Mit welcher Köstlichkeit dürfen wir an diesem schönen Tag euer Herz erfreuen?«

Erleichtert stellte Rose fest, dass man Emilia hier bereits mit Namen kannte. Sehr gut, das kam ihr entgegen. Welch ein Glück, dass die echte Emilia ebenfalls eine Naschkatze zu sein schien.

»Ich bin heute ausnahmsweise nicht in meinem eigenen Interesse hier, sondern im Auftrag meines Vaters. Er plant, sich wohltätig zu engagieren und einigen Waisenhäusern eine zuckersüße Freude zu bereiten.«

Das fröhliche Gesicht des dicklichen kleinen Mannes zeigte pure Verwunderung. Es war das erste Mal, dass er Mr. Youngs Namen in Verbindung mit solch einem Ansinnen vernahm. Schnell mischte sich die Irritation in seinem Blick mit Misstrauen. Offenbar war der gute Mann kein Idiot.

»Ich hoffe, es handelt sich nur um eine Kleinigkeit wie eine Torte. Seit eine Schwindlerin ihr Unwesen treibt, die sich als eure Person ausgibt, ist es uns untersagt, auf Rechnung zu bedienen. Gerade, wenn es um größere Aufträge geht. Wenn Ihr bar zahlt, ist es selbstverständlich –«

»Ich trage nie Geld bei mir!«, entrüstete Rose sich auf der Stelle. In den anderen drei Geschäften heute hatte das wunderbar funktioniert.

In diesem Fall aber sagte ihr Gefühl, dass der Mann ein Problem darstellte. Gut möglich, dass er sich nicht so schnell täuschen ließ, zumal Emilia etwas mehr auf den Rippen hatte als sie.

»Natürlich, natürlich«, beschwichtigte er. »Hätte euer werter Herr Vater nicht ganz ausdrücklich Anweisung gegeben, solange eure Doppelgängerin hier –«

»Sie wurde längst festgenommen und nach Australien verfrachtet! Es ist mir schleierhaft, warum Ihr alles so umständlich machen müsst. Wie ist euer Name? Mir scheint fast, Ihr sei–«

»Emilia?«, hörte Rose eine Frauenstimme hinter sich und wandte sich auf der Stelle um. Hoffentlich schaffte sie es noch rechtzeitig hier hinaus, bevor sie aufflog. »Mein liebes Kind, ich dachte, euch sei nicht wohl und Ihr wäret auf Kur.«

Langes Gesicht, leicht knollige Nase und übertrieben hohe Perücke mit albernen ausgestopften Buntvögeln darin.

Wer war das noch gleich?

Lady Beaumon! Das musste Lady Beaumon sein! Rose dankte Gott und

Emilia, dass letztere in ihren langen, detailtriefenden Briefen an Liam jede einzelne Person, mit der sie verkehrte, so ausführlich beschrieben hatte.

»Lady Beaumon! Welch große Freude, euch zu sehen. Wie geht es Puppy und Poppy? Sind sie wieder wohlauf?«, rief Rose und reichte der älteren Dame ihre beiden Hände, die diese sofort mit den ihren umschloss.

Puppy und Poppy waren keine albernen Hundenamen, sondern die Namen ihrer Zwillingstöchter, die man tatsächlich auch so rief.

»Es geht ihnen blendend, meine Liebe, danke der Nachfrage. Wie dürr Ihr ausseht! Welch schreckliche Krankheit plagt euch denn, dass Ihr so blass und dünn geworden seid? Ist sie ansteckend?« Noch während sie fragte, ließ sie Roses Hände los und wich ein wenig zurück.

»Aber nein, nicht doch. Es ist nur Kummer und ein wenig Herzschmerz«, sagte Rose und dachte einmal mehr zurück an die Groschenromane, in denen die Heldinnen vor lauter Liebeskummer ganz ausgezehrt waren.

»Wirklich? Welcher Kummer, welches Herz, etwa das eure? An wen habt Ihr es denn verloren?« Sofort war Lady Beaumon wieder ganz nah. Ihre Augen glitzerten förmlich in Erwartung von Klatsch, Tratsch und Drama. Emilia hatte geschrieben, man dürfe ihr um keinen Preis auch nur das Geringste anvertrauen, wenn man nicht wollte, dass eine Stunde später ganz London darüber im Bilde war. Rose konnte ihr Glück kaum fassen, ausgerechnet ihr über den Weg gelaufen zu sein.

»Ich würde es so gern erzählen. Nicht aber hier, wir müssen –«

»Dann rasch, bestellt und lasst uns hoch nach Hampstead Heath in den kleinen Park mit dem hübschen See gehen. Um diese Zeit ist man dort ungestört.« Plötzlich konnte es ihr gar nicht mehr schnell genug gehen und sie mahnte den Angestellten zur Eile, der ihre Bestellung einpackte.

»Wir können sofort los. Man weigert sich hier, mich auf Rechnung zu bedienen«, sagte Rose und verdrehte genervt die Augen, als gäbe es nichts Absurderes auf Erden.

»Wie bitte? Warum das denn nun? Um Gottes willen!« Lady Beaumon trat noch näher, so dass Rose die einzelnen Federn ihrer Perücken-Vögel zählen konnte. »Hat das etwa auch mit dem Kummer zu tun, den Ihr eben erwähntet?«

»Nein, nein. Es liegt ganz einfach daran, dass dieser Herr mich für eine Betrügerin hält.«

Die ältere Dame riss den Mund auf, doch bevor sie etwas Empörtes sagen konnte, mischte sich der rundliche kleine Verkäufer ein, um den Schaden zu begrenzen, und sagte geflissentlich:

»Selbstverständlich nichts als ein Missverständnis, Lady Young. Dass Ihr auf Rechnung bestellen könnt, steht ganz außer Frage. Bitte habt Verständnis dafür, dass die Gerüchte uns verunsichern.«

Rose lächelte milde und nickte. Selbstredend hatte sie Verständnis für die Sorgen. Man konnte nicht vorsichtig genug sein, stimmte sie zu und orderte für drei Londoner Waisenhäuser jeweils zehn verschiedene Torten, 30 Schachteln Pralinen, je drei Kilo Karamellbonbons und fünf Kilo Plätzchen. Sie notierte die Lieferadressen, bestellte auch für sich noch etwas »süßes Vergnügen«, wie Emilia es in ihren Briefen genannt hatte, und verließ die Confiserie gemeinsam mit Lady Beaumon.

Zufrieden, am Ende doch ihren Willen bekommen zu haben, hakte sie sich vertraulich bei ihr ein, wie sie es schon bei vielen Damen gesehen hatte.

»So viel Nascherei für Waisenhäuser. Du meine Güte, meine liebe Emilia, wie kommt es, dass euer Vater sich auf einmal so großzügig zeigt?«

Die Neugier dieser Frau hatte keine Grenzen.

»Ihr müsst schwören, dass Ihr es niemand anderem weitererzählt«, verlangte Rose und sah sich verschwörerisch um. Die Lady schwor ohne Umschweife und zog Rose näher an sich heran, um bloß nichts zu verpassen.

»Legt los!«

***

»Und dann sagte ich ihr, dass Mr. Young all seine Partner um viel Geld betrogen hätte, bald wegen Untreue – das Wort habe ich übrigens von Jack – angeklagt wird und sich solange es noch geht als Wohltäter aufspielen will, um in besserem Licht dazustehen. Alles unter dem Mantel äußerster Verschwiegenheit, versteht sich.«

Rose lachte leise und führte noch einen Löffel Suppe an Daisys Mund, die lustlos aß, ohne auf ihre Erzählung zu reagieren. Rose konnte das nicht stören. Sie war glücklich genug, dass Daisy überhaupt Nahrung zu sich nahm.

»Jedenfalls brach ich in Tränen aus, ging mit ihr weiter von Geschäft zu Geschäft und ließ Krankenhäusern, Waisenhäusern, Schulen und Klöstern Kleider, Süßigkeiten, Schuhe, Socken, Haushaltswaren und Spielsachen liefern. Alles auf seine Kosten, versteht sich. Es müssen allein heute insgesamt um die 1.000 Pfund geworden sein. Zusammen mit den 1.200 Pfund von gestern ist das in jedem Fall ein Betrag, der ihm wehtun wird. Etwas. Mehr kostet ihn auf lange Sicht der ruinierte Ruf, den er davonträgt, wenn er die Rechnungen nicht begleicht, die seine Tochter in seinem Namen anhäuft.«

»Du bist ein durchtriebenes Miststück, Rose, das muss man dir lassen«, sagte Betty. Während Rose erzählt hatte, war sie in das Zimmer getreten, das diese für Daisy und sich an der Grenze von Ratcliff gemietet hatte. Die Verschwiegenheit der Vermieterin war gesichert, da sie alt war und nicht mehr gut sah. Daisy hatte sie für einen schweigsamen Mann gehalten. »Ich habe hier ein zweites Kleid für dich.«

Rose wischte Daisy, die nach wie vor teilnahmslos auf dem einzigen Stuhl des Raums saß, den Mund ab, stellte die Schüssel beiseite und griff nach ihrer Börse.

»Vielen Dank, Betty, du bist ein Schatz«, sagte sie und reichte ihr drei Pfund zusammen mit einem kleinen Törtchen, das Betty umgehend verschlang.

»Du hast Glück, dass wir im Laden noch so viele Kleider haben, die die Kundinnen dann doch nicht mehr wollten oder bezahlen konnten. Madame war überglücklich, als ich ihr sagte, du würdest welche kaufen. Das hier ist ein besonderes Stück. Lass es uns gleich enger nähen. Oh, lecker, was ist das denn?«

»Ein *Dôme framboise*«, erwiderte Rose und gab ihr Bestes, es richtig auszusprechen. »Ein französisches Törtchen. Mehr weiß ich nicht.«

Sie nahm ebenfalls ein Stück in die Hand, schnitt es in mundgerechte Häppchen und ging damit zurück zu Daisy.

»Ist sie immer noch so komisch?«, fragte Betty mit vollem Mund. Als sie fertig gekaut hatte, verdrehte sie die Augen und starrte auf die hübschen Kartons mit allerlei süßem Zeug, die überall im Zimmer verstreut lagen.

»Nimm dir ruhig noch etwas«, sagte Rose. »Probiere das hier. Es wird dir schmecken.« Rose wartete, bis Daisy den Mund öffnete, wie sie auch sonst alles mit sich machen ließ, ohne wirklich bei der Sache zu sein. Sie aufgeben wollte sie jedoch nicht. »Ich habe einen Plan. Er ist noch nicht ganz ausgereift und verändert sich stetig, doch bis jetzt verläuft alles, wie es verlaufen soll. Als erstes bestelle ich so viel auf Mr. Youngs Rechnung, wie ich kann, und treibe seine Schulden in den Geschäften ordentlich in die Höhe. Entweder er begleicht sie oder Emilia und er dürfen demnächst überall nur noch bar zahlen, wenn er ständig behauptet, sie hätten nichts bestellt, und sich weigert, die Rechnungen anzuerkennen. Das trifft auch seinen Ruf als Händler und ärgert ihn sicher. Ein wenig jedenfalls, hoffe ich.«

»Genial«, rief Betty und schaufelte sich das dritte Törtchen in den Mund. Rose dankte ihr mit einem Knicks und fuhr fort, Daisy ihren Plan zu erläutern.

»Außerdem verbreite ich Gerüchte über ihn. Damit habe ich heute Nachmittag ja schon begonnen. Welch ein Glück wir hatten, dass ausgerechnet diese Lady Beaumon mir über den Weg gelaufen ist! Emilia schrieb, die Frau kenne keine Moral. Erzähle man ihr abends, es habe letzte Nacht geregnet, wüssten am nächsten Morgen alle, dass eine Sintflut sich ereignet habe. Ich hoffe, Emilia hat nicht übertrieben. Ich jedenfalls werde jedem, der mich für Miss Young hält und es hören will, von all den Geldproblemen, Schulden und Krediten meines Vaters erzählen. Ich hoffe, das wird Leute davon abhalten, Geschäfte mit ihm zu machen. Aber das sind nur die kleinen Nadeln, die ich ansetze, um ihn etwas zu pieksen.«

Rose machte eine dramatische Pause und sah mit einem teuflischen Grinsen, das die Freude über die eigene Verschlagenheit ihr auf das Gesicht zauberte, zwischen der gebannt lauschenden Betty und der teilnahmslosen Daisy hin und her.

»Das Messer, das ich ihm auf die Brust setze, soll den Kern seines Vermögens treffen.«

Betty kicherte vergnügt.

Wie früher schon hatte Rose es geschafft, sie mit ihrer Fantasie, dem Abenteuerdrang und ihrer Begeisterung anzustecken. Noch an dem Tag, als sie sich mit Daisy aufgemacht hatte, um ein sicheres Versteck zu suchen, war Betty ihnen gefolgt, weil sie die plötzliche Einsamkeit in ihrem kleinen Zimmer nicht mehr ertrug. Betty konnte nicht allein sein, Teddy war in Schottland unerreichbar weit weg und Rose am Ende das Familiennächste, was sie hatte. Die einzige Person, der sie vertraute.

»Und Daisy, stell dir vor, Betty und Jack werden uns helfen!«

Betty nickte und zog vorsichtig eine Pappschachtel aus der Tasche, deren Deckel viele winzig kleine Löcher hatte. Mit einem breiten Grinsen und Krümeln im Gesicht, die sie mit dem Ärmel fortwischte, überreichte sie sie Rose feierlich.

»Weißt du, was das ist, Daisy?« Begeistert schüttelte Rose die Schachtel vor der Nase ihrer Freundin. »Motten. Hunderte von Stoffmotten! Und wo die herkommen, gibt es noch mehr. Nicht wahr, Betty?«

Betty nickte heftig. »Oh ja, ganz viele sogar.«

»Und nun rate mal, wessen Lagerhäuser vor wertvollen Stoffen überquellen!« Rose kicherte und versuchte, durch die Luftlöcher in das Innere der Schachtel zu sehen. Mehr zu sich selbst als zu den Faltern flüsterte sie: »Ihr werdet den Spaß und das Festmahl eures Lebens haben, auf dass ihr euch prächtig mehret und diesem Widerling das schlimmste Jahr, ach was, die schlimmsten Jahre seines Lebens zufügt!« Sie küsste die Schachtel und stellte sie behutsam auf die einsame Kommode, die neben Stuhl und Bett das einzige Möbelstück des Raums war. »Auf, Betty, lass uns das Kleid anprobieren!«

KAPITEL IX

London, 06. Juni 1826

»Das ist ja spannend!«, sagte der junge Anwalt – er war noch keine 30 Jahre alt – hinter dem viel zu großen Schreibtisch und schob sich die Brille wieder auf die Nase, als sie drohte herunterzurutschen. »Und sie hat euch vorher gesagt, wie sie wirklich heißt und was sie ursprünglich im Sinn hatte?«

»Ja«, stöhnte Liam auf und verlagerte sein Gewicht auf dem klapprigen Stuhl. Beinahe wäre er umgestürzt, weil das eine Bein lose war und gefährlich vor sich hin wackelte.

»Lieber nicht so viel bewegen, der Stuhl macht es nicht mehr lange und sollte etwas passieren, übernehme ich keinerlei Haftung«, sagte John Smith und widmete sich wieder den Unterlagen vor sich auf dem Tisch. »Rose Mason heißt die junge Dame, sagtet Ihr, die euch dazu brachte, sie zur Frau zu nehmen, und die Täuschung noch vor der Eheschließung offenlegte?«

»Ja, Rose Mason. Sie sagte, sie wäre ein Waisenkind. Ob die Geschichte stimmt, kann ich natürlich nicht sagen. Vielleicht ist der Name ebenso erfunden wie alles andere auch.« Der Stuhl knarzte besorgniserregend. Liam verlagerte sein Gewicht so gut es ging auf die eigenen Füße, um ihn nach Möglichkeit zu entlasten.

Der Anwalt notierte sich jeden Satz penibel mit beispielloser Begeisterung. Liam sah sich um, fand das Büro zu klein, den Schreibtisch zu groß, den Anwalt zu jung und seinen Bruder Charles zu unzuverlässig. War es ein Fehler gewesen, ihn mit der Suche nach einem guten Advokaten zu beauftragen?

Das Resultat seiner Bemühungen saß ihm nun gegenüber, hieß John Smith, trug eine Brille, die offensichtlich nur dazu diente, reifer und älter zu wirken, und hatte seine Kanzlei in einer unscheinbaren Nebengasse, die so klein war, dass man es sich gespart hatte, ihr einen Namen zu geben und ein Schild anzubringen.

»Der Name hört sich echt an.«

»Woher wollt Ihr das wissen, Mr. Smith?«

»Die meisten Waisenkinder, deren ursprüngliche Eltern nicht zu ermitteln sind, tragen den Namen des Waisenhauses, in dem sie aufgezogen wurden. In dem Fall muss es das Mason Kinderhospital und Waisenhaus gewesen sein, in dem eure vermeintliche Ehefrau großwurde. Es wird nicht schwer sein, das zu überprüfen. Vorhin erwähntet Ihr auch, sie hätte angedeutet, dieser Mr. Young habe sie zu der Täuschung animiert? Oder gar gezwungen?«

»So genau weiß ich das nicht. Ist es denn von Bedeutung?«

Nachdenklich wiegte John Smith den Kopf hin und her, der viel zu groß wie ein Ballon über seinen schmächtigen Schultern thronte.

»Unter Umständen. Hat sie freiwillig gehandelt, ist die arglistige Täuschung ihr zuzurechnen. Dann aber wiederum«, Mr. Smith stand auf, trat an das völlig überladene Bücherregal und griff zielsicher einen dicken Wälzer heraus, um direkt die richtige Seite aufzuschlagen. »Dann aber wiederum hat sie euch über den Sachverhalt ganz offen aufgeklärt und die Hochzeit unter falschem Namen angekündigt. Nicht einmal, nein, zweimal, sagtet Ihr. Trotzdem nahmt Ihr sie zur Frau. Ihr müsst euch vorhalten lassen, sie in dem Wissen geehelicht zu haben, wer sie in Wahrheit ist.«

»Ich dachte, sie fantasiert oder lügt mich an«, rechtfertigte sich Liam.

»Führte der Pfarrer, der die Eheschließung vornahm, eine Identitätsüberprüfung durch?«

»Nein, er war zu betrunken.«

Der Stuhl knackste erneut und Liam hielt die Luft an. Wenn er gleich auf dem Boden landete, brachte das das Fass zum Überlaufen.

»Ach was? Wie betrunken genau? Hat er wichtige Teile der Zeremonie ausgelassen?«, fragte Mr. Smith sofort und sah interessiert von dem Buch auf. Das musste von Bedeutung sein.

»Ich glaube nicht, nein. Nicht so betrunken. Es gab alles, was man bei einer Trauung erwartet. Nur war der Pfarrer eben betrunken und die Braut die falsche.«

John Smith lachte vergnügt und seufzte dann laut.

»Wenn man das nur immer vorher wüsste. Nun, schade!« Er nahm wieder hinter seinem Schreibtisch Platz. »Erst bei vorübergehender Störung der Geistestätigkeit des Amtsträgers ist die Eheschließung anfechtbar. Wenn der Pfarrer noch in der Lage war, die zentralen Sakramente vorzunehmen, hat die Ehe insoweit Bestand. Auch eine Identitätstäuschung scheidet letztlich aus, wurdet Ihr doch weit im Vorfeld über die wahre Identität eurer Gattin aufgeklärt. Eine bloße Namenstäuschung wie die vorliegende ist für sich genommen unschädlich. Auch in tatsächlicher Hinsicht fällt es schwer, einen faktischen – nicht ideellen! – Schaden für euch und die geschlossene Ehe festzustellen. Man könnte nachdenken, inwiefern die echte Miss Young geschädigt ist, doch das soll uns nun nicht beschäftigen. Die Frage muss sein, hat die Ehe Bestand oder nicht?«

Mr. Smith sprach mehr zu sich selbst als zu Liam. Nachdenklich sah er auf seine Notizen und wiegte wieder den Kopf nach links und rechts. Plötzlich kam ihm eine Idee.

»Wurde sie vollzogen? Die Ehe? Hochzeitsnacht?«

»Ja«, erwiderte Liam einsilbig. Er wollte nicht daran erinnert werden. Vor seiner nächsten Hochzeitsnacht, die es hoffentlich noch geben würde, rührte er keinen Tropfen mehr an. Soviel stand fest.

»Oh, das macht die Sache noch komplizierter.« Er begann wieder, in dem Buch zu blättern und murmelte Auszüge aus einschlägigen Urteilen vor sich hin, nur um sie im Selbstgespräch wieder zu verwerfen. »Ein wirklich interessanter Fall! So etwas ist mir noch nie untergekommen.«

»Darf ich fragen, wie viele Fälle Ihr bis jetzt bestritten habt? Gewonnen, nicht gewonnen, wie auch immer. So im Allgemeinen«, wollte Liam wissen und wappnete sich innerlich für das, was kommen würde.

»Zwei«, sagte Mr. Smith fröhlich und fügte hinzu: »Den euren eingeschlossen.«

»Aha.« Liam wurde übel. Erlaubte sich Charles einen Scherz mit ihm? Glaubte er wirklich, dass ein Grünschnabel wie Mr. Smith ihm ausgerechnet mit diesem verzwickten Problem helfen konnte?

»Ich bin gut. Vertraut nicht mir, mich kennt Ihr nicht, doch vertraut eurem Bruder. Wir haben zur gleichen Zeit in Oxford studiert und er hat gute Gründe, euch in meine Hände zu geben.«

Ohne dass Liam zu sagen vermochte, woran es lag, erweckte die Überzeugung, mit der John Smith von sich sprach, tatsächlich sein Vertrauen und stiftete ihm Hoffnung. Plötzlich glaubte er zu sehen, was Charles längst in dem jungen Advokaten erkannt haben musste.

»Mr. Smith, mein Leben liegt in euren Händen. Was gedenkt Ihr zu tun?«

»Als erstes finden wir heraus, ob der Name eures Waisenmädchens stimmt und ob sie bereits verheiratet ist. Damit würde sich alles weitere erübrigen.«

Auf diese Idee war Liam nicht gekommen. Wenn diese Rose bereits einen Ehemann hatte, konnte er sich die Annullierung sparen. Der Ehebruch, den sie dann begangen hätte, konnte ihm einerlei sein.

»Ich hoffe, das ist sie! Ihr glaubt nun also auch, sie hätte bezüglich des Namens gelogen?«

»Nein, ganz und gar nicht. Ich gehe davon aus, dass die junge Frau vollkommen ehrlich zu euch war.« Mr. Smith erhob sich, kam um den riesigen, für den winzigen Raum noch immer viel zu großen Schreibtisch herum und reichte Liam die Hand. »Macht euch keine Sorgen, eure Lordschaft. Ihr seid in guten Händen. Ich kümmere mich darum.«

Liam stand auf, schüttelte die ihm dargebotene schmächtige Hand und hoffte inständig, die richtige Entscheidung getroffen zu haben. Er wurde die zwei Schritte zur Tür geleitet, nahm Mantel und Zylinder vom Haken und verabschiedete sich.

»Ein wirklich interessanter und aufregender Fall«, wiederholte John Smith zum Abschied, während er Liam die Tür aufhielt.

»Na, immerhin einer scheint nun Freude daran zu haben«, bemerkte Liam trocken, tippte sich an den Zylinder und ging den dunklen, schmucklosen Gang entlang zur Treppe. Er konnte den jungen Advokaten murmeln hören, bis die Tür sich schloss.

Aufgewühlt und unschlüssig stand Liam in der Gasse vor dem Haus. War es am Ende doch voreilig gewesen, ausgerechnet diesem Jungspund sein Problem anzuvertrauen? Nun war es ohnehin zu spät. Sein Schicksal lag, was das anging, in Gottes und Mr. Smiths Händen. Er hatte keine andere Wahl, als beiden zu vertrauen. Den Rest seines Schicksals indes würde er selbst in die Hand nehmen. Heute Nacht, nach der Oper, war die Zeit gekommen, sich ausrauben zu lassen.

***

»Was in aller Welt ist das?«, schrie Mr. Young gellend hinter seinem Schreibtisch und warf Mr. Hardy mit hochrotem Kopf eine Handvoll Dankeskarten hin. Erstaunt nahm dieser eine davon in die Hand und las.

Hochverehrter Mister Young,
in Namen aller Kinder und Schwestern des Barmherzigen Ordens danken wir Euch für die Schuhe und Decken, die so dringend gebraucht wurden. Seid gewiss, dass strahlende Kinderaugen euer Lohn sind und wir euch und eure werte Tochter fortan für immer in unsere Gebete einschließen. Gott dankt's den Seinen tausendfach.
Hochachtungsvoll und ewig dankbar
Das Waisenhaus der Barmherzigen Schwestern

Stirnrunzelnd sah Mr. Hardy auf.

»Seit wann interessierst du dich für Waisenhäuser? Sagtest du nicht noch vor Kurzem –«

»Bist du noch bei Trost? Denkst du ernsthaft, das war mein Werk? Wie käme ich dazu, jedem Hospital, jedem Waisenhaus und jeder Armenschule der Stadt Kuchen, Decken, Brot und Bücher zu spenden? Ich bin doch kein Samariter! Herrgott, Frankie, schalte deinen Verstand ein!«

Während Mr. Young seinen Freund anschrie, bewarf er ihn mit einer Dankeskarte nach der nächsten. Dann griff er sich wahllos einige der Rechnungen, die mit der heutigen Post eingetroffen waren, und begann vorzulesen:

»255 Decken zu 123 Pfund. 160 Paar Schuhe, gemischte Größen, zu 314 Pfund. 186 Paar Schuhe, gemischte Größen, zu 510 Pfund. Torten, Plätzchen, Bonbons und Pralinen zu 284 Pfund. Für vier Waisenhäuser! 284 Pfund für Gebäck! Holzspielzeug zu 101 Pfund. Ein Federhut zu 13 Pfund. 300 Paar Wintersocken zu 82 Pfund und mehr, mehr, mehr und mehr! Ich habe Rechnungen über inzwischen mindestens 3.000 Pfund! Was in aller Welt geht hier nur vor?« Seine Stimme überschlug sich.

Er bewarf Mr. Hardy mit den restlichen Rechnungen und Danksagungen. Es waren dutzende, ja, hunderte Briefe, die er heute Morgen gänzlich unvorbereitet und zunehmend sprachlos geöffnet hatte.

Mr. Hardy blieb unterdessen ruhig sitzen und ließ die Schimpftirade geduldig über sich ergehen. Was sollte er auch tun? Er würde schwerlich irgendeinen Schaden abwenden, wenn er zusammen mit seinem Partner wie ein Verrückter herumtobte.

»Sagtest du nicht, wenn sie klug ist, hat sie London längst den Rücken gekehrt? Sagtest du das nicht? Vor einigen Tagen schon?« Frustriert ließ Mr. Young sich in seinen Stuhl fallen und sah wütend über den Tisch.

»Nun, offenbar ist sie nicht klug«, rechtfertigte sich Mr. Hardy. »Stattdessen macht sie weiter wie bisher. Spätestens heute Nacht weilt sie nicht mehr unter uns. Ich kümmere mich darum. Mach dir keine Sorgen, Daniel.«

»Ich sehe ja, wie du dich darum kümmerst. Nun habe ich tausende Pfund Schulden bei bald jedem namhaften Händler der Stadt. Das Miststück ist doch nicht dumm. Siehst du nicht, wie sie uns auf der Nase herumtanzt?« Er holte tief Luft und stach mit dem Zeigefinger nach seinem Freund. »Nur, weil du sie unterschätzt hast, haben wir jetzt dieses Problem!«

»Haben wir nicht. Wir haben kein Problem. Wer sagt, dass du zahlen musst? Was kann sie schon groß tun, außer als Emilia anschreiben zu lassen? Du traust diesem dürren Weibsstück mehr zu, als es kann. Ich sagte doch, ich kümmere mich darum. Vertrau mir.«

Mr. Young holte tief Luft und sah seinen alten Weggefährten lange an, bevor er mit ruhiger und kontrollierter Stimme sagte:

»Ich lebe schon eine Weile auf dieser Welt, Frankie, und beinahe ebenso lang mache ich Geschäfte. Wenn ich nur eines dabei gelernt habe, dann dies: Unterschätze nie dein Gegenüber. Das kann dich alles kosten. Wenn du glaubst –«

»Sie stirbt heute, wie oft denn noch?«, wiederholte Mr. Hardy. Er vermochte nicht länger seinen Unmut darüber zu verbergen, all den Frust abzubekommen, der sich über die letzten Stunden in diesem Zimmer aufgestaut hatte.

»Das will ich für uns beide hoffen. Das Mädchen ist ein Problem. Ich spüre das. Sie ist nicht dumm, im Gegenteil. Sie weiß ganz genau, dass wir die Schuldscheine nicht anfechten können, weil wir dann unter Beweis vortragen müssten, dass Emilia die ganze Zeit über unter Aufsicht hier im Haus weilt und nie auf Kur in Frankreich war. Und sie als Betrügerin auffliegen lassen können wir auch nicht, das haben wir schon einmal getan. Beim zweiten Mal kommen die Leute auf die Idee, dass das eine Masche von uns ist, um nicht zahlen zu müssen. Aber all das ist nicht das eigentliche Problem.«

»Nein?« Der ruhige, beinahe meditative Tonfall alarmierte Mr. Hardy mehr als alles Geschrei zuvor. Er saß kerzengerade und fragte: »Was ist das eigentliche Problem?«

Mr. Young öffnete eine Schublade zu seiner Rechten, zog einen Umschlag hervor und reichte ihn seinem Partner.

»Das erreichte mich eine Stunde vor deiner Ankunft. Mach ruhig auf, der

Inhalt wird dich interessieren.«

Besorgt, um was es sich nun wieder handeln konnte, holte Mr. Hardy den Brief aus dem Umschlag und überflog die wenigen Zeilen rasch.

»Was zum Teufel?«, entwich es ihm und er sprang so heftig auf, dass der Stuhl polternd hinter ihm zu Boden fiel. »Diese verfluchte Hure! Was bildet sie sich ein? Wenn ich die in die Finger bekomme, dann –«

»Ja, ja, ja. Soweit waren wir schon. Du kümmerst dich darum, nicht wahr? Ich will jedoch, dass du verstehst, mit wem wir es hier zu tun haben. Keine Fehler mehr. Wir haben heute einen unserer wichtigsten Kunden verloren. Du hast es selbst gelesen. Ihm wurde von vertrauenswürdiger Seite zugetragen, dass wir kurz vor dem Bankrott stehen und jeden Moment nicht mehr liefern können. Wie kommt er darauf, fragte ich mich, und dann kam das nächste Schreiben.«

Er zog einen weiteren Umschlag aus dem Schubfach und warf ihn auf den Tisch.

»Scheinbar sind so einigen unserer Kunden ähnliche Gerüchte zu Ohren gekommen. Die meisten verlangen ihr Geld zurück, weil sie nicht mehr damit rechnen, die bestellten Stoffe zu erhalten, und Angst haben, dass sie gar nichts mehr bekommen, wenn wir erst offiziell zahlungsunfähig sind. Ich muss dir nicht sagen, dass das Geschäft mit der Reputation steht und fällt. Was unseres angeht, ist es im Begriff zu fallen, da jemand durch die Stadt spaziert und Märchen über uns verbreitet. Also nochmal: Nein, sie ist nicht dumm. Nimm die Sache ernst. Tu, was du tun musst. Und diesmal tu es richtig.«

Frustriert fuhr sich Mr. Young mit der Hand über das Gesicht. Es war unmöglich, das Ausmaß des Schadens schon zu überblicken. Sobald seine Ursache beseitigt war, mussten sie ihr Bestes tun, die Katastrophe einzudämmen. Er konnte nur hoffen, dass sie sie in den Griff bekamen, bevor die Lage vollends außer Kontrolle geriet.

Mr. Hardy nickte erst langsam, dann immer entschlossener. Er musste begriffen haben, was für sie beide auf dem Spiel stand. Nun, besser spät als nie.

»Ich kümmere mich persönlich darum«, sagte sein Partner. »Jetzt.«

»Gut.« Mr. Young sah nicht auf, sondern begann die Rechnungen zu sortieren. Er musste heute noch entscheiden, was zu bezahlen und was zurückzuweisen war. »Viel Erfolg.«

Damit war Mr. Hardy entlassen.

***

»Du hast gesagt, du hilfst mir!«, hielt Rose Jack vor, während sie ihm die Straße hinunter folgte.

»Ja, habe ich. Aber ich konnte doch nicht wissen, was für Wellen dein irrwitziger Plan schlägt«, wandte er ein und tippte sich an die Mütze, als ein hübsches Mädchen an ihnen vorbeilief. Entzückt drehte er sich nach ihr um.

»Jack! Hör auf, den Röcken hinterherzusehen, und halt dich an dein Wort. Ich brauche deine Jungs. Allein kann ich unmöglich in jedes Lager einsteigen.«

»Ich weiß, ich weiß und ich habe dem auch zugestimmt. Aber verdammt, Rose Mason, worum du da bittest ist ein immenses Risiko nicht nur für mich, sondern für jeden der Männer, die für mich arbeiten. Und wofür? Für nichts! Du hast ja nicht einmal Geld. Ich kann nicht alles riskieren ohne auch nur die Aussicht auf Bezahlung!«

»Seit wann scheust du Risiken?«, fragte Rose laut. »Du hast schon mit 16 Kutschen überfallen und –«

»Bist du still!«, fuhr er sie an und lächelte einem älteren Herren auf der anderen Straßenseite zu. »Das geht hier niemanden etwas an!«

»Du hast es mir versprochen, Jack, und du weißt, dass du mir noch etwas schuldest. Von früher. Du bist mir einfach etwas schuldig.«

Jack sah Rose an, atmete frustriert aus und ging weiter.

»Meine Antwort lautet trotzdem nein. Ich kann meine mühsam aufgebaute saubere Weste als bezahlter, ehrlicher Ganove nicht für Rachepläne aufs Spiel setzen. Würde da Geld rausspringen, meinetwegen, aber so? Nee, Rose, bei aller Liebe und gemeinsamen Vergangenheit. Nein. Wenn jemand Wind davon bekommt, hören die Leute gar nicht mehr auf, mir die Bude einzurennen, damit ich umsonst Risiken für sie eingehe. Nein, kommt nicht in Frage.«

So einfach ließ sie sich nicht abwimmeln. Nicht von Jack. Entschlossen und mit zusammengepressten Lippen folgte sie ihm auf dem Fuß.

»In Ordnung. Ich verstehe, aus dir ist ein Geschäftsmann geworden und ein Wortbrecher. Gut, lass uns Geschäfte machen. Fünf Pfund pro in ein Lagerhaus geschmuggelte und geöffnete Schachtel Motten.«

Jack blieb stehen. Mit einer hochgezogenen Augenbraue sah er sie prüfend an, um herauszufinden, wie ernst es ihr damit war. Beinahe hatten sie sein Büro erreicht.

Mason & Partners.
Wir kümmern uns um ihr Problem.

Alle im Viertel wussten, dass hinter der Tür, die diese Aufschrift trug, neben vielen legalen Dingen von Geldeintreibung über Gebäudebewachung bis hin zu Personenschutz auch allerlei krumme Dinger ausgehandelt wurden. Man sprach nicht groß darüber. Mit Jack machte man Geschäfte. Ärger mit ihm mied man lieber.

»Viel Geld, das du nicht hast«, stellte er fest.

»Noch nicht. Gib mir zwei Tage. Fünf Pfund pro Schachtel.«

»Leg mir das Geld auf den Tisch«, seufzte Jack, während er die Tür aufschloss, und kapitulierte vor ihrer Hartnäckigkeit. »Und ich sorge dafür, dass meine Jungs und die Wachmänner deine kleinen Tierchen aussetzen.«

»Danke«, flüsterte Rose, umarmte ihn überglücklich und winkte zum Abschied. Er zog die Tür hinter sich zu und sofort hörte sie das Klicken des Riegels, als er von innen abschloss. Sie starrte noch eine Weile auf die Tür und vergaß dabei die Zeit, die um sie herum verstrich.

15 Schachteln voller hungriger und gefräßiger Stoffmotten hatten sie mittlerweile angesammelt. Es gab fünf Lagerhäuser, auf die sie verteilt werden mussten. Sie brauchte 75 Pfund. Auf der Habenseite standen derzeit drei. Den Rest der Beute ihres ersten Diebeszugs nach der Rückkunft nach London war in Kleider, Essen und Miete geflossen.

Gedankenversunken ging Rose den Weg wieder zurück, den sie gekommen war. Wie kam sie in so kurzer Zeit an so viel Geld?

Mit kleinen Diebstählen wie dem Kutschentrick würde sie eine Woche oder länger brauchen. Einen größeren Coup müsste sie aufwendiger planen, was ebenfalls viel Zeit in Anspruch nahm. Sie musste mit einem Schlag an etwas wirklich, wirklich Teures herankommen. Ein Schmuckstück beispielsweise.

Schmuck konnte man am schnellsten verhökern oder direkt bei Jack in Anzahlung geben. Aber wie kam sie an –

Ein Plakat auf der gegenüberliegenden Straßenseite fing ihre Aufmerksamkeit ein. Eine Frau räkelte sich lasziv auf einer Bühne und jonglierte Champagnerkelche auf ihren Fußsohlen. Rose verdrehte die Augen über die Zeichnung, weil die Brüste übertrieben groß aus dem Mieder quollen. Sie kannte die abgebildete Tänzerin. Sie hieß Rose wie sie und war flach wie ein Bettlaken.

Das aber war es nicht, was sie stehenbleiben ließ. Nein, der Schriftzug auf dem Plakat direkt darunter brachte sie auf eine Idee.

Heute Abend gab man in Covent Garden *Don Giovanni.* Rose war noch nie in der Oper gewesen. Wie oft sie sich als Kind in der Nähe herumgeschlichen und die Ladies und Gentlemen beobachtet hatte, die aus den Kutschen stiegen, um durch das hell erleuchtete Portal zu treten …

Die Pracht der Kleider und das Glitzern des Schmucks hatte Rose immer träumen lassen. Sie war sicher gewesen, dass unter all den Menschen, die sich diesem Vergnügen hingaben, auch ihre Eltern waren, die nicht einmal wussten, dass ihre Tochter hier hinter dem Blumenkübel kauerte und sie von ferne anschmachtete.

Sie hatte sich ausgemalt, wie sie es erfahren würden – durch eine Eingebung vielleicht oder durch einen Engel – und herauskämen, um sie freudig zu umarmen und mit zu sich hinein zu holen. Bei der Erinnerung daran musste Rose kichern. Tütenweise mit Zucker übergossene Nüsse würden sie ihr kaufen, wie man sie vor der Oper anpries, und sie fest an der Hand nehmen, um sie nie wieder zu verlieren. Das ganze Stück über würden sie gemeinsam über das unerwartete Glück weinen.

Ja, so hatte sie sich ihre erste Opernnacht stets vorgestellt.

Sie ging weiter, lächelte traurig über ihr junges und naives Ich und legte sich bereits Argumente zurecht, weshalb Betty sich heute ebenfalls ein hübsches Kleid anziehen und sie begleiten musste. Ohne Gesellschaft würde Rose auffallen und mit Daisy war abgesehen davon, dass man auch mit ihr nicht gerade in der Menge unterging, nach wie vor nichts anzufangen.

***

Die beiden Männer folgten Rose seit einer Stunde. Sie ließen sie keine Sekunde aus den Augen. Nachdem sie ausgiebig und hitzig darüber diskutiert hatten, waren sie nun doch einig, dass sie diejenige war, auf die man sie angesetzt hatte.

Der ausschlaggebende Punkt war das kurze Treffen mit Jack Mason, der nicht gerade bekannt dafür war, mit vornehmen jungen Damen Geschäfte zu machen. Keine ehrbaren Geschäfte jedenfalls. Seine Klienten waren anderer Natur.

Nun, da sie übereingekommen waren, die Gesuchte vor sich zu haben, warteten sie nur noch auf den passenden Moment. Sobald sie ihr nahe genug kamen, würden sie ihr von hinten einen Dolch zwischen die Rippen stoßen.

Für gewöhnlich zogen sie ihre Opfer im Schutz der Dunkelheit in irgendeine Seitengasse und stachen sie dort nieder. Bei dieser Frau aber hatte der Auftraggeber es besonders eilig. Er war bereit, das Doppelte zu zahlen, damit es so schnell wie möglich über die Bühne ging. Wenn es sein musste, am helllichten Tag und unter Menschen.

Von alldem ahnte Rose natürlich nichts, auch wenn sie sich über die Jahre ein gewisses Grundmisstrauen angeeignet hatte. Sie ging ihre gewohnten Wege einschließlich der unnötigen Umwege, um etwaige Verfolger zu verwirren. Wie stets wendete sie unterwegs auch ihren Mantel, der beidseitig getragen werden konnte und zwei verschiedene Farben hatte. Sie bildete sich immer ein, verfolgt zu werden.

An einer hektischen Straßenkreuzung musste sie lange warten und die Männer kamen bis auf vier Schritte an sie heran und zückten unter den Jacken schon die Messer. Sie würden beide nacheinander zustechen, um auf Nummer sicher zu gehen. Der Auftraggeber hatte keinen Zweifel daran gelassen, wie tot er das Mädchen sehen wollte.

Sehr tot.

Sie musste etwas sehr Schlimmes angestellt haben, wenn man bereit war, so viel Geld zu zahlen, damit sie es nicht mehr tat. Die meisten Menschen waren nicht einmal lebendig so viel wert wie ihr Tod. Einer der Männer, dessen Erscheinung noch langweiliger und uninspirierter als die seines Kumpanen war – schnell vergessen, meist übersehen –, war nur noch zwei Schritte entfernt.

Gleich würde er sie an der Schulter packen und ihr das Messer in den Rücken rammen. Bevor sie sich des Schmerzes bewusst wurde, hätte er seinem Kumpanen Platz gemacht und wäre in der Menge untergetaucht. Noch ein Schritt.

Plötzlich hüpfte das Mädchen über die Straße und war wieder außer Reichweite. Er fluchte und setzte ihr nach, um nicht den Anschluss zu verlieren. Dabei war er derart auf ihren Rücken fixiert, dass er den Pferdewagen, der von der Seite heranpreschte, gar nicht sah.

Rose verfehlte der Wagen um wenige Zentimeter. Den Mann hinter ihr traf er frontal. Als der Kutscher an den Zügeln riss, war es längst zu spät. Die Pferde trampelten über den Mann hinweg und er kam unter die Räder. Das Knacken des Schädels war über allen Lärm der Straße hinweg zu hören.

Es war ein unschönes Geräusch, das Leute zusammenzucken ließ, weil sie instinktiv spürten, dass es nicht existieren sollte.

Erschrocken fuhr Rose herum. Chaos brach aus, die Kutsche kam zum Stehen und sofort bildete sich eine Traube um den Toten auf der Straße. Man rief nach einem Arzt und alles schnatterte wild durcheinander.

Der zweite Auftragskiller stand noch immer auf der anderen Straßenseite. Dass er nicht so schnell gewesen war wie sein Kollege, hatte ihm das Leben gerettet. Er ließ sein Messer wieder in der Tasche verschwinden, strich die Jacke darüber glatt und beschloss mit einem unbeteiligten Blick auf seinen toten Partner, dennoch den vollen Lohn einzufordern. Der Auftraggeber hatte zwei Männer gewollt und sollte zwei bezahlen, auch wenn einer davon sich durch Schusseligkeit selbst aus dem Verkehr gezogen hatte.

Als er den Kopf wieder hob, war das Mädchen nicht mehr zu sehen. Er fluchte und reckte sich, konnte sie jedoch nirgends in der Menschenmenge entdecken.

Verdammte Scheiße aber auch. Er wurde von Helfern mit einer Trage beiseitegestoßen und entfernte sich langsam vom Unfallort. Sicher wohnte sie ganz in der Nähe.

Geduld und ein paar vorsichtige Fragen an den richtigen Stellen waren alles, was es jetzt brauchte. Ein zweites Mal entkam sie ihm nicht. Dessen war er sicher.

***

Rose drückte sich tief in den Schatten des Hauseingangs und verfolgte mit ihren Augen den fremden Kerl, der offenbar Ausschau nach ihr hielt. Nur aus blankem Zufall hatte sie das Messer gesehen, das er in seine Tasche geschoben hatte. Ein schnelles Aufblitzen von Metall, nichts Wildes und doch genug, um ihr klarzumachen, dass er hinter ihr her war. Ebenso wie sein Kumpan, den ihr aus purem Glück der Pferdewagen vom Hals geschafft hatte.

Ihre Knie begannen zu zittern, als ihr klar wurde, wie knapp sie gerade dem Tod entronnen war. Mit einem Stoßgebet dankte sie dem Himmel und bekreuzigte sich.

Mr. Young wusste also, wer für seinen neuen Schuldenberg verantwortlich war. Sie konnte nicht mehr so frei agieren wie in den letzten Tagen. Ärgerlich, doch früher oder später zu erwarten. Sie würde nun vorsichtiger sein. Die Killer waren kaum die ersten und sicher nicht die letzten, die man ihr auf den Hals hetzte.

Mr. Davis trat neben ihr aus dem Schatten und gemeinsam sahen sie dem erfolglosen Mörder dabei zu, wie er sich langsam entfernte und sich immer wieder mit suchendem Blick umdrehte.

»*Wenn du noch ein paar Jahre leben willst, solltest du London spätestens jetzt verlassen.*«

»Kommt nicht in Frage!«

»*Das habe ich befürchtet.*«

Mr. Davis schwieg und ließ den Mann nicht aus den Augen.

»*Mit solchen Typen kannst du es nicht aufnehmen, Rose. Das sind gedungene Mörder und du bist nur eine Frau. Auch wenn du es früher mit Drachen, Räubern und bösen Rittern aufgenommen hast. Ach, deine Fantasie. Die Realität wird dich eher heute als morgen in der Themse wiederfinden. Mit dem Gesicht im Wasser …*«

»Ja, ja, ich weiß schon. Es wird böse mit mir enden. Habt Dank für eure Sorge, Mr. Davis, doch ich kann nicht zurück. Soll es eben böse enden. Reserviert zwei Plätze in der Hölle neben euch. Einen für meine Wenigkeit, einen für Mr. Young. Er wird mir dort nämlich bald Gesellschaft leisten. Schönen Tag noch«, sagte Rose trotzig, machte einen Knicks vor ihrem alten Lehrer und ließ ihn im Schatten des Hauseingangs stehen.

***

»Auf keinen Fall lassen die uns rein!«, protestierte Betty und sah nervös aus dem Fenster der Kutsche. Sie standen in einer Schlange von Fuhrwerken, weil das Aussteigen der Opernbesucher vor ihnen sich hinzog. »Die Lakaien werfen nur einen Blick auf uns und schmeißen uns direkt in die Kutsche zurück.«

»Entspann dich und hör bloß auf, so ängstlich das Gesicht zu verziehen. Die Leute da draußen wollen glauben, was du ihnen erzählst. Ich weiß es, ich habe es mit eigenen Augen gesehen und erlebt. Mich hat ein Baron geheiratet, weil ich behauptete, seine Verlobte zu sein. Wenn das möglich ist, schafft es unsereins auch in die Oper.«

»Du hast was?« Auf der Stelle hatte Betty vergessen, wo sie waren und was sie taten. Ihre ganze Aufmerksamkeit gehörte Rose. »Ist das schon wieder eine deiner Geschichten? Lügst du mich wieder an?«

Rose lachte laut.

»Schön wär‘s. Doch nein, es ist wahr. Ich bin eine Baroness.«

Bettys Mund stand offen und sie sah ihre Freundin mit großen Augen an.

»Nein, das glaube ich nicht. Du lügst doch. Warum hast du mir das nicht früher erzählt?«

»Hätte ich, aber du wolltest es nicht hören. Also habe ich es einfach gelassen.«

»Du hast es einfach gelassen, mir zu sagen, dass du eine Baroness bist? Du hast es einfach gelassen?«, wiederholte Betty und wurde lauter. Menschen, die draußen vorbeigingen, drehten sich nach der Kutsche um.

»Pst«, machte Rose und bedeckte Bettys Mund mit der Hand. »Sei um Gottes willen still! Du hast gesagt, du willst nicht wissen, was Daisy und ich in Schottland verbrochen haben. Also habe ich es dir nicht gesagt. Aber ja, ich habe einen Baron dazu gebracht, mich zur Frau zu nehmen. Wenn man es laut ausspricht, hört es sich noch weniger glaubhaft an, als wenn man es denkt oder einfach tut.«

Betty zog Roses Hand von ihrem Mund.

»Ja, allerdings, das stimmt. Wenig glaubhaft trifft es gut.«

Die Kutsche kam wieder in Bewegung und sie hatten die Treppe der Oper fast erreicht. Nervös faltete Betty die Hände auf der Brust. Rose und sie waren in hübsch geschnittene Abendkleider gehüllt. Betty hatte sie für eine Nacht aus der Schneiderei ausgeliehen, in der sie arbeitete.

So jedenfalls nannte sie es. Madame hätte wohl von Diebstahl gesprochen, doch glücklicherweise wusste sie nichts von der ganzen Sache und würde auch nie davon erfahren. Hoffentlich. Teil des Plans war, die Kleider noch in der Nacht zurückzubringen.

Ihre Hände steckten in weißen Handschuhen mit Mustern aus Goldfäden, ihr Haar war hochgesteckt. Beide trugen sie keinerlei Schmuck. Das wirkte, als hätten sie sich bewusst entschieden, ihren Reichtum durch bewussten Verzicht auf unnützen Pomp zur Schau zu tragen.

So oder so ähnlich hatte Rose ihr jedenfalls eingeschärft zu sagen, wenn jemand sie fragte, warum sie so ganz ohne Schmuck herumliefen.

Rose ergriff Bettys Hände und sah ihr fest in die Augen:

»Du siehst aus wie eine Prinzessin. Heute darfst du auch eine sein. Genieß den Abend und überlass mir den Rest. Niemand hier weiß, dass du all den Damen hier in der Baker Street Kleider verkaufst. Sie haben dir noch nie ins Gesicht gesehen. Und wenn doch, haben sie dich wieder vergessen, bevor die Ladentür zufiel. Solange wir reden wie alle anderen da draußen – Gott sei Mr. Davis‘ Seele gnädig –, über die gleichen Dinge lachen und dieselben Menschen hassen, nehmen sie uns als Gleiche auf. Menschen wollen Lügen glauben, Betty. Genauso wie wir als Kinder sogar unsere eigenen geglaubt haben.«

Betty schluckte und nickte. Synchron bekreuzigten sie sich und warteten, bis die Tür der Kutsche für sie geöffnet wurde. Sekunden später war es so weit und eine weiß behandschuhte Hand reckte sich ihnen entgegen. Rose legte ihre Hand in die des Lakaien, ließ sich heraushelfen und biss sich gerade noch rechtzeitig auf die Zunge, um ihren Dank herunterzuschlucken.

Sie fluchte leise, als sie Bettys »Danke« hinter sich hörte und beschloss, komme was wolle keine Miene mehr zu verziehen. Rein, ein paar Brieftaschen und Schmuckstücke klauen und wieder raus. Mehr nicht. So schwer konnte das nicht sein.

Entschlossen hakte sie sich bei Betty ein, die vor Aufregung zitterte, und gab ihr Halt. Zusammen schritten sie auf das große, weit geöffnete Portal der Oper zu.

Schon von außen war der hellerleuchtete Raum mit seinen prachtvoll stuckverzierten Decken, den großen Kerzenleuchtern und der Marmorvertäfelung gut zu sehen. Betty entwich ein leises Stöhnen und Rose sah sich gezwungen, sie doch noch einmal zu ermahnen.

»Denk daran: Niemals Bediensteten danken, es gibt keinen Grund zum Staunen und wenn irgendjemand etwas fragt, worauf du keine Antwort weißt, dann fall in Ohnmacht.«

Betty sah sie mit großen Augen an.

»Na gut, das war ein Witz. Funktioniert nicht so gut, habe ich schon ausprobiert.«

Rose zwinkerte belustigt und sie traten durch das Portal. Diener verbeugten sich vor ihnen, Menschen, die sie nie zuvor gesehen hatten, nickten ihnen zu, als wären sie einander selbstverständlich bekannt und vertraut – nur der Name war ihnen entfallen, so glaubten sie. Rose spürte auf der Stelle, wie die Anspannung von ihr wich, ihr Lächeln breiter wurde und ihr Blick sich langsam an das heftete, dessentwegen sie hier war:

Geld und Schmuck.

Das Collier der dicken Dame dort. Wenn sie daran kam, konnte sie alle Lagerhäuser Londons mit Motten verseuchen. Oder die Ohrringe der jungen Frau, die zusammen mit den beiden anderen gut gekleideten Ladies Champagner trank und sich offenbar köstlich amüsierte. Die drei lachten unentwegt. Wenn sich alle hier so schnell betranken, würde das ein Kinderspiel werden.

Rose und Betty blieben neben einer großen, dunkelgrünen Marmorsäule stehen und sahen sich um.

»Was ist nun der Plan?«, fragte Betty. »Ich habe nicht damit gerechnet, dass wir so weit kommen, sondern dachte, man jagt uns schon auf den Stufen davon. Ich weiß gar nicht mehr, was du vorhin gesagt hast, was wir jetzt tun.«

»Wenn du dachtest, das wird nichts, warum bist du dann mitgekommen?« Rose stellte sich einem Diener mit vollen Gläsern in den Weg und nahm zwei davon von seinem Tablett. Eines reichte sie Betty, die es in einem Zug leerte.

»Mach langsam. Wir dürfen nicht auffallen. Also, warum hast du trotzdem Ja gesagt?«

Betty kicherte.

»Mir gefiel der Gedanke, in hübschen Kleidern Kutsche zu fahren. Normalerweise schneidere ich sie ja nur und die Damen dürfen sie dann tragen. Ich wollte auch, einmal wenigstens –«

»Ihre Namen bitte«, wurden sie von einem steifen, streng dreinblickenden Herrn im Smoking unterbrochen. Betty wollte schon antworten, ihre Namen gingen ihn einen Scheißdreck an, doch Rose trat sie noch rechtzeitig heimlich mit der Fußspitze und sie schloss den Mund auf der Stelle wieder.

»Lady Hartshield, Baroness of Eddleston!«, antwortete Rose wie aus der Pistole geschossen und deutete auf Betty. »Und Miss Smith.«

Der Mann nickte zum Dank, verbeugte sich und ging ebenso schnell davon, wie er gekommen war. Bei einem älteren Herrn um die 70, der sich zittrig auf seinem Stock abstützte, blieb er stehen und deutete diskret auf sie.

»Warum hast du ihm unsere Namen verraten? Nicht, dass es von Bedeutung wäre. Sie sind ja eh nicht echt. Hast du deinen erfunden? Klang fast so überzeugend, als wärst du das wirklich.«

Rose antwortete nicht, sondern beobachtete, wie der alte Mann nickte, sich in ihre Richtung drehte und den steifen Smoking-Träger aufforderte, ihn beim Gehen zu stützen.

»Oh nein, Rose. Die zwei alten Männer kommen her. Sie wissen es.«

»Entspann dich, Betty, entspann dich. Uns passiert nichts. Denk dran, die Leute wollen den Lügen glauben.«

»Baroness of Eddleston; Miss Smith«, sagte der Mann, der ihre Namen scheinbar auf der Stelle auswendig gelernt hatte. »Erlaubt mir, euch Lord Conteville vorzustellen, den Earl of Lincolnshire.«

Rose machte einen tiefen Knicks und Betty tat es ihr nach.

»Es ist mir eine Freude, eure Lordschaft.«

»Die Freude ist ganz meinerseits, meine Damen. Habt Dank, Mr. Percy, eure Hilfe ist nicht mehr vonnöten.« Der Gentleman, der sie einander vorgestellt hatte, verbeugte sich förmlich und verschwand. »Verzeiht die erzwungene Kontaktaufnahme, Baroness, doch ich wusste mir einfach nicht anders zu helfen. Ihr seht einer Bekanntschaft von mir zum Verwechseln ähnlich«, sagte der Earl und rückte das Monokel zwischen den vielen Falten um sein Auge zurecht.

Auf einmal fiel bei Rose der Groschen. Er war der Mann, mit dem Mr. Young Emilia verloben wollte und der Grund, dass er den ganzen Zirkus mit Liam, Daisy und ihr veranstaltet hatte!

Sie dankte der göttlichen Vorsehung.

Der Himmel schien es wirklich besonders gut mit ihr zu meinen. Es musste der Racheengel Gabriel sein, der ab sofort ihr Patron sein würde. Sie lächelte, so liebenswürdig sie konnte, und säuselte:

»Eure Lordschaft, sprecht Ihr wohl von Miss Emilia Young?«

Der Earl nickte und fasziniert sah Rose dabei zu, wie die vielen Falten seines Doppelkinns sich verschoben. Dieser Mann war keine Schönheit und ja, er war wirklich schrecklich alt. Viel älter als 60. Abgesehen davon schien etwas mit seinen Augen nicht in Ordnung zu sein. Das eine kniff er unentwegt zusammen, während das andere mit dem Monokel stark tränte. Kein Wunder, dass Emilia sich lieber in die Arme des hübschen Lord Hartshield gestürzt hätte, als diesen Mann zu heiraten. Rose würde ihr einen Gefallen tun, wenn sie ihn vergraulte. Und Mr. Young das Leben in einer weiteren Hinsicht zur Hölle machen.

»Seid Ihr vielleicht miteinander verwandt? Ich sehe zwar nicht gut, es ist das Alter, aber doch noch gut genug, um euch beinahe für Emilia zu halten. Wüsste ich nicht aus sicherer Quelle, dass Miss Young zur Kur in Frankreich weilt –«

»Nein, sind wir nicht«, beantwortete Rose die Frage nach der Verwandtschaft und fügte nach einer vieldeutigen Pause hinzu: »Zum Glück.«

Die zahllosen, lebhaften Falten im Gesicht des Earls kamen in Bewegung. Der Subtext ihrer Antwort war ihm nicht entgangen.

»Mögt Ihr die junge Miss Young etwa nicht?«, hakte er vorsichtig nach.

Rose lächelte bemüht und trat näher an ihn heran.

»Ich kenne Miss Young nicht gut genug, um sie nicht zu mögen. Es ist nicht meine Art, vorschnell über Menschen zu urteilen. Doch was ich bisher von ihr kennenlernen durfte, nun, wie soll ich sagen? Überzeugt hat es mich nicht.«

Der Earl leckte sich über die trockenen Lippen und fragte mit ruhiger und sachlicher Stimme:

»Wenngleich mir bewusst ist, dass es unsere kurze Bekanntschaft sehr strapaziert, muss ich euch doch bitten, eure Antworten konkreter zu formulieren. Ihr müsst wissen, dass es zu einem Arrangement zwischen Emilia – ihrem Vater, sollte ich wohl sagen – und mir gekommen ist, ich aber noch gewisse Vorbehalte verspüre. Zu gern würde ich sie entkräftet oder auch bestätigt wissen.«

»Eure Lordschaft, ich verstehe euer Begehr, doch es ist nicht an mir, mich in solch delikate familiäre Angelegenheiten fremder Herren zu mischen und mich als Beraterin aufzuspielen«, erwiderte Rose und tat, als wäre ihr die Sache schrecklich unangenehm. »Ihr habt ganz recht, die Kürze unserer Bekanntschaft erlaubt das nicht.«

»Das weiß ich und glaubt mir, es ist mir selbst sehr unangenehm, es euch anzutragen. Doch seht, ich bin nicht mehr der Jüngste – ja, das seht Ihr zweifellos – und habe noch keinen Erben. Sollte es mir denn vergönnt sein, noch ein Kind zu zeugen, muss ich doch annehmen, nicht mehr zu erleben, dass es das Mannesalter erreicht. Ich muss also überaus sichergehen, dass das Kind eine rechtschaffene und tugendhafte Mutter hat, die es in meinem Sinne erzieht.«

Emilia Young als Mutter?

Die Vorstellung fiel Rose schwer. In den wenigen Minuten, die sie in Gegenwart der jungen Frau erlebt hatte, hätten sie einander beinahe die Augen ausgekratzt. Unmöglich, dass sie bereit war, einen Greis zum Mann zu nehmen und sein Kind großzuziehen. Unmöglich. Rose sah sich um, als wollte sie sich versichern, dass außer Betty niemand lauschte, beugte sich dann vor und flüsterte in das Ohr des Earls:

»Eure Lordschaft, ich möchte nicht für euer und eures ungeborenen Kindes Unglück verantwortlich sein. Doch will ich betonen, dass alles, was ich nun sage, nur mich und meine persönliche Verwicklung mit Emilia Young betrifft. Einen Tag nach meiner und meines Mannes Hochzeit stand sie plötzlich in meinem Haus – allein in den schottischen Highlands, das muss man sich erst einmal vorstellen – und warf sich ohne jede Scham meinem Liam zu Füßen! Ich möchte nicht bezweifeln, dass sie ein gutes Herz hat. Und der Herr weiß, dass in jedem von uns Rechtschaffenheit und

Tugend schlummern. Doch an diesem Tag wusste sie all das recht gut zu verbergen.«

Rose richtete sich wieder auf und nippte in aller Ruhe an ihrem Champagner. Der Earl atmete schwer. Nach einem Moment des Nachdenkens dankte er Rose mit einem huldvollen Nicken.

»Ich muss gestehen, ich hatte meine Zweifel. Sowohl was ihre Zuneigung zu mir als auch was ihre Tugendhaftigkeit angeht. Dass sich mein doch recht vager Verdacht auf solch gravierende Weise erhärtet, habe ich nicht erwartet. Ich gebe offen zu, es schmerzt stärker, als ich erwartete.« Der arme Mann schluckte. Er hatte wirklich gehofft, das junge Ding könnte ihn mögen. »Ich danke euch für die ehrlichen Worte, Baroness.«

Er verbeugte sich und wünschte einen guten Abend. Rose und Betty knicksten artig und sahen zu, wie der Earl langsam wie eine Schildkröte in der Menge verschwand.

»Wer war denn das nun wieder?«

»Ein neues Ärgernis für Mr. Young. Und was für eines«, kicherte Rose. Nun war es an der Zeit, sich darauf zu besinnen, weshalb sie eigentlich hier waren. Auf der Suche nach angetrunkenen, flatterhaften und schmuckbehängten Damen sah sie sich um. Nicht lange und ihr Blick traf eine Lady, die ihre Börse auf einem Blumenkübel abgelegt hatte. Neben ihr stand ein Lakai mit einem Champagner-Tablett. Kurzentschlossen tauschte Rose ihr volles Glas gegen Bettys leeres.

»Bleib hier und such keinen Kontakt. Ich bin sofort zurück.«

***

Liam starrte quer durch die große Halle und traute seinen Augen nicht. Ohne den Blick von der Frau zu wenden, tastete er nach dem Arm seines Bruders.

Charles war im Gespräch mit einem Paar und wollte zunächst nicht reagieren, doch Liams Griff wurde fester. So bat er um Verzeihung und wandte sich seinem ungeduldigen Bruder zu.

»Was ist denn so wichtig, dass Lord und Lady Hamptons Berichte über ihre Amerikareise warten müssen?«

»Sag mir, dass ich träume und sie nicht hier ist. Kneif mich am besten.« Mit dem Cognacglas in der Hand wies Liam auf eine gutgekleidete junge Dame, die Charles sofort vertraut vorkam. Vertrauter, als ihm lieb war.

»Das darf doch nicht wahr sein!«, entfuhr es ihm. Er mäßigte sich, als

Köpfe sich in seine Richtung drehten. Durch zusammengebissene Zähne hindurch flüsterte er mit eisernem Lächeln:

»Um Gottes willen keine Szene wie im Park, ganz egal, wie sehr sie dich provoziert. Dann kannst du dich nirgends mehr blicken lassen. Und ich mich auch nicht.« Wie einen Schraubstock schloss Charles die Hand um den Arm seines Bruders, der schon im Begriff war, die Halle zu durchqueren.

»Keine Sorge, das habe ich nicht vor. Ich will nur ein paar Nettigkeiten austauschen.« Liam blieb stehen und runzelte die Stirn: »Was tut sie da?«

Gemeinsam beobachteten sie Rose dabei, wie sie sich ein volles Glas Champagner geben ließ und währenddessen nach einer herumliegenden Börse griff, die kaum die ihre war.

»Klauen«, antwortete Charles auf eine Frage, die nur rhetorischer Natur sein konnte. »Ich fürchte, sie ist nicht wegen *Don Giovanni* hier. Schade, für einen Moment dachte ich, sie entpuppt sich als begeisterter Mozartfreund und eure Ehe ist um wenigstens eine Gemeinsamkeit reicher.«

Langsam setzten sie sich in Bewegung, folgten Rose in einiger Distanz und sahen mit Erstaunen und wachsender Besorgnis, wie sie sich gekonnt durch die Menge bewegte und hier eine Taschenuhr, dort den Inhalt einer achtlos getragenen Handtasche und nach einem vermeintlich unabsichtlichen Zusammenstoß gar einen Armreif an sich brachte.

»Du solltest überlegen, mit ihr verheiratet zu bleiben«, bemerkte Charles trocken, als sie hinter einer großen Palme standen und sahen, wie Rose einer Komplizin ihre Beute überreichte und sich umgehend auf den nächsten Raubzug begab. »Zwei, drei Staatsbanketts mit ihr und Kingston Hall ist schuldenfrei.«

»Habe ich bereits erwähnt, wie überaus froh ich bin, dich meinen Bruder nennen zu dürfen? In einer Lage, in der andere einen mit Rat und gutem Zureden langweilen, erhältst du dir deinen untrüglichen Sinn für die überflüssigsten Bemerkungen und die unpassendsten Witze.«

Charles verbeugte sich spöttisch.

»Wie Vater richtig bemerkte, als ich ihm offenbarte, mit der Familientradition zu brechen und anstelle einer Militärkarriere das Wort des Herrn zu verkünden, neige ich dazu, den in mich gesetzten Erwartungen in jedweder Hinsicht nicht gerecht zu werden.«

Liam schnaubte belustigt und drückte ihm sein Glas in die Hand.

»Wo willst du hin?«

»Ich habe das ungute Gefühl, dass meine werte Gattin sich gleich am

Collier von Lady Ferres zu schaffen macht. Sie umkreist sie schon wie ein Geier.«

»Mach bloß keine Szene!«, beschwor ihn Charles und sah ihn eindringlich an.

»Keine Sorge. Ich habe mich im Griff.«

Grund zur Sorge gab es am Ende doch. In Liam brodelte die beständige, unverdaute Wut auf dieses freche Gör. Wie selbstbewusst und unbehelligt, frei von Zweifeln und Gewissensbissen sie sich in seiner Welt bewegte und seinen Stand belog, betrog und bestahl. Es ärgerte ihn. Wie ein kleiner, naiver Junge war er auf sie hereingefallen, der vom Wesen der Menschen offensichtlich nichts verstand. Warum hatte er alle anfänglichen Zweifel in den Wind geschossen? Nie war sein Stolz auf solch brachiale Art gekränkt worden. Einem Mann hätte er stehenden Fußes Satisfaktion auf dem Feld der Ehre abverlangt.

Bei einer Frau blieb ihm die Genugtuung eines Erfolgs im Duell leider verwehrt. Stattdessen musste er ihrer anders habhaft werden und sie vor Gericht bringen. Der Ruf seiner Familie würde für Generationen Schaden nehmen.

Sie hatte es tatsächlich auf das Collier abgesehen! Kannte ihre Gier denn keine Grenzen? Bevor sie sich dicht genug an Lady Ferres herangepirscht hatte, stellte Liam sich ihr in den Weg.

»Rose, welch Überraschung, dich hier wiederzusehen.«

Nur eine kleine, kaum sichtbare Regung im Gesicht verriet ihre Unruhe. Nach einem kurzen Moment starrer Regungslosigkeit brachte sie es zustande, ihn anzulächeln, ohne auch nur eine Spur nervös oder ängstlich zu wirken.

»Lord Hartshield, ich meine, Liam, was machst du denn hier?«, fragte sie und trat einen kleinen Schritt zurück in Richtung der Säulen, um außer Hörweite der restlichen Gesellschaft zu kommen. Liam folgte ihr. Auch ihm war es lieber, wenn ihr Gespräch ungehört blieb.

»Ach, was man in der Oper eben tut. Ich bringe ahnungslose und gutgläubige Menschen um ihr Hab und Gut.«

Interessiert sah Rose sich um, weil Bewegung in die Menge kam. Eine der Frauen, die sie beklaut hatte, suchte mit ihren Freundinnen den Boden nach dem verschwundenen Armreif ab. Rose wechselte einen Blick mit ihrer Komplizin, die sie und Liam aus einiger Entfernung beobachtete. Diese verstand auf der Stelle, stellte ihr Glas beiseite und machte sich auf den Weg zum Ausgang.

»Reizend. Ich wünsche dir viel Freude mit der Musik, das Orchester soll ganz vorzüglich sein. Lass dich von mir nicht aufhalten«, erwiderte Rose, wieder zu Liam gewandt. Sie hatte ihm nicht zugehört und war bereits wieder damit beschäftigt, zu beobachten, wie ihre Freundin in der Menge verschwand.

Sie machte einen Knicks und wollte an ihm vorbei, um ihrer Komplizin unauffällig zu folgen, doch er ergriff ihre Hand und zog sie an seinen Mund als wäre er ein Kavalier und sie die Dame seines Herzens.

»Nicht so eilig«, murmelte er in ihren Handrücken. »Ich habe ein paar Fragen, die mir auf der Zunge brennen. Und du hast die Antworten.«

Rose lächelte verkrampft und versuchte, ihm ihre Hand zu entziehen. Doch sein Griff war eisern. Diesmal würde sie ihm nicht entkommen, schwor er sich und sah ihr entschlossen in die Augen.

Sie erwiderte seinen Blick gelassen und kein bisschen eingeschüchtert. Wie konnte es sein, dass er in den Tagen, die sie gemeinsam auf Kingston Hall verbracht hatten, nichts von ihrer Abgebrühtheit und ihrem Ehrgeiz erkannt hatte? Er musste so vollauf damit beschäftigt gewesen sein, Emilia in sie hineinzusehen, dass er die Person völlig verkannte, die sie wirklich war. Sie war kein junges, unerfahrenes Mädchen.

Ganz im Gegenteil.

Ihre blauen Augen strahlten eine innere Ruhe, selbstsichere Zuversicht und, so mochte er fast sagen, Weisheit aus, die er in dieser Form noch an keiner Frau gesehen hatte. Sie schien ein anderes Kaliber Mensch zu sein. Bei Gott, wäre sie eine Spionin, kein Geheimnis wäre vor ihr sicher.

»Liam«, stöhnte sie ungeduldig auf. »Anders als dir rennt mir die Zeit davon. Wärest du so nett, dich zu beeilen?«

Er war so in seine Gedanken und ihre Augen vertieft gewesen, dass er zunächst nicht verstand, was sie überhaupt meinte. Womit sollte er sich beeilen?

»Wie bitte?«, fragte er, ihre Hand noch immer fest in der seinen haltend.

»Na, mit den Fragen. Du sagtest, du hättest Fragen an mich.«

Immer mehr Menschen bemerkten das Fehlen ihrer Börsen und Schmuckstücke. Es kam zu tumultartigen Szenen, der Stimmpegel schwoll an und helles Kreischen war zu hören.

Ohne die Menschen um sich herum zu beachten, starrten Liam und Rose einander an. Nun blieb auch für Rose die Zeit stehen. Die Geräusche der Umgebung wurden leiser und verschwanden schließlich ganz, wie auch die Gesichter der anderen Menschen verschwammen. Nichts vermochte die

Blase zu durchbrechen, die sie sich erschaffen hatten.

»Stimmt«, sagte Liam schließlich und räusperte sich. »Ich muss wissen, ob Rose Mason dein wahrer Name ist.«

»Ja«, erwiderte Rose und sah ihm noch immer offen in die Augen.

»Gut zu wissen. Danke.«

»War das alles?«

Liam lachte in sich hinein. War das alles, fragte sie. War das alles? Nein, natürlich nicht. Er hatte hunderte von Fragen, Anmerkungen, Vorwürfen, Verwünschungen. Nur wollte sich nichts finden lassen, das er jetzt äußern konnte. Sein Kopf war wie leergefegt. Es gab nichts als Rose, ihre zarten, behandschuhten Finger zwischen den seinen und dicken, undurchdringlichen Nebel, der alles sonst verschlang. Was zur Hölle war in ihn gefahren? Er sollte sie in die Mangel nehmen, einschüchtern, ihr mit Gefängnis und Schlimmerem drohen und ihr klarmachen, welche Konsequenzen ihre Schandtaten hatten. Stattdessen hielt er ihre Hand und starrte in ihre blauen Augen.

Und sie starrte zurück.

Die Blase platzte, als sie angerempelt wurden.

Vor Überraschung ließ Liam Roses Finger los und fuhr zu der Person herum, die ihn beinahe auf sie gestoßen hätte. Es war ein Gentleman, der panisch in seinen Taschen wühlte und augenblicklich um Verzeihung bat. Liam nahm die Entschuldigung an, wandte sich zurück zu Rose und fluchte.

Sie war nicht mehr da.

***

Rose zwang sich, nicht über die Schulter zu sehen. Nur raus hier, Liam entkommen und Betty finden.

Nicht umdrehen, immer weitergehen, Rose!

Und sie tat es doch. Liam stand noch immer, wo sie ihn verlassen hatte, und drehte sich auf der Suche nach ihr ratlos im Kreis herum. Sein Anblick nahm ihr die Luft.

Als er vor ihr stand, hatte sie zunächst gedacht, es sei der Schrecken, der ihre Knie so weich machte. Doch das Gespräch und sein eindringlicher Blick hatten sie eines Besseren belehrt.

Es war schlicht seine Anwesenheit, in der ihr ganz anders wurde.

Sie verfluchte Mr. Young und seine böse, intrigante Seele. Von all den schlimmen Dingen, die er ihr und der armen Daisy aufgezwungen hatte, war die Heirat mit Liam das Abscheulichste.

Sie würde mit der Gewissheit ins Grab gehen müssen, dem einzig guten, ehrlichen Menschen in diesem gottverlassenen Königreich begegnet zu sein und ausgerechnet ihn ins Verderben gestürzt zu haben.

Bei all der Schuld, die sie in den vergangenen Jahren auf sich geladen hatte und in den kommenden noch auf sich laden würde, war dies ihr größtes Vergehen. Sie schluckte, als sie seine große, aufrechte Gestalt inmitten des Trubels stehen sah. Er hatte Besseres verdient als sie, so viel Besseres. Er sollte glücklich werden dürfen.

Ihre Hand kribbelte noch an den Stellen, wo er sie gehalten hatte. Sie ertastete den Ring unter ihrem Mieder. Ihr einziges Schmuckstück. Wäre ein Funken Rechtschaffenheit in ihr, hätte sie ihn ihm zurückgegeben.

Doch sie war nicht rechtschaffen.

Rose wandte sich um und trat durch die große Tür hinaus, vor der sich die Leute aufgeregt unterhielten. Ein Dieb, so hörte sie, ein Dieb sei unter ihnen.

Nicht mehr lange, dachte sie, lief schnellen Schritts die Treppen hinunter und hielt dabei nach Betty Ausschau. Instinktiv peilte sie die großen Blumenkübel auf der anderen Straßenseite an. Dahinter hatten sie sich als Kinder immer versteckt. Sicher war Betty an diesem vertrauten Ort.

Niemand zu sehen.

Rose drehte sich um die eigene Achse, kniff die Augen zusammen und suchte die Schatten der Häuser ab, doch keine Betty weit und breit. War sie bereits auf dem Weg zurück zu Daisy und ihrem kleinen Quartier?

Sie hörte ein leises Pfeifen, das von den Mauern zurückgeworfen wurde, erwiderte es umgehend und einen Augenblick später trat Betty aus den Schatten hervor. Sie grinste breit und winkte Rose zu sich.

»Was hast du denn noch so lange gemacht? Wer war der hübsche Kerl, der dich angesprochen hat? Wie seltsam er dich angestarrt hat. Suchen sie uns schon?«

»Geredet, niemand wichtiges und ja, sie suchen uns. Wir müssen auf der Stelle hier weg. Wir brauchen eine Kutsche«, sagte Rose und sah sich um. »Ich möchte ungern mit so viel Schmuck durch halb London lau–«

Mitten im Satz stockte ihr der Atem. Inmitten all der Leute vor dem Operneingang, die aufgeregt durcheinanderliefen und ihre Schätze suchten, zwischen den Lakaien und eintreffenden Besuchern stand der Mann vom Morgen und sah sie direkt und unverhohlen an.

Rose lief es kalt den Rücken herunter und sie musste schlucken. Viel Zeit blieb ihr nicht. Es galt, rasch zu handeln. Denk nach, Rose, ermahnte sie sich. Denk nach! Sie packte Betty am Arm und wies sie ohne den Mann aus den Augen zu lassen an:

»Du gehst auf der Stelle zu mir, direkter Weg, schnappst dir Daisy und versteckst Schmuck und Geld an einem Ort, den nur du kennst und niemand sonst. Wenn du bis morgen nichts von mir hörst, gibst du die Hälfte Jack, nimmst die andere Hälfte für dich und haust mit Daisy ab. Such euch eine sichere Bleibe, eine, wo Leute von uns sind. Leute aus dem Waisenhaus, Leute, denen man trauen kann. Such mich nicht, erwähne mich nie wieder. Hast du mich verstanden?«

»Was ist los?« Betty hörte sofort, wie ernst die Lage war. »Wenn es gefährlich ist, dann –«

»Betty, geh. Jetzt!« Rose ließ sie los und bedeutete ihr mit einem Nicken, zu verschwinden. Ihre Freundin zögerte noch einen Moment, sah ihr panisches Gesicht und verstand.

»Pass auf dich auf, Rose«, flüsterte sie, bevor sie zurück in die Schatten verschwand, aus denen sie gekommen war.

Der Mann umrundete eine Kutsche und schickte sich an, die Straße zu überqueren. Roses Herz schlug wild. Sie musste eine andere Richtung nehmen als Betty, wenn sie nicht wollte, dass er auch ihr auf die Spur kam. Und sie musste lang genug am Leben bleiben, dass ihre Freundin Daisy erreichen und mit ihr ein Versteck finden konnte. Zurück in die Oper konnte sie nicht. Er würde sie inmitten der Menge erstechen, wie er es schon heute Morgen fast getan hatte.

In diesem Moment wusste sie, dass sie sterben würde.

Alles, was sie noch tun konnte, war den Vorsprung der anderen auszudehnen, solange es irgend ging. Sie zweifelte nicht daran, dass nicht nur auf sie, sondern auch auf Daisy ein Kopfgeld ausgesetzt worden war. Gut möglich, dass auch Betty in Gefahr war, die die letzten Tage mit ihnen verbracht hatte.

Eine weitere Kutsche fuhr heran und nahm dem Killer die Sicht. Rose raffte ihre Röcke und eilte so schnell sie konnte in eine enge Gasse, die sie auf eine große Straße und weiter hinunter zur Themse führen musste.

Kaum Licht drang in die Gasse. Es war unmöglich vorauszuahnen, wohin man trat. Sie spürte die Pfütze zu spät und ärgerte sich. Die neuen, auf Mr. Youngs Kosten erworbenen Schuhe waren ruiniert.

Unwillkürlich lachte sie irre auf. Rannte sie wirklich um ihr Leben und sorgte sich um Schuhe? Etwas Spitzes streifte ihr Bein und sie fuhr vor

Schmerz zusammen. Die Wunde würde bluten und spätestens jetzt war das geliehene Kleid in keinem rückgabefähigen Zustand mehr. Doch auch das sollte sie nicht kümmern.

Rose biss die Zähne zusammen und beschleunigte ihren Schritt, als sie das Echo von Schritten hinter sich vernahm. Er war hinter ihr und sie wusste, dass er sie einholen würde. Früher oder später. Wie ärgerlich, auf diese Weise von der Welt zu scheiden. Kein Abschied, keine Henkersmahlzeit. Womöglich nicht einmal eine richtige Beerdigung mit einem Pfarrer. Nur eine unbekannte, unbeweinte Leiche in der Gosse, gemeuchelt in der Dunkelheit.

Mr. Davis würde ihr das auf ewig vorhalten. Wieder lachte sie irre auf. Der Schmerz an ihrem Bein wollte nicht weichen, sondern wurde stärker. Woran auch immer sie sich geschnitten hatte, die Wunde war tief. Verflucht und verdammt, welch beschissenes Ende. Nur noch wenige Schritte und sie würde die Wellington Street hinter sich lassen. Aus dem Augenwinkel sah sie, wie etwas heranschnellte.

Eine Hand.

Instinktiv bückte sie sich und die Hand griff in die Luft. Sie stolperte aus der Gasse auf den Bürgersteig. Ohne nach links oder rechts zu sehen, eilte Rose über die Straße auf die gegenüberliegende Seite.

Sie spürte den Verfolger im Nacken und wusste, dass sie nicht mehr lange durchhalten würde. Ihr gingen Kraft und Puste aus, sie war müde von der Schlaflosigkeit der letzten Nächte und den Sorgen der vergangenen Jahre.

Sie konnte einfach stehen bleiben, den Dolchstoß geschehen lassen und in der Dunkelheit versinken. Ja, sie konnte es zulassen und gehen. Mehr als einmal hatte sie sich doch nach dem Tod gesehnt. Nach einem schnellen Ende.

Der Mann hinter ihr schnaubte verärgert. Das unzufriedene, ungeduldige Geräusch riss sie aus ihrer Trance. Im Zickzack, um sich seinem Zugriff zu entziehen, lief sie auf zwei Männer zu, die einander betrunken in den Armen lagen und die Straße hinunterstolperten. Sie glitt zwischen ihnen hindurch und vernahm mit Genugtuung das Rumpeln, das kurz darauf folgte. Ihr Verfolger musste in die beiden hineingelaufen sein.

Die Trunkenbolde protestierten und wollten ihn davon abhalten, ihr hinterher zu laufen. In ihrem Rücken entwickelte sich eine Rangelei und Rose jauchzte innerlich über den kleinen Vorsprung, den sie ihr verschaffte. Betty und Daisy würden Zeit haben, ein Versteck zu finden. Bei diesem Gedanken löste sich ein Knoten in ihrer Brust. Wenigstens die beiden würden leben dürfen.

Rose bog in die Savoy Street. Als jemand plötzlich die Tür eines Pubs neben ihr aufstieß, wechselte sie sofort die Richtung und lief hinein. Die singenden Männer, die im Wirtsraum tranken, johlten völlig perplex ob ihres Auftritts und erhoben sich halb. Sie durchquerte den Schankraum und gelangte durch den engen Gang, der sich anschloss, wiederum in eine kleine Gasse ohne jede Laterne.

Links und rechts stapelten sich leere Wein- und Bierfässer in der Dunkelheit. Rose verbarg sich hinter dem größten Berg und bedeckte ihren offenen, nach Luft schnappenden Mund mit beiden Händen.

Sie hörte, wie sich im Pub etwas regte, aufgebrachte Stimmen erklangen und schwere Dinge umgeworfen wurden, bevor die Tür aufflog und eine Person herausstolperte.

Ihr Verfolger stand im hell erleuchteten Rahmen der Tür und duckte sich, weil jemand ihm eine Flasche hinterherwarf. Ähnlich außer Atem wie sie blickte er sich um.

Warum gab er nicht auf, verflucht? So viel Geld konnte sie gar nicht wert sein, dass man sich dermaßen um sie bemühte. Rose konnte hören, wie die Scherben unter seinen Füßen auf dem Pflaster knirschten, während er langsam in ihre Richtung kam.

Es kostete sie alle Willenskraft, ruhig hinter den Fässern sitzen zu bleiben und nicht loszuschreien. Wenn er sie ausmachte, war es um sie geschehen. Solange er es nicht tat, durfte sie ihre kleine Chance, doch noch zu entkommen, nicht durch einen unbedachten Laut zunichtemachen.

Er stand unmittelbar vor ihr, nur die leeren Fässer zwischen ihnen. Rose konnte seinen Atem hören. Ihre Nerven waren zum Bersten angespannt und gerade, als sie dachte, er käme um die Ecke und würde sie entdecken, fiel weiter hinten in der Gasse etwas oder jemand um und lockte ihn von ihr fort.

Oh, lieber Gott. Sie zählte bis zehn, rappelte sich auf und kroch hinter den Fässern hervor. Das arme Herz in ihrer Brust raste so schnell und laut, dass sie glaubte, nichts anderes mehr zu hören als seine fleißigen Schläge. Sie konnte nichts sehen und wusste nicht, ob der Mann die Gasse nach der anderen Richtung verlassen hatte oder noch immer in der Nähe lauerte. So oder so konnte sie nicht hier bleiben.

Sie saß in der Falle. Statt weiter darüber nachzudenken, holte Rose tief Luft, sprang hinter den Fässern hervor und lief zurück auf den Pub zu.

Was für ein Fehler.

Er war nur wenige Schritte weit von der Tür weggekommen, sah, wie sie um die Ecke bog und nahm die Verfolgung auf. Seine Schritte trommelten in ihrem Rücken und sie wusste, dass sie nicht würde ausweichen können, wenn er sie erwischte. Es gab keine Fenster, keine Türen und keine Abzweigungen links und rechts. Ihr blieb nichts anderes übrig, als so schnell sie konnte bis ans Ende der Gasse und auf die Uferpromenade zu laufen.

Die Laternen waren noch viel zu weit. Wenn sie sie erreichte, hätte sie wieder mehr Bewegungsspielraum, könnte im Zickzack laufen, könnte –

Er packte sie von hinten an den Haaren und mit einem Ruck wurde sie zurückgeworfen. Instinktiv griff sie nach seinen Handgelenken und ging in die Knie, so dass er über sie stürzte. Schnell kam er wieder auf die Beine, zog sein Messer aus der Jacke und sprang auf sie zu.

In letzter Sekunde drehte sie sich zur Seite, so dass sein Hieb in die Luft ging. Ihre Hände tasteten panisch über den Boden, suchten etwas, womit sie zuschlagen oder sich zumindest schützen konnte, und fanden nichts als Dreck. Wieder stürzte er sich auf sie und wieder verfehlte sie sein Stich um Haaresbreite. Wie ein Käfer auf dem Rücken liegend trat sie gegen sein Schienbein und bewirkte nichts.

Der nächste Stoß hätte sie unausweichlich getroffen, wäre er nicht über seine Füße gestolpert und neben ihr auf dem Boden gelandet. Das Messer entglitt ihm und Rose rappelte sich auf, um danach zu greifen. Er hielt sie an den Röcken fest und zog sie zu sich zurück. Etwas Schweres traf sie auf dem Kopf und für einen Moment wurde alles schwarz.

Sie schüttelte sich, um wieder klar zu sehen. Mit letzter Kraft trat sie sich von ihm frei, als er nach dem Messer greifen wollte, stand auf und stolperte die letzten Meter hinunter zur Themse. Ihr war schwindlig und sie merkte, dass sie bei jedem Schritt stärker schwankte.

Die Promenadenmauer verschwamm vor ihren Augen, teilweise sah sie gar nichts mehr. Benommen tastete Rose sich an die Stirn und wunderte sich über die klebrige, dunkle Flüssigkeit, die an ihren Fingern haften blieb. Die dicken schwarzen Tropfen auf ihrem hübschen Kleid ärgerten sie. Sie ruinierten es und Betty würde Probleme deswegen bekommen.

Sie fiel vornüber auf die Mauer zu. Hinter sich hörte sie wieder die verfluchten Schritte. Egal, was sie tat, sie wurde sie nicht los.

Klack, Klack.

Die Häuserwände warfen das Echo doppelt laut zurück.

Klack, Klack.

Wieder wurde ihr schwarz vor Augen. Mit letzter Kraft hievte sie sich auf die Mauer und sah auf das Wasser hinunter. Der Mond spiegelte sich darin und die Lichter der Laternen zu beiden Seiten des Flusses umrahmten ihn bildhübsch. Welch ein schöner Anblick.

Da waren sie wieder, die Schritte.

Nur ihren Takt hatten sie verloren. Irgendetwas brachte sie durcheinander. Rose wunderte sich, wollte sich jedoch nicht umdrehen. Das Gesicht ihres Mörders würde nicht das letzte sein, was sie in dieser Welt erblickte. Nein, lieber wollte sie den Mond als letzte Erinnerung behalten. Sie stieß sich von der Mauer ab und fiel in das wässrige Gesicht seines Zwillings.

Weder spürte sie den Aufprall, noch störte sie die plötzliche Kälte. In Sekundenbruchteilen sog sich ihr Kleid mit Wasser voll und zog sie mit sich auf den Grund hinab. Sie hatte die Augen geschlossen und kümmerte sich nicht darum, dass sie immer schneller sank. Als hätte sich ein Teil von ihr gelöst und losgelassen, spürte sie die Schwere des Wassers und eine ungeheure Leichtigkeit zugleich.

Welch seltsames Gefühl. So schlimm war all das gar nicht. Im Grunde lag das Schlimmste bereits hinter ihr. Nur noch einmal durchatmen und …

Sie öffnete den Mund, Wasser drang in ihre Lunge und der Schock riss sie aus ihrer kurzen Ohnmacht. Panisch begann sie mit den Armen zu rudern und ihre Hände suchten nach Halt, doch gegen die Schwere ihrer Röcke kam sie nicht an.

Nichts als Dunkelheit über ihr, nichts als Kälte um sie herum. So wollte sie nicht sterben, nicht so allein und ohne alles Licht.

»*Dann kämpfe*«, hörte sie Mr. Davis. »*Kämpfe, Rose, gib dich nicht auf!*«

»Ich habe keine Kraft mehr, Mr. Davis«, erwiderte sie schwach. »Ich kann nicht mehr.«

»*Natürlich hast du noch Kraft, Mädchen! Kämpfe!*«

Rose strampelte mit den Beinen und riss an den Knöpfen ihres Kleides. Nicht alle ließen sich lösen, nur einzelne sprangen auf. Unaufhaltsam wollten die durchtränkten Stoffmassen sie tiefer in den Fluss ziehen. Sie riss noch fester überall an sich herum und schaffte es, einen Teil des Kleides abzustreifen. Noch einen Moment und sie war es los.

Geschafft.

Majestätisch, ohne alle Eile sank das schneeweiße Kleid in die Tiefe.

Seine Last war weg. Erleichtert spürte Rose, dass ihr Antrieb wiedergekehrt war, doch immer mehr Wasser sammelte sich in ihren

Lungen und sie verlor die Orientierung. Wo war oben, wo unten?

»Mr. Davis«, rief sie panisch. »Helft mir! Ich will nicht sterben.«

»Kämpfe, Rose! Hier, nimm meine Hand!«

Rose öffnete die Augen und sah Mr. Davis über sich, der ihr seine Hand darbot.

»Nimm sie! Lebe!«

Rose streckte die ihre nach ihm aus, bekam seine Finger zu fassen, spürte ihre Wärme und empfand unendlichen Trost. Sie war nicht allein, sie würde nicht einsam auf dem Grund der Themse enden. Mr. Davis war bei ihr und am Ende würde alles gut werden.

***

Liam legte seine ganze Kraft in einen Ruck und zog Rose aus dem Wasser. Unterhose, Unterhemd und Korsett waren triefend nass. Wie ein schwerer Sack hing sie ohnmächtig in seinen Armen.

Er vermochte nicht zu sagen, ob sie noch atmete oder ob er zu spät gekommen war. Mit einem Ruck drehte er sie auf den Bauch und klopfte ihr auf den Rücken. Keine Reaktion.

Er fluchte und versuchte es noch einmal. Nichts.

»Verdammt. Wenn du Miststück glaubst, du entkommst deiner gerechten Strafe, indem du einfach stirbst, dann hast du die Rechnung ohne mich gemacht!«, rief er aufgebracht, drehte sie wieder zu sich und drückte seinen Mund auf den ihren, um Luft in ihre Lungen zu pumpen.

Es wirkte. Sie fing an erst leicht, dann immer stärker zu husten, bis sie sich zur Seite drehte und einen Schwall Wasser erbrach.

»Na also.« Zufrieden und erleichtert lehnte sich Liam zurück und sah zu, wie Rose sich die Seele aus dem Leib kotzte. An der Schläfe hatte sie eine üble Platzwunde und auch ihr Unterschenkel musste bluten. Zumindest war ihre lange Unterhose rot verfärbt und hatte einen unregelmäßigen Riss.

Was sollte er nur mit ihr tun? Er konnte sie ja schwer aus dem Wasser retten, um sie dann planmäßig zu erwürgen. So sehr er das wollte, sie war noch immer eine Frau und gerade verdammt hilflos.

Rose würgte noch immer Wasser heraus.

Ihr Schlüsselbein trat hervor, als sie hustete und Liam wurde unangenehm bewusst, wie schrecklich dünn und feingliedrig sie war. Jeder stärkere Windhauch musste sie hinwegfegen. Umso verwunderlicher, dass der Kerl, der sie gejagt hatte, so viel Kraft gebraucht hatte, um sie niederzuringen. Ihr Glück, dass der Halunke sie vollkommen unterschätzt hatte.

Wie auch er.

Sie hörte auf zu husten und drehte sich in alle Richtungen, als würde sie jemanden suchen.

»Er ist tot«, sagte Liam, zog sein Jackett aus und begann es auszuwringen.

»Ich weiß, seit sechs Jahren schon.« Unbeirrt suchte sie weiter. Liam wurde stutzig. Er hatte ihren Verfolger gerade noch zu fassen bekommen, bevor er hinter ihr her in die Themse gesprungen war, und hatte ihn kurzerhand erwürgt. Das war vielleicht sechs Minuten her. Sechs Jahre waren es ganz sicher nicht.

»Von wem redest du?«

»Mr. Davis, er hat mich aus –« Rose verstummte, als sie Liam endlich wahrnahm. »Vergiss es.«

»Kanntest du den Kerl, der dich auf Teufel komm raus umbringen wollte? War das sein Name? Mr. Davis? Bitte sag nicht, er war auch so eine arme Sau wie ich, die du betrogen hast, und ich muss mich jetzt zu allem Überfluss noch damit plagen, dass ich ihm nicht geholfen habe, statt ihn um die Ecke zu bringen.«

Rose kniete auf allen Vieren und versuchte aufzustehen. Ihre Beine begannen zu zittern und er sah, wie wenig Kraft noch in ihren Gliedern war. Er erhob sich und half ihr auf.

»Nein«, sagte sie und lehnte sich erschöpft an seine Brust, weil ihre Beine nachzugeben drohten. »Ich habe ihn heute zum ersten Mal gesehen.«

Die Wunde an ihrer Schläfe sah übel aus. Er tastete sie vorsichtig ab, um sicherzugehen, dass der Schädel noch intakt war. Sie zuckte zusammen.

»Aua!«

»Stell dich nicht so an. Hast Glück, ist nur eine Platzwunde. Morgen gibt das eine sehr unschöne Beule. Mit dem Gesicht brichst du so schnell keine Herzen mehr.«

»Das macht nichts. Mit deinem ist mein Pensum für dieses Jahr erreicht.«

Liam antwortete nicht. Sie hatte ihn abrupt zurück in die Wirklichkeit geholt. Was machte er hier eigentlich? Er sollte sie auf der Stelle ins Gefängnis werfen lassen, statt ihr wie ein Idiot hinterherzulaufen, ihre Widersacher aus dem Weg zu räumen und mit ihr nachts in der Themse zu schwimmen. Warum hatte er sie nicht einfach ertrinken lassen?

»Tut mir leid, Liam«, flüsterte Rose. Sie musste seine Gedanken erraten haben. »Ich wollte dich nicht ruinieren. Wirklich nicht. Man ließ mir keine

Wahl.«

»Wer ließ dir keine Wahl?«, fragte er.

Rose konnte nicht mehr antworten. Ihre Füße gaben vollends unter ihr nach und sie sackte in sich zusammen. Diesmal war die Ohnmacht echt. Keine Pirouette, kein falsches Ächzen wie vor kurzem noch in seinem Arbeitszimmer.

Liam hob sie hoch und trug sie die Treppe zur Promenade hinauf. Mit etwas Glück würde er Charles, der auch irgendwo hier unterwegs sein musste, und eine Kutsche finden. Weglaufen konnte sie ihm nicht mehr.

Für alles andere war noch genug Zeit.

KAPITEL X

London, 07. Juni 1826

Vogelgezwitscher weckte Rose. Unter Stöhnen öffnete sie die Augen und hob den Kopf. Das war ein Fehler, die Schmerzen explodierten und sandten bunte Blitze vor ihre schnell wieder geschlossenen Augen. Vorsichtig ließ sie sich zurück in die Kissen sinken.

Ihr Kopf dröhnte, als hätte sie literweise billigen Wein mit noch billigerem Schnaps gemischt und trichterweise in sich hineingeschüttet.

Wo war sie?

Soweit sie in dem kurzen Moment mit geöffneten Augen hatte sehen können, kannte sie weder die schweren, zugezogenen Vorhänge, noch das Zimmer, in dem sie hingen. Die Gerüche um sie herum waren zu neutral, ja, zu angenehm für Ratcliff. Ihr Viertel stank aus allen Ecken, Fugen und Ritzen wie auch die Menschen, die dort lebten. Es gab kein Entkommen vor dem Geruch der Armut. Hier jedoch roch es nicht danach. Im Gegenteil. Hier roch es nach Lavendel, Stärke und Liam.

Erschrocken fuhr Rose hoch.

Diesmal ignorierte sie den Schmerz und sah sich um. Schemenhafte Bilder der vergangenen Nacht drängten zurück in ihr Bewusstsein. Die Oper. Liam. Eine dunkle Gasse. Bettys angstvolles Gesicht. Der Mond in der Themse.

Sie griff sich an den Kopf und spürte einen Verband. Sie sah unter die Decke und stellte erleichtert fest, dass all ihre Gliedmaßen noch an Ort und Stelle waren. Unter dem langen Nachthemd lugte ein zweiter Verband an ihrem rechten Bein hervor.

Keine Fesseln. Das hier war auch kein Gefängnis. Nein, es war ein Schlafzimmer und durch die offenstehende Tür sah sie in einen kleinen, dazugehörigen Salon.

Wo war sie?

Die Frage beantwortete sich von selbst, als eine zweite, zuvor nicht erkennbare, der Umgebung angepasste Tür geöffnet wurde und ein schottischer Baron seinen Kopf hindurchsteckte. Als er erkannte, dass sie wach war, kam er herein und schloss die Tür hinter sich.

Ohne ein Wort zu sagen, zog er einen Stuhl zu ihr ans Bett und setzte sich darauf. Für eine ganze Weile starrten sie einander schweigend an. Rose wollte nichts sagen, weil sie in Ermangelung genauer Erinnerungen an die letzten Ereignisse nicht sicher wusste, wie sie sich verteidigen sollte. Auch Liam schien nicht daran interessiert zu sein, mit ihr zu reden. Er starrte sie nur an und verursachte bei ihr von Minute zu Minute ein schlechteres Gewissen.

Als sie es nicht mehr aushielt, gab sie auf.

»Es tut mir leid!«, rief sie frustriert, ließ sich zurücksinken und sah an die Decke. »Es tut mir leid, dass ich dich betrogen, angelogen und um deine Zukunft gebracht habe. Ich bin ein schrecklicher Mensch und werde dafür in der Hölle schmoren!«

Noch immer keine Reaktion.

Rose traute sich nicht, ihm wieder in die Augen zu sehen. Sie wusste, dass sie nichts wiedergutmachen konnte und seine unmittelbare, stumm-anklagende Anwesenheit verstärkte ihre Schuldgefühle nur noch mehr.

Sie hörte, wie er ein Bein über das andere schlug und es sich bequem machte. Nach wie vor sagte er kein Wort, obwohl sie spürte, dass er sie die ganze Zeit ansah. Genervt drehte sie sich schließlich doch wieder zu ihm und begegnete seinem Blick offen und entschlossen. Sollte er ruhig wissen, dass sie nicht aus Bösartigkeit gehandelt hatte.

»Man hat mich zu 20 Jahren Zwangsarbeit verurteilt und mir nur die Wahl gelassen, dich zu heiraten oder nach Australien deportiert zu werden. An meiner Stelle hättest du dich sicher auch geheiratet.«

Liam zog die Augenbrauen zusammen.

»An deiner Stelle hätte ich mir keine 20 Jahre verdient«, sagte er voll überheblichem Bewusstsein seiner Makellosigkeit.

Rose verdrehte die Augen.

»Stimmt ja, du bist ein Heiliger. Edel, gut und rechtschaffen. Wofür sollte st du schon 20 Jahre bekommen, wo denke ich da hin?«

»Für dich ist all das hier ein Witz, nicht wahr? Hast du eine Ahnung, was es für meinen Ruf bedeutet, jemanden wie dich zur Frau zu nehmen?«

Rose hörte die unterdrückte Wut in seiner Stimme und war doch nicht bereit, den wenigen Stolz, den sie noch ihr Eigen nannte, herunterzuschlucken und ihm darin zuzustimmen, dass eine Ehe mit ihr das Schlimmste war, was einem Menschen widerfahren konnte. Nein, es gab Schicksalsschläge von schlimmerer Art. Sie wusste das, sie hatte einige durchlebt.

»Lebenslange Verbannung von allen nachmittäglichen Teegesellschaften?«, fragte sie spöttisch.

Er sprang auf und packte sie an den Schultern.

»Du bist kurz davor, mich bereuen zu lassen, dich mit hierher und nicht ins Gefängnis gebracht zu haben.«

Entschlossen reckte Rose ihm ihr Kinn entgegen und sah ihm direkt in die Augen. Sie hatte keine Angst vor ihm.

»Ich habe dich nicht darum gebeten. Erwarte keine Dankbarkeit von mir für etwas, das du gegen meinen Willen beschlossen hast.«

Wutentbrannt ließ er von ihr ab.

»Du«, sagte er wütend und zeigte auf sie. »Noch ein Wort und du kassierst die Prügel deines Lebens.«

Rose gluckste, lachte erst leise und wenig später schallend laut. Tränen traten ihr in die Augen und die Kopfschmerzen pochten unerträglich, doch sie vermochte es nicht zu unterdrücken.

»Glaubst du, ich mache Witze?« Liam krempelte seine Ärmel hoch.

Nein, das glaubte sie nicht. Sein Zorn war mit Händen greifbar. Sie hatte ihn bis aufs Blut gereizt und wusste, dass sie nur eine falsche Bemerkung davon entfernt war, seine Drohung Wahrheit werden zu lassen.

Sie schüttelte den Kopf und wischte sich die Tränen aus dem Gesicht.

»Ich bin vom ersten Lebensjahr an in einem Waisenhaus aufgewachsen. Bis ich 15 war, habe ich beinahe keinen Tag etwas anderes kassiert als die Prügel meines Lebens, Liam. So sehr ich dich schätze und so wenig ich an deinem Wort zweifle – ich sehe, wie ernst es dir ist –, kann ich mir doch beim besten Willen nicht vorstellen, von dir in einer Art bestraft zu werden, die die Härte meiner Kindheit übertrifft. Ach Liam, die Prügel meines Lebens …«

Ihre ehrlichen Worte schienen ihm die Luft aus den Segeln zu nehmen. Er schloss den Mund und rollte seine Ärmel wieder nach unten. Rose konnte ihm am Gesicht ablesen, wie peinlich es ihm mit einem Mal war, ihr Prügel angedroht zu haben wie einem kleinen Kind. Resigniert ließ er sich auf den Stuhl fallen und vergrub das Gesicht in den Händen.

Rose lehnte sich aus dem Bett hinaus, löste eine seiner Hände von seinem Gesicht und nahm sie in die ihre. Überrascht sah er zu ihr auf. Er war ebenso überfordert mit der Situation wie sie selbst.

»Ich weiß, was es für dich bedeutet, Liam«, flüsterte Rose. »Deswegen habe ich versucht aus der Kutsche zu fliehen und dir im Wald alles gestanden. Ich hätte mehr tun sollen und das ist mein Fehler. Glaub mir, es tut mir leid. Hätte ich die Gelegenheit, würde ich es ungeschehen machen. Willst du, dass ich alles gestehe? Vor einem Richter? Dann tue ich es. So viel, wie ich in meinem Leben schon gestohlen und betrogen habe, ist es nur gerecht, wenn es bald ein Ende findet.«

Liam sah sie sprachlos an, begann dann den Kopf zu schütteln, sprang ebenso erregt auf wie zuvor und schrie:

»Bist du von allen guten Geistern verlassen? Du kannst dich doch nicht dafür hängen lassen, dass ich Idiot auf dich hereingefallen bin! Wie unvernünftig wäre das denn? Ist in dir kein Funken Lebenswille? Wie kommst du überhaupt darauf, mir so etwas vorzuschlagen? Was habe ich davon, wenn du an einem Strick hängst?«

Roses Mund klappte nach unten. Langsam war es an ihr, wütend zu werden. Sie hatte sich großzügig bereiterklärt, alle Schuld auf sich zu nehmen und heldenhaft die Konsequenzen zu tragen. Nicht, dass sie nicht vorher geflohen wäre, wenn sich eine Gelegenheit geboten hätte, doch das tat jetzt nichts zur Sache. Anstatt ihre Entschuldigung anzunehmen und ihren Edelmut zu würdigen, schrie er sie schon wieder an. Was auch immer sie tat, sie konnte sicher sein, in seinen Augen war es falsch.

Erbost richtete sie sich erneut im Bett auf.

»Du weißt auch nicht, was du willst, was? Egal, was ich sage, dir passt es nicht. Entschuldige ich mich für meine Taten, beschimpfst du mich als dumm. Leugne ich meine Fehler, nennst du mich betrügerisch und hinterhältig. Dabei solltest du mir dankbar sein, dass ich dich geheiratet habe!«, schleuderte sie ihm entgegen.

Erstaunt machte er einen Schritt zurück und lachte auf.

»Ich sollte dir dankbar sein, dass du mich geheiratet hast?«, wiederholte er ungläubig.

»Ja, genau. Ich habe dich davor bewahrt, Emilia Young zur Frau nehmen zu müssen. Allein dafür solltest du mir die Füße küssen. Das Mädchen ist irre. Das wusste ich auf den ersten Blick. Außerdem kannst du unmöglich abstreiten, dass du naives Lämmchen jede Frau, die dich zum Mann nimmt, nur dazu einlädst, dir auf der Nase herumzutanzen. Ich bin ja wohl die einzige bis jetzt, die deine Charakterschwächen nicht ausgenutzt hat!«

Liam öffnete den Mund und schloss ihn wieder. Er konnte es nicht fassen.

»Sag mal, weißt du eigentlich, welch haarsträubenden Unsinn du da von dir gibst? Gerade du bist die einzige hier weit und breit, die mich manipuliert und für ihre Zwecke ausgenutzt hat! Seit ich dir zum ersten Mal begegnet bin, tanzt du mir nur auf der Nase herum und bei Gott, wenn du mich noch einmal mit einem Lamm vergleichst –«

Es klopfte und ohne eine Reaktion abzuwarten öffnete Charles die Tür und steckte den Kopf in den Raum.

»Ich will nicht stören, aber euer Geschrei ängstigt die Dienstboten. Ich habe keine Lust, mich noch länger durch Gruppen zu Salzsäulen erstarrter Menschen zu schlängeln, die vor Schreck ihre Arbeit vergessen haben. Tut mir den Gefallen und mäßigt euch, Ihr seid nicht allein im Haus.« Er verschwand mit einem strengen Blick und zog die Tür wieder zu.

Roses Brust hob und senkte sich vor Aufregung. Liam machte sie wahnsinnig. Konnte er nicht sehen, dass es am Ende alles seine Schuld war? Er hatte ihr einfach nicht glauben wollen!

»Du willst also nicht, dass ich vor einen Richter trete und mich meiner gerechten Strafe stelle?«, fragte sie und gab sich alle Mühe, dabei ruhig zu bleiben.

»Das habe ich nicht gesagt.«

»Stimmt. Du sagtest nur, ich wäre außerordentlich dumm, wenn ich es täte.«

»Das wärst du in der Tat.« Er trat ans Fenster und zog mit einem Ruck die Vorhänge auseinander. Grelles Licht durchflutete das Zimmer und Rose warf sich die Decke über den Kopf, weil ihre Augen schmerzten.

»Was willst du denn dann von mir?«, fragte sie gedämpft unter der Decke hervor. Liam setzte sich neben sie, schlug die Decke zurück und forderte mit fester Stimme:

»Ich will alles wissen. Jedes noch so kleine Detail. Egal für wie irrelevant du es hältst. Welcher Art ist deine Beziehung zu Mr. Young und seiner Tochter? Warum wurdest du zu 20 Jahren Zwangsarbeit verurteilt und was ist mit der riesigen Frau passiert, die dich begleitet hat? Deine Kammerzofe ist sie ja wohl kaum. Aber wer ist sie dann? Einfach alles, raus damit.«

Rose sah ihn an und kam nicht umhin zu bemerken, wie gut ihm die Aufgebrachtheit zu Gesicht stand. Sie mochte selbst den strengen, unerbittlichen Blick, mit dem er sie fixierte. Seine Nacht musste kurz gewesen sein. Das blonde Haar stand in alle Richtungen, das Hemd war kaum richtig zugeknöpft, die sonst stets glattrasierten Wangen mit Stoppeln übersäht. Welch ein hübscher Mann. Sie konnte ihn stundenlang einfach nur –

»Rose?«, fragte er und riss sie aus ihrer Betrachtung. »Hast du mir nicht zugehört?«

»Doch. Doch, ich werde dir alles erzählen. Aber es gibt eine Bedingung.«

Sie zog die Decke wieder an sich hoch und sah ihn ernst an.

»Ich höre.«

»Ich sterbe vor Hunger. Besorgst du mir ein paar Törtchen?«, fragte sie mit ihrem gewinnendsten Lächeln.

***

»Also«, sagte Rose mit vollem Mund. Es war bereits das zweite Kuchenstück, das sie in enormem Tempo verschlang. »Irgendwann wurde ich zu übermütig. Dachte, als Emilia aufzutreten und auf Rechnung ihres Vaters einzukaufen, wäre keine große Sache, weil die Beträge recht klein waren und mir schon niemand auf die Spur kommen würde. Ich habe mich immer zurückgehalten und nie zu viel auf einmal bestellt. Es ging ja auch eine ganze Zeit lang gut und manchmal musste ich nicht einmal sagen, wer ich war. Die Leute erkannten mich auch so. Warum auch immer, Emilia hat viel mehr auf den Rippen als ich. Und sooo ähnlich sehen wir uns meiner Meinung nach nun auch wieder nicht …«

Liam sah das anders. Und wie ähnlich sie sich sahen. Allein Roses Stimme war tiefer und angenehmer als Emilias. Auch wusste sie sie besser einzusetzen, ja, sie konnte einen geradezu einlullen damit, wenn man sie nur lang genug reden ließ.

Anders als Emilia.

Nachdem er das zweifelhafte Vergnügen gehabt hatte, mit beiden nacheinander ein paar Tage zu verbringen, konnte er die Gemeinsamkeiten schlicht nicht leugnen, wenngleich er sich mittlerweile zutraute, sie auseinanderzuhalten. Auch was bestimmte Wesenszüge anging, war die Ähnlichkeit unbestreitbar. In anderen Aspekten indes waren sie wie Tag und Nacht.

»Jedenfalls hatte ich irgendwann das Pech, dass gleich nach meinem Besuch die echte Emilia bei Harry & Sons antanzte. Natürlich wurde man stutzig. Die Angestellten alarmierten Mr. Young, er hetzte mir einen Detektiv auf den Hals, der mich bis zu meiner Pension verfolgte und, naja, du kennst den Rest. Deportation und Zwangsarbeit. Was mich wirklich ärgert, ist, dass sie mir auch Sachen angehängt haben, die ich nicht gekauft habe. Sie haben es direkt ausgenutzt, um sich auch um ihre eigenen Rechnungen herumzudrücken.«

Das dritte Stück wurde angebissen. Rose hatte einen gesunden Appetit, das musste Liam ihr lassen. Vom Wasser der Themse gelockt lag ihr dunkles Haar auf den Schultern. Eine Hälfte ihres Gesichts sah aus, als hätte jemand hineingetreten, und dennoch. Er mochte ihr Antlitz. Zumindest den unversehrten Teil.

Er mochte auch, wie sie sprach und dabei die Krümel um sich herum aufsammelte. Er mochte, wie sie die Geschichte mit großen Gesten ausschmückte und die Dinge bis ins kleinste Detail beschrieb, die sie sich als Emilia erschlichen hatte. Sie war so gar nicht, wie er gedacht hatte, ganz im Gegenteil.

»Sie schleiften mich aus diesem Loch und stellten mich vor die Wahl. Natürlich habe ich Ja gesagt. Wenngleich ich mich davor fürchtete, den alten, gierigen Trinker zu ehelichen, als den sie dich beschrieben. Ich redete mir ein, ich würde die echte Emilia vor einem grausigen Schicksal bewahren.«

»Dem Schicksal, mich zum Mann zu haben?«

Rose nickte, grinste frech und leckte sich den Zucker von den Fingern.

»Ich bin viel stärker und bereiter als sie, diese große Bürde zu tragen. Im Gegenzug versprachen sie, dafür zu sorgen, dass der Richter die Strafe zurücknimmt. Außerdem hieß es, ich bekomme 5.000 Pfund und ein Ticket nach Amerika.«

Als sie alles verschlungen hatte, was er zu essen gebracht hatte, begann sie sich mit den Fingern das Haar zu kämmen und zu einem Zopf zu flechten. Dabei erzählte sie munter weiter. Über die Anfahrt, ihre Sicht auf das erste gemeinsame Abendessen, ihre Gewissensbisse, die riesige Wächterin, Liam, der sie aus dem Wald zurückgeschleppt hatte, die Hochzeit und –

»Du kannst das überspringen«, sagte Liam trocken. »Ich war dabei.«

Sie wurde rot und legte ihre Hand auf die Brust, wo ihr Korsett sein sollte. Enttäuschung machte sich breit, als sie nicht fand, was sie erwartete.

Liam griff in seine Westentasche und zog den Ring mit dem kleinen Smaragd heraus. Wortlos reichte er ihn ihr. Sie wussten beide, dass er ihr nicht zustand. Die Ehe konnte unter all den Umständen unmöglich gültig sein. Schließlich hatte er zu keinem Zeitpunkt vorgehabt, eine Kriminelle zur Frau zu nehmen.

Und dennoch.

Dennoch wollte er den Ring nicht behalten. Er schien ihr etwas zu bedeuten. Andernfalls hätte sie ihn sicher längst zu Geld gemacht, anstatt ihn so nah am Herzen zu tragen. Rose nahm ihn entgegen und lächelte erleichtert und unglücklich zugleich.

»Am Ende stellte sich heraus«, sagte sie schließlich nach einer kurzen Pause, in der sie in der Betrachtung des Ring vertieft war, »dass Mr. Young nie vorhatte, mich zu bezahlen und Daisy mit ihrem Sohn zu helfen. Um ein Haar wären wir in seine Falle getappt und, wie er es geplant hat, nun schon ein paar Tage tot.«

Sie umschloss den Ring mit der Hand und sah Liam traurig an.

»Daisy hat seitdem kein Wort mehr gesprochen. Wie ein Gespenst starrt sie nur noch vor sich hin. Isst nichts, wird dünner und dünner. Man kann regelrecht sehen, wie das Leben langsam aus ihr weicht. Früher oder später wird er auch sie auf dem Gewissen haben.«

»Warum kümmerst du dich noch um sie? Hast du nicht gerade eben gesagt, sie hat dich mehrfach an der Flucht gehindert und uns damit das Schlamassel hier erst eingebrockt?«

Rose bedachte ihn mit einem bösen Blick.

»Erstens hatte sie keine Wahl. Sie dachte, sie könnte so das unschuldige Leben ihres Jungen retten. Das ist wohl wichtiger als eine zu Unrecht geschlossene Ehe. Mir egal, was du dazu sagst.« Liam wollte widersprechen, doch sie ließ ihn nicht. Darüber wurde nicht diskutiert. »Familie ist Familie und man tut alles, um einander zu helfen. Jetzt bin ich ihre Familie. Sie hat niemanden mehr, genau wie ich. Es ist meine Pflicht, mich um sie zu kümmern.«

Rose öffnete die Faust wieder und wo zuvor der Ring gewesen war, war nichts als ein großer Kuchenkrümel, den sie sich auf der Stelle in den Mund schob.

Liam rieb sich die Schläfen. Er konnte es noch immer nicht richtig glauben. Warum zum Hölle sollte jemand solch ein Theater veranstalten, um seine Verlobung mit Emilia aus der Welt zu schaffen? Er schien laut gedacht zu haben, denn Rose antwortete:

»Du hättest ihr besser zuhören sollen. Mr. Young macht all das wegen des Earls of Lincolnshire. Er hat Verdacht geschöpft und wollte sie nicht mehr zur Frau, als er herausfand, dass sie schon dir versprochen ist und Ihr bereits, nun, Zärtlichkeiten ausgetauscht habt. Das habt Ihr, nicht wahr?«

Rose sah ihn unvermittelt an und nun war es an ihm, vor Scham rot zu werden.

»Ich war betrunken«, rechtfertigte er sich. »Es war dunkel, ich hielt sie für eine andere, verheiratete Frau. Ja, wir haben uns geküsst. Viel zu spät fiel mir auf, dass sie nicht die war, für die ich sie hielt. Dann tat ich, was ein Ehrenmann in dieser Situation eben tut.«

»Die Beine in die Hand nehmen und hinterher alles leugnen?«

»Nein, das ist, was ein Schuft tut.«

»Das ist, was jemand bei Verstand tut, um keine Frau zu heiraten, mit der er nie zuvor ein Wort gewechselt hat! Das nämlich, mein lieber Liam, ist ganz einfach Irrsinn.«

Liam stöhnte auf. Sie hatte recht.

»Ich habe versucht, sie mit Briefen zu vergraulen. Das heißt, ich habe es Charles überlassen, sie mit Briefen zu vergraulen.«

»Hätte man mich nicht erpresst, dich zu heiraten, ich hätte spätestens nach dem zweiten Brief die Verlobung gelöst.«

Er lachte.

Sie war witzig und er mochte ihren trockenen, unaufgeregten Humor. Liam musste aufpassen, nicht zu viel Sympathie für sie zu entwickeln. Sie hatte ihn schon einmal belogen und um den kleinen Finger gewickelt. In diesem Bewusstsein dennoch erneut auf sie hereinzufallen, wäre unverzeihlich.

»Ich vermute«, sagte sie ruhig und strich die Decke glatt, »dass Mr. Young alles leugnete, was Emilia über die Verlobung mit dir erzählte, und in seiner Verzweiflung, als der Earl ihm keinen Glauben schenkte, irgendwann einfach log und behauptete, du seiest schon verheiratet.« Sie sah von der Decke auf und zwinkerte ihm keck zu. »Und so kam ich ins Spiel.«

Es war irgendetwas in der Art, wie sie mit ihm umging. Eine besondere Vertrautheit, als würde sie ihn ganz nah an sich heranlassen und eine geheime Seite offenbaren, von der er ahnte, dass nur die Wenigsten sie je zu Gesicht bekamen. Das Ziehen in seiner Brust wurde stärker.

»Du und Daisy, warum seid Ihr in London geblieben? Es ist gefährlich für euch. Scheinbar will Mr. Young euch unbedingt tot sehen.«

Sie wandte ihren Blick ab und glättete wieder die Falten der Decke.

»Wir wollten morgen abreisen. Ich habe uns nur etwas, äh, Reisegeld … besorgt.«

»Bei der Beute, die du gestern Nacht gemacht hast, muss das ja eine lange und luxuriöse Reise werden.«

Sie lächelte verkrampft.

»Ja, wir wollten über den Atlantik.«

Er konnte nicht sagen, warum, doch er glaubte ihr nicht. Je länger er darüber nachdachte, desto stärker wurde das Gefühl, dass sie ihm etwas Wichtiges verschwieg. Aber was? Anderseits traute er ihr so oder so nicht über den Weg. Rose gähnte und kuschelte sich zurück in ihre Kissen.

»Wenn du mir noch mehr Kuchen besorgst, erzähle ich dir, wie wir aus deinem großen, symmetrischen Schloss geflohen sind«, sagte sie schläfrig.

»Ich weiß, wie Ihr entkommen seid.«

»Nein, weißt du nicht.«

»Doch. Du willst nur eine wertlose Information gegen Kuchen eintauschen.«

Rose schloss die Augen und murmelte:

»Du bist zu klug für mich. Auf der Stelle hast du mich durchschaut.«

Es machte ihn sprachlos, wie frech und furchtlos sie mit ihm umging. Sie hatte nicht die geringsten Bedenken, ihn zu verärgern und nahm ihn offensichtlich nach wie vor nicht ernst.

Liam erhob sich und sah auf sie herunter. Warum sollte sie auch? Er würde ihr nichts tun. Offensichtlich hatte sie das lange vor ihm schon erkannt.

***

»Wie ist es gelaufen? Hat sie gestanden und ist bereit, ihre gerechte Strafe hinzunehmen?«, fragte Charles, ohne von seinem Buch aufzusehen. Er saß mit übereinander geschlagenen Beinen in einem alten Sessel am Fenster und trank Tee.

»Ja«, erwiderte Liam, ließ sich ihm gegenüber auf das Sofa fallen, schnappte sich ein Kissen und bedeckte seine müden Augen.

»Nein, im Ernst. Hat sie gestanden und übergeben wir sie jetzt dem hohen Gericht, einem Gefängnis, der Inquisition oder sonst wem?

»Ich weiß es nicht!«, stöhnte Liam unter dem Kissen hervor.

»Was heißt, du weißt es nicht?« Charles klappte sein Buch zu und legte es beiseite. »Vor zwei Tagen warst du bereit, ein ganzes Bataillon auf sie zu hetzen und ein Kopfgeld auszuloben. Und jetzt weißt du es nicht? Warum ist sie überhaupt hier?«

Liam stöhnte, nahm das Kissen und warf es in Charles' Richtung. Es ging fehl und er stöhnte erneut: »Ich weiß es nicht!«

Der jüngere der Hartshield-Brüder hob das Kissen auf, warf es zurück und sah Liam ratlos an.

»Ich traue mich kaum zu fragen, aber ich muss wohl: Willst du sie etwa laufen lassen?«

»Nein.«

»Gut. Willst du sie hier behalten? Mit unserem Tafelsilber zusammen? Ich glaube nicht, dass das Silber und der Langfinger im Gästebett auf Dauer eine friedliche Koexistenz pflegen können.«

»Nein, ich will sie nicht hier behalten. Und ja, auch mir liegt einiges an unserem Tafelsilber, auch wenn es nicht mehr vollständig ist und beständig schrumpft.«

»Was willst du dann mit ihr tun?«

Liam stand auf und sah seinen Bruder verzweifelt an.

»Ich weiß es nicht. Herausfinden, was an ihrer Geschichte wahr ist und was nicht, sie dann für das Unwahre bestrafen und für das Wahre ...«

Er schwieg.

»Ja?«

»Was würdest du denn mit ihr machen?«, fragte Liam. »An meiner Stelle. Was würdest du mit jemandem tun, der stehlen und betrügen muss, um zu überleben?«

Charles schüttelte den Kopf, so offensichtlich war die Antwort.

»Sie ins Gefängnis werfen. Armut und niedere Herkunft hin oder her, dieses Mädchen«, er zeigte auf die Wand, hinter der Rose drei Zimmer weiter lag, »lief gestern durch die Oper und bediente sich an allem und jedem, als ginge es um Blumen auf einer Wiese. Das ist nicht zu entschuldigen. Diebstahl verstößt noch immer gegen das siebte Gebot.«

»Den Namen des Herrn zu missbrauchen und die Eltern nicht zu ehren, verstößt auch gegen die Gebote und ich sehe dich deswegen nicht im Gefängnis«, hielt Liam ihm entgegen.

»Das liegt daran, dass beides nicht gegen geltendes englisches Recht verstößt. Liam, warum bist du auf einmal so nachsichtig?«

Sein Bruder stöhnte, bedeckte seine Augen wieder und ließ sich zurück auf das Sofa fallen. Er hatte bis jetzt nicht geschlafen, war hungrig und noch immer aufgedreht, weil er jemanden davon hatte abhalten müssen, seine

Hochstaplerin zu erdolchen. Das Schlimmste war, dass er noch immer nicht wusste, wann er von seinem eigenen Bedürfnis, sie zu erdrosseln, dazu übergegangen war, es stattdessen mit ihren Verfolgern zu tun.

»Ich weiß es nicht. Mein Gefühl sagt mir, dass auch sie nur Opfer unglücklicher Umstände und falscher Entscheidungen anderer ist. Warum sollte jemand einen Auftragskiller auf sie hetzen? Ich meine, wer ist sie denn schon? Abgesehen davon, dass sie mich hinters Licht geführt hat und Leute bestiehlt. Dafür jagt man ja niemanden mit gezücktem Messer durch London. Hier stimmt doch etwas ganz und gar nicht.«

Charles dachte darüber nach.

»Vielleicht steckt mehr dahinter als Betrug und Diebstahl? Vielleicht lügt sie auch in dieser Hinsicht? Mal wieder. Wer sagt, dass sie nicht für mehrere Morde verantwortlich, in monströse Geldwäschegeschäfte verwickelt ist und einen ganzen Haufen armer Existenzen wie dich auf dem Gewissen hat?«, wandte er ein und stand auf, um die Fenster zu schließen. Niemand draußen musste hören, was sie hier zu diskutieren hatten.

»Nein, das glaube ich nicht.« Liam verwarf den Einwand, ohne lang darüber nachzudenken. »Sie ist harmlos.«

»Denkt auch Mr. Young und schickt ihr einen Auftragskiller an den Hals.«

»Woher willst du wissen, dass es Emilias Vater ist, der ihr nach dem Leben trachtet?«

»Es ist nicht so, dass ich es nicht auch seiner Tochter zutrauen würde. Doch dass er es war, scheint mir naheliegender. Was, wenn sie ihn mit der Drohung erpresst, den Ruf seiner Tochter vollends zu ruinieren? Was, wenn er sich schlicht nicht anders zu helfen weiß als sie ermorden zu lassen, weil sie als Emilia durch ganz London zieht und klaut, lügt und betrügt, wo sie nur kann?«

Liam wurde stutzig.

Vielleicht hatte Charles recht. Vielleicht war er wirklich im Begriff, sich einmal mehr von ihr belügen zu lassen. Tat er Mr. Young am Ende unrecht und sein rüdes Verhalten ihm gegenüber war tatsächlich Ausdruck von Enttäuschung darüber, dass er einer Betrügerin noch mehr Raum und Möglichkeiten in die Hand gegeben hatte, seine Tochter öffentlich in Verruf zu bringen?

»Verdammt sollst du sein, doch du könntest recht haben.« Entschlossen stand Liam auf. »Ich darf ihr nicht so leicht vertrauen. Ich muss der Geschichte selbst auf den Grund gehen. Dann erst will ich entscheiden, was weiter mit ihr geschieht.«

Erstaunt, dass sein Bruder ihm Gehör schenkte, wandte sich Charles zum Fenster und öffnete es wieder. Kein Streit. Seit er aus dem Krieg zurückgekehrt war und ihre Eltern verschieden waren, hatte sein Bruder sich verändert. Er war an den Herausforderungen gewachsen und bei weitem ruhiger und besonnener geworden.

»Was gedenkst du also zu tun?«, fragte er, setzte sich und nahm sein Buch wieder zur Hand.

»Ich werde mich rasieren, ordentlich anziehen und dem Earl of Lincolnshire meine Aufwartung machen. Wenn ich eine ehrliche Antwort will, stoße ich bei Mr. Young und meiner betrügerischen Möchtegerngattin auf Granit. Ich bin gezwungen, einen Ehrenmann aufzusuchen.«

»Ich hoffe, du verlangst nicht von mir, dich zu begleiten. Als ich diesem Earl zuletzt über den Weg lief, konnte er es nicht lassen, mir im Namen meines Großvaters seine Enttäuschung über meinen Werdegang auszudrücken. Von wegen, wenn Großvater noch leben würde, hätte er nie zugelassen, dass ich aus dem Militär ausscheide und so weiter und so fort. Das war das erste Mal, dass ich den Säbel an meiner Hüfte vermisste. Zu gern hätte ich mich erlöst.«

»Nein, du musst nicht mit. Du würdest ihn nur aufregen. Er hat eben mit Großvater gedient und kann den Gedanken nicht ertragen, dass die Enkel seines alten Kameraden keine Ambitionen zeigen, für England zu kämpfen und zu fallen.«

»Genügt es nicht, dass du dich von den Franzosen zweimal hast beinahe niedermetzeln lassen? Einmal mehr als die Familienehre es verlangt, genaugenommen.«

»Die Familienehre braucht dich hier. Du musst auf sie aufpassen.« Liam deutete mit dem Kopf in Roses Richtung und verließ den Salon. Gut, wenn Charles sich um sie kümmerte. Für ihn war es besser, wenn er Abstand von ihr hielt. Irgendwie war sie in der Lage, sein sonst so gesundes Urteilsvermögen zum Negativen zu beeinflussen. Charles dagegen schien ihrem manipulativen Wesen gegenüber völlig unempfänglich zu sein.

***

Mr. Young war nicht in der Stimmung für seichte Konversation. Insbesondere, da er spürte, dass sein Gegenüber mehr schlecht als recht versuchte, sich über das Wetter in brisantere Gefilde vorzutasten. So beließ er es dabei, Mr. Jacksons Überlegungen schlicht abzunicken und auch auf Fragen einsilbig zu bleiben. Eile vorschützen und so schnell wie möglich aus der Unterhaltung lösen, lautete seine Devise.

Dabei hatte er es wahrlich nicht besonders eilig.

Ein Klient ließ die dritte Verabredung in Folge platzen und er wusste sehr genau, dass es nicht an plötzlichen Erkrankungen, familiären Verpflichtungen oder mangelnden Mitteln lag. Nein, mittlerweile gab es niemanden mehr in London von Bedeutung, dem nicht das eine oder andere Gerücht zu Ohren gekommen war. Er war auf dem besten Weg, zur persona non grata zu werden.

Der Schaden, den dieses verfluchte Gör ihm angerichtet hatte, war in Zahlen nicht mehr auszudrücken. Enorm, das traf es leidlich, großteils wohl irreparabel.

Mit einer angedeuteten Verbeugung ließ er Mr. Jackson stehen, der sichtlich enttäuscht war. Nur zu gern wäre er nun auf sein eigentliches Anliegen zu sprechen gekommen. Zum ersten Mal seit Wochen, wenn nicht sogar Monaten, ging Mr. Young an diesem warmen Junitag durch die Straßen seines Viertels. Flanieren war ein alberner Zeitvertreib, wie er stets zu sagen pflegte. Doch nun, da auch dem Earl of Lincolnshire Dringlicheres für den Nachmittag dazwischengekommen war, wusste er mit seinem Übermaß an Freizeit schlicht nichts anderes anzufangen.

Der knappe Ton, den der Earl in seiner Nachricht angeschlagen hatte, ließ bei ihm alle Alarmglocken läuten. Seit er es gelesen hatte, trug er eine unheilvolle Ahnung mit sich herum, wie sie sich in den letzten Tagen leider schon allzu oft bewahrheitet hatte. War es möglich, dass seine Lordschaft der falschen Emilia über den Weg gelaufen war? Wie hieß sie noch gleich?

Rose Irgendwas.

Er hatte ihren Namen an dem Tag vergessen, als sie nach Schottland aufgebrochen war. Sie als Emilia auf die Welt loszulassen, entpuppte sich als der größte Fehler seit langem und er verfluchte seine lose Zunge, die dem Earl das Märchen über den Baron of Eddleston aufgetischt hatte. Er hatte ja nicht ahnen können, dass seine schnell daher gesagte Bemerkung auf derart fruchtbaren Boden fallen würde. Sobald die Lüge einmal in der Welt gewesen war, hatte er sie nicht mehr rückgängig machen können. Ganz besonders, weil der Earl so bereit gewesen war, sie zu glauben.

Dass die falsche Emilia sich als eine Braut aus der Hölle entpuppen würde, die nicht davor zurückschreckte, ihm und seiner Tochter das Leben zu ruinieren, hatte er sich nicht träumen lassen. Vielleicht wäre es besser gewesen, er und Frankie hätten sich an die Vereinbarung gehalten und ihr die 5.000 Pfund überlassen?

Oder auch nicht.

Das Miststück schien von gieriger Natur zu sein und beklaute ihn an allen Ecken und Enden. 5.000 Pfund hin oder her, er wäre sie doch nicht losgeworden. Nein, es war doch richtig gewesen, ihr nichts in den Schlund zu werfen. Wennschon hätte sie ihm 5.000 Pfund dafür geben sollen, dass er sie aus dem Gefängnis holte.

Leider war es ihm wider Erwarten nicht gelungen, den Richter zu überzeugen, sie freizulassen. Wohl oder übel hatte er die Wärter bestechen müssen, um sie mitnehmen zu können. Auch was diese Daisy und ihren Sohn anging, war er auf taube Ohren gestoßen. Der Richter war ein furchtbarer Idealist, der sich weder von Schmeichelei noch von Bestechung rühren ließ. Dass sie demselben Club angehörten, schien ihm nicht das Geringste zu bedeuten. Er schützte das Recht und beugte sich niemandem.

Solche Menschen waren die gefährlichsten von allen.

Menschen mit Idealen, ob gut oder böse, war einfach nicht beizukommen. Besonders schwierig wurde es, wenn sie sich in Positionen von Macht und Einfluss hievten und sich im System festfraßen. Unbewegliche Klötze, wie sie waren, nicht form- und nicht beeinflussbar, schadeten sie nicht nur dem Geschäft sondern ganz Britannien.

Sei's drum. Sich so viel zu ärgern schlug ihm nur auf den Magen und verursachte ihm Schmerzen in der Brust. So frohgesinnt er konnte, setzte er seinen Weg fort. Was geschehen war, war geschehen. Nun musste er mit den Folgen fertig werden, die sein kleines Kuppeleiexperiment gezeitigt hatte.

Sein großes, neuerrichtetes Stadthaus kam in Sicht und entlockte ihm ein stolzes Lächeln. Es war das größte und prunkvollste Haus der Straße und übertraf bei weitem jenes, das Mr. Young Senior einst hatte errichten lassen.

Er wünschte, sein Vater wäre noch am Leben, um einen Blick darauf zu werfen und endlich zu sehen, dass aus seinem Sohn jemand geworden war. Jemand, dessen Verhandlungsgeschick die Familie in den Adelsstand erheben würde. Es war nur eine Frage der Zeit. Und des Geldes.

Welch Glück, dass er Emilia hatte, deren hübsches Gesicht und schöne Stimme sie eines baldigen Tages zur Gattin eines Herrn von Stand machen würden. Wenn es schon nicht dieser Earl war – und ganz zweifellos nicht dieser Schönling von einem Baron – dann eben einen der anderen Männer mit gutem Namen und leeren Taschen, die es gab wie Sand am Meer.

Drohte der Verlust des Status‘ durch Schulden, Armut und Landverlust, war der Adel nur zu gern gewillt, seine Pforten für junge, reiche Damen aufzutun. Darauf war immer noch Verlass.

Dann, dann endlich würde sein Enkel einen Titel tragen und mit dem König speisen. Vielleicht gar ins Oberhaus berufen werden! Er spürte, wie der Gedanke seine Stimmung immer mehr hob. In wenigen Jahren würde der Name Young für so viel mehr stehen als nur eine kleine Kaufmannsdynastie. Beschwingt nahm er die Treppe hinauf zu der imposanten Eingangstür, betätigte den goldgefassten Türklopfer und wartete, bis sein stets missmutiger Butler öffnete.

»Willkommen zurück, Sir«, grüßte Mr. Ferguson mit dem stets gleichermaßen gelangweilten Gesichtsausdruck, der sich in den zehn Jahren seit seiner Einstellung nicht einen Tag geändert hatte. Damals hatte Mr. Young gedacht, die vornehm zur Schau getragene Langeweile würde ihn amüsieren. Heute ertrug er sie kaum noch. Warum sahen Menschen, die das Privileg genossen, gegen ein bisschen Arbeit ein Dach über dem Kopf und vernünftiges Essen zu bekommen, so missmutig dabei drein?

»Danke, Mr. Ferguson, ist Post für mich eingetroffen?«

»Ja, Sir. Etliches. Sie liegt auf eurem Schreibtisch bereit. Auch Mr. Hardy wartet im Arbeitszimmer. Er ließ sich partout nicht abweisen, obwohl ich versicherte, dass Ihr frühestens zum Tee zurückkehrt.«

Mr. Young seufzte, überreichte ihm Mantel, Zylinder und Stock und machte sich auf den Weg, seinen Partner zu begrüßen, dessen er in den letzten Jahren zunehmend überdrüssig wurde.

Frankie war immer härter und skrupelloser geworden. Hätte er auf ihn gehört und sich die Freude einer Familie gegönnt, hätte die Wärme eines liebenden Heims sein Gemüt daran gehindert, sich derart zu verhärten. Stattdessen war er mit dem wachsenden Erfolg von Jahr zu Jahr engstirniger und immer gieriger geworden. Das kam davon, wenn man keine anderen Interessen und Leidenschaften als das Geschäft verfolgte. Selbst eine Geliebte hätte ihn auf andere, fröhlichere Gedanken zu bringen vermocht. Doch auch dieses Vergnügen hatte er sich stets versagt. Nun, nichtsdestoweniger war Frankie ein treuer Freund, der ihm noch stets loyal und ergeben gewesen war. Da ertrug man auch Launen und Fehler.

Allzu lang wollte er sich nicht mit Frankies unglücklichem Seelenleben abgeben. Der Tee würde reichen müssen. Er ließ sich von einem Diener die Tür zum Arbeitszimmer öffnen, orderte Tee und ein paar Häppchen – die frische Luft hatte seinen Appetit beflügelt – und begrüßte seinen

Partner mit einem Lächeln.

»Mit dir habe ich heute nicht gerechnet. Ich hoffe, du bist hier, weil du ausnahmsweise gute Nachrichten für mich hast.«

Nach dem Handschlag nahm Mr. Young hinter dem Schreibtisch Platz. Ein prächtiges Stück, größer als jenes, an dem sein Vater gesessen hatte, und bei weitem exquisiter. Er strich andächtig über die polierte Mahagoniplatte.

»Nein, ich fürchte nicht. Die Jungs, die ich auf Emilias miese Kopie angesetzt habe, weilen nicht mehr unter uns.«

Mr. Young hob ruckartig den Kopf.

»Was heißt das? Willst du mir allen Ernstes erzählen, dass dieses abgemagerte kriminelle Flittchen zwei erfahrene Veteranen um die Ecke gebracht hat? Sag mir, dass das ein schlechter Witz ist.«

Frankie zog eine Grimasse. Mr. Young griff sich entnervt an die Stirn.

»Wie?«, wollte er wissen, ohne seinen Partner anzusehen. »Wie ist das möglich?«

»Weiß ich nicht. Ich kann es mir beim besten Willen nicht erklären. Beim ersten war es wohl ein Unfall. Wurde von einem vollbeladenen Wagen erfasst und überrollt. Kann gut und gern ohne ihr Zutun geschehen sein. Den zweiten aber fand man heute Morgen unten an der Themse. Erwürgt.«

»Erwürgt?«

»Erwürgt«, bestätigte Mr. Hardy.

»Von ihr? Der halben Portion? Das glaube ich nicht. Offensichtlich hat sie Komplizen. Macht gemeinsame Sache mit diesem Riesenweib, wie hieß die noch? Daisy? Ja, mit der macht sie sicher gemeinsame Sache. Inzwischen kann ich mir gut vorstellen, dass sie es von Anfang an auf uns abgesehen hatte. Und wir Narren dachten, wir tun ihr einen Gefallen, wenn wir sie aus dem Gefängnis holen. Undank ist der Welten Lohn.« Sein Gesicht war leuchtend rot vor Wut. Wie konnte dieses Gör ihm so viel Ärger bereiten?

Frankie runzelte die Stirn und schwieg.

Oft genug hatte er gesehen, wie sein Freund sich in seiner eigenen Welt verlief. Ständig interpretierte er Dinge in seinem Sinne um und legte sich alles zurecht, wie es ihm passte. Nur deshalb hatten sie sich auch in der misslichen Situation wiedergefunden, Emilias Verlobtem eine Frau unterjubeln zu müssen. Daniel hatte sich in die Idee hineingesteigert, der Baron of Eddleston wäre bereits verheiratet. Wie viele Nerven es ihn gekostet hatte, seinem Freund klarzumachen, dass das nach dem Stand der

Dinge nicht der Wahrheit entsprach und sie nun dafür sorgen mussten, dass es wahr würde, sollte der Earl ihn nicht für einen Lügner halten.

»Womöglich hatte sie wirklich Hilfe. Ich habe ein paar Leute beauftragt, etwas herumzuschnüffeln, und eine Belohnung auf jeden Hinweis auf ihren Verbleib ausgesetzt. Sie kann unmöglich noch länger in London bleiben, ohne uns früher oder später in die Falle zu gehen.«

»Das will ich doch hoffen. Wir können nicht länger zulassen, dass sie uns weiterhin so bloßstellt. Ich habe dir von Anfang an gesagt, wir müssten bei ihr vorsichtiger sein. Habe ich es dir nicht gesagt?«

Frankie verkniff sich die Erwiderung, dass er derjenige gewesen war, der schon nach den drei Treffen mit dem Mädchen in dem kleinen Haus, das sie für die Vorbereitung angemietet hatten, Bedenken angemeldet hatte. Die Kleine lernte zu schnell und verstand zu viel.

»Nun gut. Fehler, die einmal in der Welt sind, kann man nicht mehr ungeschehen machen. Übrigens muss ich meine Bemühungen um den Earl einstellen. Mittlerweile müssen ihm die Gerüchte zu Ohren gekommen sein. Macht nichts, er war zu alt für Emilia. Nur schade um den Titel. Doch auch insofern bringt es nichts, mit Bedauern auf die Vergangenheit zu sehen. Ich werde alles dafür tun, dass Emilia in dieser Saison noch eine bessere Partie abgibt. Die Gouvernante, die sie bis vor kurzem hatte, war einfach unfähig. Als erstes aber müssen wir unser kleines Problem in den Griff bekommen. In Emilias Sinne und im Interesse ihres Wohls. Diese Rose schadet ihrem guten Ruf ungemein.«

Sein Freund nickte langsam. Auch er wurde von Tag zu Tag nervöser, die Affäre bedrohte längst das Geschäft als Ganzes. Emilia indes war ihm egal. Das Mädchen war nicht zu kontrollieren, das Chaos in Person. Ginge es nach ihm, würde er sie einsperren. Auch das in ihrem eigenen Interesse.

»Ich sehe das ganz wie du, Daniel«, log er.

»Gut. Scheue keine Kosten. Und nun lass uns andere Themen in Angriff nehmen, dieses bereitet mir Kopfschmerzen. Außerdem ärgert es mich, dass der Tee noch immer nicht gebracht wurde.« Er griff nach der Glocke und schwang sie unwillig hin und her. »Hast du inzwischen darüber nachgedacht, endlich sesshaft zu werden? Eine junge Frau mit einem schönen Heim und einem hübschen Ring am Finger glücklich zu machen?«

Neugierig sah er Frankie an.

***

Rose musste mitten im Gespräch mit Liam eingeschlafen sein. Sie konnte sich nicht erinnern, sich von ihm verabschiedet zu haben. Ihr Kopf war unverändert schwer und träge, die Wunden an Schläfe und Bein pochten dumpf und unangenehm.

Aber sie war am Leben.

Bei Gott, sie war noch immer am Leben. Liam hatte sie aus dem Wasser gezogen. Er hatte ihr den mörderische Kerl vom Hals geschafft. Und als sie Kuchen wollte, hatte er ihr Kuchen gebracht.

Von all diesen heroischen Taten empfand sie letztere als die großartigste. Am Leben zu sein und etwas Schmackhaftes, Süßes zu essen, war das größte Glück für Rose. Mit einem leisen Lächeln kuschelte sie sich ins Bett und seufzte.

Unter dem Kissen lag noch immer der Ring, den er ihr zurückgegeben hatte. Sie zog ihn hervor und streifte ihn über ihren Finger. Wie schön er doch war! Fast so hübsch wie sein früherer Besitzer.

Liam.

Sie kicherte und fühlte sich albern und glücklich zugleich. Hoffnungslos albern. Wie die Heldinnen in all den Romanen, die sich bei jeder Gelegenheit stundenlangen Tagträumen über ihren Liebsten hingaben.

War sie etwa verliebt? In Liam?

Erschrocken richtete sie sich im Bett auf.

Oh nein, das durfte sie nicht! Sie hatten keine Zukunft und er mochte sie noch nicht einmal. Oder doch? Als er in der Oper ihre Hand gehalten hatte, da –

Was war nur in sie gefahren? Unmöglich, dass jemand wie er sich in sie verliebte. Sie war ein Niemand, noch viel weniger wert als diese Emilia, die wenigstens eine Mitgift und eine vornehme Erziehung hatte.

Nein! Sie musste sich Liam aus dem Kopf schlagen. Sobald sie anfing, sich in eine Zukunft mit ihm hineinzuträumen, würde sie nicht mehr zurück in die Realität finden. Oft genug hatte sie die Erfahrung gemacht, wie gefährlich Träume waren und wieviel Ärger sie einbringen konnten.

Auf der Stelle musste sie hier weg.

Es galt, herauszufinden, ob Betty und Daisy sich an einem sicheren Ort befanden und Jack die Beute bekommen hatte. Außerdem musste sie sichergehen, dass er ihre Abmachung einhielt.

Auf keinen Fall durfte sie hier ihre Zeit vertrödeln und von Liam träumen, nur um sich am nächsten Morgen im Gefängnis wiederzufinden. Damit musste sie rechnen, nicht mit einem erneuten, romantischeren Heiratsantrag, wie sie ihn sich für einen Augenblick so wunderbar bunt ausgemalt hatte. Wie konnte sie so naiv sein, sich einzubilden, ein Mann wie er wollte eine Frau wie sie?

Rose schlug die Bettdecke zur Seite und schwang vorsichtig die Beine über die Kante. Erleichtert stellte sie fest, dass sie das verletzte Bein aufsetzen konnte. Es schmerzte beim Laufen, war jedoch nicht so schlimm, dass sie es nicht belasten durfte.

Sie trug ein langes Nachthemd und nichts darunter. Das war ärgerlich, da sie nirgends in dem großen Zimmer etwas Anzuziehen sah. Der große, mit kunstvollen Intarsien verzierte Kleiderschrank war leer. Eine Flucht nur im Hemd konnte sie nicht riskieren. Doch wie an Kleidung kommen?

Was, wenn sie einfach um welche bat? Wahrscheinlich würde man sie mit der Bemerkung zurück ins Bett schicken, dort benötige sie keine. Nein, lieber nicht. Wie so oft ließ man ihr also keine Wahl. Sie würde Kleider stehlen müssen.

Vorsichtig spähte sie in den Salon, sah keine Menschenseele, atmete auf und durchquerte ihn bis zur gegenüberliegenden Tür. Das Ohr fest ans Schlüsselloch gepresst, lauschte sie, ob sich jemand auf der anderen Seite aufhielt. Keine Schritte, keine Worte, kein Atem. Nur das Ticken einer großen Standuhr, mehr war nicht zu hören. Langsam drückte Rose die Klinke herunter und atmete einmal mehr erleichtert aus, als sie merkte, dass die Tür nicht verschlossen war.

Sie sah in den Gang, links und rechts keine Bewegung. Gut. Sie eilte zurück durch den Salon, sammelte unterwegs die Kissen ein, die auf den Sesseln drapiert waren, und stopfte sie so unter die Bettdecke, dass es aussah, als läge sie noch darin. Zufrieden lief sie wieder zurück bis zu der Tür, die auf den Gang führte, sandte ein Stoßgebet zum Himmel, bekreuzigte sich und trat hinaus.

Wohin nun?

Sie sah hinunter auf den Teppich, den sie unter ihren Füßen spürte. Er war schön und leuchtend rot. Rose folgte ihm mit den Augen bis zu der ausladenden Treppe, die er ebenfalls bedeckte und die vor ihr schwungvoll nach unten führte. Offenbar befand sie sich im ersten Stock. Unten hörte sie Stimmen, die sich gegenseitig Befehle zuriefen. Dienstboten.

Dienstboten!

Rose blickte sich um. Wenn sie den Trakt fand, in dem die Dienstmädchen schliefen, gab es dort sicher eine Uniform, die sie … ausborgen konnte. Langsam und stets darauf bedacht, nicht zu nah ans Geländer zu kommen und von unten gesehen zu werden, machte Rose sich in die Richtung auf, in der sie noch eine Treppe vermutete, die weiter nach oben führte. Das Gesinde schlief immer unter dem Dach.

So jedenfalls hatte es Pete ihr erklärt, als sie ihn einmal gefragt hatte, welche Räume er sich als erstes vornahm, wenn er in ein Haus einstieg. Nur die erste Etage, hatte er geantwortet. Unten war die Küche und die Aufenthaltsräume des Personals, ganz oben ihre Schlafkammern. Er war stolz darauf, dass er und seine Bande aus Prinzip niemals etwas nahmen, das dem Gesinde gehörte. Das besaß ja ohnehin nichts und musste für dieses Nichts auch noch schuften. Nein, es war die erste Etage, wo das Silber verschlossen lag, der Safe im Arbeitszimmer stand und die Schmuckkästchen auf den Schminktischchen der Ladies nur darauf warteten, leergeräumt zu werden. Dort suchte Pete nach Beute.

Vielleicht sollte auch Rose sich noch einmal umsehen, bevor sie hier verschwand? Geld brauchte sie stets. Doch nein, was war das schon wieder für eine Idee? Es war unanständig, Liam erst zu betrügen und dann auch noch zu beklauen. Außerdem hatte er schon genug Schulden.

Sie stieß auf eine kleine Treppe und triumphierte. So steil, eng und schmucklos, wie sie war, konnte sie nicht für die feinen Herrschaften gedacht sein. Sie warf einen Blick über die Schulter, um sicherzugehen, dass niemand sie beobachtete. Die Luft war rein. Langsam und mit gespitzten Ohren stieg sie nach oben. Kurz vor dem Ende musste sie verschnaufen, da sie nicht bei Kräften war, und riskierte dann einen Blick in einen dunklen, tristen Korridor.

Auch hier war keine Menschenseele.

Welch ein Glück. Vorsichtig ging sie den Gang entlang und ärgerte sich, dass man auf den Holzdielen keinen Teppich ausgelegt hatte. Jeder unachtsame Schritt war laut und deutlich zu vernehmen. An der ersten Tür blieb sie stehen, lauschte, ob sich jemand im Raum befand und drückte die Klinke hinunter. Schon an dem Rasierzeug neben der Schüssel auf dem kleinen Tischchen erkannte sie, dass hier ein Mann schlafen musste.

Sie zog die Tür wieder zu und probierte eine andere, hinter der jedoch ebenfalls das Zimmer eines Mannes lag. Vermutlich erwartete sie auch hinter den nächsten beiden Türen nichts anderes. In der Mitte des Gangs war eine Tür, die ihn in zwei Hälften trennte. Wie im Waisenhaus waren die

Geschlechter offensichtlich separiert und Rose war ärgerlicherweise auf der falschen Seite gelandet.

Die Tür war verschlossen. Entweder sie ging zurück nach unten, dort ans andere Ende des Gangs und suchte die Treppe, die auf der anderen Seite hinaufführte, oder …

Leise lief sie zurück in das erste Zimmer und schnappte sich den großen, hölzernen Schuhlöffel, den sie dort gesehen hatte. Zurück an der Tür nutzte sie ihn wie ein Brecheisen. Die dünne Tür hatte nur ein leichtes Schloss und leistete nicht viel Widerstand. Rose hatte gerade erst zu drücken begonnen, als es einen Knacks tat und die Tür aufsprang.

Sie schlüpfte hindurch, zog sie hinter sich zu und legte den Türöffner in einen Eimer, der in der Ecke stand und offenbar vergessen worden war. Der Korridor spiegelte sein Pendant auf der anderen Seite. Rose lauschte an der ersten Tür, hörte nichts und trat ein.

Sie hatte Glück. Hier mussten zwei Dienstmädchen leben. Es gab zwei Betten und eine alte Kommode, die man sich teilte. Leise zog sie die oberste Schublade auf und sah hinein. Strümpfe und lange Unterhosen.

Wunderbar.

Ohne Zeit zu verlieren, zog sie sich an. Zwischendurch hielt sie immer wieder inne, um sich zu vergewissern, dass sich niemand der Tür näherte. Niemand kam. In den weiteren Schubladen fand sie Blusen und Uniformen. Rose bedauerte, dass die Mädchen beide deutlich größer waren als sie, ermahnte sich jedoch, nicht so wählerisch zu sein und band die Schürze der abgetragenen Uniform zu, die sie übergestreift hatte.

Fertig angezogen wickelte sie ihr Haar zu einem Dutt, den sie wie auch die Kopfbinde unter einem schlichten weißen Tuch verbarg. Sie suchte einen Spiegel, doch vergeblich. Das karge Zimmer verfügte nicht einmal über einen Stuhl oder ein Regal. Sie stand an der Tür, holte tief Luft, horchte für einen Moment und als sie sicher war, dass niemand in der Nähe war, trat sie hinaus auf den Gang.

Rose spürte die Anspannung ungewöhnlich intensiv. Die letzten Wochen waren nicht gut für sie gewesen. Zu oft hatten Aufregung und Angst ihr unruhige Nächte bereitet. Wie schön wäre es doch, sich für ein paar Tage zurückziehen zu können und niemanden mehr sehen zu müssen. Auf einem Schiff vielleicht. Tagein, tagaus die Wellen beobachten. Rose seufzte. Sie musste unbedingt aus London heraus, nach Amerika und die hundert –

Helle Stimmen erklangen und schnelle Schritte trappelten auf der Treppe. Jemand kam die Treppe hoch. Rose floh umgehend in das nächste

Zimmer, bevor man sie entdeckte. Hoffentlich wollten die Mädchen nicht gerade hier hinein!

»Seine Lordschaft hat ihre Wunden versorgt. Hätte ich nicht gemacht. An seiner Stelle, meine ich. Hätte sie einfach sterben lassen«, hörte Rose eine junge Person sagen.

»Wäre sie denn sonst gestorben?«, fragte jemand anders aufgeregt und neugierig zugleich.

»Weiß ich nicht. Vielleicht. Schade wär's jedenfalls nicht gewesen. Hat seine Lordschaft nach Strich und Faden hintergangen.«

»Weshalb behält er sie dann hier, Kitty? Ich meine, also, wenn sie so bösartig ist, warum wirft er sie dann nicht ins Gefängnis?«

»Keine Ahnung. Miss Campbell meint, das liegt daran, dass seine Lordschaft so wunderlich aus dem Krieg zurückgekommen ist. Ich glaube das auch. Vielleicht hat ihn eine Kanonenkugel am Kopf getroffen.«

Die beiden waren an ihrer Tür vorbei und betraten den nächsten Raum.

»Meinst du wirklich? Gibt sowas keine Narbe?«, hörte sie die zweite Stimme gedämpft durch die dünne Wand und stöhnte. War die Kleine so dumm oder tat sie nur so?

»Natürlich nicht. Das war nur meta–, na, du weißt schon. So daher gesagt. Weiß der Kuckuck, was seine Lordschaft mit dem Gossenmädchen will. Vielleicht ist sie gut im Bett und macht Sachen, die eine anständige, christlich erzogene Dame nicht tun würde? Französisch wahrscheinlich. Oder griechisch!«

»Was? Wirklich? Du meinst, sie hat ihm eine–«

»Pst, nicht so laut!«

Rose hörte ein Bett quietschen. Die beiden mussten sich niedergelassen haben, um weiterzuflüstern. Sie verstand nur Bruchstücke von dem, was sie mit Liam im Bett getrieben hatte, wenn es nach den Dienstmädchen ging. Ihre Ohren glühten. Was hatten die beiden nur für eine dreckige Fantasie? Am auffälligsten war, welch große und aktive Rolle ihr Dienstherr darin zu spielen schien.

Sie presste ein Ohr an die Wand, um besser hören zu können. Mittlerweile wurden Gerüchte über Liam ausgetauscht und darüber geschwärmt, wie heldenhaft er im Krieg gekämpft und wie treu er England gedient hatte. In den Augen der Dienstmädchen war er perfekt, ein wahrer Gentleman. Dann änderten sie das Thema und rätselten über Liams Vater. Sie hatten ihn nie kennengelernt, da er vor ihrer Zeit verstorben war. Doch all die Gerüchte, die es über ihn gab! Was war nur der Skandal, den es vor

20 Jahren gegeben hatte und von dem niemand Genaueres wusste oder sagen wollte? Das interessierte Rose nun weniger und sie löste sich wieder von der Wand.

So leise sie konnte, verließ sie das Zimmer und lehnte die Tür an, um keinen unnötigen Lärm zu machen. Zum Glück kicherten die Mädchen so laut, dass sie Roses Schritte auf den Dielen überhören mussten. Vorsichtig und im ständigen Kampf mit den geliehenen und schlechtsitzenden Schuhen schlich Rose wieder nach unten.

Es gab eine weitere Treppe, die ins Erdgeschoss führte, so dass sie nicht gezwungen war, die große im Eingangsbereich zu nehmen. Auf der Stelle fand sie sich im Haushaltstrakt wieder und hörte, wie in der Nähe mit Töpfen hantiert und dabei getuschelt wurde.

Ihre Anwesenheit war das alles beherrschende Gesprächsthema unter dem Gesinde. Es klang, als hätte man sich vollständig in der Küche versammelt, um Theorie über Theorie aufzustellen, wie es mit ihr und seiner Lordschaft wohl weiterginge. Unbeachtet und erleichtert schlich Rose an der Küche vorbei auf die Tür zu, die auf den Hof führen musste. Als sie sie aufzog, wäre sie beinahe mit einem Mann zusammengestoßen. Erschrocken sah sie zu dem Mann auf, der sich ebenfalls erst von dem Schreck erholen musste.

Oh nein. Würde er sie festhalten und an der Flucht hindern? Sollte sie ihn umschubsen, solange er noch dabei war, sich zu sammeln, und hoffen, auf die Straße zu entkommen und trotz des verletzten Beins irgendwie zu entwischen?

»Ick bringe Milch.« Der Mann hielt zwei große Metallkanister hoch und sah sie ausdruckslos an. »Hast du Geld oder muss ick rin?«

Rose atmete erleichtert aus, deutet mit dem Kopf ins Innere des Hauses und ging an ihm vorbei.

»Alles klar«, sagte er und verschwand. Die Tür fiel hinter ihm zu und Rose ging mit den größten Schritten, die ihr mit dem wunden Bein möglich waren, über den Hof auf das kleine Tor zu, durch das der Milchmann hereingekommen sein musste. Mit einem letzten traurigen Blick auf das Haus sagte sie Liam Lebewohl. Schade, dass er kein Sünder war wie sie. Sie hätte ihn gern in der Hölle wiedergesehen.

***

»Wie ist das möglich? Ist sie einfach im Unterhemd durch die Eingangstür hinausspaziert und hat sich eine Kutsche genommen?«, fragte Liam in beunruhigend geschäftlichem und beherrschtem Ton, als wollte er darüber plaudern, was Charles und Mr. Marshall am Sonntag nach dem Tee unternommen hatten.

»Können wir nicht sagen. Vermutlich nicht«, erwiderte Charles. Er rechnete jeden Moment mit dem Ausbruch des Vulkans.

»Im Haus ist sie aber nicht mehr?«, vergewisserte sich Liam.

»So steht es zu befürchten, eure Lordschaft«, antwortete der Butler. »Wir haben überall gesucht. Mehrfach.«

»Ich verstehe.« Liam rieb sich die Schläfen. Es fiel ihm schwer, die Ereignisse der letzten Stunden in der kurzen Zeit zu verarbeiten. Zuerst hatte er sie vor einem Mörder und vor dem Ertrinken gerettet, ihre Wunden versorgt und sie beinahe schon gegen seinen Willen mit Kuchen gefüttert. Schließlich hatte er erfahren, dass Mr. Young tatsächlich schon vor einem Monat dem Earl of Lincolnshire gegenüber behauptet hatte, er, Liam, sei längst verheiratet und könne unmöglich mit Emilia verlobt sein. Nun, wenige Stunden später, kam er zurück und sie war einmal mehr verschwunden.

Wollte dieser Albtraum denn kein Ende nehmen?

»Damit ich das richtig verstehe«, fing er noch einmal an, lehnte sich mit dem Rücken erschöpft an eine Wand und verschränkte die Arme. »Ihr dachtet, sie wäre da, aber am Ende war nichts als Kissen unter der Decke. Niemand sah jemanden aus dem Haus kommen, die Vordertür war verschlossen und um die Tür auf den Hof hinaus zu erreichen, muss man die Küche passieren, wo die ganze Zeit über jemand war, der sie hätte sehen müssen? Und aus dem Fenster scheint auch niemand geklettert zu sein, weil keines offenstand?«

»Ja«, erwiderte Charles.

»Warum, in Gottes Namen, ist sie dann nicht hier?«, schrie Liam unvermittelt und stieß sich von der Wand ab.

»Woher soll ich das wissen?«, antwortete Charles. Er war nicht bereit, sich für etwas zu rechtfertigen, das er nicht zu verantworten hatte. Die Frau gehörte in ein Gefängnis und nicht in ihr Gästezimmer.

»Du hattest den Auftrag, auf sie aufzupassen. Wie kann es sein, dass sie ohne Kleidung und Schuhe unbemerkt das Haus verlässt?«

»Ich weiß es nicht. Sie muss zaubern können. Vielleicht ist sie eine Fee?«

Nun wurde Liam wirklich wütend und kam ihm unangenehm nahe.

»Ich bin heute nicht zu Scherzen aufgelegt, Charles. Nicht nur, dass ich unserem Onkel über den Weg gelaufen bin, der wegen Maggriets Flucht und Roses Rolle darin alles andere als gut auf mich zu sprechen ist. Nein, ich musste auch noch erfahren, dass zumindest ein Teil ihrer Geschichte stimmt. Was mich wiederum veranlasst zu glauben, dass wir größere Probleme haben als ein Gossenmädchen. Sie und diese absurd große Frau, die sie dabeihatte, sind die einzigen Menschen, die in der Lage wären, Mr. Youngs Komplott gegen mich zu bezeugen. Kein Problem, sollte man denken, immerhin eine der Zeuginnen liegt sicher in meinem Haus. Aber nein! Und einmal mehr wissen wir nicht, wo sie sich aufhalten. Zu allem Überfluss ist es eine Frage der Zeit, bis sie wieder von jemandem gejagt werden, der sie abzustechen trachtet.«

Charles schüttelte den Kopf.

»Liam, sei nicht albern. Warum in aller Welt sollte dieser Mr. Young dir eine Frau andichten? Was hat er denn davon? Das ist doch blanker Unsinn!«

»Woher soll ich das wissen? Lincolnshire meinte, er wurde misstrauisch, als Emilia ihm gegenüber andeutete, verlobt zu sein. Er fragte ihren Vater danach, der wiederum alles leugnete und erklärte, das könne überhaupt nicht sein. Ich sei bereits verheiratet. Und während ich keinen Grund sehe, den Earl der Lüge zu bezichtigen, fallen mir aus dem Stand eine ganze Reihe Dinge ein, die Mr. Young belasten. Ich könnte ihn wegen Ehrverletzung und Rufschädigung drankriegen, doch dafür brauche ich diese Frauen. Also, wo ist Rose?«

Charles und Mr. Marshall sahen einander an. Sie war nicht im Haus, soviel – und so wenig – stand fest.

Es war doch zum Haare raufen. Dieses Mädchen konnte man keine Sekunde aus den Augen lassen. Was war sie nur für eine gewiefte Person? Widerwillig musste Liam sich eingestehen, dass er sie für ihre Fähigkeit bewunderte, in allen denkbaren Lebenslagen irgendwie den Hals aus der Schlinge zu ziehen. Doch dies war nicht der richtige Zeitpunkt, um in Schmachten zu verfallen. Er musste sie finden, und zwar lebend.

»Nun gut, ich lege mich für ein paar Stunden nieder. Du solltest das auch tun, Charles. Wir gehen heute aus.«

Schon hatte Liam seinen Krawattenknoten gelöst und war dabei, das Jackett auszuziehen. Er war hundemüde und würde seine Kräfte brauchen, wenn er ihrer wieder habhaft werden wollte.

»Wo gehen wir denn hin?«, fragte Charles alarmiert.

»Nach Ratcliff. In eine Bar, irgendeine. Dort lassen wir uns ausrauben. Nimm Geld mit, aber nicht zu viel. Und lass deine Taschenuhr zuhause. Wir sehen uns in drei Stunden.«

Damit ließ Liam seinen Bruder stehen.

***

Rose musste Betty und Daisy nicht lang suchen. Betty hatte Jack überredet, sie für einige Tage bei sich aufzunehmen. Er tat es nicht gern, doch er tat es. Betty war auch für ihn so etwas wie Familie, waren sie doch immerhin im Waisenhaus miteinander aufgewachsen wie Geschwister. Oder so ähnlich, wenn man bedachte, dass sie auch als Erwachsene eine Zeit lang das Bett geteilt hatten. In Ratcliff verlief nicht alles nach den Regeln des Bürgertums. Nicht, dass es keine Regeln gab. Nur eben andere.

Müde und zittrig ließ Rose sich in einem pompösen Sessel nieder, in dem sie beinahe versank, weil er so groß und übertrieben prunkvoll war.

»Wo hast du das Teil denn aufgetrieben?«, fragte sie Jack und kämpfte sich zwischen den Polstern heraus, die sie verschlingen wollten.

Er grinste.

»Ein Klient hat ihn mir überlassen, der nicht zahlen konnte oder wollte.«

»Freiwillig?«

»Nein.« Sein Grinsen wurde breiter.

»Ich bin sicher, am Ende war er froh, das Monster von einem Möbelstück los zu sein. Es ist mehr ein Sofa denn ein Stuhl«, bemerkte sie.

»Am Ende war er tot – damit hatte ich nichts zu tun – und es war ihm wahrscheinlich egal.« Jack lächelte verschmitzt und Rose konnte nicht anders, als ebenso zurück zu lächeln.

Noch immer saß ihm der Schalk im Nacken und hinter der rauen Fassade verbarg sich der fröhliche, charmante Junge, der er früher schon gewesen war. Schade, dass Jack das Waisenhaus so früh hatte verlassen müssen, weil er mehr hinter Röcken her war als hinter Bildung und Nahrung. Mit der richtigen Erziehung hätte er alles werden können. Sein Gefühl für die Bedürfnisse der Menschen war ebenso untrüglich wie sein Händchen dafür, ihre Fähigkeiten für seine Zwecke zu nutzen. Damit konnte man es selbst in Ratcliff schnell zu etwas bringen.

»Wo warst du denn die ganze Nacht?«, mischte Betty sich miesepetrig ein, die das Geschäker zwischen Rose und Jack noch immer nicht mitansehen konnte. Wie früher, als sie noch junge Mädchen gewesen waren, stand die geteilte Vertrautheit mit Jack ihrer Freundschaft zueinander im Wege.

»Bei einem, äh, Bekannten. Ich musste untertauchen, solange der Kerl noch hinter mir her war.«

»Einem Bekannten? So, so. Was für ein Bekannter denn?«

Betty war sauer auf Rose, aus unterschiedlichen Gründen. Sie zog Jacks Aufmerksamkeit auf sich, hatte das Kleid nicht zurückgebracht, das Betty für sie aus Madames Boutique geliehen hatte, was sie den Job kostete. Zu allem Überfluss konnte sie nicht mehr ohne Sorge über die Straße gehen, weil wer auch immer Rose an den Kragen wollte es nun vermutlich auch auf sie abgesehen hatte. Mitgefangen, mitgehangen. Wie immer, wenn man sich auf dieses Mädchen einließ und ihren Geschichten glaubte, handelte man sich nichts als Ärger ein.

»Reg dich ab«, erwiderte Rose und richtete sich in dem unmöglichen Möbelstück ein. »Niemand Wichtiges. Und mach dir keine Sorgen um deine Madame. Komm mit Daisy und mir nach Amerika. Wir haben genug erbeutet, um dort einen eigenen Laden zu eröffnen. Stell dir vor, Betty, dein eigener Laden. Davon hast du doch immer geträumt.«

Betty wollte sich nicht abregen. Sie schmollte weiterhin.

»Was soll ich in Amerika? Ich kenne dort niemanden. Und was ist mit Teddy? Soll ich ihn da oben in Schottland lassen? Ganz allein?«

»Teddy treibt sich dort auch nur herum, um am Ende seine 100 Hektar Land zu bekommen. Wenn er in der neuen Welt ankommt, kann er zu uns stoßen und dir vielleicht in deinem Laden helfen. Schmoll nicht, komm mit mir. Diese eine Sache ziehen wir noch durch und in zwei, drei Tagen lassen wir all das hier hinter uns, sobald wir ein passendes Schiff finden.«

Rose deutete auf das Fenster hinter dem Vorhang und meinte damit Ratcliff, die Armut und ganz London.

»Na gut«, lenkte Betty trotzig ein. »Aber nur, weil ich durch dich und deine blöden Ideen Arbeit und Quartier verloren habe. Du musst jetzt für mich sorgen, Rose. Das bist du mir schuldig.«

Rose nickte feierlich. Etwas anderes hatte sie nicht vorgehabt. Ihr Blick wanderte zu Daisy, die mit dem Rücken zu ihnen auf dem Boden lag und sich nicht einmal zur Begrüßung gerührt hatte.

»Hast du ihr etwas zu essen gegeben?«, fragte Rose besorgt. Betty schüttelte den Kopf.

»Von mir nimmt sie nichts, das weißt du. Hab gewartet, bis du kommst. War schwer genug, sie hierherzuschaffen. Meine Nerven, Rose, meine Nerven.«

Bettys Nerven waren Rose in diesem Moment egal. Sie nahm die Schüssel Haferbrei, die Jack ihr angeboten hatte und kniete sich zu Daisy.

»Hey, Frau Wärterin. Wenn du den Mund aufmachst, erzähle ich dir, welche Gemeinheit Betty, Jack und ich uns für Mr. Young heute Nacht überlegt haben.«

»Das weiß sie doch schon, Rose«, erwiderte Betty und nahm den Sessel in Beschlag, den sie freigemacht hatte.

»Na und? Schadet nicht, es ihr noch einmal zu erzählen. Es ist so schön durchtrieben und böse. Und er hat es verdient. Ich werde auf Nummer sicher gehen, dass er auch erfährt, wem er die Mottenplage zu verdanken hat, wenn die Zeit kommt. Aber nicht, bevor wir über alle Berge sind.«

Tatsächlich gelang es Rose, Daisy zum Essen zu bewegen. Als sie nicht mehr in der Ecke lag wie ein verlassenes Häufchen Elend, machten Jack und Rose sich daran, den Plan noch einmal durchzugehen.

»Für das Geld konnte ich ein paar gute Jungs ranholen. Sie machen das fast schon zu gern. Ein paar Motten in Lagerhäusern auszusetzen, wird wahrscheinlich der ungewöhnlichste Auftrag sein, den sie je hatten. Wenn man bedenkt, was die sonst so machen … Nun, ich gehe lieber nicht in die Details. Du wirst sehen, zwei Stunden und die Sache ist geritzt.«

»Gut«, erwiderte Rose. »Ich zahle ja auch einen Haufen dafür. Wichtig ist, dass Hardy und Young nicht sofort etwas bemerken. Die Motten brauchen ihre Zeit, um sich einzurichten und Eier zu legen. Die beiden dürfen bis zuletzt nichts ahnen. Deine Jungs dürfen also nichts mitgehen lassen oder irgendetwas anderes tun, was sie alarmiert. Schon gar nicht irgendwem davon erzählen.«

Selbstsicher winkte Jack ab. Wer sollte darauf kommen, ausgerechnet bei solch einem unsinnigen Auftrag petzen zu gehen? Und an Stoff war eh niemand von seinen Leuten interessiert. In ihren Kreisen handelte man mit anderen Dingen.

Rose grinste zufrieden. Nur noch wenige Tage und sie würde den Blick endlich wieder nach vorn richten können. Sie streichelte Daisys Schulter und stellte sich vor, zusammen mit Betty und ihr an Deck eines Schiffes zu stehen, das Freiheit und Wohlstand entgegensegelte.

Den ganzen Tag über würde sie stehen und den Wellen zusehen, wie sie brachen. Nachts würde sie auf dem Rücken liegen und die Sterne zählen.

Nur noch wenige Tage, Rose. Wenige Tage.

KAPITEL XI

London, 08. Juni 1826

Es war kurz nach Mitternacht, als Liam und Charles betrunken aus der Bar schwankten und einander mit flachen Witzen erheiterten.

»Ein junger Kerl kommt zur Musterung«, rief Liam lallend und stützte sich an einer Wand ab. »Wo willste hin, wird er gefragt. Zur Marine, antwortet der Bursche. Kannste schwimmen, ist die nächste Frage. Nee, wieso auch? Habt ihr denn keine Schiffe?«

Charles prustete und verschluckte sich dabei so sehr, dass er stark husten musste.

»Gut, der war passabel. Willst du nun einen richtigen Witz hören?«, fragte er, als er wieder sprechen konnte. Liam stieß sich von der Wand ab und legte ihm einen Arm um die Schultern.

»Nicht unbedingt. Du kennst nur diese trockenen Pfaffenwitze, die so klug sein wollen, dass sie nicht einmal mehr witzig sind, hicks.«

Charles schubste ihn beleidigt weg und lief im Zickzack ein Stück weiter. «Pah! Pass mal auf: Ein Priester, ein Rabbi und ein –«

Er lief gegen eine Laterne und bat sie um Verzeihung. »Also: Ein Priester, ein Rabbi und ein –«

Ein Pfeifen erklang ganz in der Nähe. Liam schloss zu seinem Bruder auf.

»Den kenne ich schon. Du hast ihn mir erzählt, als wir noch klein waren.«

»Wirklich?« Charles sah ihn erleichtert an. »Dann kannst du ihn mir ja erzählen. Ich glaube, ich habe ihn wieder vergessen.« Er bekam Schluckauf, lehnte sich gegen eine Wand und rutschte langsam daran herunter, bis er sich wieder aufrappelte und laut verkündete:

»Ich gehe mich in der dunklen Gasse dort erleichtern. Vergiss den Witz nicht, Liam. Ich will ihn noch hören.«

Liam lachte übertrieben laut und wartete um die Ecke, bis sein Bruder fertig war. Als er ebenfalls ansetzte, sein Geschäft zu verrichten, stand plötzlich ein maskierter Kerl vor ihm und forderte ihn auf, die beleuchtete Straße zu verlassen und in die Seitengasse zu treten. Liam ließ seinen noch geschlossenen Hosenbund wieder los und tat wie geheißen. Charles stand reglos da und beobachtete misstrauisch einen Schatten.

»Ich glaube, wir sind nicht allein«, kommentierte er und deutete in die Dunkelheit.

»Das glaube ich auch«, erwiderte Liam. Sie sahen einander kurz in die Augen und nickten. Er stürzte sich auf den Mann mit dem Messer, während Charles eine Pistole zog und sie auf etwas in der Dunkelheit richtete, das scheinbar nur er zu sehen vermochte.

Das Gerangel zwischen Liam und seinem Angreifer war von kurzer Dauer. Durch zwei Kriege gegangen und lange nicht so betrunken, wie es den Anschein gehabt hatte, entwaffnete er seinen Gegner ohne große Mühe, nahm das Messer an sich und drückte ihn an die Wand. Er war zwei Köpfe größer und deutlich schwerer als der Straßenräuber.

»Wir haben auf Gesellschaft gehofft«, sagte Liam und zog dem Mann das Tuch aus dem Gesicht. Wenngleich das Licht nicht besonders gut war, konnte es den alten, zerfurchten Narben nicht schmeicheln, die nun zu sehen waren. Der Kerl war weiß Gott keine Schönheit und musste ein hartes Leben geführt haben.

Charles hielt die Waffe unverändert auf die Dunkelheit vor sich gerichtet und sagte mit fester, autoritärer Stimme:

»Ich bin ein Mann Gottes und würde nur äußerst ungern jemanden erschießen. Ich hoffe, Ihr seid bereit, meine Gefühle zu respektieren, und zwingt mich nicht dazu.« Er trat zwei Schritte zurück und blieb mit dem Rücken zu Liam stehen.

Der Kerl, den sein Bruder an der Wand fixierte, pfiff kurz und es schien, als würden sich die Schatten lichten und tatsächlich nur Dunkelheit zurückbleiben.

»Wat wollt Ihr von mir?«, fragte der Ganove mit schwacher Stimme. Liam hielt ihn so stark an die Wand gedrückt, dass es ihm die Luft abschnürte.

»Eine Information«, antwortete er.

»Dafür müssta doch keen harmlosen Dieb überfall'n! Informationen bekommt ma bei uns anders!« Er hustete, weil ihm der Atem stockte.

»Gut möglich, doch ich zahle nichts. Also dachte ich, ich lasse die Information zu mir kommen.«

Der hässliche Kerl lachte laut auf und sein Hals röchelte ungesund.

»Glaubta echt, ick geb wat umsonst raus?«

Liam tat, als müsste er darüber nachdenken. Er nickte verständnisvoll, hob den Mann hoch und nahm ihn von der Wand fort, nur um ihn sofort und heftig wie eine Puppe abermals dagegen zu werfen.

»Nein, das glaube ich in der Tat nicht. Selbstverständlich bekommst du etwas dafür, wenn du mir gibst, was ich will.«

»Ach ja, und zwar? 'Ne Tracht Prüjel?«

»Viel besser. Ich lasse dich gehen und du darfst alle zehn Finger behalten.«

Der Mann blieb gänzlich unbeeindruckt. Er hob die linke Hand und wackelte mit den drei Fingern, die er noch daran hatte.

»Alle acht«, berichtigte Liam und ließ den Räuber zu Boden sinken. Dieser rieb sich die Schulter, die bei der Rangelei Schaden genommen hatte, und fragte sichtlich genervt:

»Aye, lasst ma hör'n, wat Ihr wissen wollt. Ick entscheide, ob mir dat 'n Finger wert is' oder nich'.«

Liam musste über seine Gelassenheit grinsen. Der Kerl wusste, wie man Geschäfte machte und mit schwieriger Klientel umzugehen hatte. Irgendwie wurde er ihm von Satz zu Satz sympathischer.

»Ich suche Rose Mason. Wo finde ich die?«

Sein Gegenüber runzelte die Stirn. Er gab sich keine Mühe, seine Überraschung zu verbergen. Stattdessen fragte er zurück:

»Wat is'n mit der zur Zeit los? Hat die 'ne joldene Möse, von der ick nüscht weeß? Alle frajen 'se, wo die Olle steckt. Wat will einer wie Ihr von der?«

»Geht dich nichts an. Also, wo finde ich sie?«, wiederholte Liam und ärgerte sich über die Art, wie der Kerl über Rose sprach. Der wackelte mit dem Kopf, als würde er ernsthaft darüber nachdenken, was er natürlich nicht tat. Liam wusste, dass er nur versuchte, ihn einzuschätzen und gleichzeitig herauszufinden, ob für ihn etwas dabei herausspringen konnte.

»Wenn ick nüscht saje, is' 'n Finger fällig?«

Liam nickte und hielt das Messer hoch, das er ihm abgenommen hatte.

»Ick sag's euch. 'N Finger is' ma die nich' wert. Ick sag's, aber unter einer

Bedingung.«

»Du bist nicht in der Position, Bedingungen zu stellen«, antwortete Charles genervt, dem die Sache mittlerweile zu lang dauerte. War das noch Erpressung oder schon Kaffeeklatsch?

»Aye, aye. Schon jut. Ick weeß nich‘, ob Ihr schonmal ’nen Finger abjeschnitt’n habt. Is‘ ‘ne Riesensauerei. Ruiniert euch zack-zack det hübsche Jäckchen. Da habta –«

»Du redest zu viel«, unterbrach ihn Liam. »Komm zur Sache. Was wäre die Bedingung?«

»Ooch ’ne Information natürlich. Wat wollt Ihr feinen Lords ausjerechnet von Rose Mason? Ick bin ‘n juter Kerl, ick kann nich‘ friedlich schlaf’n, wenn ick sie in Jefahr bringe. Wisst Ihr, was ick meen? Nur, wenn ick weeß, wat eure Absichten –«

»Ansonsten gibst du doch einen Finger für sie? Gerade sagtest du, sie wäre dir keinen Finger wert«, warf ihm Liam vor. Der hässliche Dieb nickte und legte sich eine Hand aufs Herz.

»Ick kenne die Kleine seit Jahren, hab‘ ‘se quasi miterzojen. Allet, wat ‘se weeß, weeß ‘se von mir. Wie sieht dit vor meen‘ Leuten aus«, er wies in die Dunkelheit, wo seine Kumpanen lauerten und nur aus Respekt vor der geladenen Waffe nicht eingriffen. »Wenn ick een von meen‘ Leuten verpfeife, nur weil man mir mit Jewalt droht. Ne, ne, ne, ick hätt‘ jern ‘n Grund, warum ick dit tun sollte.«

Liam seufzte, verdrehte die Augen und machte kein Hehl daraus, dass er ihm kein Wort glaubte. Wenn er dem Mann nur genug Geld bot, würde er ihn aller Wahrscheinlichkeit nach persönlich zu Rose führen. Alles, worum es ihm ging, waren Informationen im Gegenzug für die seinen. Hier lief nichts ohne Gegenleistung.

»Ich bin ihr Ehemann und habe ein Hühnchen mit ihr zu rupfen«, sagte er schließlich, um nicht noch mehr Zeit zu vergeuden.

Der Ganove brach aus voller Kehle in Gelächter aus. Ein trockener Ton, der durch Gurgellaute unterbrochen wurde, die auf eine tiefsitzende Lungenerkrankung hinwiesen.

»Der war jut, den merk ick ma. Wie den Witz vorher mit dem Matros’n. Also, wat wollt Ihr von der?«

Liam und Charles warfen einander einen genervten Blick zu. Es gab keinen Grund, das weiter zu kommentieren. Der Kerl wurde stutzig.

»Dit war keen Witz«, stellte er erstaunt fest. »Ihr meent dit so!«

Er lachte und schüttelte den Kopf. Als er fertig war und wieder reden konnte, musterte er Liam von oben bis unten und fing erneut an zu lachen.

»Dit Mädchen hat's jeschafft, wa? Sie hat's immer jesacht, als 'se janz kleen war schon. Immerzu hat 'se Jeschicht'n erzählt, sie wird 'n Lord heirat'n, 'n echt'n. Mit Schloss. Stand da, keen Meter groß, wa, und –«

»Will ich nicht wissen. Interessiert mich nicht«, sagte Liam genervt und trat wieder näher an ihn heran. Er sollte nicht vergessen, dass sie nicht zum Spaß hier waren. »Wo ist sie jetzt?«

»Normalerweise würd ick euch nüscht sajen. Aber Ihr seht ma wie ehrliche Gesell'n aus, wa? 'N Halunke hätte ma erstmal 'n Finger abjesäbelt und dann jefragt. Rose und der jewiefte Jack ham' was am Laufen. Nich' sooo, wo denkt Ihr hin.« Der Räuber winkte beschwichtigend ab, als Liams Gesicht sich verfinsterte. »Rein jeschäftlich natürlich. Rose is' prüde. Da habt Ihr euch von allen Weibern in Ratcliff die ehrbarste jeschnappt, wa. Also, wo war ick? Ja, die müssten jetz' an den neu'n Docks sein, bei den Lajerhäusern. Da soll heut' Nacht wat jeh'n. Sagt man. Wurden Leute rekrutiert, scheint ma wat großes zu sein. Sind noch 'n paar Kerle interessiert. Seid nich' die erst'n, die ma fraj'n.«

Liam und Charles wurden hellhörig.

»Was heißt das? Wer wollte das noch wissen?«, fragte Charles und trat näher heran.

»Drei junge Burschen. War'n auch mehr an Rose interessiert als an dem Ding, wa. Wie ick schon saje, dit Mädchen is' in letzter Zeit mordsmäßig jefragt.« Er lachte, musterte Liam noch einmal und murmelte mehr zu sich selbst als zu ihm, dass sie es geschafft hatte, das durchtriebene Stück.

»Wie kommen wir am schnellsten dorthin?«, unterbrach Liam ihn in seinem Selbstgespräch und steckte die erbeutete Waffe ein. Zum Ausgleich dafür zog er einen mit Münzen gefüllten Beutel aus der Tasche und warf ihn dem Räuber zu. Der fing ihn geschickt auf und zog eine Münze heraus. Er biss darauf, nickte zufrieden und sah die beiden Brüder geschäftstüchtig an.

»Allet klar, Ihr müsst …«

***

Pünktlich um ein Uhr nachts hatten alle Beteiligten sich am vereinbarten Treffpunkt eingefunden, einer abgelegenen Ecke nahe dem Wasser, wo sich mehr Ratten als Menschen tummelten.

Jack und Rose verteilten Pappschachteln an die Männer, die sie in den Lagerhäusern über die Stoffballen leeren sollten. Es waren acht Männer gekommen, was Jack stutzig machte, hatte er doch nur fünf bestellt.

»Wer seid Ihr drei Vögel?«, wollte er mit einer Hand am Griff des Messers wissen, das er unter dem Jackett am Körper trug. Wenn ihm die Antwort nicht gefiel, würde es sicher gleich zum Einsatz kommen. Ein dürrer kleiner Kerl, der auf den ersten Blick wie ein harmloser Bursche vom Land aussah, schob sich vor die drei noch immer schweigenden Männer und hob beschwichtigend die Hände.

»Hoy, hoy, hoy. Allet jut, Jack. Die gehör'n zu mir. Cousins aus Nottingham, woll'n hier fußfass'n. Hab jesacht, heut' Abend jibt's Arbeit. Ick bürg' für die, Jack. Ick bürg' für die.«

So ganz ließ Jack sich nicht überzeugen. Langsam umrundete er die Cousins aus Nottingham und sah sie sich in aller Ruhe an. Auch Rose hatte kein gutes Gefühl bei den dreien. Warum waren sie ungefragt hier aufgetaucht und verhielten sich so seltsam?

»Wir haben keine Arbeit für euch«, sagte Jack schließlich und ließ seine Hand sinken. »Wir brauchen fünf Männer und wir haben fünf. Kommt an einem anderen Tag wieder.«

»Aber –«, fing der Junge an. Er war noch nicht bereit, seine Cousins aufzugeben.

»Das war keine Einladung zur Diskussion, O'Neill. Ich sagte nein. Nimm deine Cousins und geh. Das nächste Treffen, zu dem du jemanden anschleppst, den ich nie zuvor gesehen habe, wird eines, das du nicht mehr verlässt. Jedenfalls nicht lebend, aye?«

Der Angesprochene schloss den Mund wieder und trat einen Schritt zurück. Mit dem Kopf signalisierte er seinen noch immer schweigsamen Begleitern, sich zurückzuziehen. Er hatte die Drohung verstanden.

Ärgerlicherweise waren nun nur noch vier Männer da.

»Mist«, fluchte Rose und sah den Abgewiesenen hinterher. »Nun sind wir zu wenige. Was machen wir denn jetzt?«

Jack zog sein Jackett aus, krempelte die Ärmel seines dunklen Hemdes nach oben und zuckte mit den Schultern.

»Ich steige mit ein. Gibt mehr Geld für uns«, grinste er. Die verbliebenen Männer wurden von seinem Grinsen angesteckt, packten die Schachteln in Leinenbeutel und schlossen den Kreis, um die letzten Details ihrer bevorstehenden Unternehmung zu erfahren.

Der Plan war simpel. Zwei der drei Wachmänner, die Mr. Young und Mr. Hardy in ihren Lagerhäusern einsetzten, arbeiteten ohnehin für Jack und waren ihm loyal verbunden. Sie würden ganz einfach die Türen öffnen und sie ein- und nach getaner Arbeit wieder hinauslassen. Keine Einbruchspuren, kein Ärger. Damit waren die ersten drei Ziele abgedeckt. Das würde schnell über die Bühne gehen.

Der dritte Wachmann hingegen war ein Problem. Er gehörte zu Mr. Hardys eigenen Leuten und ließ sich nicht bestechen. Alle Andeutungen, die man ihm gegenüber gemacht hatte, waren auf taube Ohren gestoßen. Brachte man ihn allerdings um die Ecke, würde das Aufsehen erregen, das es zu vermeiden galt.

Also musste er abgelenkt werden.

»Ich mache das«, beschloss Rose.

»Nein, du machst das nicht. Du bleibst schön hier und wartest, bis wir wieder da sind.« Jack wollte fortfahren, doch so schnell ließ Rose sich nicht abwimmeln.

»Ich bin die perfekte Ablenkung. Für euch ist es zu gefährlich. Wachmänner haben nervöse Finger und trauen ohnehin keinem, der sie aus dem Nichts heraus anspricht. Ich aber bin eine Frau und schon das allein genügt, um ihn abzulenken.«

»Ich sagte nein. Zu gefährlich.«

»Recht hat 'se, Jack. Bei allem Respekt für dich und dein' Plan, aber dit Mädchen hat recht«, mischte sich ein alter Seebär ein, der ungeachtet der Tatsache, dass er schon eine ganze Weile kein Schiff mehr betreten hatte, noch immer den Eindruck erweckte, jeden Moment in See stechen zu wollen. »Der Typ lässt nich' mit sich red'n. 'N sturer Bock, der Wachmann an den letzt'n beed'n Lajerhäusern. Is' jetz' schon misstrauisch. Wenn da nachts noch eena von uns ankommt, der schießt und fragt erst dann. Ne, ne. Lass dit Mädchen vor und wir mach'n den Rest.«

Jack sah Rose nachdenklich an, stöhnte schlussendlich und nickte.

»Aye, du machst mit. Aber nur als Ablenkung. Du steigst in kein Lagerhaus. Ich komme mit dir und übernehme die Aufgabe von O'Neill.«

Rose atmete erleichtert aus. So war ihr das viel lieber. Anstatt hier in der Dunkelheit auf ihre Wiederkehr zu warten und zu bangen, ungewiss, ob alles nach Plan lief, würde sie nun mittendrin sein und die Kontrolle über das Geschehen haben. Wie viel besser die Aussicht auf die kommenden Stunden gerade geworden war!

Jack reichte ihr eine Flasche billigen Fusel. Sie nahm sie mit einem dankenden Nicken entgegen, entkorkte sie mit den Zähnen, nahm einen großen Schluck und gurgelte ausgiebig. Als sie fertig war, spuckte sie das Gebräu wieder aus und verschüttete einen Teil des Flascheninhalts über ihr

Mieder und ihr Haar.

»Übertreib es nicht«, mahnte Jack sie und verzog die Nase. Der stechende Geruch des Hochprozentigen verbreitete sich schnell. Bevor Rose die Flasche in ihrem Rock verstaute, ging sie reihum, jeder nahm einen Schluck, trank auf gutes Gelingen und machte sich auf seinen Weg in die Dunkelheit hinaus.

Nur Rose und Jack blieben zurück. Sie warteten, bis der Rest der Bande außer Sicht war und machten sich dann in die andere Richtung zu den Lagerhäusern auf, die sie sich vornehmen würden.

»Bist du sicher, dass du das Land verlassen willst?«, fragte Jack, nachdem sie sich für einige Zeit schweigend fernab der wenigen Laternen durch die Schatten der Häuserwände fortbewegt hatten.

»Ja, ganz sicher. Wieso fragst du? Willst du mit? In Amerika bekommt jeder Mann 100 Hek–«

»Nee«, unterbrach er sie. »Ich habe hier mein Geschäft, es läuft gut und ich bin kein Farmer. Du auch nicht. Wie du an den Schmuck gekommen bist, Rose, das war genial. Hier stehen dir so viele Möglichkeiten offen. So viele Chancen. Tu dich mit mir zusammen. Du wirst sehen, in einem Jahr machst du dir keine Sorgen mehr ums Essen und hast für immer ein Dach über dem Kopf.«

»Nein«, flüsterte Rose und blieb an einer hohen Mauer stehen. »Ich will das nicht. Solch ein Leben ist nichts für mich. Ich will ein eigenes Haus mit kuscheligem, warmem Bett, ich will den weiten Himmel über mir. Ich will keine Angst mehr haben, gefasst oder erwischt zu werden. Stolz und offen durch die Straßen gehen, das will ich. Mit reinem Gewissen einschlafen, nichts verbrochen haben und nichts fürchten müssen. Genau das.«

Jack spähte um die Mauer herum und bedeutete ihr mit der Hand, hinter ihm zu bleiben. Er suchte nach etwas oder jemandem. Sobald er fündig wurde, drehte er sich wieder zu ihr um und sagte:

»Ein Leben ohne Furcht gibt es nicht. Wenn du nicht dich selbst fürchtest, dann fürchtest du deinen Nächsten. Wenn du nicht deinen Nächsten fürchtest, dann Fremde. Wenn du dich nicht vor Fremden fürchtest, dann vor der Obrigkeit. Und wer sich nicht vor der Obrigkeit fürchtet, fürchtet am Ende doch Gott.«

Rose sah ihn entschlossen an.

»Ich fürchte mich davor, in diesen Straßen zu sterben. Hier zu verrecken, unbeweint und unbetrauert und dann in ein kaltes, einsames und namenloses Grab gelegt zu werden. Ich bin schon ohne Namen auf die

Welt gekommen. Unter keinen Umständen werde ich sie ohne einen Namen wieder verlassen.«

Jack nickte.

Ebenso wenig wie sie wusste er, wer seine Eltern waren. Auch er war einst herzlos vor den Türen des Waisenhauses abgelegt und Willkür und Wohlwollen der staatlichen Fürsorge ausgeliefert worden. Namenlos aus der Welt zu scheiden, fürchtete er indes nicht mehr. Jeder hier wusste, wer er war. Jack Mason war in London lang kein Unbekannter mehr.

»Wie du willst, Rose, wie du willst. Spiel deine letzte Rolle und mach dich dann vom Acker. London kann auf so eine dürre Plage, wie du es bist, ohnehin verzichten.« Er grinste sie an und trat einen Schritt beiseite, um sie vorbei zu lassen.

Rose grinste auf die gleiche Art zurück. Sie löste ihren Zopf, verwuschelte ihr Haar, so dass es in alle Richtungen abstand und die Platzwunde bedeckte, kniete nieder und grub die Finger in den Dreck, um ihn sich über Gesicht und Dekolleté zu schmieren. Sobald sie mit der Verwandlung fertig war, atmete sie tief durch und trat hinter der Mauer hervor.

Ihr Gang wechselte von sicher zu unsicher, bis sie schwankte und mal laut, mal leiser Worte vor sich hinlallte. Als sie in der Mitte der Straße angekommen war, lief sie so schräg und holprig, dass sie beinahe das Gleichgewicht verlor.

»Hoy!«, rief sie laut in die Nacht hinaus. »Is‘ hier niemand, der ‘na jungen Lady aufhelf‘n kann? Ey, ick –« Erneut stolperte sie über die eigenen Füße und konnte sich gerade noch fangen, bevor sie mit dem Gesicht auf dem unregelmäßigen Pflaster aufkam. »Blöde Betty, die Olle kann ma mal, von wejen, ick wär ooch nur ’ne –«

»Is‘ da wer?«, kam es aus einer kleinen Hütte, kaum mehr als ein Bretterverschlag, die vor einer großen Mauer neben einem verriegelten Tor stand. Licht flammte auf und ein Mann kam mit einer Petroleumlampe heraus, um die Straße abzuleuchten. »Wat soll der Lärm? Dit is ’n Privatgrundstück!«

»Blöde Betty!«, rief Rose noch lauter. »Hässlig bin ick, sagt ausjerechnet dit Pfannkuchenjesicht!«

»Hoy, du! Was machste da mitten uff der Straße? Schleich da, dit is‘ Privatbesitz!«

»Keena will ma, sagt ‘se.« Roses Stimme wurde weinerlich.

Sie begann zu schluchzen und die Worte sprudelten aus ihr heraus wie ein Wasserfall. »Ick bin nich‘ hässlig. Mager, stimmt, aber wat soll ick tun, ha? Wat soll ich denn mach'n, ick ess doch. Nix dran an ma, sagt 'se, niemand will ma, niemand!«

Den letzten Satz schrie sie dem Wächter regelrecht entgegen, der langsam auf sie zukam und ihr die Lampe ins Gesicht hielt.

»Ick weeß nich', wat dein Problem is', aber hier kannste nich' rumschrei'n wie 'ne Irre«, sagte er genervt und hob das Licht höher, um sie besser zu sehen. »Schleich da jetz', sonst setzt's was.«

Rose rappelte sich hoch. Sie weinte und schniefte, murmelte, dass auch sie hübsch wäre und Betty sicher nur eifersüchtig. Der Wächter stöhnte genervt auf, weil ihn all das nicht interessierte und er seine Ruhe haben wollte. Mit Betrunkenen war nicht zu diskutieren. Insbesondere betrunkene Frauen widerten ihn an.

»Biste besoffen? Du stinkst ja, als hätt' man dir 'ne janze Pulle Whisky drüber jekippt. Geh heim, Mädchen. Dein Gelaber juckt hier keen'. Verpfeif da!«

Er erntete nur noch lauteres Schluchzen. Rose wischte sich mit dem Ärmel über das Gesicht und begann, ihr Mieder aufzuknöpfen.

»Keene Titten, sagt 'se, flach wie 'n Brett. Ick hab' Titten, schau. Betty behauptet, deswejen würd keena mit ma, aber nee, schau!«

»Ick will deine Titten nich' sehen, du besoffenes Huhn! Schleich da, sag ick, sonst jibt's richtig Ärger. Da is' deine Betty jarnüscht dajejen. Dit is 'n Privatgrundstück und ick werfe jed'n raus, vor allem Gesocks wie dich.«

Rose heulte herzzerreißend auf, als wäre sie tödlich getroffen worden.

»Recht hat 'se!«, rief sie gen Himmel und riss theatralisch die Hände nach oben. »Recht hat 'se. Nich' mal so eena wie du will meine Titten seh'n. Hässlig bin ick, keena will ma. Selbst Obdachlose nich'.«

Dem Wachmann platzte der Kragen. Er ging auf Rose zu, packte sie fest am Arm und zog sie wieder auf die Beine. »Ick bin keen Obdachloser, du Irre. Buh, wat für 'n Jestank. Wat hast du denn jetrunk'n, Mädchen? 'Ne Flasche? Stramm wie 'n Matrose und dumm wie 'n Stück Brot!«

Er schüttelte Rose, damit sie zu Sinnen kam, doch hatte keinen Erfolg. Sie krallte sich in seinen Arm und sah ihn mit großen, weit aufgerissenen Augen an.

»Findest du ma schön?«, hauchte sie und setzte an, ihn zu küssen. Erneut schlug ihm der Geruch billigsten Fusels entgegen und er wandte das Gesicht ab.

»Nee, ick find' da widerlich. Weibern wie dir sollte man nüscht zu saufen jeb'n. Der schlechte Charakter von euch Weibern kommt so nur noch stärker durch. Nüchtern seida schrecklich, aber besoffen erst … Jetzt schleich da und heul 'n andern voll!«

Er stieß Rose von sich und sie stolperte ein paar Schritte, bevor sie wieder auf der Straße zusammensank und ihr Gesicht in den Händen vergrub. Sie weinte bittere Tränen, klagte über Einsamkeit, Geldnot und darüber, dass sie zu hässlich sei, um wenigstens ihren Körper verkaufen zu können.

»Nich' mal anschaff'n kann ick! Nich' mal Obdachlose wie du woll'n ma!«

Der Wachmann fasste sich an den Kopf und verfluchte die Idiotinnen, mit denen er sich täglich herumschlagen musste. Seine Frau war auch so eine. Jammerte ihm tagein, tagaus etwas vor. Zu arm seien sie, ihre Kleider zu alt und die Wohnung viel zu lange schon und immer noch dasselbe Loch. Er solle doch endlich etwas aus sich machen und so weiter und so fort. Wie ihm das Genöle der Weiber auf den Sack ging. Was interessierte es ihn, was irgendeine Betty über die Brüste dieser besoffenen Vogelscheuche dachte?

Nichts!

»Ick sag's zum letzt'n Mal und ick schwör', dass ick's jenauso meen': Schleich da, uff der Stelle, nimm die Beene in die Hand und schrei uff 'ner ander'n Straße rum. Sonst erwürg ick da und werf da in' Fluss.«

Rose wusste, dass das keine leere Drohung war. Vorsichtshalber stand sie wieder auf, weinte und jammerte zwar weiter, achtete jedoch darauf, außerhalb der Reichweite des schlechtgelaunten Wachmanns zu bleiben. Er schien wirklich nicht gerade bester Stimmung zu sein und aus irgendeinem Grund provozierte ihr Auftritt ihn offensichtlich erheblich. Zunächst nichts Schlechtes, soweit es bedeutete, dass ihre Masche ihn völlig in Beschlag nahm und gänzlich ablenkte. Prügel aber wollte sie deswegen noch lange nicht kassieren.

Ganz in der Nähe erklangen die Laute eines Uhus. Rose grinste leise. Jack musste erledigt haben, wozu sie gekommen waren, und ihre Aufgabe hier war getan. Der Vorhang konnte fallen.

»Schon jut, schon jut«, meckerte sie. »Bist nich' besser als Betty, die jeschlechtskranke Zieje. Kannst dich mit der zusammentun, wa, du herzloser Bastard!«

Mit diesen Worten nahm sie die Beine in die Hand. Sie hörte hinter sich, wie er erbost schnaubte und sich anschickte, ihr nachzusetzen und sie für die Beleidigung bezahlen zu lassen. Doch Rose war schneller. Jünger und ohne die ausladende Wampe, die er vor sich hertrug, entkam sie ihm selbst mit ihrem verwundeten Bein ohne große Mühe.

Er rief ihr einen ganzen Schwall an Beleidigungen nach, blieb aber nach ein paar Metern stehen und kehrte zu seiner Wachhütte zurück. Dabei schimpfte er weiterhin wie ein Spatz auf dem Dach und wollte gar nicht mehr aufhören.

Rose kicherte. Sie roch an sich und verzog angewidert den Mund ob des penetranten Fuselgestanks. Das erste, was sie später tun würde, war, ein Bad zu nehmen. Ganz egal, wie kalt das Wasser war. Der Zustand war ja unerträglich –

Plötzlich wurde sie von hinten gepackt und eine Hand legte sich über ihren Mund. Sie wehrte sich nach Kräften, trat aus und biss in die Hand.

»Ist ja gut, ist ja gut!« Es war Jack, der sie hatte erschrecken wollen. »Verdammt, das hat weh getan!« Er schüttelte die Hand, in die sie gebissen hatte. »Was ist denn mit dir los? Früher warst du nicht so kratzbürstig und schreckhaft.«

»Früher wurde ich auch nicht regelmäßig beinahe abgestochen. Bist du noch ganz bei Trost, mich von hinten zu überfallen? Hätte ich gekonnt, ich hätte dich mein Messer spüren lassen.«

Er sah sie herablassend und noch immer beleidigt an.

»Hätte ich dir übelgewollt, wärst du dazu nicht gekommen, weil du längst schon tot wärst. Auf nachhause, du irre flachbrüstige Säuferin. Vielleicht finden wir jemanden, der heute noch einen Blick auf deine Brüste werfen kann.«

Rose folgte Jack lachend.

»Das kannst du dir aus dem Kopf schlagen. Meine Brüste sieht heute niemand mehr.«

»Oh, jetzt bin ich aber wirklich beleidigt. Dem hässlichen Fettsack wolltest du sie gerade noch unter die Nase halten und bei mir mimst du plötzlich wieder die prüde Nonne? Rose, ich sage dir, deine Bigotterie wird dir eines Tages zum Verhängnis und kostet dich all deine Freunde.«

Sie schnaubte belustigt.

»Na, welch Glück, dass ich keine habe –«

Jack blieb unvermittelt stehen, schob Rose mit einer Hand an die nächste Hauswand und legte den Finger auf die Lippen. Etwas hinter ihnen musste ihn beunruhigt haben.

Rose kniff die Augen zusammen, doch sie konnte nichts erkennen. Die Gegend, in der sie unterwegs waren, war ihr nicht vertraut und schlecht ausgeleuchtet. Es gab zu viele Mauern und kleine Lager, vor denen sich allerlei Zeug und Müll türmte, um das Gelände wirklich zu überblicken. Sah nicht aus, als sollte man des Nachts hier herumlungern, wenn man an seinem Leben hing.

Rose sah zwar nichts, doch auch sie hörte die Schritte, die Jacks Aufmerksamkeit erregt haben mussten. Sie kamen von mindestens zwei Seiten. Die Augen fest auf einen bestimmten Punkt in der Ferne geheftet, griff er unter sein Jackett und zog ein Messer.

Rose tat es ihm gleich. Seit sie 14 war, führte sie im Schaft ihres Stiefels eine kleine Klinge, um sich unerwünschte Verehrer und aufdringliche Diebe vom Hals zu halten. Kein Mensch und schon gar keine Frau bei Verstand ging in Ratcliff unbewaffnet auf die Straße.

»Drei«, flüsterte Jack, ohne den Kopf zu bewegen. »Ich nehme zwei, solange du den Dritten beschäftigen kannst.«

Rose schluckte. Drei. Die drei Cousins vielleicht? Sie hatte kein gutes Gefühl bei den Jungs gehabt. Sie hatten nicht ausgesehen wie Kleinganoven aus Nottingham. Zu großgewachsen, zu wuchtig, zu gut genährt. Das war womöglich auch der ausschlaggebende Punkt für Jack gewesen, sie fortzuschicken. Sie wirkten nicht verzweifelt genug, nicht wie jemand, der jede Arbeit annehmen musste.

»Rose? Hast du mich verstanden? Rose, verdammt, das ist nicht der richtige Zeitpunkt für deine Träumereien. Halt mir einen vom Hals, ja? Mit zweien nehme ich es locker auf, aber –«

»Sie sind nicht deinetwegen hier«, unterbrach sie ihn und sah den Dolch in der Hand des ersten Mannes blitzen, der aus den Schatten trat. »Sondern meinetwegen.«

»Sei nicht albern. Was sollen die von dir wollen?«, fragte Jack aufgebracht.

»5.000 Pfund Kopfjeld. Teil'n wa mit dir, wenn du 'se uns jibst«, antwortete der zweite der Kerle, der jetzt auch zu sehen war. Der dritte folgte auf dem Fuß. Sie standen keine zehn Meter vor Rose und Jack.

Mit der Hauswand im Rücken saßen sie in der Falle.

Rose spürte, wie die Todesangst alle Fasern ihres Körpers spannte. Ihr Herz raste. Sie war so kurz davor gewesen, London den Rücken zu kehren. Weshalb ließ man sie einfach nicht ziehen? Warum musste in ihrem Leben immer wieder alles schiefgehen, was irgendwie schiefgehen konnte?

Jack lachte über das Angebot.

»Denkt Ihr, ich bin bescheuert? Haltet Ihr mich für einen Idioten? Ich bin lang genug im Geschäft, um zu wissen, wieviel solch ein Angebot wert ist. Einen feuchten Dreck, weniger als der Schwur eines Lügners auf die Bibel. Steckt euch eure 5.000 Pfund sonst wo hin. Einer von euch geht mit mir drauf. Mindestens. Überlegt selbst, ob das Risiko es wert ist.«

Der älteste der Männer, der in der Mitte stand, musterte Jack von oben bis unten und versuchte, ihn einzuschätzen. Er schien die Drohung ernst zu nehmen und nickte. Dennoch fürchtete er sich nicht.

»Eens zu drei, sag ick ma‘. Hat schon schlechtere Quoten jejeben, wa? Also wat soll's. Wer nich‘ will, dem is‘ nich‘ zu helf'n.« Er sah nach links und rechts, seine Kumpanen nickten und fassten ihre Messer fester, bereit, loszuschlagen.

Gerade, als sie sich auf ihre Opfer stürzten wollten, peitschte hinter ihnen ein Schuss durch die Nacht und alle sprangen in Deckung. Rose warf die Hände über den Kopf und kauerte sich hinter dem fluchenden Jack zusammen. Die Lage war vollends unüberschaubar geworden und nichts ging ihm mehr gegen den Strich als Kontrollverlust.

»Woher zum Teufel kam das denn?«, fragte er erbost und sah sich hektisch um, sobald klar wurde, dass man nicht auf Rose und ihn geschossen hatte. Einer der Killer lag auf dem Boden und spuckte Blut. Die Kugel hatte seinen Rücken getroffen.

Aufgeschreckt wie Hühner überließen seine Kumpanen ihn seinem qualvollen Tod, ohne sich weiter darum zu scheren, und sahen sich panisch nach dem unbekannten Angreifer um. Jack nutzte ihre Orientierungslosigkeit und stürzte sich kurzerhand auf den Ganoven, der ihm näher war.

Er reagierte noch auf die Bewegung, die von der Seite heranfuhr, doch er war zu behäbig und hatte keine Chance. Jack erwischte ihn zwischen den Schulterblättern. Mit einem Schrei ging er in die Knie und drehte sich um. Ohne lange zu zögern, schnitt Jack ihm die Kehle durch.

Er stieß ihn beiseite und wollte sich dem verbliebenen Angreifer zuwenden, doch auch dieser lag bereits tot auf dem Boden. Über ihm stand ein großgewachsener, gutgekleideter blonder Gentleman und wischte ohne jedes Anzeichen von Aufregung mit einem Taschentuch das Blut von seinem Messer.

»Und wer zum Teufel, bitte schön, seid Ihr nun wieder?«, fragte Jack aufgebracht. Er war nicht in Stimmung für weitere Überraschungen.

***

Charles löste sich aus seinem Versteck, steckte die Waffe ein und hüpfte auf Liam, den bewaffneten Fremden und Rose zu. Sein verletztes Bein bereitete ihm höllische Schmerzen.

»Das Gleiche würde ich gern von euch erfahren«, hörte er Liam antworten und fluchte innerlich. Sie hatten nicht die Zeit für eine Vorstellungsrunde. Er brauchte dringend einen Arzt. Die Wunde war zwar nicht gefährlich – das hatte zumindest sein Bruder behauptet –, dafür aber tief und blutete wie verrückt. Der notdürftig von Liam darum gewickelte Verband war längst blutdurchtränkt.

»Ich bitte euch. Der Anstand gebietet, der standeshöchsten Person das Vorrecht der ersten Vorstellung zu gewähren. Ihr seht mir nach so einigem an Stand aus. Also, mit wem habe ich die Ehre?«, fragte Roses Begleiter.

»In diesem Fall verzichte ich gern auf mein Privileg«, antwortete Liam.

Irgendwann würde sein Bruder ihn mit seiner Sturheit noch in den Wahnsinn treiben. Auf einem Bein, um das andere nicht zu belasten, hüpfte Charles zwischen die beiden und wies entnervt auf Liam.

»Lord Liam Hartshield, Baron of Eddleston. Meine Wenigkeit nennt sich Lord Charles Hartshield. Soviel zu uns, wer seid Ihr?«

Stirnrunzelnd musterte der Fremde Charles‘ verletzten Oberschenkel und die blutgetränkte Binde darum. Er war misstrauisch.

»Jack Mason, Lord of Ratcliff. Was ist euch zugestoßen?«

»Eine gute Frage«, erwiderte Charles und bedachte Liam mit einem wütenden Blick. »Vor einer halben Stunde hatten wir ein Missverständnis mit Männern, die, so glaube ich, die euren waren. Es kam zu voreiligen Schlussfolgerungen und von beiden Seiten wurde überreagiert.«

Liam ignorierte seine vorwurfsvollen Blicke. Er starrte Jack an und fragte sonderbar tonlos:

»Mason? Ihr seid nicht zufällig mit der jungen Dame hier verheiratet?«

Rose war wieder auf den Beinen. Aufgewühlt von dem Kampf und dem plötzlichen Auftritt der beiden Hartshields, die man offensichtlich nie loswurde, wie sehr man sich auch bemühte, atmete sie schwer ein und aus. Sie hatte heute Nacht mit so einigem gerechnet, aber nicht mit ihnen.

Jack lachte schallend.

»Mit Rose?« Er lachte weiter und warf ihr einen amüsierten Blick zu. Die Vorstellung, nicht nur eine Ehe einzugehen, sondern auch noch ausgerechnet sie zur Frau zu nehmen, schien er urkomisch zu finden. »Ich bin doch nicht geisteskrank. Rose macht nichts als Ärger, seht euch doch mal um!«

Er deutete auf die Leichen zu ihren Füßen. Der Meuchelmörder, den Charles‘ Schuss getroffen hatte, röchelte noch immer leise in der dunklen Pfütze, die sich unter ihm gebildet hatte. Lange würde er es nicht mehr machen.

»Ein Tag mit ihr und man wird beinah ermordet. Ich hänge zu sehr an meinem Leben, um es so zu verbringen. Nee, verheiratet bin ich mit der nicht, ich bin ja nicht dämlich.«

»Danke, Jack. Deine Fürsprache rührt mich«, sagte Rose trocken, trat vor und machte einen großen Bogen um eine der Leichen auf dem Boden. »Liam, also Lord Hartshield, hegt die leise Hoffnung, seinen Kopf aus der Schlinge zu ziehen, in die er ihn selbst gesteckt hat, indem er mir einen Ehemann andichtet.«

Sie schenkte Liam ein kaltes Lächeln, während sie versuchte, unauffällig den Dreck auf ihrer Brust und ihrem Kleid loszuwerden, den sie sich vor nicht allzu langer Zeit darauf gerieben hatte. Anstatt zu antworten, sah Liam sie still an. Rose war unwohl zumute, da sie wusste, dass er sich an dem Dreck, der liederlichen Aufmachung und ihrer Begleitung störte. So sehr ihr egal sein sollte, was er dachte, so wenig war es das, was sie umso mehr ärgerte. Was zur Hölle machte er auch ausgerechnet hier und musste sie so sehen?

»Können wir etwaige Verwandtschaftsverhältnisse bitte zu einem späteren Zeitpunkt aufarbeiten? Ich verblute hier«, Charles deutete auf seinen Oberschenkel, »und würde gern so schnell wie möglich einen Arzt aufsuchen.«

»Was ist dir zugestoßen?«, fragte Rose neugierig.

»Die Geschichte kann warten. Wo findet man in dieser gottverlassenen Gegend eine Kutsche?«, wollte Liam mit strenger Stimme wissen. Sein Blick ruhte noch immer auf ihr. Sicher überlegte er, ob er sie nicht doch noch erwürgen sollte, bevor die Welt erfuhr, dass sie seine Frau war.

»Drei Straßen hoch, über den Square und dann nach links. Dort am Rand des Viertels stehen welche in den Seitengassen und warten auf Kundschaft, die aus einem der Bordelle stolpert«, antwortete Jack, ging in die Knie und durchsuchte die Leichen nach Beute. »Weiter hinein fahren die wenigsten.«

Er wurde fündig und steckte ein Pfund, eine Uhr und zwei Ringe ein.

»Gut. Helft mir, meinen Bruder dorthin zu bringen. Wenn jeder ihn auf einer Seite stützt, kommen wir rascher voran«, forderte der Baron ihn auf.

Kopfschüttelnd erhob sich Jack von dem angeschossenen Kerl, der mittlerweile gestorben war.

»So verlockend das auch klingt, zu meinem Bedauern muss ich verzichten und mich auf die Suche nach meinem Freund O'Neill machen. Ein Gespräch über Loyalität und Vertrauen ist fällig, das keinen Aufschub duldet.«

Jack verbeugte sich vor den Lords und wandte sich dann zu Rose.

»Du findest den Weg zurück. Hoffentlich. Versuch einfach, ach, versuch einfach nichts anzustellen.«

Sie verschränkte die Arme vor der Brust, ohne seine Bemerkung zu kommentieren. Es war besser für sie, wenn er verschwand. So würde er wenigstens nicht erfahren, dass sie mit Liam verheiratet war und diese Information gegen sie oder ihn ausspielen können. Sie kannte Jack. Seine Skrupel sanken von Jahr zu Jahr.

Pfeifend machte er sich davon und ließ sie mit Liam und Charles allein zurück.

»Dann musst du uns helfen, Rose. Stütz ihn links, ich stütze ihn rechts«, kommandierte Liam. Er fragte nicht einmal, ob sie ihm helfen wollte, sondern ging ganz selbstverständlich davon aus, sie würde tun, wie er befahl. »Kommst du oder starrst du jetzt wieder minutenlang in die Luft?«

»Warum sollte ich euch helfen?«, fragte sie und machte einen Schritt zurück. »Ihr steckt mich nur ins Gefängnis. Das könnt Ihr vergessen. Ich gehe jetzt.« Sie drehte sich um und lief die Straße hinunter.

Charles stöhnte auf, ob vor Schmerz, Genervtheit oder beidem – wer wusste das schon?

Liam ließ seinen Bruder stehen und setzte Rose nach. Sie beschleunigte ihre Schritte, doch es half nicht. Er holte sie ein und riss sie zu sich herum.

»Du gehst nirgendwo mehr hin«, sagte er und verzog augenblicklich angewidert den Mund. »Hast du getrunken? Du riechst wie eine Destillerie.«

Rose wollte sich ihm entwinden, doch gänzlich ungerührt von ihrem Widerstand schleppte er sie zurück zu Charles.

»Ich komme nicht mit. Ich will nicht, lass mich los. Glaub ja nicht, dass ich euch helfe.« Sie versuchte nach ihm zu treten.

»Oh doch, du hilfst uns.« Liam fasste Roses Kinn und drehte ihr Gesicht gegen ihren Willen in Charles' Richtung. »Mein Bruder ist auf der Suche nach dir beinahe drauf gegangen. Nicht einmal zwei Tage ist es her, dass ich dir zuletzt das Leben gerettet habe. Und heute Nacht schon wieder! Also zeig gefälligst ein Mindestmaß an Dankbarkeit!« Er drehte ihren Kopf in Richtung der Leichen auf dem Boden und zwang sie dann, ihn anzusehen.

»Du hilfst mir, meinen Bruder nachhause zu bringen und zu versorgen. Und dann erwarte ich von dir, dass du alles, was du mit Mr. Young besprochen hattest, niederschreibst und bezeugst. Wenn du das tust, verspreche ich, alles in meiner Macht Stehende zu tun, um dich vor dem Gefängnis zu bewahren. Bist du damit einverstanden?«

Rose sah ihm furchtlos in die Augen und antwortete nicht.

»Ich fragte, ob du damit einverstanden bist!«

Nein, war sie nicht. Doch was brachte es ihr, ihm das auf die Nase zu binden? Es würde nur zu einer unnötigen Diskussion führen, bevor er sie am Ende so oder so zwingen würde. Sein entschlossener Gesichtsausdruck duldete keinen Widerspruch und machte ihr klar, dass er nicht bereit war, von seinem Plan abzuweichen. Also ließ sie ihn am besten in dem Glauben.

»Ja, verdammt nochmal. Kein Grund, mich anzuschreien.«

Er ließ ihr Kinn los.

Auf der Stelle drehte sie sich um und ging zu Charles hinüber, der sich kaum noch auf den Beinen halten konnte. Sie legte seinen Arm über ihre Schulter. Liam tat es ihr auf der anderen Seite gleich.

»Puh«, sagte Charles, kaum dass sie losgelaufen waren. »Hast du in Alkohol gebadet? Ich hoffe, das war irgendein billiger Fusel, den du dir übergekippt hast, und nichts teures, das man jetzt gut gebrauchen könnte.«

»Der billigste, den man für Geld erwerben und trinken kann, ohne daran zu erblinden. Die Hälfte habe ich noch. Willst du einen Schluck gegen die Schmerzen?«, fragte Rose und blieb stehen.

»Bei Gott, ja! Her damit, ich halte es nicht mehr aus.«

»Nein«, sagte Liam streng und zog ihn weiter. »Das verdünnt dein Blut und die Wunde blutet noch stärker.«

»Mir egal«, antwortete Charles und nahm glücklich die Flasche entgegen. »Ich halte es kaum noch aus, ich brauche das. Hätte man uns an der Front mehr zu trinken gegeben, wäre ich vermutlich wie du in der Armee geblieben.«

Nach mehreren tiefen Schlucken ließ er sich weiterziehen. Schweigend humpelten sie die Straße hinab und nur sein Stöhnen durchbrach die Stille. Schließlich hielt Rose es nicht mehr aus und wiederholte ihre Frage, wie er zu der Wunde gekommen war.

Charles lachte bitter auf.

»Wir waren auf der Suche nach dir und sind bei den falschen Lagerhäusern gelandet. Und weil manche von uns«, er nickte in Liams Richtung, »sehr hitzköpfig sind, kam es zu einem Kampf und erst danach zu einem klärenden Gespräch. Ich bin der Kollateralschaden.«

»Ich habe dir gesagt, du sollst dich da raushalten«, antwortete Liam missmutig. Er war nicht bereit, Charles‘ Version der Geschichte unkommentiert stehen zu lassen.

»Und ich habe dir gesagt, der Kerl spricht die Wahrheit und du sollst einfach besser zuhören, anstatt dich aufzuführen wie ein Berserker.«

»Nach fast 20 Jahren bei der Armee muss ich mir nicht von dir erklären lassen, wie solche Dinge anzugehen sind. Ich habe genug Erfahrung mit verlogenen Burschen wie diesem gesammelt, das kannst du mir glauben. Wer aus der Gosse kommt, trägt die Gosse in sich. Und der Mann war ganz eindeutig –«

»Hey!«, unterbrach Rose ihn wütend. »Was soll das heißen? Was weißt du denn schon? Nur, weil man nicht mit einem goldenen Löffel im Mund zur Welt gekommen ist wie du, muss man nicht von Grund auf böse sein.«

»Ach ja? Und wie kommst du zu solch einer hohen Meinung von deinem Stand? Bist du etwa ein Muster an Ehrbarkeit, Wahrheitsliebe und Treue?«, gab Liam zurück und blieb wütend stehen. Es ging ihm gewaltig auf die Nerven, dass Charles und Rose ihn hier belehren und ihm die Welt erklären wollten. Sie waren beide weder in dem Alter dafür, noch hatten sie seine Lebenserfahrung. Was bildeten sie sich ein, so mit ihm umzugehen?

»Nein, bin ich nicht. Und ich bin ehrlich genug, mir meine Unehrlichkeit einzugestehen. Etwas, das man von vielen Menschen deines Standes nicht behaupten kann. Der Unterschied zwischen uns liegt nicht im rechten Betragen, sondern in der Bereitschaft, anzuerkennen, dass man lügt und betrügt. Du und deinesgleichen, Ihr belügt und betrügt nicht nur andere, sondern in erster Linie euch selbst. Deswegen sind meine Leute dem Wesen nach wahrhaftiger.«

Liam lachte laut und ließ Charles los, der gegen eine Wand sank und noch einen Schluck Whisky nahm. Sein Bein schmerzte furchtbar und das Laufen kostete ihn viel Kraft. Sollten sie sich ruhig die Schädel einschlagen. Woran ihm gerade gelegen war, war Schmerzlinderung.

»Wahrhaftiger?«, wiederholte Liam und schüttelte ungläubig den Kopf. »Dass ich nicht lache! Ich habe im Krieg gegen Bonaparte gekämpft, als junger Bursche, noch keine 18 Jahre alt. Ich will dir erzählen, was ich in dieser Zeit über die Welt gelernt habe.«

Wütend baute er sich vor ihr auf.

»Männer meines Standes haben sich tapfer in den Kampf gestürzt, ihren Kameraden den Rücken freigehalten und niemals kapituliert. Niemals, egal wie aussichtslos die Lage schien. Sie fielen ehrenhaft und erhobenen Hauptes. Soldaten aus Ratcliff, die sich wegen des Solds und oft aufgrund von Zwang gemeldet hatten, ließen im ersten Gefecht die Waffen fallen.

Oft begingen sie schon vorher Fahnenflucht. Wo war ihre Ehre? Sag mir, wo war sie, die Ehre des niederen Volks?«

Rose ihrerseits lachte laut auf und sah ihn spöttisch an.

»Was für eine Ehre? Die Ehre, für England zu sterben, für König, Gott und Vaterland? Was haben wir davon? Sieh dich doch um, sieh dir das Elend an! Diese Nation tut nichts für uns, sie lässt uns im Dreck, im eigenen Kot und in Krankheit verenden. Wenn Krieg ist, sammelt man die ein, die noch nicht verhungert sind oder auf der Straße ermordet wurden, drückt ihnen ein Gewehr in die Hand und treibt sie auf die Schlachtfelder wie Vieh zur Schlachtbank. Du fragst dich, warum das einfache Volk wegläuft? Weil wir nichts haben als unser trauriges Leben. Deine Kameraden, die sich wie Idioten für das Vaterland opfern, haben zumindest Aussicht auf Ruhm und Anerkennung für ihre ehrenhafte Dummheit. Meine Brüder hier enden in einem namenlosen Massengrab, auf dem man einen tristen Kranz ablegt und das man vergisst, sobald man ein paar Schritte weiter ist.«

Für kurze Zeit war Liam sprachlos von ihrer feurigen Ansprache. Sie nutzte das und fuhr fort. All die Wut, die in ihr schlummerte, all die unausgesprochene und ungesühnte Ungerechtigkeit brachen aus ihr heraus.

»Und du«, sie tippte ihm auf die Brust und sah ihm fest in die Augen. »Du mit deiner Ehre und deiner Gewissheit, das Richtige zu tun, du bist nicht besser als das Land, dem du dienst. Wirst geboren in einem Schloss, trägst einen Titel, noch bevor du ein Wort sprechen kannst, hast mehr zu essen, mehr Kleidung, Liebe und Wärme, als ein einzelner Mensch überhaupt gebrauchen kann. Und von anderen, die es schlechter haben, verlangst du, keine Ansprüche zu stellen und froh zu sein, wenn man sie überhaupt beachtet! Und erzählst ihnen etwas von Ehre! Wer bist du, mir zu sagen, wo mein Platz im Leben ist? Ha? Wer bist du, zu entscheiden, wer ich sein kann und wer nicht?«

Liam ergriff ihre Hand, damit sie aufhörte, ihm den Finger auf die Brust zu stoßen, und schüttelte den Kopf.

»Ich habe dir nicht verboten, die zu sein, die du sein willst. Du kannst sein, wer und was immer du möchtest. Ich erwarte nur, dass du es dann auch bist und mir nichts vormachst. Die Welt ist kein Ort, an dem etwas passiert, nur weil man es sich erträumt. Du kannst nicht einfach durch die Welt laufen und alle um dich herum anlügen. Das hat Konsequenzen!«

»Natürlich hat das Konsequenzen. Glaubst du etwa, ich weiß das nicht? Manchmal lässt die Welt einem jedoch keine Wahl. Entweder ich lüge und stehle oder ich sterbe. So simpel und so traurig ist das. Du würdest nicht so hochnäsig durch die Straßen stolzieren, wärst du als Waise in Ratcliff großgeworden, jeden Tag hungrig zu Bett gegangen, noch hungriger aufgewacht und hättest Jahr für Jahr mehr Freunde an Krankheit, Aussichtslosigkeit und Verzweiflung dahinsterben sehen. Deine übertriebenen Forderungen an meinen Stand sind Ausdruck von nichts als Naivität gegenüber der Realität.«

Liam schnappte nach Luft.

»So siehst du mich also? Wie war das noch? Ein unschuldiges, hilfloses Lämmchen, nicht wahr? Und jetzt bin ich auch noch naiv in deinen Augen? Du glaubst wohl, nur weil deine Kindheit hart und ungerecht war, verstehst du die Welt besser als ich? Du hast doch nicht die geringste Ahnung, Rose. Steh du einmal mit 17 Jahren auf einem Schlachtfeld, nichts als ein Gewehr in der Hand, das bei jedem zweiten Schuss den Dienst versagt, und nichts als Angst in dir, den nächsten Morgen nicht mehr zu erleben. Das ist Verzweiflung. Halte einmal die Hand eines Freundes und sieh zu, wie das Leben in seinen Augen von Sekunde zu Sekunde schwindet, während du ihm vorlügst, dass alles gut wird und zugleich doch weißt, dass nichts im Leben je mehr gut wird. Lass dich nicht einmal, nein, zweimal für das Vaterland, dem deine undankbare Seele ihre Freiheit verdankt, so stark verwunden, dass du um ein Haar ums Leben kommst. Du glaubst, ich bin naiv, weil ich die Wahl hatte, rechtschaffen durchs Leben zu gehen?«

Rose wich vor seiner Wut zurück, doch er packte sie und ließ sie nicht entkommen. Sie würde hören, was er zu sagen hatte. Auch in ihm hatte sich über die letzte Zeit viel angestaut. Er holte tief Luft und schleuderte ihr regelrecht entgegen:

»In einer Sache hast du recht. Ich habe die Wahl, ehrenhaft zu handeln, und ich habe mich dafür entschieden, auch wenn dieser Weg nicht der leichteste im Leben ist. Das ist der Unterschied zwischen dir und mir. Nicht der Mangel oder Überfluss an Wegen, sondern die Bereitschaft, sich für den richtigen Weg zu entscheiden, wenn man vor der Wahl steht. Richtig zu handeln, selbst wenn es nicht das ist, was einem lieb und was bequem wäre. Das, Rose, unterscheidet uns.«

Bevor sie etwas erwidern konnte – ihr lag so einiges auf der Zunge –, meldete sich Charles zu Wort.

»Mir kommen die Tränen, Ihr beiden. Sobald ich vor unseren Schöpfer trete, womit ich in Anbetracht meiner Lage wohl jeden Moment rechnen darf, lege ich ein gutes Wort für euch ein. Welch arme, schicksalsgeplagte Seelen Ihr seid! Du meine Güte. Wärt Ihr nun trotz der schweren Bürde, die euer Leben ohnehin schon ist, bereit, mich in mein Bett zu bringen, damit ich wenigstens nicht in der Gosse sterben muss?«

»Du wirst nicht daran sterben, Charles, wie oft denn noch! Es ist eine schlichte Fleischwunde«, antwortete Liam, ließ von Rose ab und legte sich Charles' Arm wieder über die Schulter.

»Das sagtest du vorhin bereits und ich komme nicht umhin, an die armen Kameraden zu denken, denen du ebendas vorgegaukelt hast, während sie in deinen Armen starben. Glaubst du ernsthaft, nach dieser Geschichte verlasse ich mich noch auf dein Wort? Hältst du mich denn für völlig bescheuert?«

Rose lachte und stützte ihn auf der anderen Seite. Schweigend, jeder in Gedanken über die Worte des je anderen nachsinnend, machten sie sich einmal mehr mit Charles in der Mitte auf, um eine Kutsche zu finden.

Lord Hartshield der Jüngere war während ihrer Auseinandersetzung in erster Linie seinem eigenen Leid und der Flasche verbunden gewesen. Er fand noch die Kraft, hie und da ein paar Zoten zu reißen, bevor er kurz vor dem Erreichen der Kutsche ohnmächtig zusammensackte und mit Mühe unter erheblicher Kraftanstrengung in die Kabine gehievt werden musste.

Als die Kutsche endlich anfuhr, griff Rose nach der Flasche, die Charles aus den Händen geglitten war. Ein kleiner Rest ihres Inhalts war noch übrig und sie trank dankbar, um ihre Nerven zu beruhigen, bis Liam lauthals protestierte.

Sie nahm die Flasche herunter und reichte sie ihm. Er leerte den Rest und sank erschöpft zurück. Müde fuhr er sich mit der Hand über das Gesicht und sah hinaus auf die dunklen Fassaden der vorbeifliegenden Häuser.

Er sah älter aus als sonst. Tiefe Schatten lagen auf seinen Wangen, die Augen starrten müde, der Mund war verkniffen. Die letzten Wochen mussten ihn ebenso mitgenommen haben wie sie, wenn nicht sogar noch mehr.

Seine Hand lag auf der Brust seines Bruders, um sicher zu gehen, dass Charles noch atmete. Rose spürte Liams Sorge und Anspannung. Sie sah, wie er sich Vorwürfe machte und sich fragte, wieso er ihn in solche Gefahr gebracht hatte. Sicher würde er gleich feststellen, dass einmal mehr alles ihre Schuld war. Und er hatte nicht unrecht damit.

»Es tut mir leid«, flüsterte sie.

Liam löste den Blick von den Häusern Londons und sah sie überrascht an.

«Das mit Charles. Die Hochzeit. Ich wollte nicht, dass alles kommt, wie es gekommen ist.«

Er lächelte traurig und müde.

»Ich auch nicht«, antwortete er und legte seine Hand auf Charles' Stirn. »Mir tut es auch leid.«

Nun war es an Rose, überrascht zu sein.

»Was denn?«

Er zuckte mit den Schultern.

»Alles Mögliche. Dass ich mich in der Hochzeitsnacht nicht wie ein Gentleman verhalten habe. Dass ich dich letzten Endes in gewisser Weise gegen deinen Willen geheiratet habe. Und, naja, dass Mr. Young dich benutzt hat, um mir zu schaden.«

Rose winkte großzügig ab.

»Mach dir wegen der Hochzeitsnacht keine Gedanken. Du warst mehr Gentleman, als ich es sonst gewohnt bin.«

»Das spricht weder für dich noch für mich«, erwiderte Liam streng und blickte wieder aus dem Fenster.

Den Rest der Fahrt verbrachten sie schweigend und lauschten Charles' regelmäßigen Atemzügen. Sobald die Kutsche endlich zum Stehen kam, sprang Liam hinaus, betätigte den Türklopfer, um dann zurückzueilen und gemeinsam mit Rose und dem Kutscher seinen Bruder aus dem Wagen zu hieven.

Der Butler und eine verschlafene Miss Campbell kamen ihnen zur Hilfe. Man schickte auf der Stelle nach einem Arzt und brachte den wiedererwachten Charles in den Salon, wo er halb schläfrig, halb betrunken ein Lied zu lallen begann und Liam eröffnete, er könne die morgige Messe gegebenenfalls nicht halten, sofern er dann tot sei. Sein Bruder möge sich beizeiten nach Ersatz umsehen.

Liam sprach ihm gut zu, erklärte, er halte diesen Fall für unwahrscheinlich und protestierte entschieden, als Charles nach noch mehr Alkohol verlangte.

Rose machte sich unsichtbar, stand still an der Wand und wartete auf den richtigen Moment, wieder zu verschwinden. Unter keinen Umständen wollte sie erneut in all das hier hineingezogen werden. Wenn nicht noch heute, so doch spätestens morgen würde sie ein Schiff betreten, das gen Amerika in See stach.

Liam kommandierte die Angestellten herum wie ein General.

Jeder wurde auf der Stelle mit einer Aufgabe betraut und niemand außer Rose stand untätig herum. Als Miss Campbell mit heißem Wasser und frischen Verbänden wiederkehrte und Charles zu lautstarken Klagen darüber ansetzte, dass er noch immer nichts zu trinken hatte, beschloss sie, dass der Moment gekommen war.

Mit kleinen, vorsichtigen Schritten an der Wand entlang näherte sie sich der Tür und war beinahe schon hinaus, als sie Liams strenge Stimme vernahm:

»Darf ich fragen, wohin du willst?«

Ertappt drehte sie sich um und suchte nach einer Ausrede.

»Waschen!«, sagte sie wie aus der Pistole geschossen. »Ich würde mich gern, äh, frisch machen. Der Dreck, der Alkohol …«

Sie sprach nicht zu Ende, sondern deutete an sich herunter. Liam durchschaute ihre Lüge, beschloss aber, sie nicht weiter zu kommentieren. Stattdessen blickte er zu Miss Campbell.

»Wärt Ihr so nett und würdet Kitty, Jenny und das andere Mädchen, die Neue, wie hieß sie noch?«

»Olivia, eure Lordschaft.«

»Genau, Olivia, bitten, Miss Mason zur Hand zu gehen? Sie wird jede Hilfe benötigen.«

»Nein, macht euch keine Umstände. Ich schaffe das allein«, widersprach Rose.

»Wir machen uns einiges an Umständen wegen dir. Und zwar mit Freude. Miss Campbell, ich übernehme die Verbände. Geht ruhig mit Rose.«

Die Haushälterin, die nach Jahren mit den hohen Herrschaften geübt darin war, zwischen den Zeilen zu lesen, wusste den Unterton richtig zu deuten. Entschlossen sah sie Rose an und winkte sie zu sich, während sie mit lauter Stimme nach den Mädchen rief.

***

Entspannt glitt Rose in die Badewanne, ließ den Kopf nach hinten sinken und atmete mehrfach tief durch. Es störte sie nicht, dass die drei jungen, schlechtgelaunten Dienstmädchen, die noch in ihren langen Nachthemden steckten, mit ihr im Badezimmer standen und sie missgünstig beobachteten.

Sollten sie sie ruhig hassen, weil sie ihretwegen nicht schlafen durften. Rose hatte andere Sorgen und beschloss, sich lieber auf ihr eigenes Leben zu konzentrieren. Mit einem fröhlichen Lied auf den Lippen wusch sie sich Beine, Oberkörper und Gesicht mit einem Schwamm. Sie tauchte komplett unter, bis auch ihr Haar unter Wasser war. Dann roch sie an den vielen

Ölen und Cremes, die für sie herbeigeschafft worden waren.

Noch immer empfand sie den Gedanken als befremdlich, dass so viele Menschen dafür eingestellt wurden, den wenigen Bewohnern eines viel zu großen Hauses das Leben so bequem zu gestalten wie möglich. Zugleich war sie sich der Gefahr bewusst, sich daran zu gewöhnen und nicht mehr zurück in ein eigenständiges Leben finden zu können.

Die Mädchen tuschelten. Es war offensichtlich, dass ihnen etwas auf der Seele brannte, und eine von ihnen fasste sich ein Herz und machte einen Schritt auf Rose zu.

»Ja?« Rose ahnte die ganze Zeit schon, dass sie sie aushorchen wollten.

»Stimmt es, dass Ihr eine entflohene Mörderin seid und euch als die Verlobte seiner Lordschaft ausgegeben habt, um ihn im Auftrag von Mr. Young zu ermorden?«

Rose lachte laut auf und wandte sich zu dem Mädchen um. Sie musste die sein, die Kitty hieß, und Rose erinnerte sich noch gut an das Gespräch zwischen ihr und dem anderen Mädchen, das sie während ihrer Flucht aus dem Haus belauscht hatte.

»Nein«, erwiderte sie und zwinkerte. »Ich bin eine Herzogstochter, die von den Feinden meines Vaters entführt und anonym in ein Waisenhaus gesteckt wurde.«

Kittys Kinnlade klappte nach unten, was Rose erneut zum Lachen brachte. Die Geschichte mit dem Herzog und seinen Feinden hatte sie sich als Kind ausgedacht, um sich eine vornehme Herkunft anzudichten. Es war nur eine von vielen, mit denen sie die anderen Waisenkinder in kalten, tristen Nächten unterhalten hatte.

Die Geschichte mit der Mörderin gefiel ihr allerdings auch.

»Und was wollt Ihr dann hier? Und von seiner Lordschaft?«, fragte das Mädchen trotzig. Diese Kitty war nicht auf den Mund gefallen und auch nicht so dämlich, wie sie aussah. Rose verkniff sich das Grinsen, setzte ein ernstes und, so hoffte sie, ehrliches Gesicht auf und sah die Mädchen eines nach dem anderen an.

»Rache nehmen an der Familie, die mich um meine Kindheit gebracht hat. Als ich meinen Vater vor Jahren nach langer Suche fand, war er ein gebrochener, alter Mann. Ich stand an seinem Sterbebett und schwor bei allem, was mir heilig ist, seinen Feind zu finden und Vergeltung zu üben. Und nun bin ich hier!«

Drei weit aufgerissene Augenpaare starrten sie an.

»Lord Hartshield ist der Feind eures Vaters?«, fragte Kitty ungläubig.

Rose beugte sich über den Rand der Wanne und hauchte leise, aber gerade noch laut genug: »Ja!«

Sie verschwand vollständig im Wasser und grinste. Was schadete es, wenn sie etwas zu spekulieren hatten? War sie eine Auftragsmörderin oder eine Herzogstochter, der man Unrecht getan hatte? Wer wusste das schon? Und spielte es letztlich eine Rolle?

Als sie wieder auftauchte, tuschelten die drei und diskutierten hitzig, ob es stimmen konnte oder nicht. Wenn sie nur eine von ihnen überzeugte, dass es stimmte, gewann sie vielleicht eine wertvolle Verbündete, die ihr helfen konnte, einmal mehr zu entkommen.

»Ich kann es beweisen«, unterbrach Rose das Getuschel, während sie wieder ihr Bein schrubbte.

»Ach ja, wie denn?«

»Das große Geheimnis, über das keiner spricht. Ihr wisst schon, vor 21 Jahren, als Liams Vater, der alte Baron of Eddleston, für eine ganze Woche verschwand. Das war die Woche, in der ich im Waisenhaus abgegeben wurde.« Über das sofort wiedereinsetzende Getuschel hinweg sprach sie ungerührt weiter. »Und weil Liam ahnt, wer ich in Wahrheit bin, hat er mich gezwungen, seine Frau zu werden, damit er an das Erbe meines Vaters kommt! Jeder weiß, wie verschuldet Kingston Hall ist.«

Rose beendete ihre Erzählung und sah zufrieden dabei zu, wie der Same des Zweifels, den sie in den Mädchen gepflanzt hatte, langsam zu wachsen begann. Sie vertraute darauf, dass die Sensationslust der drei und ihr Bedürfnis, an Märchen zu glauben, ausgeprägt genug waren. Wenn sie ihr die Geschichte abkauften und sie ihre Sympathie gewann, kam sie womöglich schneller hier heraus, als sie zu hoffen gewagt hatte.

Sie erhob sich aus dem Wasser und griff nach einem Handtuch.

»Ich meine«, sagte sie ganz nebenbei, während sie sich abtrocknete. »Warum sollte Lord Hartshield mich gegen meinen Willen hier festhalten, wenn ich nichts als eine Mörderin aus der Gosse wäre? Anstatt mich ins Gefängnis zu werfen und anzuklagen, bringt er mich ein ums andere Mal hierher zurück und hält mich gefangen. Als er meine wahre Identität erfuhr, beschloss er –«

Die Tür wurde aufgestoßen und Miss Campbell kam mit einem Stapel Wäsche herein. Sie wurde sofort misstrauisch, als sie sah, wie die Mädchen sich um Rose geschart hatten und aufmerksam ihrer Erzählung lauschten.

»Was ist hier los? Ich sagte doch, Ihr sollt auf sie aufpassen und nicht mit ihr tratschen! Geht wieder zurück auf eure Zimmer. Ich übernehme jetzt.«

Mit sichtlichem Bedauern gehorchten sie, nicht ohne Rose zum Abschied verschwörerisch anzusehen. Rose grinste, als die Tür hinter ihnen ins Schloss fiel. So absurd und an den Haaren herbeigezogen die Geschichte auch war, sie tat doch ihre Wirkung. Die Mädchen waren bereits jetzt auf ihrer Seite.

»Was gibt es da zu grinsen?«, fragte Miss Campbell streng. »Hier, zieh das an. Seine Lordschaft will dich im Arbeitszimmer sprechen.«

Rose wägte ab, ob es sich lohnen würde, auch die Haushälterin um den Finger zu wickeln. Doch ein Blick in ihr verkniffenes Gesicht reichte aus, um von der Idee Abstand zu nehmen. Die Frau war zu abgebrüht und würde ihr kein Wort glauben.

Schicksalsergeben zog sie sich das lange Nachthemd über und warf sich das schlichte Übertuch um die Schultern, wie es auch die Mädchen getragen hatten. Mit nassen Haaren folgte sie der Haushälterin und machte sich bereit, ihre nächste Standpauke abzuholen. Unwillkürlich fühlte sie sich ins Waisenhaus und ihre früheste Kindheit zurückversetzt.

KAPITEL XII

London, 09. Juni 1826

Das frisch angezogene Hemd dürftig zugeknöpft, saß Liam an seinem Schreibtisch und wartete darauf, dass Rose endlich hereinkam, um ihre Sicht der Dinge zu Papier zu bringen. Er brauchte ihr Geständnis und war unter keinen Umständen bereit, bis morgen zu warten. Dann würde sie nicht mehr da sein. Er wusste, dass er alle Eingänge des Hauses zubetonieren konnte und ihre Flucht doch so sicher wie das Amen in der Kirche war.

Schritte erklangen auf dem Flur. Er sah von seinem Whiskyglas auf und rief laut »Herein«, ohne Miss Campbells Klopfen abzuwarten. Die Haushälterin öffnete die Tür, ließ Rose den Vortritt und fragte, ob er noch etwas wünsche.

»Nein, vielen Dank. Geht für die wenigen verbleibenden Stunden bis Sonnenaufgang zu Bett, Miss Campbell. Eure Anwesenheit ist nicht mehr vonnöten.«

»Wie Ihr wünscht, eure Lordschaft.« Die Haushälterin machte einen schnellen Knicks, bedachte Rose zum Abschied mit einem bösen Blick und zog die Tür hinter sich zu. Ohne seine Aufforderung abzuwarten, nahm Rose in dem Stuhl vor dem Schreibtisch Platz, streckte alle Viere von sich und gähnte.

»Wie geht es Charles?«, fragte sie, als seien sie alte Bekannte, die endlich zusammengefunden hatten, um die wichtigsten Ereignisse der letzten Tage zu besprechen.

Liam wusste nicht, ob ihm ihre Vertrautheit mit ihm sauer aufstoßen oder ob er sich geschmeichelt fühlen sollte, dass ausgerechnet so eine undurchdringliche, geheimnisvolle Persönlichkeit Vertrauen zu ihm fassen konnte. Er beschloss, sich erst einmal auf das Spielchen einzulassen.

»Charles wurde von einem fachkundigen Arzt versorgt und mit Morphium zum Schweigen gebracht, nachdem er anfing zu predigen, während die Wunde genäht wurde.«

»Worüber?«

Liam stutzte. Er konnte die Frage nicht richtig beantworten. Zu sehr war er damit beschäftigt gewesen, seinen Bruder ruhig zu halten.

»Ich weiß es nicht. Ich glaube, es sind Worte wie ›Hiob‹ und ›Undank‹ gefallen. Die Ehre, auf der Welt zu sein, und warum man trotz allen Leids Gott dafür danken muss, dass er einen in die Welt gesetzt hat. Etwas in der Art.«

»Ach, Calvin über Hiobs Undankbarkeit«, antwortete Rose und fuhr sich durch die nassen Locken. »Eine langweilige, durchschaubare Predigt. Es gibt bessere von ihm. Dennoch wird sie jeden zweiten Sonntag wieder bemüht. Ich denke, damit sollen die kleinen Leute genügsam gehalten und zur Demut erzogen werden. ›Auch wenn es dir schlecht geht, so sei gewiss, dass es noch schlechter wäre, wenn Gott dich nicht hätte leben lassen‹ und so weiter und so fort.«

Rose tat den Rest der Predigt mit einer Handbewegung ab. Sie schien nicht viel davon zu halten. Zum wiederholten Male staunte Liam darüber, wie textsicher und redegewandt sie doch war. Seinem Onkel hatte sie Zitate aus Dantes »Göttlicher Komödie« vorgehalten, nun erkannte sie anhand einiger weniger Stichworte eine Predigt von Johannes Calvin.

»Für jemanden, der in einem Waisenhaus aufgewachsen ist und angeblich ach so arm dran war, bist du erstaunlich bewandert in der Welt der Literatur.«

»Wer weiß?«, erwiderte Rose mit einem verwegenen Lächeln. Sie sah ihm in die Augen und ihm wurde ganz anders zumute. Es war etwas Verführerisches, Verwegenes an ihr, das ihm mehr gefiel, als es sollte. Kein Vergleich zu dem jungen Ding, das zu sein sie vorgegeben hatte. »Am Ende bin ich gar kein Waisenmädchen, sondern eine Adelstochter, die all das vorschützt, um einer Verschwörung auf die Spur zu kommen.«

»Nein, das glaube ich nicht. Du bist eher ein Waisenmädchen, das vorgibt, keines zu sein, und die Leute mit sonderbarem Benehmen und Lügen in den Wahnsinn treibt.«

Sie lachte.

Ein fröhliches, offenes Lachen. Munter warf sie ihr Haar nach hinten und beugte sich zu ihm vor. Wollte sie ihn verführen? Falls ja, so kam er nicht umhin sich einzugestehen, dass sie durchaus Anziehung auf ihn ausübte.

»Wie so oft in letzter Zeit habt Ihr mich durchschaut, eure Lordschaft«, erwiderte sie kokett und klimperte auch noch mit dem Wimpern. Rose begab sich auf gefährliches Terrain. Sie sollte ihn nicht auf diese Weise provozieren …

»Ich darf doch?«, fragte sie und stand auf, um sich an der kleinen Schrankbar selbst zu bedienen. Liam nickte nur. Er war nach wie vor im Unklaren darüber, wie mit ihr zu verfahren war. Ursprünglich hatte er sie mit strenger Stimme und all seiner Autorität dazu bringen wollen, alles zu gestehen, doch nun stand sie mit nassen Haaren und nassem Hemd vor ihm, goss sich ein Glas Whisky in den Rachen und erzählte von ihrem alten Lehrer, einem Mr. Davis, dem er seine Verwirrung über ihre Person zu verdanken hätte.

»Er wollte uns alle zu kleinen feinen Lords und Ladies erziehen«, sagte sie und setzte sich einfach zu ihm auf die Tischkante. Liam staunte nicht schlecht, als ihm klar wurde, dass sie die Situation an sich gerissen hatte und ihn zu manipulieren versuchte. »Also brachte er uns bei, wie welche zu reden. Eine sehr nützliche Eigenschaft, wie ich später herausfand. Sprache öffnet viele Türen, die Armut eigentlich verschlossen hält.«

»Das sind sehr kluge Worte, Rose. Ich bin entzückt«, antwortete Liam und verschränkte in gespielter Langeweile die Hände hinter dem Kopf. »Am Ende sollte ich froh sein und Mr. Young dafür danken, dich kennengelernt zu haben. All die Lebensweisheiten allein dieser wenigen Minuten wären mir sonst entgangen.«

Als er den Namen erwähnte, verzog sie den Mund, stand wieder auf und schenkte ihnen beiden nach.

»Lass uns nicht über diesen schrecklichen Menschen reden.« Sie reichte ihm sein Glas und ließ sich wieder auf der Tischkante nieder. Rosenduft drang in seine Nase. Rose musste sich die halbe Flasche ins Haar gekippt haben.

»Wir sind aber hier, um über ihn zu reden«, wandte Liam belustigt ein und nippte an seinem Drink. »Ansonsten würde diese Unterredung zwischen uns gar nicht erst stattfinden.«

»Nein, sind wir nicht«, antwortete sie und rutschte näher an ihn heran. Ihre ungewöhnliche, tiefe Stimme war noch tiefer als sonst. Sie sah ihm in die Augen. Hatte ihn seine Vermutung nicht getäuscht? Wollte sie ihn tatsächlich verführen?

»Nein?« Liam hielt sich mit dem Lachen zurück. Er konnte nicht glauben, dass sie tatsächlich davon ausging, ihn so einfach um den Finger wickeln zu können. Dieses Biest! »Weshalb sonst sind wir denn hier?«

Anstatt ihm zu antworten, presste sie ihre Lippen auf seinen Mund und zog sich auf seinen Schoß. Überrumpelt, aber alles andere als abgeneigt erwiderte er ihren Kuss. Er grub seine Hände in ihre nassen Locken und genoss die Energie, mit der sie an die Sache heranging. Gleichzeitig musste er innerlich lachen, weil ihn noch keine Frau so offen zu verführen versucht hatte. Eine ungewohnt passive Rolle, in die er sich damit gedrängt fühlte.

»Nicht lachen«, sagte Rose und löste ihre Lippen von den seinen. »Wir sind hier mitten in einer ernsten Unterredung.«

In ihren Augen blitzte der Schalk und um ihren Mund spielte ein spöttischer Zug. Es haftete etwas Verruchtes und zugleich doch Unschuldiges an ihr. Liam vermochte den Widerspruch nicht aufzulösen. Als wäre sie nicht von dieser Welt, aber doch mit all den Eigenschaften, Fehlern und Besonderheiten versehen, die sie als Menschen greifbar machten. Er war nicht in der Lage, das Gefühl zu benennen, das Rose in ihm auslöste. Nie zuvor hatte er es in dieser Form verspürt.

»Sind wir das?«, fragte er und stand auf. Überrascht, dass er nicht weitermachen wollte, ging sie einen Schritt zurück und stieß mit dem Po an den Schreibtisch.

»Nun, wenn es nach dir ginge, wären wir es.«

»Und wenn es nach dir ginge?«, fragte Liam und löste die zwei Knöpfe, die sein Hemd zugehalten hatten.

Sie lächelte, als sie das sah und zog sich das Übertuch von den Schultern.

»Wenn es nach mir ginge …«

Anstatt weiterzusprechen, zog sie langsam ihr Unterhemd am Bein nach oben. Spätestens jetzt war Liam sicher, dass dieses verrückte Miststück ihn zu verführen trachtete. Er wollte verdammt sein, doch alles in ihm schrie danach, es geschehen zu lassen. Alle Zweifel, die er verspürte, schob er beiseite. Welchen Schaden konnte es schon bringen, der nicht ohnehin schon angerichtet war?

Entschlossen hob er sie hoch und setzte sie auf den Schreibtisch. Papier und Tinte schob er ebenso beiseite wie zuvor seine Bedenken und beugte sich über sie. Mit einer schnellen Handbewegung zog er ihr das Nachthemd über den Kopf und spürte seine wachsende Erregung, als er sie entblößt vor sich sah. Ihre – noch immer überraschend – vollen Brüste hoben und senkten sich leicht mit ihrem schweren Atem. Sie ließ ihm keine Zeit, ihren Körper weiter zu betrachten, sondern zog ihn an den Haaren zu sich hinab, biss ihm ins Ohr und flüsterte:

»Keine Rücksicht, eure Lordschaft. Ich bin keine Lady und gebe nicht viel auf Liebesschwüre.«

Eine Lady war sie wahrhaftig nicht. Liam hatte noch immer keine Ahnung, was sie war. Alles, was er wusste, war, welche Explosion von Gefühlen sie in ihm auszulösen vermochte. Nie hatte er Vergleichbares verspürt. Er zog seine Hose nach unten, drückte sich an sie und packte sie ebenfalls an den Haaren, damit sie ihn ansehen musste.

»Nein, keine Lady. Im Moment bist du mehr als das. Eine Baroness. Und dieser Umstand verlangt keine Rücksichtnahme, du verlogenes kleines Biest.«

Sie kicherte und gab sich ihm nur allzu willig hin. Jede Form von Zurückhaltung und Anstand war von ihr gewichen. Alles, was sie wollte, war er und er spürte das. Und weil er wusste, dass sie ihn begehrte, wollte er sie umso mehr. Ihr Begehren verschmolz mit dem seinen und es bereitete ihm nicht die geringsten Probleme, sich einzugestehen, dass ihm ihre offene, fordernde Art gefiel. Es verlangte viel Ehrlichkeit und Mut, sich auf solch entblößende Weise zu offenbaren.

Er drang in sie ein und genoss die Stöße, mit denen sie die seinen erwiderte. Ihre Hände krallten sich in seine Oberarme, ihr Kopf reckte sich nach hinten und ein leises Stöhnen entwich ihr, wie er es schon einmal aus ihrem Mund gehört hatte.

Ja, sie war eindeutig keine Lady. Sie war mehr als das.

Es bereitete Liam eine eigensinnige Freude, sie dabei zu sehen, wie sie sich gehen ließ. Er spürte, dass sie sich dem Gefühl voll und ganz hingab, nichts zurückhielt und immer noch mehr forderte. Ihr gemeinsamer Rhythmus wurde schneller, die Stöße härter und ihr Stöhnen lauter.

Er wollte ihr Lust bereiten, sie bis zur Ekstase treiben, sie seinen Namen stöhnen hören. Vor nicht einmal einer Stunde war er entschlossen gewesen, sie nötigenfalls mit Gewalt zu zwingen, ein Geständnis zu unterschreiben. Nun war er bereit, alles zu tun, damit sie ihn weiterhin begehrte und in sich spüren wollte.

Was war das nur, Magie? Ein Fluch? Liebe?

Roses Präsenz ließ keine Gedanken zu, die über ein einzelnes vernünftiges Wort oder einen nicht zu Ende gedachten Satz hinausgingen.

Sie bäumte sich auf, drückte sich mit ihrem ganzen Körper an ihn und ihre Zunge fand die seine. Wenige heftige Stöße später brachen sie erschöpft und schweratmend wie nach einem langen Faustkampf auf dem Schreibtisch zusammen.

Wer ging aus diesem Spiel als Sieger hervor, fragte sich Liam und spürte den Schweiß auf seinem Rücken. Er fühlte sich nicht als solcher, doch ebenso wenig als Verlierer.

Die innere Ruhe, die er sich erhofft hatte, blieb aus. Vielmehr spürte er, wie Zweifel und Bedenken schnell wiederkehrten. Was tat er hier? Sollte er sie nicht einsperren lassen, anstatt sich mit ihr auf seinem Schreibtisch zu vergnügen? Sie zum Geständnis zwingen, anstatt sich Gedanken über ihr Innerstes zu machen?

»Liam?«

Er drehte den Kopf zu ihr und sah ihr in die Augen. Sie lächelte leicht und die nassen Haare klebten in kleinen Locken an ihrer Wange.

»Du solltest nicht so viel grollen. Genieß den Moment, bevor er sich verflüchtigt und nichts mehr ist als Erinnerung.« Sie streckte eine Hand aus und strich behutsam über die Falten, die sich stets um seine Augen bildeten, wenn er sich ärgerte. Wie von Zauberhand glätteten sie sich. Mit ihnen verschwanden die düsteren Gedanken.

Es war ihr Lächeln, das die Sorgen vertrieb, und ihre Unerschrockenheit, sich ihm zu offenbaren. Verflucht, er wusste noch immer nicht, wer und wie sie wirklich war. Doch die Frau, die zu sein sie in diesem Moment vorgab, begehrte er und sein Herz flog ihr unaufhaltsam zu wie noch keiner Frau zuvor.

»Rose. Es ist eine Sache, wenn du meinen Namen und meinen Titel nimmst und dann verschwindest, doch eine ganz andere, wenn du auch noch nach meinem Herzen greifst und nicht bereit bist, deines dafür bei mir zu lassen.«

Sofort zog sie ihre Hand von seiner Stirn zurück und setzte sich auf dem Schreibtisch auf. Die Lampen und Kerzen um sie zeichneten tanzende Schatten auf ihren Rücken und Liam sah die schmalen, verblichenen Striemen, Spuren von Verletzungen, die lang schon verheilt waren und doch nie ganz gingen. Vermutlich nicht nur an ihrem Körper, dachte er traurig.

»Du bist nicht der einzige, der ein Herz hat, das man stehlen und brechen könnte«, antwortete sie und sprang vom Schreibtisch hinunter. »Sei bloß vorsichtig mit deinen Worten.«

Bevor er antworten konnte, zog sie sich das Nachthemd wieder über, griff nach den kleinen Gläsern und ging hinüber zur Bar.

»Ich habe über deinen Vorschlag nachgedacht«, sagte sie und füllte die Gläser mit Whisky bis zum Rand, so dass ein paar Tropfen darüber flossen. Sie wischte sie mit dem Finger auf und führte ihn an ihre Lippen. Liam konnte sich kaum auf ihre Worte konzentrieren, so gebannt verfolgte er vom Schreibtisch aus, wie sie jeden Tropfen ableckte. »Ich gestehe alles. Auf Papier, schwarz auf weiß. Alles, auch meine unglückliche Rolle in der ganzen Sache. Doch …«

Sie reichte ihm sein volles Glas.

»Doch ich möchte, dass du wartest, bevor du damit an die Öffentlichkeit gehst. Wir besteigen morgen ein Schiff, das uns über den Atlantik bringt.«

»Wir? Etwa du und dieser Jack?«

Rose lachte und anstatt zu antworten, setzte sie sich zu ihm auf den Tisch und zwinkerte keck.

»Geht dich nichts an, wer wir sind. Jedenfalls plane ich, England morgen zu verlassen. Gib mir die Chance, zu fliehen und meine Vergangenheit hinter mir zu lassen. Ich gebe dir die Chance, alles zu deinen Gunsten aufzuklären.«

Ein Rinnsal Alkohol bahnte sich seinen Weg ihren Finger entlang. Sie nahm das Glas in die andere Hand und leckte erneut darüber. Der Gedanke, dass sie England verließ, behagte ihm ganz und gar nicht.

»Ist das wirklich nötig? Ich kann dafür sorgen, dass du einen fairen Prozess bekommst. Ich kenne einen ambitionierten Anwalt, etwas unerfahren, zugegeben, aber voller Tatendrang. Er würde dir mit Freuden helfen, deine Weste reinzuwaschen.«

Sie schüttelte den Kopf und ließ sich zurück auf die harte Oberfläche des Tisches sinken.

»In dieser Sache? Vielleicht. Aber was ist mit der Geschichte davor? Du weißt schon, diejenige, mit der alles anfing. Die, für die ich 20 Jahre Zwangsarbeit bekam. Dieser verlogene Drecksack Young hat überhaupt keine Abmachung mit dem Richter getroffen. Er hat nur die Wärter bestochen und mich so aus dem Gefängnis geholt. Ich habe ihm tatsächlich Schaden zugefügt und rechne nicht mit seiner Nachsicht. Jedenfalls nicht jetzt, nachdem ich –«

»Nachdem du was?«

Sie winkte ab.

»Nicht so wichtig. Also, her mit Papier und Feder. Mir ist heute Nacht nach einer Beichte. Aber versprich mir, dass du noch einen ganzen Tag wartest, bevor du ihn vor Gericht zerrst. Tust du das, Liam? Für mich?«

Sie sah ihn an, die Augen groß, der Mund voll, die Wangen rosig vom Alkohol. Wie konnte er ihr den Wunsch abschlagen? Wie konnte er ihr zumuten, wieder ins Gefängnis geworfen zu werden?

Er konnte es nicht.

Sie umschlang sein Herz von Sekunde zu Sekunde enger und fester. Er musste auf der Hut sein, bevor es für ihn keinen Weg zurück mehr gab.

»Ich gebe dir mein Wort.«

»Bei jedem anderen würde mir das nicht genügen. Doch bei dir ist ein Wort mehr als genug.«

Und da war er.

Der Griff zog sich eisern zu und sein Herz hörte auf, für ihn Blut durch den Körper zu pumpen, und schlug nur noch für sie. Liam spürte, wie sich ein Kloß in seinem Hals bildete. Er sah zur Seite, räusperte sich verlegen und suchte die Sachen zusammen, um die sie gebeten hatte.

Rose nahm in seinem Stuhl hinter dem Schreibtisch Platz, nahm alles mit einem Lächeln entgegen und begann zu schreiben. Liam zog sich währenddessen langsam an und hörte zu, wie sie vor sich hinmurmelte, Sätze durchstrich, die sie nicht mochte, Ergänzungen an den Rändern einfügte und so nach und nach die Seiten füllte.

Er griff nach dem Glas, das vor Whisky nahezu überlief und nahm einen großen Schluck. Erschöpft ließ er sich nieder und war froh um die kurze Denkpause, denn alles in seinem Kopf überschlug sich. Er wusste, wie unvernünftig es war, sich emotional an sie zu binden. Sie war eine Lügnerin, Betrügerin und Diebin. Sie kam aus keiner guten Familie. Ach, was zum Kuckuck dachte er da? Sie hatte überhaupt keine Familie und trug den Namen des Waisenhauses, in dem sie großgeworden war.

Nein, sie konnte unmöglich seine Gattin bleiben.

Aber sie nicht um sich zu haben, mochte er sich nicht vorstellen. Schon als sie mit dem betrunkenen Priester vor dem Altar gestanden hatten und er versprochen hatte, sie zu lieben und zu ehren bis ans Ende ihrer Tage, hatte er es ernst gemeint, wenn auch in dem Bewusstsein, dass er eine große Bürde auf sich nahm. Und das war lange vor den Gefühlen gewesen, die ihr Anblick nun in ihm auslöste.

Womöglich lag Charles überdies richtig mit seinem Einwand, eine einmal geschlossene Ehe könne man vielleicht vor der Krone, niemals aber vor Gott wieder lösen.

Liam starrte in sein Glas, als ließe sich darin die Antwort auf seine Fragen finden. Warum erleichterte ihn der Gedanke nicht, sie nach Amerika ziehen zu lassen und nie mehr wieder zu sehen?

Er stürzte den Inhalt des Glases in einem Zug hinunter. Was blieb ihm übrig, als sich zu betrinken, bis ihn all das nicht mehr kümmerte? Er musste sich Rose aus dem Kopf schlagen. Selbst als Mätresse kam sie nicht in Betracht. Oder doch?

Unwillkürlich sah er zu ihr hinüber. Ihr Haar war inzwischen an der Luft getrocknet und stand in alle Richtungen ab. Sie schrieb sich noch immer die Finger wund, strich Wörter weg, besserte aus und kaute auf dem hinteren Ende der Schreibfeder, während sie nachdachte. Sie betrug sich wie ein Kind, völlig vertieft und ungekünstelt. Das war die eine Seite.

Es gab ja noch die andere …

»Du könntest bleiben. Hier. Unter einem anderen Namen. Ich könnte für dich sorgen«, sagte Liam, bevor er sich der Tragweite der Gedanken, die er aussprach, überhaupt bewusst wurde. Erstaunt sah sie auf und ihn aus großen, unergründlichen Augen schweigend an.

Sie dachte nach und der innere Kampf ihrer Gefühle spiegelte sich in ihrem Gesicht. Er wusste, dass die Vernunft gesiegt hatte, noch bevor sie antwortete:

»Ich kann nicht. Ich kann die anderen nicht allein lassen. Und ich kann nicht länger im Verborgenen leben, so sehr ich es auch wollte.« Rose stand auf, kam auf ihn zu, schlang die Arme um seinen Hals und setzte sich auf seinen Schoß. »So sehr ich es auch wollte, Liam, muss ich doch gehen.«

Er zog sie näher an sich, roch den Rosenduft ihrer Haare und sein Schmerz brach sich in einem leisen Stöhnen Bahn.

»Ich wünschte, ich könnte dir meinen Namen geben, doch ich darf es nicht. Nicht, dass ich nicht wollte. Ich kann nicht. Ich kann Kingston Hall und seine Bewohner, die Pächter und meinen Bruder nicht im Stich lassen. Sie brauchen ihr Zuhause. Ich muss eine Frau nehmen, deren Geld es retten kann.«

»Ich weiß«, erwiderte sie. »Du musst dich nicht rechtfertigen.«

Liam wollte sich erklären, wollte ihr sagen, dass er alles zu tun bereit war, um die Dinge für sie zum Besseren zu wenden. Doch zu viele Schicksale waren untrennbar mit dem seinen verbunden, als dass er sie einfach fallen lassen konnte.

Rose ließ ihn nicht zu Wort kommen. Bevor er begonnen hatte, erstickte sie seinen Redefluss in einem Kuss und schmiegte sich an ihn.

»Genug davon. Es ist nicht, wie es sein sollte, und wir müssen es doch akzeptieren. Lass uns bis Sonnenaufgang in einer Lüge leben. Die Zeit ist kurz und doch mag sie genügen, um den Rest unseres Lebens erträglicher zu machen.

Da war sie, die andere Rose, ein Mensch nicht von dieser Welt. Liam zog sie an sich, streifte ihr Nachthemd über ihren Kopf und war bereit, zu tun, was sie von ihm verlangte: sich für wenige Stunden einer wunderschönen Lüge hinzugeben.

***

Rose schreckte hoch. Ihr Herz hatte sich zusammengezogen und Furcht durchdrang alle Fasern ihres Körpers. Panisch sah sie sich um und sank erleichtert zurück in die Kissen. Liam lag neben ihr und schnarchte leise.

Sie betastete ihre Wangen und spürte die Tränen, die sie im Schlaf vergossen haben musste. Sie hatte etwas Trauriges geträumt. Von Susanna, die zwischen ihr und Betty lag und furchtbar hustete, von Mr. Lloyd, der sie voller Verachtung des Unterrichts verwies, von Teddy, der an einem Strick irgendwo in Schottland hing. Und von einem großen, schlaksigen Jungen neben ihm, bei dem es sich um Bobby, Daisys Sohn gehandelt haben musste.

Etwas Schlimmes stand bevor, das spürte sie. Der Traum musste ein böses Omen sein. Sie musste gehen, bevor das Übel über sie hereinbrach. Sie musste England verlassen und es würde schnell gehen müssen.

Ängstlich fasste sie sich ans Herz. War es noch ganz oder schon gebrochen? Es schlug aufgeregt. Wenn sie es nur hier, neben Liam lassen könnte. Es würde ihr auf ihrer Reise nur im Weg sein, sie mit Sehnsucht belasten und sie zwingen, sich zurück in seine Arme zu träumen, wo sie doch so dringend nach vorne in die Zukunft sehen musste. Sie wünschte, sie könnte es sich einfach aus der Brust nehmen und neben ihm aufs Kissen legen. Einfach gehen, unbeschwert, die guten Erinnerungen mitnehmen, die Gefühle verblassen lassen und ihr Herz für immer in guten, treuen Händen wissen.

Vorsichtig und darauf bedacht, ihn nicht zu wecken, stieg sie aus dem Bett, strich die Decke glatt und schenkte dem hübschen, schlafenden blonden Mann ihr goldenstes Lächeln, in das sich Tränen mischten, während sie sich Schritt für Schritt von ihm entfernte.

Sie durfte nicht zu lange darüber nachdenken, das würde sie nur schwächen und ablenken. Zunächst musste sie sich etwas Anzuziehen besorgen und dann musste sie hier raus, so schnell es ging. Noch immer vorsichtig ging sie rückwärts hinüber in Liams Ankleidezimmer, wo viele Kleidungsstücke noch in ihren Koffern lagen, als wüsste ihr Besitzer nicht, ob er blieb, so dass es sich lohnte, auszupacken, oder bald wieder ging und am besten gleich alles verpackt lassen sollte.

Vor ihrer Nase hing sein Mantel, achtlos über eine Tür des Kleiderschranks geworfen. Er war aus grauem Stoff und gut geschnitten. Da Rose bereits ahnte, dass sie hier nichts finden würde, das ihr besser passte, nahm sie ihn herunter und zog ihn sich über.

Was bei Liam knielang war, reichte ihr bis an die Knöchel. Sie brauchte nur noch Socken und ihre Schuhe, die sie vor der Waschküche vermutete.

Das gleiche Spielchen wie ein paar Tage zuvor. Rose musste innerlich lachen. Ihr Leben drehte sich im Kreis. Oder in einer Spirale? Wiederholungen, die immer engere Kurven zogen und auf einen Punkt zurasten, an dem alles vorüber war? Ihr Traum kam ihr wieder in den Sinn und ihre Brust zog sich zusammen. Schneller als zuvor schlich sie von Tür zur Tür, von Gang zu Gang und von Treppe zu Treppe, bis sie endlich dort anlangte, wo sie hinwollte.

Ihre Schuhe, da waren sie. Rose schnappte sie sich, zog sie über und versteckte sich hastig in dem kleinen Abstellraum nebenan, als sie Stimmen vernahm, die näherkamen. Erleichtert atmete sie aus, als sie an ihr vorüber waren.

Wie schon beim letzten Mal verließ sie Liams Stadthaus ungestört. Seine Bewohner waren arglos, ahnten nichts, vermuteten nichts und misstrauten niemandem. Wie es wohl war, in einer Welt zu leben, in dem das Gegenüber sich im Zweifel öfter als Freund denn als Feind entpuppte?

Rose vermochte es nicht zu sagen. So stellte sie sich das Paradies vor, ein Ort ohne Misstrauen und Sorge. Kein Wunder, dass sie all die Menschen hier so lange an der Nase hatte herumführen können. Sie lebten in paradiesischen Zuständen, während sie aus der Hölle kam und sie im Inneren stets mit sich trug.

In Liams Mantel gehüllt trat sie hinaus auf die Straße und sah sich um. Zu dieser frühen Stunde waren kaum Menschen unterwegs. Das kam ihr entgegen, so fiel sie weniger auf. Eine leere Kutsche fuhr gemächlich vorbei. Rose griff suchend in die Taschen, spürte Münzen darin und lächelte über ihr Glück. Vielleicht stand der Tag doch nicht unter einem so schlechten Stern. Vielleicht würde heute einmal alles gutgehen.

Sie winkte gerade noch rechtzeitig, der Kutscher riss an den Zügeln und die Pferde kamen schnaubend zum Stehen. Wohlwissend, dass kein Kutscher aus dieser Gegend in ihr Viertel fahren würde, nannte Rose eine Adresse nahe Ratcliff und lehnte sich zurück.

Als die Kutsche anfuhr, sah sie hinunter auf ihre Faust. Behutsam öffnete sie sie und betrachtete den Ring darin. Sie hatte es nicht übers Herz gebracht, ihn Liam zurückzugeben. Es war der ihre und an ihm hingen sonderbare, traurige und komische Erinnerungen. Und ihr Herz. Nein, er würde ihr gehören. Wie die drei silbernen Löffel, die sie noch eingesteckt hatte, als sie an einem achtlos im Gesindegang abgestellten Tablett mit dreckigem Geschirr vorüberkam.

Die drei Löffel und die zwei Pfund aus Charles' Taschen gestern.

Zufrieden steckte Rose ihre Beute ein, küsste den Ring, schloss die Faust wieder und ließ ihn auf wundersame Weise verschwinden. Mr. Davis hatte ihr gegenüber Platz genommen und rollte mit den Augen, sagte aber nichts. Er wusste, dass sie gerade nicht in Stimmung für seine Ermahnungen war.

***

Sie waren in Eile. Es hatte eine ganze Weile gedauert, Betty davon zu überzeugen, dass sie nichts von all den nutzlosen Dingen mitnehmen durfte, die sie im Laufe ihres Lebens angesammelt hatte. Kaputte kleine Porzellanfigürchen, alte Spitze, eine Sammlung von Fingerhüten, ein Ballen leicht mottenzerfressenen Samtstoffs und andere sperrige Dinge. Betty bestand darauf, Rose war partout dagegen. Alles blieb in London.

Wie ihre Vergangenheit. So und nicht anders.

Überraschenderweise beendete Daisy den Streit, indem sie, nachdem sie wie üblich teilnahmslos und mit traurigem Gesicht zugehört hatte, unvermittelt aufstand, die Sachen mit einem Schrei an sich riss und aus dem geöffneten Wohnzimmerfenster warf. Ein Teil landete im Dreck, der Rest traf Jack, der unter dem Fenster stand und mit einer Dirne schäkerte. Er schrie wutentbrannt, wenn sie den Krempel vor seiner Tür nicht auf der Stelle entsorgten, schmisse er sie noch heute hinaus.

Es war eine leere Drohung. Er wusste, dass sie im Begriff waren, London zu verlassen. Zudem war nach wenigen Augenblicken der größte Teil von Bettys ehemaligen Habseligkeiten verschwunden, weil vermeintlich gutbetuchte Passanten sich auf den herrenlosen Haufen gestürzt und nur das Allerunnötigste, die kaputten Porzellanfigürchen, zurückgelassen hatten.

Armut kannte keine Würde.

Betty stand mit offenem Mund im Salon und wusste nicht, wie sie damit umgehen sollte. Rose klatschte begeistert und dankte Daisy mit einem strahlenden Lächeln. Dieses Problem war erledigt.

Mit einem Koffer pro Person, der nur das Nötigste enthielt, eilten sie, um eine Kutsche zu bekommen, die sie so schnell wie möglich zu den großen Docks brachte. Nur dort lagen die mächtigen Zwei- und Dreimaster, die nach Amerika fuhren.

Rose spürte ihre glühenden Bäckchen und griff sich an die Wange. Betty neben ihr war noch aufgeregter. Sie hatte Jack bei ihrem schnellen Abschied eine Nachricht für Teddy hinterlassen. Sobald er aus Schottland wiederkehrte, sollte er sich nach Boston aufmachen und sie dort suchen. Sie würde auf ihn warten. Betty war sich sicher, dass er irgendwann kommen würde, und Rose war es auch.

Ihre Blicke trafen sich und Betty ergriff Roses Hand, weil sie so schrecklich zitterte. Die Nerven, sagten ihre Augen wortlos, die Nerven. Rose erwiderte den Druck und legte ihre andere Hand Daisy auf die Schulter, die Londons Straßen mit den Augen regelrecht aufzusaugen schien.

Das war das letzte Mal, dass sie diese Straßen sehen würden. Alle drei waren sie hier geboren, hatten die Stadt nie freiwillig verlassen, nie Berge, Wälder oder Täler durchstreift. London war ihnen lange Jahre Gefängnis und Heimat zugleich gewesen. Der Kloß, den jede von ihnen im Hals spürte, entsprach der Wehmut, die sich trotz allem Übel, das sie hier reichlich erlebt hatten, in ihrer Brust breitmachte.

Rose wandte sich von den Fassaden der vorbeiziehenden Häuser ab und konzentrierte sich darauf, was sie in Amerika erwarten würde. Unbestelltes Land, soweit das Auge reichte? Wilde Tiere? Indianer? Reichtum oder noch mehr Not?

Die Kutsche hielt abrupt. Fuhrwerke und Menschen verstopften die Straße vor ihr und hinderten sie an der Weiterfahrt. Die drei Frauen steckten die Köpfe aus dem Fenster, um zu sehen, was der Grund für das Hindernis war. Es musste einen Unfall gegeben haben. Ein Gefährt lag umgestoßen auf der Seite und überall darum herum lagen Holzkäfige mit schnatternden Hühnern, die hektisch mit den Flügeln schlugen.

»Verdammt nochmal!«, fluchte Rose und stieg aus. Es würde weit mehr als ein paar Minuten brauchen, bis das Chaos hier beseitigt war. Sie wies den Kutscher an, ihr die Koffer vom Dach zu reichen. Sie konnten nicht warten, bis die Straße geräumt war, sondern mussten zu Fuß weitergehen.

Zum Glück waren die Koffer nicht schwer. Rose besaß nicht viel und trug das Wichtigste am Körper. Zusammen mit Betty und Daisy kämpfte sie sich zwischen den Schaulustigen hindurch, bis sie die Menschentraube endlich hinter sich ließen und die Straße zu den Docks hinuntereilen konnten. Von der Ferne sahen sie bereits die vielen Masten, die in den blauen Himmel ragten.

Majestätisch, erhaben und umgeben von einer Prise Sehnsucht nach Ferne und Abenteuer lagen die Schiffe vor Anker. Das Geheul der Möwen, die sie umkreisten, mischte sich in Roses Ohr mit Stimmen in Sprachen aus aller Herren Länder. Je näher man dem Hafen kam, desto mehr wurden die Menschen in seltsamen Gewändern und dunkleren Hautfarben.

Rose blieb stehen, schloss die Augen und sog die Meeresluft ein. Ihre Hände kribbelten vor Aufregung und Vorfreude. Sie spürte Bettys Hand in der ihren und wandte sich zu ihr um. Ihre alte Freundin sah sie ebenso ängstlich und zugleich hoffnungsvoll an, wie sie sich fühlte.

War das ihr erster Schritt zum Glück, fragten Bettys Augen.

Rose lächelte, nickte und sah sich nach jemanden um, der ihr sagen konnte, wo die *Georgia* anlag. Sie fand einen jungen Matrosen, der ihnen nur zu gern weiterhalf und sie sogar ein Stück des Weges begleitete. Seine braungebrannte Haut wies darauf hin, dass er gerade aus einem Teil der Welt zurückgekehrt sein musste, in dem eine andere Sonne brannte. Sein Englisch klang seltsam und mischte sich mit anderen Sprachen wie Französisch und etwas, das sie nicht verstand. Sein Lächeln deutete verheißungsvolle Tage an.

Er geleitete sie fast bis zum Schiff, küsste ihnen fröhlich die Hände und verschwand wieder in der Menge. Betty kicherte, zog ihre Pfeife heraus und steckte sie an. Sie waren rechtzeitig und konnten schon von ferne sehen, wie man die *Georgia* belud.

Menschen mit Koffern tummelten sich um das Schiff, man nahm Abschied, Tränen flossen, Versprechen wurden gegeben und Umarmungen ausgetauscht. Auch Rose wurde es weh ums Herz. Es war eine große Reise, die bevorstand, und niemand war da, um ihr Glück und Gesundheit zu wünschen.

Betty nahm einen letzten Zug, klopfte die Pfeife aus und schob sie wieder in die Tasche. Entschlossen sahen die Freundinnen einander in die Augen und dann zu Daisy, die immer mehr aus ihrer Trance zu erwachen schien und aufmerksam alles verfolgte, was um sie herum geschah. Gut möglich, dass die große Frau erst jetzt begriff, was ihr bevorstand.

»Wollen wir?«, fragte Rose und sah von einer zur anderen.

»Ja!«, erwiderte Betty mit belegter Stimme und Daisy nickte. Wie auf ein geheimes Kommando bückten sie sich nach den Koffern und schritten auf den großen Dreimaster zu.

Drei Männer standen vor dem Steg und sahen jeder Frau, die in Roses und Bettys Alter war, ins Gesicht. Ihr Verhalten machte sie auffällig. Sie sahen ihr zu sehr nach Polizisten aus, die Mäntel über ihre Uniformen geworfen hatten. Rose flüsterte Daisy zu:

»Mach dich kleiner, wenn es geht.«

Betty sah ebenfalls zu den Männern hinüber und runzelte die Stirn. Sie suchten jemanden, ganz eindeutig suchten sie jemanden. Als hätte er den Gedanken gehört, drehte sich in diesem Moment einer der Männer herum, erblickte Rose, bekam große Augen und stieß seinen Nebenmann an.

Sie waren fündig geworden.

Rose ließ ihren Koffer neben Betty zu Boden fallen und rief:

»Sie sind meinetwegen hier. Geht an Bord, wartet nicht auf mich! Wir treffen uns in Boston.«

»Aber –«

»Kein Aber!«, sagte Rose mit fester, keinen Widerspruch duldender Stimme. »Ich kann auf mich aufpassen. Daisy, bleib bei Betty, sie braucht dich. Wenn es um Männer geht, ist sie viel zu vertrauensselig. Wir sehen uns in Boston, wartet nicht auf mich!«

Schon während dieser Worte setzte sie sich in Bewegung. So schnell ihre Beine sie trugen, jagte sie zwischen den Wartenden um die *Georgia* hindurch. Sie stolperte über Koffer, rempelte Menschen an und suchte Möglichkeiten, Unterschlupf und Deckung zu finden.

Sie gewann Abstand und hörte, wie die Schreie, man solle sie fassen und festhalten, langsam leiser wurden. Sollte sie auch diesmal in der Lage sein, ihren Kopf aus der Schlinge zu ziehen? Gerade als sie etwas Hoffnung schöpfte, riss sie jemand in vollem Lauf von den Füßen.

»Hey!«, rief der fröhliche junge Matrose von eben. »Hatten wir nicht gerade das Vergnügen?«

Sie wollte sich losreißen, doch er schien dermaßen guter Laune und so angetrunken zu sein, dass er sich nicht abwimmeln ließ. Wie hatte er es nur geschafft, in so kurzer Zeit so schrecklich betrunken zu werden? Rose fand die Antwort in seiner Hand, die eine halbleere Flasche ohne Etikett hin und her schwenkte.

»Lass mich!«, schrie sie und entwand sich seinem Griff. Er verzog schmollend den Mund und warf die Hände in die Luft.

»Weiber!«, rief er und nahm noch einen Schluck, weil ihr Verhalten ihn zur Verzweiflung brachte. Rose sparte sich einen Kommentar, drehte sich um und lief direkt gegen einen ihrer Verfolger.

»Na sieh mal einer an«, sagte der Mann selbstgefällig und packte sie am Hals. »Wen haben wir denn da?«

KAPITEL XIII

London, 14. Juni 1826

Rose hatte einfach Pech gehabt. So einfach es war, so wenig vermochte es sie zu trösten. Aus purer Verzweiflung hatte Mr. Young, als alle Bemühungen, Rose zu beseitigen, gescheitert waren, erneut vor Gericht gegen sie geklagt und vermehrt nach ihr suchen lassen. Weil man ahnte, dass sie London verlassen wollte, hatte man ein waches Auge auf die Docks und wurde fündig. Pech.

Drei Tage verbrachte sie in einer kleinen Zelle, eingepfercht zwischen zehn anderen Frauen. Die meisten waren junge Huren, die nicht den Körper und das Gesicht hatten, in einem Bordell anschaffen zu gehen, deshalb auf eigene Faust ihr Glück auf der Straße suchten und von Polizisten aufgegabelt wurden. Der Rest waren Diebinnen und Betrügerinnen. Auch eine Hebamme war unter ihnen, der man vorwarf, ein Neugeborenes erstickt zu haben. Sie litt Höllenqualen und beteuerte unermüdlich ihre Unschuld, doch nach ein paar Stunden mochte ihr niemand mehr zuhören und als sie auch nachts nicht zu jammern aufhörte, verprügelten die anderen Frauen sie, bis nurmehr ein leises Wimmern aus ihrem Mund kam.

Am vierten Tag holte man Rose aus der Zelle und steckte sie in eine größere, komfortablere, die sie nur mit einer Comtesse teilte. Diese hatte eines Nachts ihren Gatten mit einem Beil erschlagen, als sie herausfand, dass er sich zum dritten Mal in Folge an einem 14-jährigen Dienstmädchen vergangen und es geschwängert hatte.

Auf die Frage, ob sie nicht fürchtete, dafür am Galgen zu landen, antwortete die Comtesse, der Richter, der mit ihrem Fall betraut war, sei ihr Großcousin und ein ehemaliges Mündel ihres Vaters. Also nein, sie fürchtete sich nicht.

Rose beneidete sie um ihre Zuversicht und ihre Kontakte. Sie wünschte, sie könnte der Zukunft ebenso gelassen entgegensehen wie ihre Zellengenossin, die sich täglich Tee und Gebäck ins Gefängnis bringen ließ und den Nachmittag damit verbrachte, zu sticken und mit Rose zu plaudern.

»Ich weiß nicht, warum Ihr die ganze Zeit solch ein ängstliches Gesicht macht, Rose. Offenbar wurdet ihr bislang noch nicht gehängt. Man verlegte euch in meine Zelle – eine Ehre, wohlgemerkt, dass ich bereit bin, sie mit euch zu teilen – und die Anklage ist noch nicht verlesen. Wenn Ihr mich fragt, sieht alles danach aus, dass dort draußen jemand eine wohlgesonnene Hand über euch hält.«

Rose lächelte verhalten, während sie sich bemühte, die Tasse mit dem Tee, den die Comtesse ihr angeboten hatte, zu halten, wie sie es bei Liams Cousine Maggriet beobachtet hatte. Womöglich war es gerade ihre Haltung beim Teetrinken, die die Comtesse nun dazu gebracht hatte, jegliches Misstrauen gegenüber Roses Herkunft fahren zu lassen und sie als eine der Ihren zu akzeptieren.

»Das macht mich ja so nervös«, erwiderte Rose. »Ich weiß nicht, was vor sich geht. Alles entzieht sich meiner Kontrolle und jederzeit kann mir etwas schreckliches widerfahren, ohne dass ich Gelegenheit habe, mich dagegen zu wappnen.«

»Das, meine Liebe, ist der permanente Zustand von uns Menschen, die wir das Pech hatten, als Frau zur Welt zu kommen. Nach 20 Jahren solltet ihr euch langsam daran gewöhnt und gelernt haben, damit umzugehen.«

»Machtlosigkeit ist nichts, woran man sich gewöhnen sollte.«

Die Comtesse lachte.

»Wohl wahr, wohl wahr. Für euer zartes Alter seid Ihr weiser, als man zunächst vermutet. Welch Glück, dass man euch zu mir gesteckt hat und nicht die geistlose Lady Birmingham hier nebenan.«

Rose nahm sich einen Keks.

»Ich fühle mich wie eine alte Frau. Ich wünschte –«

Schritte näherten sich auf dem Gang und die beiden hoben den Kopf, als ein Schlüssel in dem massiven Schloss gedreht wurde.

Die Comtesse, die selbst noch im Gefängnis Bekannte und Verwandte empfing und bewirtete, erhob sich, glättete ihr altrosa Kleid und richtete ihre hübschen braunen Locken in der Annahme, der Besuch sei für sie. Doch sie irrte sich. Man verlangte nach Rose.

»Besuch für euch, Lady Hartshield«, hörte Rose den Wächter, der mehr aussah wie ein Lakai denn wie ein Gefängniswärter, und reagierte zunächst nicht. Zu ungewohnt war es, als Lady Hartshield angesprochen zu werden.

»Rose?«, sagte die Comtesse und wedelte mit der Hand vor ihrem Gesicht herum. »Besuch für euch!«

Erschrocken, weil sie daran erinnert wurde, dass alle hier davon ausgingen, sie wäre eine Baroness, stand sie auf, legte ihre Serviette beiseite und eilte an dem Wärter vorbei aus der Zelle.

War es möglich?

Hatte sie Fürsprecher, wie die Comtesse angedeutet hatte? Sie wagte kaum, zu hoffen oder es auch nur zu denken. Nicht einen Moment wollte sie sich der Vorstellung hingeben, dass Liam –

Eine Tür wurde geöffnet und man winkte sie hindurch. Mit klopfendem Herzen betrat sie den Raum und erstarrte. Mr. Young saß an einem Tisch und wartete ungeduldig. Rose wollte auf dem Absatz kehrtmachen und wieder hinauseilen, doch die Tür fiel hinter ihr ins Schloss und sie fand sich allein mit dem hinterhältigsten Teufel von Mann wieder, den sie je gesehen hatte.

»Es stimmt also doch«, sagte er und erhob sich. »Du gibst dich tatsächlich als eine Baroness aus.«

Rose schluckte und beschloss, nicht zu antworten. Egal, was sie sagte, er würde es nur gegen sie verwenden. Besser war es, zu schweigen und sich anzuhören, was er wollte.

»Das war der Titel, der meiner Tochter zustand. Sie hätte Baroness werden sollen!«, warf er ihr vor und schleuderte wütend seine Handschuhe auf den Tisch.

Was stimmte nicht mit diesem Mann? Gerade damit sie Liams Heirat mit seiner Tochter verhinderte, hatte er sie ihm auf den Hals geschickt. Und nun grollte er ihr, weil sie genau das erreicht hatte, was von ihr verlangt worden war? Konnte es sein, dass in seinem Kopf nicht alles wirklich festsaß? Dieser Vorwurf war nichts als blanker Irrsinn.

»Jetzt, da der Earl verstorben ist, wird sie weder Baroness noch Comtesse!«

Und wessen Schuld war das? Ganz sicher nicht die ihre! Rose ballte die Fäuste. Hatte man sie hierhergebracht, damit sie sich die Beleidigungen dieses Irren anhörte? Was auch immer das sollte, sie war um nichts in der Welt bereit, sich auch nur auf eine weitere absurde Abmachung einzulassen.

Mr. Young tobte, warf ihr Undank, Verschwörung und Gaunerei vor. Er drohte und er wütete. Immer weiter steigerte er sich in seinen Wahn hinein und schwor, sie an den Galgen zu bringen. Rose sah ihm ruhig zu, schenkte den einzelnen Worten, die er umherschleuderte, keine Beachtung und fragte sich, warum sie so jemandem ihre Zeit opfern musste. War das die Macht, die er über sie hatte? Konnte er sich ihr aufzwingen und sie gegen ihren Willen hierher zitieren? Warum ließ sie sich das eigentlich gefallen? Hielt sie nicht jeder hier für eine Baroness? Ohne weiter auf den keifenden Kaufmann zu achten, drehte sie sich um und klopfte an die Tür. Mit aller Autorität, die ihr zu Gebote stand, rief sie:

»Aufmachen! Auf der Stelle.«

»Ich bin noch nicht fertig mit dir, du betrügerische Elster. Du bleibst hier und stehst mir Rede und Antwort –«

Die Tür wurde geöffnet und Rose trat hinaus. Sie sah dem Wärter fest in die Augen und sagte:

»Ich wünsche, von diesem Mann nicht mehr belästigt zu werden. Bittet er erneut um eine Unterredung, so weist Ihr ihn ab.«

Ungeachtet der Schimpftiraden, die in ihrem Rücken zu ohrenbetäubendem Gebrüll anschwollen, schritt Rose den Gang wieder hinunter. Sie ärgerte sich über Mr. Young, der eindeutig nicht mehr alle Tassen beisammen hatte und sich in einer ganz eigenen Welt verlaufen haben musste, aus der er nicht wieder herausfand. Am meisten aber ärgerte sie sich über sich selbst, da sie für kurze Zeit gehofft hatte, Liam wäre gekommen, um sie zu erretten. Solchen Vorstellungen musste sie sich um jeden Preis verschließen, wenn sie nicht an der Verzweiflung darüber zugrunde gehen wollte, dass sie sich nicht erfüllten.

Am nächsten Morgen musste Rose von der Comtesse Abschied nehmen. Man verurteilte sie nicht, sondern attestierte ihr, allein aufgrund einer vorübergehenden Störung der Geistestätigkeit gehandelt zu haben, die von einer Erkrankung des Uterus‘ herrührte und sie von aller Schuld entband. Ihre Sanktion bestand darin, dass man sie verpflichtete, für ein Jahr zur Kur zu fahren. Auch die Verwandten ihres Mannes schienen mit dem Urteil zufrieden zu sein. Der Skandal, den die Hinrichtung einer Comtesse nach sich gezogen hätte, wäre ungleich größer gewesen als jener um eine am Uterus erkrankte Dame, die unverschuldet ihren Mann erschlagen hatte.

Rose konnte darüber nur den Kopf schütteln. Ihr fielen aus dem Stand ein Dutzend Fälle ein, in denen sich Frauen gegen ihre übergriffigen, Tag für Tag gewalttätigen Männer zu Wehr gesetzt hatten und dafür an einem Strick geendet waren. Vielleicht lag die Macht, die es einem erlaubte, diesem Schicksal zu entgehen, nicht im Geschlecht, sondern in Geld, Ansehen und Kontakten?

Nachdenklich blätterte sie in dem Roman, den ihr ihre Zimmergenossin gütiger Weise hinterlassen hatte und hob erschrocken den Kopf, als sie plötzlich bemerkte, dass jemand vor ihr stand.

Liam!

Die Zellentür fiel ins Schloss. Sie war so in Gedanken versunken gewesen, dass sie ihn nicht hatte kommen hören. Das Blut toste so laut in ihren Ohren, dass sie die ersten Worte, die er an sie richtete, nicht verstehen konnte.

»Wie geht es dir?«, wiederholte er, als er ihr ratloses Gesicht erblickte.

Rose wollte antworten, dass es ihr den Umständen entsprechend gut ging, doch sobald sie den Mund öffnete, brach ein Schluchzen heraus und Tränen stiegen in ihr empor. Sie konnte seinen Anblick nicht ertragen. All das war ihr derart zu viel, dass sie das Gefühl hatte, ihre Nerven müssten jeden Moment zerreißen.

Ohne weitere Worte nahm er sie in die Arme. Der Geruch seines Parfums, das warme, samtige Gefühl seiner Kleidung auf ihrer Haut und die Stärke seiner Hände, mit denen er ihr langsam und sanft über den Rücken strich, taten ihr unendlich gut.

Rose legte den Kopf an seine Brust und schloss die Augen. Träumte sie? Bei Gott, wenn sie ihn sich nur einbildete! Lag sie am Ende noch immer unten in dem klammen Verlies, eingepfercht zwischen all den leichten Mädchen? Ja, es musste ein Traum sein. Ein schöner zwar, doch nur ein Traum. Liam musste eine Illusion sein, wie es Mr. Davis war.

»Ist ja gut. Kein Grund zum Weinen. Noch ist nichts verloren«, redete er ihr mit ruhiger Stimme zu und streichelte noch immer ihren Rücken.

Rose hob den Kopf und berührte sein Kinn, seine Lippen und seine Stirn. Liam kniff die Augen zusammen, als sie auch diese abtastete. Er fühlte sich lebendig an. Sein Atem streifte ihre Wange. Konnte das sein?

»Du bist echt!«, rief sie und wich erschrocken einen Schritt zurück.

»Selbstverständlich, was soll ich denn sonst sein?«

»Ich dachte, ich dachte …«

Liam war hier! Ihretwegen? Rose wurde auf der Stelle rot und hasste sich dafür. War es wahr? Stand er wirklich ihretwegen in dieser Zelle? Ihr Herz schlug bis zum Hals und ließ ihr Blut noch heftiger pulsieren.

»Du dachtest?«, wiederholte er und wartete noch immer auf eine Antwort.

»Ich dachte, ich träume.«

Er lächelte sein unverschämt schönes Lächeln und zog sie wieder an sich. Sie konnte nicht anders, als sich seinem Kuss hinzugeben. Er war echt, er war bei ihr und wenngleich sie alles tat, um es zu verhindern: Hoffnung keimte in ihr auf und wollte sich nicht länger verdrängen lassen.

»Was tust du hier?«, fragte Rose schließlich, als Liam sie kurz zu Atem kommen ließ.

»Ich sehe nach, ob es dir gut geht. Ich wäre früher gekommen, doch es gab so viel zu klären und John war für ein paar Tage verschwunden –«

»Liam, was tust du hier?«, unterbrach sie ihn. »Bist du hierfür verantwortlich?« Sie deutete auf die geräumige Zelle, Bett, Tisch und das Tablett voller Essen, das man ihr wie jeden Tag serviert hatte.

»Indirekt«, räumte er ein, als er begriff, worauf sie hinauswollte. »Sobald ich erfuhr, dass Young dich hat finden und festnehmen lassen, musste ich natürlich auf der Stelle handeln. Es geht nicht an, dass du als Frau eines Barons mit Huren und Gossenmädchen zusammengepfercht wirst!«

»Aber ich bin ein Gossenmädchen! Genau dort gehöre ich hin«, rief sie und zeigte auf sich. »Und du wolltest die Ehe annullieren. Denkst du, man glaubt dir noch, dass ich dich über meine Identität getäuscht habe, wenn du öffentlich zu mir stehst und mich als deine Frau bezeichnest? Was ist mit den Pächtern? Was ist mit Kingston Hall?«

»Nun, wenn man dich hängt, bin ich Witwer und kann früher wieder heiraten, als wenn ich die Ehe aufheben lasse. Eine Annullierung kann sich über Jahre hinziehen.« Erwartungsvoll grinste er sie an, weil er seine Bemerkung offensichtlich als besonders originell und witzig empfand. Doch Rose war nicht nach Lachen zumute.

»Du solltest deine Zukunft nicht meinetwegen ruinieren. Ich habe schon so viel Schuld auf mich geladen. Ich kann nicht damit leben, auch noch dich in den Bankrott getrieben zu haben.«

»Das musst du auch nicht«, antwortete er ernst. »In den Bankrott wurde ich von meinem Großvater und Vater getrieben. Damit hast du ausnahmsweise nichts zu tun. Und was meine Zukunft anbelangt, so pflege ich meine Entscheidungen noch immer selbst zu treffen und lege Wert darauf, mir nicht hineinreden zu lassen. Auch nicht von dir.«

Rose verdrehte die Augen über seinen starrsinnigen Edelmut. Er war ein Heiliger und es ging ihr manchmal furchtbar auf die Nerven. Wie sollte man so viel übermenschliche Größe nur ertragen? Sie wollte nicht, dass er aus Mitleid mit ihr verheiratet blieb. Sie wollte nicht, dass er sie hängen sah. Konnte er nicht einfach gehen und sie ihrem Elend überlassen? Konnte seine letzte Erinnerung an sie nicht jene an ihre wunderbare gemeinsame Nacht sein und nicht die, wie sie am Galgen baumelte, mit gebrochenem Genick und eingenässtem Rock?

»Warum? Warum nur?«, fragte sie ihn wütend.

»Du hast eine seltsame Art, deine Dankbarkeit auszudrücken. Ich gestehe, ich rechnete mit Freudentränen und Küssen dafür, dass ich alles tue, damit es dir gut geht und du nicht hängst. Aber nein, stattdessen bekomme ich Vorwürfe und Wut!« Erbost setzte er sich und sah sie ebenfalls genervt an. »Ich tue das aus vielen Gründen. Zum einen möchte ich nicht, dass dieser hinterhältige Mr. Young davonkommt. Zweitens möchte ich nicht, dass du stirbst und drittens möchte ich nicht, dass du –«

Er unterbrach sich und kniff die Lippen zusammen.

»Ja?«, fragte Rose hellhörig. Was wollte er nicht? Dass sie aus seinem Leben verschwand? War es das? Sie wollte es nicht. Sie wollte bei ihm sein, für immer bei ihm sein und wusste doch, dass sie sich diesen Traum nicht erlauben durfte. Sie, eine Baroness? Das war nichts als albern. Nach zwei Tagen mit ihr würde Liam seine Entscheidung für immer bereuen und sie am Ende eigenhändig umbringen.

»Ich möchte einfach nicht, dass Unrecht ungesühnt bleibt. Und wenn das bedeutet, dass ich dich als meine Frau anerkennen muss, um dir bei Gericht einen besseren Stand und mehr Gehör zu verschaffen, so will ich es tun. Um der Gerechtigkeit willen.«

Roses Hoffnung versank wieder im Meer all der Enttäuschungen, die ihr Leben gebracht hatte. Darum ging es ihm. Um sein blödes Prinzip. Und sie dummes, naives Ding hatte gedacht, es ginge ihm um sie.

»Ich finde es äußerst befremdlich, dass du mir Vorwürfe machst, anstatt mir dankbar um den Hals zu fallen. Nicht nur das, du glaubst auch noch, mich an meine Verpflichtung gegenüber den Pächtern erinnern zu müssen. Denkst du etwa, ich weiß das alles nicht? Glaubst du, ich mache mir in der Sache nicht selbst Vorwürfe und hadere Tag und Nacht mit mir? Rose, deine Undankbarkeit verletzt mich.«

»Oh, das tut mir leid. Ich verspreche dir, das nächste Mal, wenn ein Mann mir offenbart, dass er widerwillig mit mir verheiratet bleibt, um irgendeinem blöden Gauner das Handwerk zu legen, mache ich vor Glück auf der Stelle die Beine breit!«

Liam stand ruckartig auf und Rose bedeckte instinktiv ihr Gesicht, weil sie fürchtete, er würde sie schlagen. Stattdessen kam er nur näher und sah sie gekränkt und verletzt an.

»Du hast mich auf zweierlei Weise beleidigt. Erstens verspottest du mein Bestreben, das Richtige zu tun, als Ausdruck egoistischer Selbstgefälligkeit. Zweitens denkst du, ich käme darauf, dir Gewalt anzutun. Ich fürchte, Rose, ich habe mich in dir geirrt. Ich bin davon ausgegangen, dass du mich als den Menschen erkennst, der ich bin. Das war mein Fehler.«

Er wandte sich zum Gehen, griff nach Zylinder und Handschuhen und sagte, ohne sich umzudrehen:

»Wir sehen uns zur Verhandlung. Bitte gib dir in deinem eigenen Interesse Mühe, einen guten Eindruck auf den Richter zu machen. Halte dich zurück und versuche eine Lady zu sein. Mein Anwalt und ich machen den Rest. Sprich nur, wenn Mr. Smith dich dazu auffordert.«

Rose wollte ihn aufhalten und um Verzeihung bitten, doch er klopfte an die Tür und war so schnell hinaus, dass sie ihn nicht mehr halten konnte. Zutiefst traurig sank sie langsam auf den Stuhl zurück und verstand die Welt nichtmehr.

Konnte es sein, dass sie sich selbst ihr Glück verbaute, weil sie von Vorurteilen geblendet war? Hatte sie Liam Unrecht getan, indem sie annahm, es geschähe ihr?

KAPITEL XIV

London, 16. Juni 1826

»Ruhe im Saal! Ruhe, sage ich!«

Lord Gramsfield, der ehrenwehrte Richter, ließ seinen Hammer mehrfach mit voller Wucht niederfahren, um den Tumult zu beenden, der am anderen Ende des großen Gerichtssaals ausgebrochen war.

Halb London schien sich an jenem Dienstagvormittag versammelt zu haben, um mitzuerleben, was die Zeitungen den »Hartshield-Young-Skandal« nannten, und später Freunden und Familie darüber berichten zu können.

Der Angeklagten, Rose Mason, wurde vorgeworfen, sich als Emilia Young nicht nur erhebliche Sachmittel unerlaubt und auf betrügerische Weise erschlichen, sondern sich auch gegenüber dem Baron of Eddleston als seine Verlobte ausgegeben und ihn so dazu gebracht zu haben, sie zur Frau zu nehmen.

Mr. Young, der Hauptzeuge der Anklage, hatte im Vorfeld kein Geheimnis daraus gemacht, dass er in einem weiteren Verfahren gegen Rose Mason und den Baron auf Schadensersatz und Wiedergutmachung klagte. Rose Mason sollte öffentlich eingestehen, rufschädigende Gerüchte über ihn verbreitet zu haben. Der Baron sollte verpflichtet werden, seiner Tochter zum Ersatz des zugefügten Herzschmerzes sowie des Bruchs des Verlobungsversprechens eine beachtliche Summe zu zahlen.

Denn es war, so der Vorwurf, nicht von der Hand zu weisen, dass Lord Hartshield, nachdem er seinen Irrtum erkannt hatte, Rose bei ihren späteren Vergehen unterstützt hatte, anstatt sie, wie es sich gehörte, der verdienten Gefängnisstrafe zuzuführen. Mr. Young sah sich und seine arme Tochter einer Verschwörung der Betrügerin und des Barons ausgesetzt, die darauf zielte, den Ruf der Familie Young unrettbar zu schädigen.

Nach der Verlesung der Anklage richtete der ehrenwerte Lord Gramsfield das Wort an die Angeklagte Lady Hartshield, ehemals Mason, ob sie sich zu den Vorwürfen schuldig oder nicht schuldig bekenne. Sie erhob sich, sah erst Mr. Young lange an, dann dem Richter direkt in die Augen und erklärte klar und deutlich:

»Nicht schuldig, euer Ehren.«

Erneut brandete Gemurmel auf.

»Ruhe im Saal, Ruhe!«, schrie der Richter nun ein drittes Mal und hatte wenigstens diesmal Erfolg damit.

»Setzt euch, Lady Hartshield, das Gericht nimmt eure Stellungnahme zur Kenntnis.«

Rose nahm wieder Platz und sah stur geradeaus. Sie wusste, dass rechts hinter ihr Liam und Charles mit seinen Krücken saßen und sie nicht allein ließen. Das verschaffte ihr Zuversicht, auch wenn es nicht gut für sie stand. Sie selbst war beinahe geneigt, jedes Wort zu glauben, das der Ankläger vorgelesen hatte, so überzeugend und stichhaltig war sein Auftritt gewesen.

Auf die nächste Frage des Richters, ob sie sich zur Sache einlassen wolle, antwortete sie mit einem einfachen Nein.

Nun war es an Mr. Young, im Zeugenstand lang und breit seine Sicht der Dinge zu schildern. Wie er hinter den anfänglichen Betrug gekommen war, weder Kosten noch Mühen gescheut hatte, um Rose durch einen eigens engagierten Mann beschatten zu lassen und wie erleichtert er gewesen war, als sie schließlich ertappt und festgenommen wurde. Von der Nachricht über ihren anschließenden Ausbruch aus dem Gefängnis, die er mit Entsetzen aufgenommen hatte, und seine dezent formulierte Annahme darüber, was sie mit den Wärtern getan hatte, um ihre Flucht zu ermöglichen.

An diesem Punkt brach erneut Unruhe im Saal aus und Rose sah aus dem Augenwinkel, dass Charles seine liebe Mühe hatte, Liam auf der Bank zu halten. Ihr war es egal, ob ganz London glaubte, sie hätte sich Gefängniswärtern hingegeben, um sich die Freiheit zu erkaufen. Womöglich hätte sie es getan, wenn die Not es von ihr verlangt hätte, doch so war es nicht gewesen. Alles, was sie kümmerte, war, dass auch Liam es nicht glaubte.

Und er tat es nicht. Das sah sie ihm an.

»Ruhe! Ich sagte Ruhe!«, schrie Richter Gramsfield und hob einmal mehr den Hammer. »Fahrt fort, Mr. Young, aber erspart uns eure Vermutungen und Anzüglichkeiten. Das Gericht ist kein Theater. Fantasien und Spekulationen haben hier nichts zu suchen.«

Mr. Young rechtfertigte sich, er gebe nur Gerüchte wieder, und fuhr dann fort, indem er sich in ausgiebigen Schilderungen der Sorge um Emilias Ruf erging, die ihn ergriffen hatte, als die Hochstaplerin entkommen war. Anklagend richtete er den Zeigefinger auf Rose und behauptete, er könne sich nicht erklären, wie sie von Emilias Verlobung mit einem Baron erfahren habe. Die Verlobung sei strikt geheim gehalten worden, und doch hätte sie davon Wind bekommen. Offensichtlich war vor ihr kein Geheimnis sicher. Nachdem sie sich diese Information erschlichen hatte, musste sie den hinterhältigen Plan geschmiedet haben, sich ein weiteres Mal als Emilia auszugeben und sich die Hand des Barons zu erschleichen. War es ihr Ziel, auf diese Weise an das Geld und die Schätze zu kommen, die sie hinter seinem Titel vermutete, änderte sie ihre Pläne, sobald sie herausfand, dass der Baron bis über beide Ohren verschuldet war.

Mr. Young machte eine effektheischende Pause und sah nach allen Seiten, um sich zu vergewissern, dass jedes einzelne Ohr im Saal ihm gehörte.

»Und als sich der Baron of Eddleston in der ungünstigen Lage wiederfand, auf eine Betrügerin hereingefallen zu sein, selbstverschuldet, wohlgemerkt, nicht einmal in der Lage, eine Lady von einer Hure zu unterscheiden, beschloss er, mit ihr gemeinsame Sache zu machen und sich auf meine Kosten zu bereichern, anstatt sie zurück ins Gefängnis zu werfen!«

Lautes Gemurmel und Getuschel füllte den Saal, aus den hinteren Reihen drang vereinzeltes Gejohle und einige Anwesende applaudierten, während andere entschieden den Kopf schüttelten.

»Ruhe!« Wieder fuhr der Hammer des Richters inmitten der Unruhe und des Chaos' hernieder und bereitete ihm ein Ende. »Setzt euch wieder, Mr. Young. Ich hoffe, euch ist klar, dass die Anschuldigungen, die Ihr hier vorbringt, ernsthafter Natur sind und den Ruf eines unbescholtenen Mannes aus einer altehrwürdigen Familie erheblich zu schädigen geeignet sind.«

»Selbstverständlich, euer Ehren. Ich bin hier, um der Gerechtigkeit zu dienen und will nichts anderes, als dass diese auch meinem lieben Kind und mir widerfährt. Und wenn das bedeutet, dass wir gegen einen Baron antreten müssen, so wollen wir es tun. Wir haben vollstes Vertrauen in die Weitsicht und Wahrheitsliebe, die unsere Justiz so groß macht, und begeben uns vertrauensvoll in ihre wohlwollenden Hände.«

Rose hatte Mühe, im Angesicht seines salbungsvollen Geschwurbels einen neutralen Gesichtsausdruck zu wahren. Sie hob das Taschentuch, dass sie die ganze Zeit über in den Händen gehalten und nervös geknetet hatte, zum Mund und verbarg ihre zuckenden Mundwinkel dahinter.

»Das ist sehr nobel von euch, Mr. Young«, erwiderte der Richter trocken und legte gelangweilt seinen Hammer beiseite. »Wir werden unser Bestes tun, um eurem Vertrauen in uns gerecht zu werden.«

Mr. Young lächelte triumphierend in Roses Richtung, während Lord Gramsfield in seinen Unterlagen blätterte. Als der Richter den Blick wieder hob und auf Mr. Young richtete, hatte er eine tiefe, senkrechte Falte zwischen den Augen.

»Mein geschätzter Kollege, der ehrenwerte Richter Lord Tosny informierte mich gestern darüber, dass Ihr ihn vor circa einem Monat aufgesucht habt, um Gnade für Lady Hartshield, ehemals Rose Mason, zu erbitten.« Der Richter zog ein Monokel aus der Tasche und klemmte es vor sein rechtes Auge. »Er schrieb mir, ich zitiere: *Mr. Young und sein Geschäftspartner suchten mich eines Nachmittags auf und baten mich, ein Urteil zurückzunehmen, weil sich angeblich alles als ein großes Missverständnis herausgestellt hatte. Ich wies ihr Ansinnen ebenso zurück wie das Geld, das man mir bot, und belehrte sie darüber, dass Bestechung ein schweres Vergehen darstellt und schon der Versuch strafbar ist, bevor ich sie meines Büros verwies.«*

Der Richter nahm das Monokel wieder herunter und sah Mr. Young streng an.

»Warum wolltet Ihr, dass diese junge Frau ihrer gerechten Strafe entgeht?«

Mr. Young ließ sich nicht aus der Ruhe bringen. Sobald er bemerkte, dass die Stimmung zu seinen Ungunsten kippte, verlegte er sich auf eine andere Argumentationslinie.

»Ich hatte Erbarmen, euer Ehren. Sie sieht meiner Emilia so ähnlich. Das Herz eines Vaters kann ob eines solchen Schicksals nicht ungerührt bleiben und ich dachte bei mir, wäre meine Emilia in ihrer Lage, hätte sie nicht auch aus Hunger Brot gestohlen? Ich konnte den Gedanken nicht ertragen, dass sie dafür 20 Jahre büßen sollte.«

»Ist das so?«, fragte der Richter und wandte sich zu Rose. »Lady

Hartshield, möchtet Ihr dazu Stellung nehmen?«

Rose sah unsicher über die Schulter zu Liam. Als sie, diesmal ohne Ketten, von zwei biederernsten Wachmännern in den Saal geführt worden war, hatte er ihr nochmals eingeschärft, zu schweigen und alles Reden seinem Anwalt zu überlassen. Nun aber war sein Anwalt weit und breit nicht in Sicht und sie war unsicher, was sie tun sollte.

Liam deutete ein Kopfschütteln an und Rose antwortete:

»Nein, euer Ehren.«

»Gut, dann nehme ich an, Ihr seid beschämt ob all der Barmherzigkeit, die man euch entgegenbrachte, und wisst darauf nichts zu erwidern. Verständlich.« Der Richter griff erneut zum Monokel und zog ein weiteres Schriftstück hervor. »Noch spät gestern Abend erreichte mich das Schreiben eines gewissen Mr. Banks, seines Amtes Nachlassverwalter des Earls of Lincolnshire, der bedauerlicherweise vor wenigen Tagen von uns ging. Der Earl, so geht es aus dem Schreiben hervor, hat in der Zeit vor seinem Tod einige Notizen hinterlassen, wie er es oft zu tun pflegte, seit er das Vertrauen in sein Gedächtnis zunehmend verlor. Diesen Notizen, die nicht zuletzt seinen letzten Willen betreffen, entnahm Mr. Banks eine Reihe interessanter Informationen. So notierte der Earl vor zwei Monaten, dass einer Heirat mit Emilia Young ihre Verlobung mit dem Baron of Eddleston im Wege stehe.«

Der ehrenwerte Richter Gramsfield suchte die entsprechende Stelle und las vor:

»Emilia teilte mir im Vertrauen mit, sie könne mich nicht ehelichen, da sie dem Enkel meines alten und viel zu früh verstorbenen Kameraden und Freundes Hartshield, Baron of Eddleston, versprochen sei. Und weiter«, er wendete das Blatt, rückte das Monokel zurecht und fuhr fort:

»Ich konfrontierte ihren Vater mit dieser Tatsache und erfuhr, dass Emilia ein Opfer von Lord Hartshields Verruchtheit und Ehrlosigkeit geworden war. Vor Tagen schon nahm dieser eine andere Frau, ohne sich um Emilias Herz und sein Versprechen ihr gegenüber zu scheren.«

Wieder wurde es laut im Saal. Diesmal aber musste der Richter nicht eingreifen, denn sobald er das Monokel herausnahm und seinen skeptischen Blick auf Mr. Young richtete, wurde es so still, dass man das Fallen einer Feder hätte hören können.

»Zwar weist das Schreiben kein Datum aus, doch Mr. Banks beteuerte, dass es ziemlich genau zwei Monate alt ist. Das wiederum bedeutet, dass Ihr von dieser Heirat wusstet, lang bevor sie stattfinden konnte. Mir liegt die Heiratsurkunde vor. Sie wird auf den 24. Mai datiert, ist also keinen Monat alt. Habt Ihr eine Wahrsagerin konsultiert, bevor Ihr den Earl of Lincolnshire von der Hochzeit unterrichtet habt?«

»Da muss es sich um ein Missverständnis handeln, euer Ehren. Ich habe dem Earl gesagt, der Baron plane eine Andere zur Frau zu nehmen, und kein Geheimnis daraus gemacht, dass ich seine Absichten gegenüber meiner Emilia nicht als ernsthaft und ehrbar einschätzte.«

Mr. Youngs Vortrag war so inbrünstig und voller Überzeugung, dass selbst Rose ihm gern glauben wollte. Obwohl sie so genau wusste, dass er log und betrog, wo er nur konnte, hatte er etwas an sich, das sie vom Gegenteil überzeugen wollte.

»Ich verstehe«, sagte der Richter und wurde jäh unterbrochen, als die große Flügeltür aufschwang und ein schlaksiger junger Mann, höchstens 30, hereineilte. Die Perücke auf seinem viel zu großen Kopf saß schief und im Schlepptau hatte er ein altes Mütterchen, das sich unter die Zuschauer mengte und den Kopf einzog. Der junge Mann selbst verbeugte sich schwungvoll vor dem Richter und nahm neben Rose Platz.

»Mr. Smith, wie schön, dass Ihr es einrichten konntet, uns die Ehre zu erweisen. Ich hoffe, Ihr habt eine gute Entschuldigung dafür, erst jetzt zu meiner Verhandlung zu erscheinen.«

»In der Tat, euer Ehren«, sagte der Mann neben Rose und erhob sich. »Ich –«

»Interessiert mich nicht. Setzt euch und versucht, euch selbst einen Reim auf die Verhandlung zu machen. Es ist nicht an mir, euch über den Stand ins Bild zu setzen.«

Mr. Smith saß augenblicklich wieder auf seinem Stuhl, sah herüber zu Rose, zeigte sich von ihrem ordentlichen und gepflegten Anblick ganz entzückt und nickte ihr zur Begrüßung enthusiastisch zu.

»Mr. Young«, fuhr der Richter fort und sah denselben an, ohne den Spott in seiner Miene allzu sehr zu unterdrücken. »Ich komme nicht umhin, hie und da die eine oder andere Ungereimtheit zu entdecken, die sich nicht so ganz mit eurer Erzählung in Einklang bringen lassen will.«

Anstatt klein beizugeben, erhob sich der Angesprochene und wies einmal mehr erbost auf Rose.

»Das ist nicht meine Schuld, euer Ehren. Diese Frau dort hat den Earl manipuliert, Gerüchte über mich und mein Geschäft in die Welt gesetzt, auf meine Rechnung für tausende Pfund eingekauft und meinen Ruf ruiniert. Die Ungereimtheiten entstehen aus all den vielen Lügen, die sie in

Umlauf gebracht hat.«

Der Richter nickte und sah Rose wieder an.

»Stimmt das, Lady Hartshield?«

Rose setzte zu einer energischen Verneinung an, als der junge Advokat neben ihr flüsterte:

»Gebt ihm Recht.«

Verwundert sah sie ihn von der Seite an. Das konnte er doch nicht ernst meinen! Sollte sie ihr eigenes Todesurteil unterschreiben? Unsicher sah sie zu Liam, der ihr aufmunternd zunickte. Wollte er auch, dass sie gestand? Wollten sie sie sterben sehen?

»Vertraut mir, Lady Hartshield, und vertraut eurem Gemahl. Wir wollen nur euer Bestes«, flüsterte der Anwalt unter seiner schrägsitzenden Perücke.

»Muss ich meine Frage wiederholen?«, wollte der Richter ungeduldig wissen.

Rose wusste nicht, was sie tun sollte. Ihr Verstand riet davon ab, auch nur den Hauch eines Geständnisses von sich zu geben, doch Liam und sein Anwalt, dem er offenbar vertraute, wollten aus irgendeinem Grund genau das von ihr. Sollte sie ihr Leben in die Hände dieser Männer legen?

»Ja, euer Ehren, es stimmt. Ich habe mich als Mr. Youngs Tochter ausgegeben und auf seine Rechnung eingekauft.«

Aus den hinteren Reihen ertönte es ungläubig:

»Was? Was hat die gesagt?«

Niemand im Saal hatte ein Geständnis erwartet. Es schlug ein wie Kanonenfeuer. Nach einer kurzen Schrecksekunde, die verging, bis man sich sicher war, richtig gehört zu haben, wurde es ohrenbetäubend laut.

Mr. Young schlug triumphierend mit einer Faust vor sich auf den Tisch und rief:

»Da habt Ihr es, euer Ehren, aus dem Mund der Hochstaplerin selbst! Sie hat sich als meine Tochter ausgegeben und mir willentlich geschadet!«

»Ruhe! Ich sagte Ruhe!« Der Hammer donnerte und donnerte, bis man endlich sein eigenes Wort wieder verstand. Als endlich Stille herrschte, stand Mr. Smith auf, räusperte sich und wandte sich zu Mr. Young:

»Werter Herr, das ist so nicht ganz korrekt.«

»Nicht ganz korrekt?«, echote der Kaufmann. »Nicht ganz korrekt? Was soll daran nicht korrekt sein? Das elende Miststück hat es doch gerade selbst zugegeben.«

»Das hat meine Mandantin in der Tat, wenngleich ich euch sehr bitten muss, von Beleidigungen fortan abzusehen. Der Irrtum indes liegt auf eurer

Seite.«

»Mr. Smith! Wäret Ihr wohl so gütig, dem Gericht mitzuteilen, wovon Ihr sprecht?«, fuhr Richter Gramsfield dazwischen und warf energisch seinen Hammer beiseite.

»Aber gern.« Der junge Mann räusperte sich erneut und verkündete mit lauter Stimme:

»Der Vorwurf trifft in tatsächlicher Hinsicht zu, doch was die rechtliche Bewertung angeht, ist der Tatbestand des Betrugs ganz offensichtlich nicht erfüllt.«

»Wie? Das Mi–, äh, sie hat vorgegeben, meine Tochter zu sein! Alle hier im Raum sind Zeugen! Sie hat es gerade gestanden.«

Mr. Smith nickte zunächst und schüttelte dann den Kopf.

»Die Sache ist nun einmal die, Mr. Young. Lady Hartshield ist tatsächlich eure Tochter.«

Erneut war es mit einem Schlag totenstill im Saal, bis von hinten wiederum die Frage ertönte:

»Was hat der gesagt?«

»Sie ist seine Tochter«, rief jemand aus den vorderen Reihen zurück.

Diesmal kam es nicht zum Tumult. Niemand traute sich auch nur zu flüstern. Alle Augen waren gebannt auf Mr. Young gerichtet, der mit offenem Mund dasaß und ungläubig den jungen Anwalt anstarrte.

»Das … das … das«, stotterte er, »das ist mit Abstand das Absurdeste, was ich je in meinem Leben gehört habe!«

»Das kann ich mir nicht vorstellen. Es gibt durchaus absurdere Ereignisse, von denen selbst ich schon gehört habe, und ihr haltet eure Ohren doch schon etwas länger in die Welt hinaus als ich. Freilich muss ich zugeben, der Fall liegt recht ungewöhnlich. Auch ich habe durchaus gestaunt.«

»Habt Ihr das, Mr. Smith?«, mischte sich der Richter spöttisch ein und funkelte ihn von der Kanzel herab an. »Teilt Ihr die Fakten mit dem Gericht, die euch zum Staunen brachten, oder lasst Ihr uns heute unwissend zu Bett gehen?«

»Natürlich, natürlich, euer Ehren.« Der Advokat ignorierte die empörten Rufe des Anklägers und wühlte in seinen Unterlagen. »Wo habe ich es denn, wo habe ich es denn? Ah, hier! Nun, hohes Gericht, Mr. Young, Lady Hartshield, werte Zuhörerinnen und Zuhörer: Folgendes trug sich vor 21 Jahren zu. Mr. Young vermählte sich mit einer jungen Pfarrerstochter, die er unter hier nicht näher zu erläuternden Umständen geschwängert hatte.

Die Eheschließung erfolgte auf das Drängen ihres Vaters. Wenige Wochen später hing der Haussegen derart schief, dass der frischgebackene Ehemann seinem Heim den Rücken kehrte und sein Glück in Frankreich und Italien suchte. Die schwangere Frau, ehemals Holly Duncan, nun Holly Young, speiste er mit einem einzelnen Dienstmädchen und einer kleinen Wohnung in London ab. An dem kalten Januartag, an dem das Kind zur Welt kam – es muss der 23. gewesen sein –, weilte dieser Gentleman hier«, Mr. Smith sah von seinen Unterlagen auf und deutete auf Mr. Young, »in Italien und knüpfte Kontakte mit Tuchhändlern. Drei Wochen nach der Geburt erreichte ihn ein Brief, in dem man ihm angeblich mitteilte, Mutter und Kind – ein Junge – seien im Kindbett verstorben und lägen auf dem Friedhof des Krankenhauses begraben, in dem das Kind zur Welt kam: Mason Kinderhospital und Waisenhaus.«

Mr. Smith sah triumphierend auf und ließ seine Unterlagen sinken.

Rose wurde ganz anders zumute und sie spürte, wie ihr Magen sich ungesund verdrehte. Ihre zittrigen Hände krallten sich so fest in das Taschentuch, dass die Knöchel weiß hervortraten. Hoffentlich war das Ende der Geschichte ein anderes, als sie es zu erahnen glaubte.

»Und?«, rief Mr. Young in heller Aufregung. »Was hat das nun mit ihr zu tun?« Er zeigte auf Rose. »Meine Frau und mein Sohn sind gestorben, ich heiratete später ein weiteres Mal und der Herr schenkte mir Emilia! Wie macht eure Geschichte diese Betrügerin zu meiner Tochter? Euer Ehren, ich bitte euch –«

»Schon gut, Mr. Young, schon gut. Wie ich Mr. Smith nach unserem letzten Aufeinandertreffen einschätze, ist er noch lange nicht fertig. Was Ihr erlebt, ist nichts als eine Kunstpause wie jene, mit denen er mich schon als Student quälte, als ich noch das zweifelhafte Vergnügen hatte, ihn im Strafrecht zu unterrichten.« Müde massierte der Richter seine Nasenwurzel. »Mr. Smith, strapaziert meine Nerven nicht unnötig und kommt zum Punkt.«

Der Advokat verkniff ein Lächeln, verbeugte sich vor dem Richter, wandte sich zum Publikum, wies auf Mr. Young und fuhr mit erhobener Stimme fort:

»Nicht ein einziges Mal besuchte Mr. Young das Grab seiner toten Frau und seines Sohnes!«

Lautes Gemurmel ertönte und der Richter ließ erneut seinen Hammer niederfahren.

»Woher weiß ich das, wird sich das verehrte Gericht fragen. Ich weiß das, weil ich es getan habe! Ich ging dorthin und fragte nach Rose Mason. Man sagte mir, sie wäre an letzten Tag des Januar vor 20 Jahren abgegeben worden. Von wem, habe man nie gewusst. Doch auch das war eine Lüge.« Sichtlich genoss es Mr. Smith, die Augen aller Anwesenden auf sich zu spüren. Er kostete jede Sekunde aus, bis der Richter sich räusperte. »Eine Lüge der diensthabenden Schwester, der das Kind seinerzeit von Jean Jackson übergeben wurde, Holly Youngs damaligem Dienstmädchen. Jean, wärst du so freundlich, zu uns nach vorne zu kommen?«

Nach einem kurzen Moment gespannten Wartens trat die alte Frau, die mit ihm gekommen war, aus einer Bank weit hinten im Saal und senkte schüchtern den Kopf.

»Hast du Mr. Und Mrs. Youngs Kind dem Hospital und Waisenhaus übergeben?«, fragte der junge Anwalt.

Jean Jackson nickte.

»Hast du es deswegen getan, weil die Mutter die Wohnung verlassen hatte und nicht mehr wiedergekehrt war?«, fuhr er fort.

Wieder nickte Jean Jackson.

»Hast du es zu deiner Schwester in das Hospital gebracht, weil du nicht wusstest, was du sonst mit dem Kind tun solltest, die Großeltern nichts von ihm wissen wollten und sich auch sonst niemand fand, der das Kind stillen wollte?«

Nicken.

»Habt deine Schwester und du beschlossen, es als Findelkind auszugeben, um nicht mehr mit ihm in Verbindung gebracht zu werden und keine weitere Verantwortung für das Baby tragen zu müssen?«

Ein letztes beschämtes Nicken.

»Danke! Mehr muss ich nicht wissen.« Mr. Smith wandte sich wieder zur Richterbank. »Euer Ehren, der Brief, den Mr. Young erhielt, stammte von Mrs. Young. Sie täuschte ihren Tod vor, um sich und ihre Tochter von dem verhassten, aufgezwungenen Mann zu befreien. Sie verließ die Wohnung, um ihn abzuschicken, was sie ganz zweifelsfrei getan hat, ließ das Kind in der Obhut der Dienstmagd zurück – und kehrte nie zurück. Unmöglich zu rekonstruieren, ob sie auf dem Weg zurück überfallen wurde, anderweitig verunglückt ist oder das Kind doch ebenso wenig wollte wie den Mann. Jean Jackson, die Dienstmagd, wusste sich nicht anders zu helfen, als das Mädchen zu ihrer Schwester ins Hospital zu bringen. Hätte Mr. Young jemals nach dem Grab seiner Frau und seines Sohnes – eine kleine Lüge, mit der Mrs. Young ihm wohl zusätzlich wehtun wollte – gefragt, hätte es ihn ähnlich wenig Zeit gekostet wie mich, die Schlüsse zu ziehen, die ich dem Gericht heute unterbreite.«

Schwungvoll drehte er sich zu Mr. Young und erhob anklagend den Zeigefinger gegen ihn.

»Doch das hat er nicht. Er war nicht ein einziges Mal da. Kein einziges Mal besuchte er das Grab des Kindes, das er zeugte. Seit er zwei Jahre später nach London zurückkehrte, in all den 18 Jahren, für deren Dauer er nur zwei Viertel weiter wohnte, fiel es ihm an keinem einzigen Tag – nicht einmal zu den höchsten Feiertagen – ein, einen Kranz niederzulegen, eine Kerze zu entzünden oder eine Messe für die beiden armen Seelen lesen zu lassen.«

Der Richter hob schon den Hammer, weil er erneute Tumulte erwartete, doch es blieb totenstill. Alles starrte auf Mr. Young, der kreidebleich in seinem Stuhl hing und Rose anstarrte wie einen Geist. Er griff sich an den Hals und lockerte das Tuch, das er darum trug, um seine Atemnot zu lindern.

»Sehr schön, Mr. Smith«, sagte der Richter in die Stille hinein. »Ein weiteres Mal habt Ihr mein Gericht zur Bühne für eine Szene gemacht, die Shakespeare zum Ruhme gereicht hätte. Nun gebt auch dem Raum, wozu wir uns hier versammelt haben. Kommt zur rechtlichen Würdigung.«

»Natürlich, euer Ehren.« Der Advokat holte Luft und legte seine Rechtssicht auf den Fall dar, als handele es sich um die immergleiche Litanei seines morgendlichen Gebets, die ihm weit weniger aufregend erschien als das Enthüllen von Geschichten wie der, die er soeben vorgetragen hatte. Mr. Young machte sich währenddessen ununterbrochen an seinem Halstuch zu schaffen.

»Zweifelhaft ist schon, ob Lady Rose Hartshield, ehemalige Mason, beziehungsweise nun, da die Herkunftsverhältnisse klar zutage liegen, Young, überhaupt über Tatsachen getäuscht hat«, sagte er und wies auf seine Mandantin. »Sie gab gegenüber Konditoren, Schneidern und diversen anderen – zugegeben, nicht nur durch schlüssiges Verhalten, sondern das ein oder andere Mal wohl auch ganz offen und direkt, doch das spielt keine Rolle – vor, die Tochter dieses geschätzten Herrn zu sein. Nehmen wir an, dass die für den Tatbestand des Betrugs notwendige Vermögensverfügung in der Begleichung der durch sie verursachten Ausstände liegt, die der Herr vorgenommen hat, müsste auch er einem täuschungsbedingten Irrtum unterlegen sein. Ein solcher könnte sich daraus ergeben haben, dass er den von den Geschäftsleuten unmittelbar an ihn adressierten Rechnungen entnahm, es handele sich um Verbindlichkeiten seiner Tochter. Diese Annahme aber, verehrtes Gericht, und das muss allen Anwesenden nach dem bisher Gehörten kristallklar sein, war keine falsche, sondern traf vollauf zu! Lady Hartshield ist, das haben wir gezeigt, tatsächlich die Tochter Mr. Youngs.«

Rose verstand von alldem kein Wort und sah mit großen Augen zu dem fremden Mann auf, der mit neutralem, beinahe schon gelangweiltem Gesicht neben ihr stand und mit juristischen Begriffen und Argumenten um sich warf. Hilfesuchend blickte sie zu Liam, der sie aufmunternd anlächelte, und Charles, der mit gerunzelter Stirn wenigstens versuchte, den Ausführungen seines Freundes zu folgen, aber ebenfalls nicht besonders viel zu verstehen schien.

»Mithin ist schon über die Maße zweifelhaft, ob Mr. Young überhaupt aufgrund eines Irrtums verfügte. Überdies aber erlitt er überhaupt keinen Vermögensschaden. Denn er ging ganz richtig davon aus, für Leistungen zu bezahlen, die an seine Tochter auch tatsächlich erbracht wurden. Jedem Vermögensabfluss steht demnach ein äquivalenter Vermögenszuwachs gegenüber. Sollte Mr. Young nun vorschützen, es sei überhaupt nicht erwiesen, dass er generell bereit sei, sämtliche Verbindlichkeiten seiner Tochter zu begleichen – so weit, so gut –, kann auch dies nicht überzeugen. Denn wie auch das verehrte Gericht sehen wird, trifft ihn für sein über 21 Jahre in vorwerfbarer Weise nicht zur Kenntnis genommenes Kind eine Unterhaltsverpflichtung in beträchtlicher Höhe, die den hier in Rede stehenden Betrag um ein Vielfaches übersteigt.«

Mr. Smith holte Luft, sah zu Mr. Young und deutete wiederum auf Rose.

»Nach alldem kommt eine Strafbarkeit meiner Mandantin – Lady Hartshield – in keiner Hinsicht in Betracht. Der Vorwurf, über etwas getäuscht zu haben, was doch tatsächlich stimmt, fällt wie ein Kartenhaus in sich zusammen. Auch etwaigen Dritten sind keinerlei Schäden entstanden. Schließlich hat Mr. Young alle Verbindlichkeiten vollumfänglich beglichen. Damit schließen wir und danken dem verehrten Gericht für die Aufmerksamkeit.«

Zufrieden nahm Mr. Smith Platz und sah erwartungsvoll zum Richter hinauf.

Dieser hatte gerade den Mund aufgemacht, als Mr. Young plötzlich und immer lauter nach Luft schnappte und kurz darauf, als hätte ihn der Blitz getroffen, im Gerichtssaal zusammenbrach.

KAPITEL XV

London, 18. Juni 1826

»Ich weiß, Lady Hartshield, es klingt unter diesen Umständen unpassend, doch gestattet mir, euch zu gratulieren. Ab heute seid Ihr eine reiche Frau.« Der Advokat lächelte Rose hinter seinem absurd großen Schreibtisch an und schob ihr einen Stapel Dokumente zu, die ihrer Unterschrift bedurften.

»Wie ist das möglich? Wie kann das sein?«

Ratlos sah Rose zu Liam, der verlegen lächelnd mit den Schultern zuckte und die Unterlagen an ihrer statt entgegennahm, weil sie nicht danach greifen wollte.

»Ganz einfach. Ihr seid Mr. Youngs legitime Tochter und wie auch seiner jüngeren Tochter steht euch damit ein Anteil seines Vermögens zu. Da er, wie Ihr wisst, noch in der Verhandlung den tödlichen Infarkt erlitt, hatte er keine Gelegenheit mehr, etwas an seinem Testament zu verändern. Dieses sieht dem Wortlaut nach vor, dass sein Hab und Gut zu gleichen Teilen unter seinen Kindern aufgeteilt wird. Es wurde vor 15 Jahren aufgesetzt, als er wohl noch davon ausging, weitere Kinder zu bekommen, und seitdem nicht mehr verändert. Ihr und eure Halbschwester Emilia seid damit seine einzigen bekannten und legitimen Erbinnen.«

Rose sah Mr. Smith und Liam abwechselnd an. Sie begriff noch immer nicht. Sie? Erbin von mehreren zehntausend Pfund? Halbschwester? Wie war das alles möglich? Seit Tagen rechnete sie damit, jeden Moment die Augen zu öffnen und aus einer ihrer selbsterdachten Welten aufzuwachen, um sich in einer dunklen Zelle wiederzufinden, in der sie ihre Hinrichtung erwartete.

»Ich, ich, äh, ich glaube das nicht«, war alles, was sie schließlich herausbrachte.

»Ich weiß, es muss für euch klingen wie ein Märchen. Und in gewisser Weise ist es das wohl auch. Dass sich ausgerechnet der Mann als euer Vater entpuppen muss, der euch mit aller Gewalt erst um die Ecke und dann ins Gefängnis zu bringen trachtete, nun«, Mr. Smith hob die Hände und lächelte ähnlich verlegen wie Liam, »es mag wirklich schwer zu glauben sein, doch es ist nun einmal der Stand der Dinge.«

»Und die Anklage wegen Betrugs?«

»Wurde fallengelassen«, erwiderte der Anwalt zufrieden und lehnte sich zurück. Der Stolz war ihm förmlich an der Nasenspitze abzulesen.

»In Anbetracht der Umstände sieht der Staat auch bezüglich der Kleinigkeiten vor eurer ersten Inhaftierung davon ab, das Verfahren fortzusetzen.«

»Ich bin reich?«, fragte Rose.

»Du bist reich!«, antwortete Liam und lachte.

»Ich bin wirklich reich, so richtig, mit allem Drum und Dran? Mit Kutsche, Haus und Kleidern? Essen, so viel ich will? Und ich könnte mir auch so ein kleines Hündchen besorgen wie die alten Damen in den Parks?«

Liam lachte erneut, diesmal lauter.

»Ja, du bist so richtig reich und wenn du willst, könntest du ein ganzes Rudel kleiner Hunde halten.«

»Das möchte ich gar nicht«, sagte Rose nachdenklich. »Ich wollte nur sichergehen, dass ich es könnte, wenn ich wollte.«

»Das mit dem Haus ist so eine Sache«, schaltete sich Mr. Smith wieder ein. »Darüber müsstet Ihr euch mit eurer Halbschwester verständigen.«

»Sie kann es haben«, antwortete Rose bestimmt.

»Als euer Anwalt muss ich euch von solch voreiligen Entscheidungen in aller Dringlichkeit abraten.«

»Ich will es nicht.«

Rose stand entschlossen auf und sofort taten die Herren es ihr gleich. Nur eines der vielen Dinge, an die sie sich noch gewöhnen musste. Alle taten, als wäre sie eine richtige Lady. Man verbeugte sich vor ihr, grüßte sie, nahm in ihrer Anwesenheit die Kopfbedeckung ab und erhob sich, wenn sie den Raum betrat oder wieder verließ.

»Ich danke euch, Mr. Smith. Ich glaube, ich muss an die frische Luft.« Ohne weiter auf die beiden Männer zu achten, trat Rose aus dem Büro des

Anwalts auf den langen, schlichten Gang hinaus und beschleunigte ihren Schritt, sobald sie an der Treppe war. Ein schreckliches Gefühl der Enge und des Drucks überkam sie. Sie musste hier raus.

Die Tränen kamen, als sie endlich in der kleinen Gasse stand und der Lärm der Londoner Straßen seine tröstenden Arme um sie legte. Der Damm brach und Rose konnte nicht anders, als zu weinen und sich eine Träne nach der anderen von den Wangen zu wischen. Sie hörte, wie Liam sich ihr von hinten näherte und sah nicht auf. So oder so würde sie kein Wort herausbringen. Ihre Kehle war wie zugeschnürt und das Herz ganz klamm.

»Was ist los?«, fragte er besorgt. »Bist du traurig, weil er tot ist?«

Sie schüttelte energisch den Kopf. Antworten konnte sie nicht.

»Ist es der viele Stress und das Gericht? Keine Sorge, John und ich kümmern uns darum. Du musst in deinem Leben – jedenfalls, wenn du deine langen Finger von nun an bei dir behältst – keinen Schritt mehr in ein Gericht oder Gefängnis tun.«

Rose schüttelte wieder den Kopf.

»Es ist, es ist …« Sie holte tief Luft und sah mit tränenverschleiertem Blick zu Liam auf. »Es ist meine Familie. Ein Leben lang dachte ich, sie sind irgendwo da draußen und warten auf mich, weil sie einen schrecklichen Fehler begangen und mich verloren haben. Ich vertraute darauf, dass sie mich bald finden würden und sich wie ich danach sehnten, mich eines Tages in die Arme schließen zu können. Nun weiß ich, dass es sie nicht gibt. Stattdessen hatte ich für kurze Zeit einen Vater, der mich nicht wollte und nicht ein einziges Mal mein Grab besucht hat. Kein einziges Mal. Und eine Mutter, die mich wahrscheinlich auch nicht wollte und mich als tot ausgab, um ihn zu strafen. Vielleicht lebt sie noch und hat mich mit Absicht verlassen? Nicht verloren, verlassen! Mein ganzes Leben lang wollte mich niemand.«

Sie klammerte sich an Liams Arm und fuhr mit erstickter Stimme fort:

»Ich dachte, irgendwo in weiter Ferne gibt es jemanden, der mich liebt. Das hat mir stets Kraft gegeben. Und nun muss ich realisieren, dass ich womöglich nie geliebt wurde, nie betrauert, nie vermisst. Ich war allein auf dieser Welt und ich bin es wieder. Selbst mit all dem Geld, das mir nun angeblich gehören soll, fühle ich mich einsamer und unglücklicher als jemals zuvor!«

Liam blickte sie schweigend an und rührte sich nicht. Rose sah, wie er um Worte kämpfte, und wollte ihn aus seiner Verlegenheit erlösen, indem sie weiterging und ihre Tränen vor ihm verbarg. Doch er ließ sie nicht weg, sondern legte eine Hand auf ihre Schulter und wischte mit der anderen eine dicke Träne fort, die über ihre Wange kullerte.

»Ich weiß, es ist vielleicht ein unpassender Zeitpunkt, dir zu sagen, dass ich John gebeten habe, seine Bemühungen um eine Annullierung unserer Ehe einzustellen. Natürlich würde er die Sache wieder in Angriff nehmen, wenn du ihn darum ersuchst. Mir ist bewusst, dass man dich noch viel mehr zur Eingehung der Verbindung gezwungen hat als mich. Ich habe mir das selbst eingebrockt, ich –«

Liam schluckte und holte nun ebenfalls tief Luft, um sich zu offenbaren:

»Ich habe zu unser Verbindung gestanden, als du noch arm warst und drohtest, gehängt zu werden. Ich würde weiterhin an uns festhalten, auch wenn dir keine Gefahr mehr droht und du mich nicht mehr brauchst. Es ist nicht das Geld. Du musst mir glauben, dass es mir nicht um das Geld geht. Ich …«

Er machte eine Pause.

»Ja?« Rose sah ihn gebannt an und flüsterte ihrem Herzen innerlich zu, es solle nicht so laut schlagen. Sie hörte Liams Worte kaum, so einen Lärm machte es in ihrer Brust.

»Ich möchte mich nicht von dir trennen. Das ist alles. Du musst nicht viel auf meine Wünsche geben, ich würde mich deinem Willen beugen, wenn du doch lieber deine Freiheit haben möchtest und dich für einen Mann entscheidest, den du lieben kannst, aber«, er lächelte sie tapfer und zugleich ängstlich an, »aber ich gebe dir das Versprechen, es wird immer jemanden geben, der dich liebt.«

Rose schloss die Augen. Hatte sie richtig gehört, konnte das wirklich sein? Sie schlug sie wieder auf und kniff Liam heftig in die Hand.

»Aua!«, rief er und nahm sie von ihrer Schulter. »Ich bin enttäuscht, ich habe mit einer anderen Reaktion gerechnet.«

Er rieb sich die Hand und sah sie verwundert an. Rose lachte über seine Überrumpelung, stellte sich auf die Zehenspitzen und küsste ihn. Er brauchte einen Moment, um sich darauf einzustellen, denn ihr Verhalten irritierte ihn und er wusste die Reaktion nicht einzuordnen. Langsam und bedächtig löste sie ihre Lippen von den seinen.

»Unabhängig davon, dass ich dir glaube, dass es dir nicht darum geht, würde ich auch des Geldes wegen mit dir zusammenbleiben. Du brauchst mich und du brauchst mein Geld!«

Er lachte. Da war er wieder, der Schalk in ihrem Nacken. Er zog sie an sich und küsste sie wieder, heftiger, intensiver, fordernder. Ja, er brauchte sie und dieses unverschämte Miststück wusste es und war sich nicht zu schade, es ihm unter die Nase zu reiben.

Ein dezentes Husten erklang hinter ihnen. Sie lösten sich nur widerwillig voneinander und wandten sich zu dem Störer um.

»Lord of Badenoch, welch Überraschung, euch hier anzutreffen!«, rief Liam aus und erwiderte die Verbeugung des gutaussehenden jungen Mannes. Er war ebenfalls von hohem Wuchs und adrettem Auftreten, hatte anders als Liam jedoch rabenschwarzes Haar und auffällig klare, graue Augen. Der Name kam Rose seltsam vertraut vor. Wo hatte sie ihn nur gehört?

»Die Überraschung ist auf meiner Seite. Ist das etwa eure reizende Gemahlin?« Der junge Lord verbeugte sich vor Rose und sie reichte ihm ihre Hand. Es war eine Freude, ihn anzusehen. Welch ein adretter Kerl er doch war! Selbst der dezente schottische Dialekt störte nicht im Geringsten. »Maggriet hat schon viel von euch erzählt.«

Endlich fiel bei Rose der Groschen. Dies war der berüchtigte schottische Lord, den Liams Cousine nicht hatte heiraten dürfen!

»Sie schwört Stein und Bein, schwanger zu sein, und hat sich fest in den Kopf gesetzt, das Kind, wenn es ein Mädchen wird, nach euch, Lady Hartshield, oder wenn es ein Junge wird, nach euch zu nennen, Lord Hartshield.« Er sah Liam belustigt an. »Ich für meinen Teil würde traditionelle schottische Namen bevorzugen, doch ich fürchte, ich habe da nicht viel mitzureden.«

Rose lächelte und fühlte sich geschmeichelt. Sie hoffte, es würde ein Mädchen. Es konnte nicht genug Roses auf der Welt geben.

»Ihr habt also bereits geheiratet«, stellte Liam fest.

»Gleich am zweiten Tag nach ihrer Flucht von zuhause. Es war uns zu heikel, auf den angeheiterten Pfarrer zu warten, den Ihr uns nachsandtet, und wir wandten uns stattdessen hilfesuchend an einen Freund.«

Liam winkte großzügig ab.

»Dann gratuliere ich zur Hochzeit! Ich darf der Hoffnung Ausdruck verleihen, dass die Wogen zwischen unseren Familien sich nun glätten mögen, da Ihr eure Verbindung festigen konntet.«

Der junge Lord verzog den Mund, als Liam das sagte, was diesen veranlasste, nachzufragen, ob denn etwas nicht stimmte. Der Lord of Badenoch seufzte:

»Zu meinem tiefen Bedauern wollen sich die Wogen bislang nicht im

Geringsten glätten, ich möchte fast sagen, die Zeichen stehen auf Sturm. Maggriet ist zurück in ihrem Elternhaus und man gestattet ihr nicht, mich zu sehen. Trotz der geschlossenen Ehe! Deswegen bin ich hier.« Er wies nach oben zu dem Fenster, hinter dem John Smiths winziges Büro lag. »Euer Bruder versicherte mir, ich fände hier den besten Anwalt Londons und überdies einen ganz besonderen Spezialisten für Familienrecht.«

Rose und Liam sahen einander an und konnten ein breites Grinsen nicht unterdrücken.

»Oh ja, man mag es zunächst kaum glauben, doch der Mann ist ein äußerst fähiger Advokat. Das steht außer Frage«, versicherte Liam und trat beiseite, um den Eingang freizugeben.

Sie wünschten dem jungen Lord viel Glück und verliehen ihrer Hoffnung Ausdruck, dass seine Trennung von Maggriet nicht allzu lang andauern würde. Nachdenklich sah Rose ihm nach, wie er in dem dunklen Eingang verschwand. Gern hätte sie ihn gefragt, wie es ihm damit ging, adoptiert zu sein und seine leiblichen Eltern nicht zu kennen. Liam ließ sie nicht weiter grübeln, sondern nahm ihre Hand in die seine und verkündete:

»Wir müssen los, Charles erwartet uns zum Tee. Außerdem habe ich eine kleine Überraschung für dich.«

Rose sah ihn mit großen Augen an. Hoffentlich war es eine große, süße Überraschung.

»Kann man es essen?«, fragte sie.

Liam lachte.

»Ich würde davon abraten, da bekommt man nur Bauchschmerzen.«

Mit einem breiten Lächeln traten sie aus der kleinen, unscheinbaren Seitengasse und genossen für einen Augenblick die Sonne, die sie blendete, bevor sie die große Straße hinunterschlenderten und darüber stritten, ob es sinnvoll wäre, Roses Vermögen in den Aufbau einer Confiserie zu investieren.

***

»Wo bleibt Charles denn nur?«

Zum wiederholten Mal sah Liam genervt auf seine Taschenuhr und steckte sie wieder ein, als er registrierte, dass kaum zwei Minuten vergangen waren, seit er sie zuletzt hervorgezogen hatte.

Rose stand auf, strich bewundernd über ihr Kleid, das sie sich von Madame hatte anfertigen lassen und aus schlechtem Gewissen teurer bezahlt hatte, als die Französin verlangt hatte. Madame hatte sich gewundert, aber nichts gesagt und weiter auf das Mädchen geschimpft, das bei ihr eingestellt gewesen war und sich als diebische Elster entpuppte, indem es ein ganz ähnliches Kleid ohne Bezahlung mitgehen ließ, ohne danach je wieder aufzutauchen.

Mit sehnsüchtigen Gedanken an Betty und Daisy trat Rose ans Fenster und sah auf die bunte, von Menschen und Kutschen bevölkerte Straße hinunter.

»Ich hoffe, du siehst Charles auf seinen Krücken heraneilen. Er ist längst überfällig. In zwei Stunden haben wir einen Termin mit einem Mann namens Adam Morris, den John uns unbedingt vorstellen möchte. Dieser Morris soll ein gewiefter Geschäftsmann sein und wir …«

Rose hörte ihm schon nicht mehr zu. Sie sah entrückt in den kleinen Park auf der anderen Straßenseite hinüber, wo ein alter, vom Leben gezeichneter Mann auf einer Bank saß, neben sich ein kleines Mädchen, das fröhlich hin und her wippte. Er wandte seinen Kopf zu dem Kind und sagte etwas, das es auf der Stelle zum Lachen brachte. Es wollte gar nicht mehr aufhören.

Rose lächelte. Etwas unendlich Vertrautes lag im Anblick dieses ungleichen Paars.

Mühsam, sichtlich unter Schmerzen erhob sich der Alte und reichte dem Kind seine linke Hand. Das Mädchen ergriff sie und hüpfte von der Bank herunter. Sie machen sich auf den Weg zurück, dachte Rose und verspürte den unbändigen Drang, sie von vorn zu sehen.

Als hätte der Greis ihren Wunsch gehört, wandte er den Kopf und sah zu ihr herauf. Rose stockte der Atem.

Mr. Davis.

Noch grauer, als sie ihn in Erinnerung hatte, vom Alter gebeugt und mit tiefen Falten gezeichnet. Er beugte sich zu dem kleinen Mädchen hinunter und deutete auf das Fenster, hinter dem Rose stand.

Susanna sah genauso aus wie vor zehn Jahren. Sie trug dieselben beiden strengen Zöpfe und ein schlichtes, sauberes Kleid mit blauer Schürze. Sie winkte Rose zu und lachte. Mr. Davis lachte mit ihr und gemeinsam gingen sie weiter die Straße hinunter. Die Kleine drehte sich noch mehrmals um und sah mit einem Lächeln zurück zu Rose, bis sie um eine Ecken bogen und nicht mehr zu sehen waren.

»Wem winkst du denn da?«, fragte Liam und trat zu ihr ans Fenster. »Ist es Charles? Er soll doch nicht da draußen rumstehen und Faxen machen.«

Rose bemerkte erst jetzt, dass ihre Hand erhoben war, und nahm sie wieder herunter. Rasch wischte sie eine kleine Träne von ihrer Wange – es war langsam an der Zeit, mit dem vielen Weinen aufzuhören – und wandte sich zu Liam.

»Es war nicht Charles. Nur ein kleines Mädchen, das mich an eine alte Freundin erinnert hat. Was hast du über diesen Adam Morris gesagt, warum treffen wir ihn?«

»Jetzt, da dir die Hälfte eines monströsen Stoffimperiums gehört, Lagerhallen voller Stoffe erster Güte, müssen wir uns damit auseinandersetzen. Allerdings habe ich nicht die geringste Erfahrung in kaufmännischen Dingen und du, so nehme ich an – korrigiere mich, wenn ich falsch liege –, auch nicht. Also fragte ich John Smith um Rat und er vermittelte uns einen guten Freund, der ein angeborenes Händchen für Geschäfte haben soll. Seine Worte. Außerdem soll er sich derzeit auf den Stoffhandel spezialisiert haben, nachdem ihm Gewürze zu langweilig wurden. Es kann ja nicht schaden, seinen Rat einzuholen.«

Liam ging zurück zum Sofa und zog einmal mehr seine Uhr aus der Weste.

»Wo bleibt Charles nur?«

Rose holte tief Luft. Als er das Wort »Stoffe« in den Mund genommen hatte, war ihr schlagartig klargeworden, dass sie nun Eigentümerin eines großen Teils der Kostbarkeiten war, die in wenigen Tagen hunderten und aberhunderten fressbegierigen Motten zum Opfer fallen sollten. Sie mussten handeln, wenn sie ihren Reichtum noch rechtzeitig vor den Folgen ihres eigenen Rachedurstes retten wollten.

»Liam?«, fing sie vorsichtig an.

»Ja?«, fragte er zerstreut, während er ihnen beiden Tee einschenkte. Er war nicht länger gewillt, auf seinen Bruder Rücksicht zu nehmen.

»Ich muss dir etwas gestehen …«

ENDE

EPILOG

London, 18. Juni 1826

»Das kann unmöglich Liams Ernst sein, Charles. Vater wird ihm den Hals umdrehen, sobald er davon erfährt. Gerade ist er mit Maggriet und ihrem, nun, ihrem Problem beschäftigt, doch sobald er davon Wind bekommt …« Thomas Elliot musste den Satz nicht beenden. Charles wusste auch so, wozu sein Onkel alles fähig war.

»Ich fürchte doch. Er wird mit ihr verheiratet bleiben und ich muss sagen, in Anbetracht unserer Lage ist das nicht die schlechteste Idee. Auf einmal ist sie deutlich mehr wert als eine Mitgift, wirklich um einiges mehr! Sie und ihre Halbschwester teilen sich ein ganz erhebliches Vermögen.«

»Aber zu welchem Preis? Eine verurteilte Kriminelle –«

»In allen Punkten freigesprochen.«

»Beinahe nach Australien deportiert«, fuhr Thomas unbeirrt fort. »Unter dubiosen Umständen aus dem Gefängnis entkommen, ohne jede Spur von Erziehung und Manieren.«

»Mag sein, doch mein Gefühl sagt mir, dass diese Verbindung mit all ihren Irrungen, Wirrungen, Unwägbarkeiten und Unwahrscheinlichkeiten am Ende Gottes Wille ist.«

»Dein Gefühl als Pfarrer oder wie? Auch das hat Vater Monate lang wachgehalten. Ein Elliot als einfacher Dorfpfaffe –«

»Ein Hartshield«, korrigierte Charles.

»Lediglich väterlicherseits. Aber davon will ich gar nicht erst anfangen. Er war so kurz davor, jegliche Verbindung unserer Familien zu kappen!«

Ohne sich im Geringsten aus der Ruhe bringen zu lassen, stellte Charles seine Tasse beiseite und verschränkte die Arme hinter dem Kopf.

»Jetzt hat er endlich die Gelegenheit dazu. Der Entschluss meines Bruders ist unumstößlich. Du weißt ja, wie stur Liam ist. Er ist wie ein junger Onkel Robert. Wie läuft es mit deiner Schwester? Habt ihr sie eingemauert oder wie hindert dein Vater sie daran, zu fliehen?«

Sein Cousin verzog den Mund, sobald es um seine Schwester ging. Er streckte das Bein aus, das von der Kugel des Lord of Badenoch getroffen worden war, und rieb die schmerzende Umgebung der Wunde. Wie Charles war auch er am rechten Oberschenkel verletzt.

»Sie ist in ihrem Zimmer und kommt nicht heraus. Du kannst ihr jederzeit deine Aufwartung machen, doch sie wird nicht reagieren. Madame ist in den Hunger- und Schweigestreik getreten.«

»Ich will mich ja nicht einmischen, doch haltet Ihr es wirklich für eine gute Idee, sie von ihrem Mann fernzuhalten? Das verschärft den Streit nur noch mehr und ist dem Familienfrieden kaum dienlich.«

Der trotzige Zug um Thomas‘ Mund wurde tiefer.

»Ich halte es für die beste Idee, ja. Der Familienfrieden ist bereits den Bach runtergegangen, als Lord of Badenoch die Waffe gegen mich erhoben hat.«

»Das war ein Missverständnis, das –«

»Es war eine Kriegserklärung, nichts anderes. Ich möchte auch darüber nicht reden. Wenn wir das klären müssen, tun wir es vor Gericht, aber sicher nicht durch dich als Mittelsmann – ja, Charles, ich weiß genau, warum du hier bist und wer dich geschickt hat – und nicht bei Kaffee und Kuchen.«

»Aber Thomas –«

»Nein!«, unterbrach ihn sein Cousin scharf, stand entschieden auf, humpelte durch den Raum und griff nach einer Glocke, die auf dem Kaminsims stand. »Wenn du aus keinem anderen Grund als zur Fürsprache für den Schuft gekommen bist, der meine Schwester entführte –«

»Sie lief ihm eher in die Arme, meinst du nicht?«

»Und gegen den Willen meines Vaters heiratete –«

»Was auf dieser Welt geschieht eigentlich nicht gegen Onkel Roberts Willen?«

»Muss ich dich leider bitten, nun wieder zu gehen«, schloss Thomas seinen Satz unbeirrt und klingelte nach dem Butler.

Schicksalsergeben erhob Charles sich aus seinem Sessel und griff nach seinen Krücken. Mit Thomas vernünftig zu reden, war noch nie ein leichtes Unterfangen gewesen. Der Butler erschien mit seinem Zylinder und seinen Handschuhen. Er nahm beides entgegen und ließ sich von seinem Cousin an die Tür geleiten.

»Falls du es dir anders überlegst und den Skandal vermeiden willst, den eine gerichtliche Auseinandersetzung mit sich bringt, weißt du ja, wo du mich jederzeit findest.« Charles sah seinen Cousin beschwörend an.

Dieser zog es vor, es bei einem knappen Nicken zu belassen und sich jede weitere Erwiderung zu sparen. Mit einem letzten Seufzen verbeugte Charles sich, so gut es ihm als Invaliden möglich war, und nahm Stufe um Stufe der wuchtigen Treppe des Stadthauses nach unten. Er sollte sich eine Kutsche nehmen oder sein Bein würde in wenigen Minuten unerträglich schmerzen. Dennoch brachte Charles es nicht über sich, den schönen Sommertag ohne einen kleinen Spaziergang verstreichen zu lassen. Liams Haus lag nur drei Straßen weiter. Die Strecke konnte er sich zumuten. Die frische Luft würde ihm guttun, zumal heute Nachmittag noch einige Termine anstanden, vor denen es ihn bereits jetzt graute.

Das Treffen mit Emilia Young war nur einer davon. Als Waisenmädchen ohne männliche Verwandte benötigte sie einen Vormund. Nach dem Willen ihres Vaters wäre diese Aufgabe dessen Freund Mr. Hardy zugefallen, doch dieser hatte sich seit dem gescheiterten Gerichtsverfahren gegen Rose nirgends mehr blicken lassen.

Unter normalen Umständen wäre Liam als ihr Schwager der Nächste in der Reihe gewesen, doch als ihr vormaliger Verlobter kam er schon aus Gründen des Anstands nicht in Betracht. Das wiederum bedeutete für Charles, dass die Bürde, ausgerechnet Emilia Young als Mündel anzunehmen, ihm zufiel. Die Vorstellung machte ihn frösteln.

Er blieb stehen und atmete langsam ein und aus. Er musste sich seinem Schicksal stellen, selbst wenn er es nicht wollte. Gottes Wege waren unergründlich. Eine Kutsche kam neben ihm zum Stehen und er wollte weitergehen, um der unweigerlichen Kollision mit der Tür zu entgehen, die bevorstand, wenn sie geöffnet wurde. Hektische Stimmen erklangen im Inneren der Kabine.

»Is‘ er dit?«, fragte jemand.

»Weeß ick nich‘! Die Haare pass‘n nich‘. Vielleicht nich‘.«

Charles verlagerte sein Gewicht wieder auf das gesunde Bein und die Krücken und machte einige Schritte, als die Tür hinter ihm aufgerissen wurde und zwei Männer aus der Kutsche stolperten.

»Dit is‘ er, rechtes Been, los, dit is‘ er!«, schrie einer der beiden, trat Charles die Krücken weg und drehte ihm einen Arm auf den Rücken.

Völlig perplex darüber, dass man ihn am helllichten Tag in einer guten Gegend überfiel, vergaß Charles gänzlich, sich zu wehren. Eher er sich versah, kam der zweite Mann seinem Kumpan auch schon zur Hilfe und gemeinsam hievten sie ihn in die Kutsche. Er wand sich und wollte schreien, doch man hielt ihm den Mund zu. Einer der Männer schlug von innen an die Wand der Kabine und die Kutsche preschte los, bevor auch nur eine Menschenseele etwas von dem ganzen Vorgang mitbekam.

Charles wurde unsanft auf die Holzbank gedrückt, gefesselt und geknebelt. Erst als die Männer fertig waren und sich zufrieden zurücklehnten, um zu verschnaufen, wurde ihm klar, dass man im Begriff war, ihn zu entführen.

Ein alter Mann mit wettergegerbtem Gesicht und tiefen Krähenfüßen sah ihn aus blauen Augen an und Charles konnte das Meer beinahe schon riechen, das seit Jahren an ihm haften musste. Auch der andere Mann sah aus wie ein Matrose, der entweder mit ihm verwandt oder doch zumindest von der gleichen Sonne braungebrannt, aber weitaus jünger war.

Entschlossen und hämisch musterten sie ihn.

»Na also!«, brummte der alte Seebär und sah ihm in die Augen. »Das wäre geschafft. Du entkommst uns nicht mehr. Herzlichen Glückwunsch, du wortbrechender Bastard von einem Lord, heute ist dein Hochzeitstag.«

Charles verschluckte sich beinahe an dem Tuch, das sie ihm in den Mund gestopft hatten. Hochzeit? Er? Mit wem?

Das musste eine schreckliche Verwechslung sein.

Liebe Leserin, lieber Leser,

ich hoffe, ich konnte Dir mit "Geschäftliche Beziehungen 2" Freude und eine spannende Zeit bereiten. Kennst Du schon den ersten Teil? Wenn nein, findest Du den Link zum Buch hier oder weiter unten.

Falls Du gern Lob oder Kritik hinterlassen möchtest, nutze doch die Gelegenheit, bei Amazon eine Rezension zu verfassen. Rezensionen sind für uns Selfpublisher sehr wichtig und mit nur einem Satz kannst Du Autoren wie mich ganz entscheidend unterstützen. Wenn du also eine Minute erübrigen willst, würde mich das freuen.

Du bist schon gespannt auf den dritten Band von Geschäftliche Beziehungen? Folge mir doch auf Instagram oder Facebook, um mehr über den Veröffentlichungsstand zu erfahren. Du kannst auch meinen Newsletter abonnieren und dir so Informationen zu Schreibfortschritt, Buchveröffentlichungen und Hintergrundfakten aus erster Hand sichern.

Hier übrigens noch andere Werke von mir, die dir vielleicht gefallen:

Historische Romane

Geschäftliche Beziehungen

Geschäftliche Beziehungen 2

Geschäftliche Beziehungen 3

Ein Fräulein in London

Motivationsromane mit Liebe mit Humor

Fit Me Up: Katharinas Geschichte

Fit Me Up: Boxis Geschichte

Kurzroman

Ein Wochenendtrip

Printed in Poland
by Amazon Fulfillment
Poland Sp. z o.o., Wrocław

36590451R00181